SOSPECHOSO

Michael Robotham

SOSPECHOSO

Traducción de
Cristina Macía y Justo E. Vasco

Círculo de Lectores

A las cuatro mujeres de mi vida:
Vivien, Alexandra, Charlotte e Isabella

AGRADECIMIENTOS

Por sus consejos, su perspicacia y su cordura, quiero dar las gracias a Mark Lucas y a todo el equipo de LAW. Por su fe, doy las gracias a Ursula Mackenzie y a aquellos que se arriesgaron con ella.

Por su hospitalidad y amistad, doy las gracias a Elspeth Rees, a Jonathan Margolis y a Martyn Forrester, tres de los muchos amigos y familiares que han respondido a mis preguntas, han escuchado mis relatos y han compartido el viaje.

Y para terminar, por su amor y su apoyo, doy las gracias a Vivien, que tuvo que vivir con todos mis personajes y con mis noches insomnes. Una mujer de menor valía se habría acostado en el dormitorio de invitados.

LIBRO PRIMERO

«He hecho esto», dice mi memoria.
«No puedo haber hecho esto», dice mi orgullo,
y permanece inexorable.
Al fin, es la memoria la que se rinde.

FRIEDRICH NIETZSCHE,
Más allá del bien y del mal

I

Desde el tejado inclinado de pizarra del Hospital Royal Mardsen, si miras entre las chimeneas y las antenas de televisión, se ven más chimeneas y más antenas de televisión. Es como en esa escena de *Mary Poppins* en la que los deshollinadores bailan por los tejados y hacen girar los escobillones.

Desde aquí arriba diviso a duras penas la cúpula del Royal Albert Hall. En un día claro seguramente se vería hasta Hampstead Heath, aunque dudo mucho que el aire de Londres esté nunca tan claro.

–Qué panorama –comento, al tiempo que miro hacia mi derecha, a un adolescente acuclillado a unos tres metros de mí.

Se llama Malcolm, y hoy cumple diecisiete años. Es alto y delgado, con ojos oscuros que se estremecen al mirarme; tiene la piel tan blanca como el papel pulido. Va vestido con un pijama y con una gorra de lana que le cubre la cabeza calva. La quimioterapia es una peluquera muy cruel.

La temperatura es de 3 °C, pero el viento gélido hace que parezca que estamos bajo cero. Ya tengo los dedos entumecidos, y casi no siento los pies a través de los zapatos y los calcetines. Malcolm está descalzo.

Si salta o se cae no llegaré a tiempo para cogerlo. Aunque me estire y me apoye en el canalón, aún me quedaría a metro y medio de él. Y él lo sabe. Ha calculado todas las posibilidades. Según su oncólogo, Malcolm tiene un CI excepcional. Toca el violín y habla cinco idiomas... aunque a mí no me habla en ninguno.

Llevo una hora haciéndole preguntas y contándole anécdotas. Sé que me oye, pero mi voz no es más que ruido de fondo para él. Está concentrado en su propio diálogo interior, en un debate sobre si debe morir o vivir. Quiero entrar en ese debate, pero para eso necesito una invitación.

El Servicio Nacional de Salud tiene un montón de directrices para enfrentarse a situaciones con rehenes y a suicidas en potencia. Se ha creado un grupo de incidentes críticos compuesto por personal de alta categoría, policía y un psicólogo, que soy yo. La prioridad ha sido averiguar todo lo posible sobre Malcolm, todo aquello que nos pueda ayudar a saber qué lo ha llevado a este punto. Se está entrevistando a médicos, enfermeras y a otros pacientes, así como a sus amigos y familia.

El negociador principal está en la cúspide del triángulo operativo. A mí me llega todo ya filtrado. Por eso estoy aquí afuera, helándome las extremidades, mientras que ellos están dentro, bebiendo café, entrevistando al personal y estudiando gráficas.

¿Qué sé de Malcolm? Tiene un tumor primario en el cerebro, en la zona temporal posterior derecha, peligrosamente cercano al tallo cerebral. El tumor le ha paralizado parcialmente el lado izquierdo, y no oye por un oído. Lleva dos semanas de quimioterapia, y es la segunda tanda.

Esta mañana recibió la visita de sus padres. El oncólogo tenía buenas noticias: al parecer, el tumor de Malcolm se estaba reduciendo. Una hora más tarde Malcolm escribió una nota con sólo dos palabras: «Lo siento». Salió de su habitación y se las arregló para encaramarse hasta el tejado por una ventana abuhardillada del cuarto piso. Alguien debía de haberla dejado abierta, o bien él encontró la manera de abrirla.

Y eso es todo, todo lo que sé sobre un adolescente que tiene mucho más que ofrecer que la mayoría de los chicos de su edad. Desconozco si tiene novia, cuál es su equipo de fútbol o su héroe cinematográfico. Sé mucho más de su enfermedad que de él. Por eso estoy peleando.

El arnés de seguridad me resulta incómodo debajo del jersey. Parece uno de esos chismes que los padres les ponen a los niños cuando aprenden a andar, para evitar que se escapen. En este caso se supone que servirá para salvarme la vida en caso de que me caiga, siempre que alguien se haya acordado de sujetar el otro extremo. Puede que parezca ridículo, pero son ese tipo de detalles los que a veces se olvidan en momentos de crisis. Tal vez debería volver a meterme por la ventana para pedir a alguien que lo comprobase. ¿Sería eso poco profesional? Sí. ¿Sería sensato? Sí, también.

El tejado está salpicado de excrementos de paloma, y las tejas de pizarra cubiertas de musgo y líquenes. El aspecto es de plantas fosilizadas pegadas a la piedra, pero el resultado es resbaladizo y traicionero.

–Supongo que esto no significa nada para ti, Malcolm, pero creo que entiendo hasta cierto punto cómo te sientes –digo, en otro intento de llegar a él–. Yo también padezco una enfermedad. No estoy sugiriendo que tenga cáncer, no. Y tratar de hacer comparaciones es como mezclar peras con manzanas, pero en ambos casos se trata de frutas, ¿no?

El receptor que llevo en la oreja derecha empieza a crepitar.

–Por Dios santo, ¿qué estás haciendo? –dice una voz–. ¡Deja de hablar de macedonias de frutas y tráelo adentro!

Me quito el receptor y me lo dejo colgado del hombro.

–Ya sabes lo que dice la gente siempre: «Te pondrás mejor, todo va a salir bien». Lo dicen porque no se les ocurre otra cosa. Yo tampoco sé qué decir, Malcolm. Ni siquiera sé qué preguntarte.

»La mayoría de las personas no saben cómo enfrentarse a las enfermedades ajenas. Por desgracia no hay un libro de instrucciones, ni una lista de cosas que hacer o dejar de hacer. O te encuentras con miradas llorosas, en plan "no lo soporto y me voy a echar a llorar", o con un optimismo forzado y discursitos para subirte la moral. La otra posibilidad es la negación total.

Malcolm no ha respondido. Mira más allá de los tejados, como si buscase una ventanita en el cielo gris. El pijama es fino, blanco, con costuras azules en los puños y en el cuello.

Diviso entre mis rodillas tres camiones de bomberos, dos ambulancias y media docena de coches de policía. Uno de los camiones de bomberos tiene una escalera extensible montada sobre una plataforma giratoria. Hasta ahora no me había fijado mucho, pero veo que empieza a girar despacio y a elevarse. ¿Por qué lo hacen? En ese momento, Malcolm apoya la espalda contra el tejado inclinado y se levanta. Se acuclilla al borde, con los dedos de los pies sobresaliendo del canalón, como un pájaro posado en una rama.

Oigo gritos, y de pronto me doy cuenta de que soy yo. Estoy gritando a los de abajo. Gesticulo como un loco para que aparten la escalera. Parezco yo el suicida a punto de saltar, mientras que Malcolm sigue tranquilo.

Busco el receptor y oigo el caos dentro del edificio. El grupo de incidentes críticos está gritando al jefe de los bomberos, quien a su vez grita a su segundo, quien grita a alguien más.

–¡No lo hagas, Malcolm! ¡Espera! –Mi voz suena desesperada–. Mira la escalera. La están bajando, ¿ves? La están bajando.

La sangre me retumba en los oídos. Él sigue posado en el borde; estira y encoge los dedos de los pies. Está de perfil, y le veo las largas pestañas oscuras mientras parpadea muy despacio. El corazón le late como el de un pájaro dentro de su escuálido pecho.

–¿Ves a aquel bombero de allí abajo, el del casco rojo? –digo en otro intento de entrar en sus pensamientos–. ¿El que tiene todos esos botones de latón en los hombros? ¿Qué posibilidades crees que tengo de alcanzarle en el casco con un escupitajo desde aquí?

Por un brevísimo instante, Malcolm mira hacia abajo. Es la primera vez que reacciona a algo de lo que digo o hago. La puerta se ha abierto un milímetro.

–Hay gente a la que le gusta escupir huesos de cereza o pepitas de sandía. En África escupen excrementos, es asqueroso. No sé dónde leí que el récord mundial de escupir excrementos de kudu estaba en diez metros. Creo que el kudu es una especie de antílope, pero no me hagas mucho caso. Yo prefiero la tradicional saliva, y además no es cosa de distancia: lo importante es la precisión.

Ahora me está mirando. Echo la cabeza hacia atrás y lanzo

una bola blanca y espumosa, que cae trazando una curva. La brisa la atrapa y la desvía a la derecha, haciéndola chocar contra el parabrisas de un coche de la policía. Contemplo en silencio el disparo, tratando de calcular dónde me he equivocado.

–No has tenido en cuenta el viento –dice Malcolm.

Asiento con gesto serio, sin apenas prestarle atención, pero por dentro comienzo a percibir un cálido destello en la parte de mí que aún no se ha congelado.

–Tienes razón. Esos edificios generan algo parecido a un túnel de viento.

–Eso son excusas.

–No he visto que tú lo intentes.

Mira hacia abajo, meditando sobre mis palabras. Se abraza las rodillas, como si tratara de darse calor. Es una buena señal.

Un momento después, un globo de saliva describe una curva hacia fuera y cae. Observamos juntos su descenso, casi deseando que mantenga el curso. Le da a un reportero de la tele entre los ojos, y Malcolm y yo soltamos un grito simultáneo.

Mi siguiente escupitajo aterriza en los peldaños delanteros, sin causar daño. Malcolm pregunta si puede cambiar el blanco. Quiere acertarle de nuevo al reportero de la tele.

–Que lástima no tener globos de agua –dice mientras apoya la mandíbula sobre una rodilla.

–Si pudieras tirarle un globo lleno de agua a una sola persona en el mundo, ¿a quién sería?

–A mis padres.

–¿Por qué?

–No quiero volver a pasar por la quimio. Ya he tenido suficiente.

No argumenta nada. No es necesario. No existen muchos tratamientos con efectos secundarios peores que la quimioterapia. Los vómitos, las náuseas, las diarreas, la anemia y la fatiga aplastante pueden llegar a ser intolerables.

–¿Qué dice tu oncólogo?

–Que el tumor se está reduciendo.

–Eso es bueno.

Se ríe con amargura.

–Eso mismo dijeron la última vez. La verdad es que están persiguiendo el cáncer por todo mi cuerpo. No se va. Sólo encuentra otro sitio donde esconderse. Nunca hablan de curar, hablan de remisión. A veces ni siquiera hablan conmigo. Se limitan a susurrarles algo a mis padres.

Se muerde el labio inferior y aparece una mancha carmesí donde la sangre afluye a la señal dejada por los dientes.

–Mamá y papá creen que tengo miedo de morir, pero no tengo miedo. Tendrías que ver a algunos de los chicos que hay aquí. Al menos, yo he tenido una vida. Otros cincuenta años me irían bien, pero como ya le he dicho, no tengo miedo.

–¿Cuántas sesiones más de quimio?

–Seis. Luego haremos una pausa y veremos. No me importa que se me caiga el pelo. Muchos futbolistas se lo afeitan. Mire a David Beckham: es un idiota, pero juega como quiere. No tener cejas es un puntazo.

–Me han dicho que a Beckham le depilan las cejas.

–¿Quién, la Spice pija?

–Exacto.

Casi le arranco una sonrisa. En el silencio, oigo cómo le castañetean los dientes a Malcolm.

–Si la quimio no funciona, mis padres dirán a los médicos que lo sigan intentando. No me dejarán en paz.

–Tienes edad suficiente para decidir por ti mismo.

–Eso dígaselo a ellos.

–Si quieres, se lo diré.

Sacude la cabeza, y veo que se le están llenando los ojos de lágrimas. Trata de contenerlas, pero le resbalan por las largas pestañas en gruesas gotas que se limpia con el antebrazo.

–¿Tienes a alguien con quien hablar?

–Me gusta una de las enfermeras. Ha sido encantadora conmigo.

–¿Es tu novia?

Se sonroja. Con lo blanca que tiene la piel, es como si la cabeza entera se le llenara de sangre.

–¿Por qué no vienes adentro conmigo y seguimos hablando? No fabricaré más saliva si no bebo algo.

No me responde, pero veo que agacha los hombros. Otra vez está escuchando el diálogo interior.

–Tengo una hija que se llama Charlie, ha cumplido ya ocho años –digo para no perderlo–. Una vez, cuando tenía cuatro, estábamos en el parque y yo la columpiaba. Me dijo una cosa: «Papá, ¿sabes que si cierras los ojos y los aprietas mucho ves estrellitas blancas, y cuando los abres otra vez el mundo entero es nuevo?». Es un pensamiento muy bonito, ¿no?

–Pero no es verdad.

–Lo puede ser.

–Sólo si finges que te lo crees.

–¿Y por qué no? ¿Qué te lo impide? La gente cree que ser cínico y pesimista es muy fácil, pero la verdad es que cuesta muchísimo. Resulta mucho más sencillo tener esperanzas.

–Tengo un tumor cerebral inoperable –me recuerda, incrédulo.

–Ya lo sé.

Me pregunto si mis palabras le suenan a Malcolm tan huecas como a mí. Antes yo me creía todo esto. Las cosas pueden cambiar mucho en diez días.

–¿Eres médico? –me interrumpe Malcolm.

–Psicólogo.

–Dime otra vez por qué tengo que entrar.

–Porque aquí hace frío, es peligroso, y he visto cómo queda la gente cuando cae de un edificio. Vamos adentro. Entraremos en calor.

Mira hacia abajo, en dirección al carnaval de ambulancias, camiones de bomberos, coches de policía y furgonetas de los medios de comunicación.

–He ganado el concurso de escupitajos.

–Cierto.

–¿Hablarás con mis padres?

–No te quepa duda.

Trata de levantarse, pero tiene las piernas heladas y entumecidas. La parálisis del lado izquierdo casi le inutiliza el brazo. Y necesita de los dos para ponerse en pie.

–No te muevas. Les diré que suban la escalera.

–¡No! –exclama, perentorio.

Veo la expresión de su rostro. No quiere que lo bajen en medio de los focos de televisión, entre periodistas acosándolo a preguntas.

–Vale. Me acercaré a ti.

Me sorprende lo valiente que ha sonado la frase. Me desplazo de lado, arrastrando el trasero contra el tejado, demasiado aterrado como para erguirme. No he olvidado que llevo el arnés de seguridad, pero sigo convencido de que dentro se han olvidado de atarlo.

A medida que me acerco por el canalón, centímetro a centímetro, se me llena la cabeza de imágenes de todo lo que puede salir mal. Si esto fuera una película de Hollywood, Malcolm resbalaría en el último momento y yo me lanzaría a por él y lo atraparía en el aire. O bien yo me caería y él me rescataría a mí.

Por otra parte, como esto es la vida real, podríamos morir los dos, o Malcolm viviría y yo sería el arrojado rescatador que muere en la caída.

Aunque no se ha movido, veo una nueva emoción en los ojos de Malcolm. Hace unos minutos estaba dispuesto a saltar del tejado sin dudarlo un instante. Ahora quiere vivir, y el vacío que se abre a sus pies se ha convertido en un abismo.

El filósofo norteamericano William James, un fóbico que no salió del armario, escribió en 1884 un artículo en el que meditaba sobre la naturaleza del miedo. Utilizaba como ejemplo el caso de una persona que se encuentra con un oso. ¿Corre la persona porque tiene miedo, o siente el miedo después de echar a correr? En otras palabras, ¿tiene uno tiempo para pensar que algo da miedo, o la reacción precede al pensamiento?

Desde entonces, científicos y psicólogos han estado enzarzados en este debate tipo el huevo y la gallina. ¿Qué va primero, la percepción consciente del miedo o el corazón acelerado y la descarga de adrenalina que nos empuja a luchar o a huir?

Ahora sé la respuesta, pero estoy tan aterrado que se me ha olvidado la pregunta.

Estoy apenas a un metro de Malcolm. Tiene las mejillas azuladas, y ha dejado de tiritar. Presiono la espalda contra la pared, doblo una pierna y me levanto hasta ponerme de pie.

Malcolm mira un instante la mano que le tiendo y luego, muy despacio, me acerca la suya. Lo agarro por la muñeca y lo pongo de pie hasta conseguir rodearle la cintura delgada con los brazos. Tiene la piel fría como el hielo.

Desabrocho la parte delantera del arnés de seguridad para alargar las cinchas. Las paso en torno a su cintura, y luego otra vez por la hebilla, hasta que quedamos unidos. Su gorro de lana me araña la mejilla.

–¿Qué quieres que haga? –pregunta con voz ronca.

–Reza para que el otro extremo esté atado a algo.

2

Es probable que en aquel tejado mi integridad estuviera más garantizada que en casa, con Julianne. No recuerdo con exactitud lo que me llamó, pero me parece que utilizó palabras como irresponsable, negligente, descuidado, inmaduro y pésimo padre. Eso fue después de golpearme con un ejemplar de *Marie Claire* y hacerme prometer que no volvería a cometer una tontería semejante.

Por el contrario, Charlie no me deja en paz. No para de saltar sobre la cama en pijama, y de preguntarme si estaba muy alto, si tuve miedo, y si los bomberos tenían una red grande para cogerme por si me caía.

–Al menos ahora tengo algo emocionante para contar –dice al tiempo que me da un puñetazo en el hombro.

Me alegro de que Julianne no la oiga.

Todas las mañanas, cuando salgo de la cama, sigo un pequeño ritual. Me agacho para atarme los cordones de los zapatos y me hago una idea bastante aproximada de cómo va a ser el día. Si la semana no está muy avanzada y he descansado bien, sólo tendré pequeños problemas para hacer que los dedos de la mano izquierda colaboren. Los botones encontrarán los ojales, el cinturón las trabillas, y hasta me puedo hacer un nudo Windsor. En los días malos, como éste, la cosa cambia. El hombre que veo en el espejo tendrá que afeitarse con las dos manos, y llegará a desayunar con trocitos de papel higiénico en el cuello y en la barbilla.

–Tienes una máquina de afeitar eléctrica nueva en el baño –me dirá Julianne esas mañanas.

–No me gustan las máquinas de afeitar eléctricas.

–¿Por qué no?

–Porque me gusta la espuma.

–¿Qué tiene la espuma para que te guste?

–Es una palabra que suena muy bien, ¿no te parece? Tiene un algo etéreo, sutil... espuma.

Ya se estará riendo, pero tratará de fingir enfado.

–Con la espuma del jabón nos lavamos la cara, con la espuma del gel nos frotamos el cuerpo. Tendríamos que hacer mermeladas de espuma para untar en las tostadas. Y también debería ser de espuma la loción solar que nos ponemos en verano, si es que alguna vez llega un verano.

–Qué tonto eres, papá –dice Charlie desde detrás de su cuenco de cereales.

–Gracias, tesoro.

–Menudo comediante –dice Julianne mientras me quita el papel higiénico de la cara.

Me siento a la mesa, añado una cucharadita de azúcar al café y empiezo a removerlo. Julianne me observa. La cucharilla se encalla en la taza. Me concentro y ordeno a la mano izquierda que empiece a moverse, pero no existe fuerza de voluntad capaz de obligarla. Con cuidado, me paso la cucharilla a la mano derecha.

–¿Cuándo vas a ver a Jock? –me pregunta.

–El viernes.

«Por favor, no me preguntes nada más.»

–¿Tendrá los resultados de los análisis?

–Me dirá lo que ya sabemos.

–Yo pensaba que...

–¡No me dijo nada!

Detesto lo brusca que me ha salido la voz. Julianne ni siquiera pestañea.

–Veo que te he hecho enfadar. Me gustas más cuando haces el payaso.

–Soy un payaso. Eso lo sabe todo el mundo.

Es como si pudiera ver lo que piensa. Cree que me estoy haciendo el duro, que trato de ocultar mis sentimientos o de ser implacablemente optimista, cuando la verdad es que me estoy derrumbando. Mi madre es igual: se ha convertido en toda una psicoanalista. ¿Por qué no nos dejan a los expertos que nos equivoquemos?

Julianne me da la espalda. Está cortando pan duro para echárselo a los pájaros. La compasión es su principal pasatiempo.

Vestida con un chándal gris, zapatillas deportivas y una gorra de visera sobre el pelo corto y oscuro aparenta veintisiete años, no los treinta y siete que en realidad tiene. En vez de envejecer juntos, ella ha descubierto el secreto de la eterna juventud, mientras que yo no me puedo levantar del sillón más que al segundo intento. Los lunes toca yoga, los martes gimnasio Pilates, los jueves y los sábados circuito de entrenamiento. En los ratos libres lleva la casa, cuida de una niña, enseña español y todavía le queda tiempo para intentar salvar el mundo. Hasta consiguió que el parto pareciera sencillo, aunque eso no se lo diría jamás, a menos que tuviera ganas de morir.

Llevamos casados dieciséis años, y cuando me preguntan por qué me hice psicólogo digo siempre: «Fue por Julianne. Quería saber en qué estaba pensando realmente».

Fue inútil. Sigo sin tener la menor idea.

El sábado por la mañana lo suelo reservar para mí mismo. Me entierro bajo el peso combinado de cuatro periódicos y bebo café hasta que se me duerme la lengua. Después de lo que pasó ayer voy a esquivar los titulares, aunque Charlie está empeñada en que los recortemos y los peguemos en un álbum. En fin, es guay ser «guay», para variar. Hasta ayer mi hija consideraba que mi trabajo era más aburrido que el críquet.

Charlie se viste con unos vaqueros, un plumífero y una chaqueta gruesa, porque le he prometido que hoy podrá acompañarme. Devora el desayuno a toda velocidad y me mira con impaciencia: está convencida de que voy demasiado despacio con el café.

Cuando llega el momento de cargar el coche, sacamos las

cajas de cartón de la caseta del jardín y las metemos en mi viejo Metro. Julianne está sentada en los escalones de entrada, tiene una taza de café sobre las rodillas.

–Por si no lo sabíais, estáis los dos locos.

–Es probable.

–Y os van a arrestar.

–Y será por tu culpa.

–¿Por qué por mi culpa?

–Porque no vienes con nosotros. Necesitamos un conductor para la huida.

–Venga, mamá –salta Charlie–. Papá dice que antes lo hacías.

–Eso fue cuando era joven y tonta, y no estaba en el comité escolar de tu colegio.

–¿Sabes, Charlie, que la segunda vez que salí con tu madre la detuvieron por subirse al asta de una bandera y bajar la de Sudáfrica?

–¡No le digas esas cosas! –gruñe Julianne.

–¿De verdad te detuvieron?

–Me amonestaron, que no es lo mismo.

Hay cuatro cajas en la baca del coche, dos en el maletero y dos en el asiento de atrás. Charlie tiene el labio superior cubierto de diminutas perlas de sudor, brillantes como el cristal. Se quita la chaqueta y la mete entre los asientos.

Yo me vuelvo hacia Julianne.

–¿Seguro que no vienes? Sé que te apetece.

–¿Y quién pagaría la fianza por todos nosotros?

–Tu madre se puede encargar.

Entrecierra los ojos, pero deja la taza de café dentro de la casa.

–Conste que voy bajo protesta.

–Tomo nota.

Tiende la mano para coger las llaves del coche.

–Y conduzco yo.

Coge una chaqueta del colgador del vestíbulo y cierra la puerta. Charlie se acomoda como puede entre las cajas del asiento trasero y se echa hacia delante, emocionada.

–Vuelve a contarme la historia –pide mientras nos incorporamos al escaso tráfico que circula por Prince Albert Road, a lo largo de Regent's Park–. Y no te saltes nada sólo porque mamá esté aquí.

No puedo contarle la historia completa. Ni siquiera estoy seguro de todos los detalles. En el centro está mi tía abuela Gracie, la verdadera razón de que me hiciera psicólogo. Era la hermana pequeña de mi abuela materna y murió a los ochenta años, después de pasarse casi sesenta sin poner un pie fuera de su casa.

Vivía a un par de kilómetros del lugar donde me crié en West London, en una enorme casa victoriana con torrecillas en el tejado, balcones de metal y una carbonera abajo. La puerta de entrada tenía dos paneles rectangulares de vidrieras de colores. Yo solía pegar la nariz contra ellos, y veía una docena de imágenes fracturadas de la tía Gracie que se apresuraba a recorrer el vestíbulo tras mi llamada. Ella abría la puerta lo justo para dejarme paso, y luego enseguida la cerraba otra vez.

Alta, casi esquelética, con los ojos azules muy claros y la cabellera rubia ya con mechones canosos, siempre se ponía vestidos largos de terciopelo negro, con una hilera de perlas que parecían refulgir contra el tejido oscuro.

–¡Ven, *Finnegan*! ¡Ven! ¡Ha llegado Joseph!

Finnegan era un jack russel que no ladraba. Un alsaciano del vecindario le había destrozado la laringe en una pelea. En vez de ladrar, resoplaba y bufaba como si estuviera haciendo pruebas para el papel del lobo malo en una representación navideña.

Gracie hablaba con *Finnegan* como si él fuera una persona. Le leía artículos del periódico local, o le hacía preguntas sobre asuntos del barrio. Asentía para demostrar su acuerdo cuando él respondía con un bufido, un resoplido o un pedo. *Finnegan* tenía hasta una silla propia junto a la mesa, y Gracie le daba trocitos de pastel al mismo tiempo que se reprendía a sí misma por «dar de comer con la mano a un animal».

Cuando Gracie me servía el té, me llenaba la taza hasta la mitad de leche porque era demasiado pequeño como para tomar la infusión sola. Los pies no me llegaban al suelo cuando me sentaba en las sillas del comedor. Si pegaba la espalda al respaldo, las piernas me quedaban rectas debajo del mantel de encaje blanco.

Años después, cuando los pies ya me llegaban al suelo y tenía que inclinarme para besar a Gracie en la mejilla, ella seguía poniendo leche en mi té. Tal vez no quería que creciera.

Si iba a su casa directamente desde la escuela, me hacía sentarme a su lado en la *chaise longue* y me cogía de la mano. Quería que le contara todo lo que había hecho durante el día. Qué había aprendido en clase. A qué había jugado. De qué me habían preparado el bocadillo. Se empapaba de los detalles como si estuviera visualizando cada uno de mis pasos.

Gracie era una agorafóbica clásica: la aterraban los espacios abiertos. Una vez, cansada de dar largas a mis preguntas, intentó explicármelo.

–¿Nunca te ha dado miedo la oscuridad? –me preguntó.

–Sí.

–¿Qué temías que pasara si se apagaban las luces?

–Que viniera un monstruo y me cogiera.

–¿Viste alguna vez a ese monstruo?

–No. Mamá dice que los monstruos no existen.

–Es verdad. No existen. Entonces, dime ¿de dónde salió tu monstruo?

Me di un golpecito en la cabeza.

–De aquí.

–Exacto. Yo también tengo un monstruo. Ya sé que no existe, pero no se va.

–¿Cómo es tu monstruo?

–Mide tres metros de altura y lleva una espada. Si intento salir de casa me cortará la cabeza.

–¿Te lo estás inventando?

Se echó a reír e intentó hacerme cosquillas, pero le aparté las manos. Quería una respuesta sincera.

Cansada de aquella conversación, Gracie cerró los ojos con fuerza y se metió en el prieto moño algunas hebras sueltas de pelo blanco.

–¿Nunca has visto una de esas películas de miedo, en las que el protagonista trata de escapar y el coche no le arranca? Da vueltas a la llave y pisa el acelerador, pero el motor no se pone en marcha. Y ves cómo el malo se acerca. Tiene una pistola, o un cuchillo. Y te dices para tus adentros: «¡Sal de ahí! ¡Vete, corre! ¡Que viene!».

Asentí con los ojos muy abiertos.

–Bueno, pues coge ese miedo y multiplícalo por cien –dijo–, y sabrás lo que siento cuando pienso en salir fuera de la casa.

Se levantó y abandonó la habitación. La conversación había terminado. Nunca volví a sacar el tema. No quería ponerla triste.

No sé de qué vivía. Recibía periódicamente cheques de una firma de abogados, pero Gracie los ponía sobre la repisa de la chimenea, y los miraba todos los días hasta que caducaban. Imagino que eran parte de su herencia, pero no quería saber nada del dinero de su familia. No sabía la razón, al menos no entonces.

Trabajaba como modista, hacía trajes para novias y damas de honor. A menudo me encontraba con la sala llena de sedas y organzas, una futura novia subida en un taburete, y a Gracie con la boca llena de alfileres. No era lugar para un chiquillo, a no ser que se prestara a servir de maniquí.

Las habitaciones del piso superior estaban llenas de lo que Gracie gustaba en llamar sus «colecciones». Con esa palabra se refería a libros, revistas de moda, rollos de tela, bobinas de hilo, cajas para sombreros, madejas de lana, álbumes de fotos, peluches y un tesoro escondido de cajas y baúles inexplorados.

Buena parte de aquellos «coleccionables» procedían del reciclaje, o de compras por correo. Siempre había catálogos abiertos en la mesita de café, y el cartero traía más día tras día.

No era de extrañar que la visión del mundo de la tía Gracie

fuera bastante limitada. Las noticias de la televisión y los programas de actualidad magnificaban los conflictos, el dolor. Veía gente que luchaba, bosques que desaparecían, bombas que caían, países que morían de hambre. No eran las razones de que hubiera huido del mundo, pero desde luego tampoco eran un incentivo para volver.

–Me aterra lo pequeño que eres –me dijo–. No corren buenos tiempos para ser niño.

Miró por la ventana y se estremeció, como si estuviera viendo el espantoso destino que me aguardaba. Yo sólo vi un jardín descuidado, lleno de hierbajos, con mariposas blancas que revoloteaban entre las ramas nudosas de los manzanos.

–¿Nunca tienes ganas de salir? –le pregunté–. ¿No quieres mirar las estrellas, o pasear por la orilla de un río, o contemplar jardines?

–Hace mucho que dejé de pensar en esas cosas.

–¿Qué es lo que más echas de menos?

–Nada.

–Tiene que haber alguna cosa.

Se paró a pensar un instante.

–Antes me encantaba el otoño, justo cuando las hojas amarillean y empiezan a caer. Solíamos ir a Kew Gardens y yo corría por los caminos, daba patadas a las hojas e intentaba cogerlas en el aire. Al secarse se habían curvado, y se mecían en el viento como barcas en miniatura antes de que las atrapara con las manos.

–Te puedo poner una venda en los ojos –sugerí.

–No.

–¿Y si te pones una caja en la cabeza, y luego haces como si estuvieras en casa?

–No es buena idea.

–Puedo esperar a que te duermas y saco tu cama de la casa.

–¿Escaleras abajo?

–Mmm... sería difícil.

Me rodeó los hombros con el brazo.

–No te preocupes por mí. Aquí soy feliz.

Desde entonces fue una especie de broma constante para nosotros. Yo no paraba de sugerir nuevas maneras de sacarla de casa, y pasatiempos como volar en ala delta o ir de pie en el ala de una avioneta. Gracie entonces fingía espanto y me decía que el lunático era yo.

–¿Y qué pasó con su cumpleaños? –pide Charlie, impaciente.

Estamos atravesando St John's Wood, acabamos de cruzar el campo de críquet de Lord. Los faros de los coches brillan contra los grises muros.

–¿No querías oír toda la historia?

–Sí, pero me estoy haciendo vieja.

A Julianne le entra un ataque de risa.

–El sarcasmo lo ha sacado de ti, para que te enteres.

–Vale –suspiro–. Te contaré lo del cumpleaños de Gracie. Nunca confesaba su edad, pero yo sabía que debía de andar por los setenta y cinco años gracias a unas fechas que encontré mientras ojeaba sus álbumes de fotos.

–Me dijiste que era muy guapa –dice Charlie.

–Sí. En las fotografías antiguas es difícil saberlo, porque nadie sonreía y las mujeres ponían cara de susto. Pero Gracie era diferente. Tenía los ojos chispeantes, y siempre parecía como si estuviera a punto de echarse a reír. Además, se apretaba el cinturón un poco más de la cuenta y se ponía de manera que la luz le transparentara las enaguas.

–Era una devorahombres –dice Julianne.

–¿Qué es una devorahombres? –pregunta Charlie.

–Déjalo.

Charlie frunce el ceño y se abraza las rodillas, con la barbilla sobre las rodilleras de los vaqueros.

–Era muy difícil prepararle una sorpresa a Gracie, claro, porque nunca salía de casa –explico–. Lo tuve que organizar todo mientras ella dormía...

–¿Cuántos años tenías tú?

–Dieciséis. Todavía vivía en Charterhouse.

Charlie asiente y empieza a recogerse el cabello sobre la cabeza. Cuando lo hace es igualita que Julianne.

–Gracie nunca utilizaba el garaje. No necesitaba tener coche. Las puertas eran de madera, muy grandes, y se abrían hacia fuera; y también había una puerta interior que daba al lavadero. Lo primero que hice fue limpiarlo todo, sacar los trastos y lavar las paredes.

–Tendrías que hacerlo todo en silencio.

–Claro.

–¿Y pusiste luces de colores?

–A cientos. Parecían estrellitas.

–Ahora viene lo del saco.

–Exacto. Tardé cuatro días. Tenía que echarme un enorme saco de arpillera al hombro y montar en la bici. La gente debía de pensar que me dedicaba a hacer de barrendero o a hacer de cuidador de parques.

–Seguro que pensaban que estabas loco.

–Sin duda.

–¿Igual de locos que estamos nosotros?

–Sí.

Echo una mirada de soslayo a Julianne, que no está picando.

–¿Qué pasó luego? –pregunta Charlie.

–Bueno, la mañana de su cumpleaños Gracie bajó de su dormitorio, y le hice cerrar los ojos. Me dio el brazo y la llevé a la cocina, de ahí a la lavandería, y luego al garaje. Cuando abrió la puerta, una avalancha de hojas secas le cayó encima. «¡Feliz cumpleaños!», le dije. Tendrías que haberle visto la cara. Miró las hojas, y luego me miró a mí. Por un momento pensé que se había enfadado, pero después me dedicó una sonrisa preciosa.

–Ya sé lo que pasó después –dice Charlie.

–Sí, porque te lo he contado otras veces.

–Empezó a correr entre las hojas.

–Sí. Los dos corrimos entre las hojas. Las lanzábamos por el aire y les dábamos patadas. Hicimos peleas de hojas y montañas de hojas. Al final, estábamos tan cansados que nos tumbamos en un lecho de hojas y miramos las estrellas.

–Pero no eran estrellas de verdad, ¿a que no?

–No, pero hacíamos como si lo fueran.

La entrada al cementerio de Kensal Green está en Harrow Road, y es fácil pasarse de largo. Julianne sigue la angosta carretera y aparca entre los árboles, tan lejos como puede de la caseta del vigilante. Miro por el retrovisor y veo pulcras hileras de lápidas, cruzadas por senderos y lechos de flores.

–¿Va contra la ley? –susurra Charlie.

–Sí –dice Julianne.

–No exactamente –replico mientras empiezo a descargar las cajas y se las paso a Charlie.

–Yo puedo llevar dos –anuncia.

–Vale, yo llevaré tres y luego volveré a por el resto. A no ser que mamá quiera...

–Yo me quedo aquí.

No ha salido de detrás del volante.

Echamos a andar, aunque al principio intentamos no alejarnos de los árboles. Entre las tumbas se extienden largas lenguas de césped. Camino con cuidado para no pisar las flores ni romperme una espinilla contra alguna de las lápidas más pequeñas. Los sonidos de Harrow Road se pierden a lo lejos, sustituidos por los trinos de los pájaros y, de cuando en cuando, el rugido de los trenes interurbanos.

–¿Sabes adónde vamos? –me pregunta Charlie a mi espalda, con la respiración algo entrecortada.

–Está cerca del canal. ¿Quieres descansar un momento?

–No, estoy bien. –Su voz adquiere un tono dubitativo–. Oye, papá...

–¿Sí?

–¿Te acuerdas de que me dijiste que a Gracie le gustaba dar patadas a las hojas?

–Sí.

–Pero como está muerta no va a poder dar patadas a éstas, ¿verdad?

–No.

–Y Gracie ahora está en el cielo, ¿verdad? Se fue al cielo.

–Sí.

–Entonces, ¿qué hacemos con todas estas hojas?

En momentos como éste suelo mandar a Charlie con Julianne. Ella me la devuelve diciéndole «Tu padre es psicólogo, él sabe de estas cosas».

Charlie sigue esperando.

–Lo que hacemos es como simbólico –digo.

–¿Qué significa eso?

–¿No has oído esa frase que dice que la intención es lo que cuenta?

–Siempre me la recuerdas cuando alguien me hace un regalo que no me gusta. Dices que tengo que estar agradecida aunque el regalo sea un asco.

–No es eso exactamente. –Pruebo con otro enfoque–. La tía Gracie no puede dar patadas de verdad a estas hojas. Pero esté donde esté, si nos está viendo, creo que se reirá. Y agradecerá de verdad lo que hacemos. Eso es lo que cuenta.

–¿Dará patadas a las hojas en el cielo? –insiste Charlie.

–No te quepa duda.

–¿Y tú qué crees, que estará afuera, o en el cielo tendrán un sitio para que se quede dentro?

–Pues no lo sé.

Dejo mis cajas en el suelo y descargo las que Charlie lleva en los brazos. La lápida de Gracie es un cuadrado de granito muy sencillo. Alguien se ha dejado una pala llena de barro apoyada contra la placa de metal. Me viene a la mente la imagen de unos sepultureros que han hecho una pausa para tomar el té, aunque hoy en día se utilizan máquinas, no los brazos. Aparto la pala a un lado y Charlie saca brillo a la inscripción con la manga de la chaqueta. De puntillas, me sitúo tras ella y le vuelco una caja de hojas sobre la cabeza.

–¡Eh! ¡No vale!

Coge un puñado de hojas y me lo mete por la espalda del jersey. No tarda en haber hojas caídas por todas partes. La lápida de Gracie desaparece por completo bajo nuestra ofrenda otoñal.

Alguien carraspea detrás de mí, y oigo el gritito de sorpresa de Charlie.

La silueta del vigilante destaca contra el cielo claro, con los brazos en jarras y las manos en las caderas. Lleva una chaqueta color verde guisante y un par de botas de goma manchadas de barro que parecen demasiado grandes para sus pies.

–¿Les importaría explicarme qué están haciendo? –pregunta con voz monótona.

Se acerca un paso más. Tiene la cara plana y redonda, la frente ancha y nada de pelo. Recuerda a Thomas the Tank Engine.

–Es una historia muy larga –digo con voz débil.

–Están profanando una tumba.

Me echo a reír: la sola idea es ridícula.

–Le aseguro que no.

–¿Le parece gracioso? Esto es vandalismo. Es un delito. Están esparciendo basura...

–En realidad las hojas caídas no se consideran basura.

–A mí no me tome el pelo –tartamudea.

Es entonces cuando Charlie decide intervenir. Se explica con elocuencia, sin detenerse a respirar.

–Es el cumpleaños de Gracie, pero no le podemos hacer una fiesta porque está muerta. No le gusta salir afuera. Le hemos traído unas hojas. Le gusta dar patadas a las hojas. No se preocupe, que no es un zombi ni una momia. No va a volver de entre los muertos. Ella está en el cielo. ¿Usted cree que hay árboles en el cielo?

El vigilante la mira consternado, y tarda unos segundos en darse cuenta de que la última pregunta iba dirigida a él. Se queda sin palabras, hace varios intentos de hablar y fracasa. Desarmado por completo, se acuclilla para estar a la altura de Charlie.

–¿Cómo se llama, señorita?

–Charlie Louise O'Loughlin. ¿Y usted?

–Soy el señor Tumbader.

–Qué gracioso.

–Sí, ¿verdad? –sonríe. A mí me mira sin sombra de la calidez que le ha dedicado a ella–. ¿Sabe cuántos años llevo queriendo atrapar al cabrón que me llena esta tumba de hojas?

–¿Unos quince? –sugiero.

–Iba a decir trece, pero acepto su palabra. ¿Sabe?, deduje cuándo vendría. Anoté la fecha. Hace dos años estuve a punto de atraparlo, pero seguramente vino en un coche diferente.

–En el de mi esposa.

–Y el año pasado era mi día libre, cayó en sábado. Le dije al joven Whitey que lo vigilara, pero cree que estoy obsesionado. Dice que no tendría que enfadarme tanto por unas pocas hojas. –Da un puntapié al montón de la discordia–. Pero yo me tomo mi trabajo muy en serio. Aquí viene gente que intenta hacer todo tipo de cosas, como plantar robles en las tumbas, o dejar juguetes. Si dejo que hagan lo que quieran, ¿dónde vamos a ir a parar?

–Debe de ser un trabajo muy duro –comento.

–¡Joder, y que lo diga! –Mira a Charlie–. Perdone mi vocabulario, señorita.

Ella se tapa la boca para ocultar una risita.

Por encima del hombro izquierdo del vigilante, al otro lado del canal, diviso dos coches de policía con las luces azules encendidas que se detienen junto a otro ya aparcado en el camino de sirga. Las luces se reflejan en las aguas oscuras y arrancan destellos estroboscópicos de los troncos de los árboles.

Hay varios policías mirando una zanja que hay junto al canal. Parecen congelados en el sitio hasta que uno empieza a acordonar la zona, rodeando los árboles y las vallas con cinta policial azul y blanca.

El señor Tumbader se ha quedado en silencio, no está seguro de qué hacer a continuación. Había planeado atraparme, pero después de eso no tenía pensado nada más. Y no contaba con la presencia de Charlie.

Meto la mano en el bolsillo del chaquetón y saco un termo. En el otro bolsillo llevo dos jarras de metal.

–Estábamos a punto de tomarnos un chocolate caliente. ¿Quiere un poco?

–Puede beber de mi taza –dice Charlie–. La compartiremos.

El vigilante medita un instante, por si la oferta se pudiera considerar un soborno.

–Así están las cosas –dice con voz clara, suave–. O los hago arrestar, o me tomo un chocolate caliente.

–Mamá dijo que nos iban a arrestar –dice Charlie con voz aguda–. Dijo que estábamos locos.

–Le tendrías que haber hecho caso a tu mamá.

Le paso una jarra al vigilante y le doy la otra a Charlie.

–Feliz cumpleaños, tía Gracie –dice ella.

El señor Tumbader musita una respuesta apropiada, todavía sin creerse lo poco que ha costado hacerlo capitular.

En ese momento veo dos cajas que se aproximan, meciéndose sobre unas perneras negras y unas zapatillas deportivas.

–Ésa es mi mamá. Es la que vigila –observa Charlie.

–No se le da muy bien –responde el señor Tumbader.

–No.

Julianne deja las cajas en el suelo y se le escapa un gritito de sobresalto, muy parecido a la reacción de Charlie.

–No te preocupes, mamá, no te van a detener otra vez.

El vigilante arquea las cejas y Julianne sonríe sin ganas. El chocolate caliente circula de mano en mano y hablamos de cosas sin importancia. El señor Tumbader nos habla de los escritores, pintores y estadistas enterrados en el cementerio. Hace que parezcan amigos suyos, aunque muchos llevan muertos más de un siglo.

Charlie se dedica a dar patadas a las hojas hasta que, de pronto, se queda quieta. Mira ladera abajo, hacia el otro lado del canal. Han encendido los reflectores y están levantando una especie de carpa blanca junto al agua. De cuando en cuando se ven los destellos de un flash.

–¿Qué está pasando? –pregunta.

Quiere bajar para ir a mirar. Julianne la atrae hacia ella con delicadeza y le rodea los hombros con los brazos. Charlie me mira a mí, y luego al vigilante.

–¿Qué están haciendo?

Nadie responde. Nos quedamos en silencio, aplastados por una emoción que va más allá de la pena. El aire se ha enfriado. Huele a humedad y a descomposición. El estremecedor chirrido del acero en el distante almacén suena como un grito de dolor.

En el canal hay un bote. Hombres vestidos con chalecos amarillos fluorescentes escudriñan por ambas bordas e iluminan el agua con sus linternas. Otros caminan en fila muy despacio por las orillas, con las cabezas gachas, inspeccionando centímetro a centímetro. De cuando en cuando uno se detiene y se inclina. Los otros esperan para no romper la fila.

–¿Han perdido alguna cosa? –pregunta Charlie.

–Shhh –le susurro.

Julianne tiene el rostro sombrío y triste. Me mira. Es hora de marcharnos.

En ese momento una ambulancia del equipo forense se detiene junto a la marquesina. Se abren las puertas traseras y dos hombres vestidos con monos sacan una camilla sobre un carrito plegable.

Por encima de mi hombro derecho aparece un coche de policía que cruza las puertas del cementerio, con las luces giratorias encendidas pero no la sirena. Lo sigue un segundo coche. El señor Tumbader se dirige ya hacia el aparcamiento, a la caseta del vigilante.

–Vamos, nos tenemos que ir –digo al tiempo que vierto los restos fríos del chocolate.

Charlie sigue sin entender lo que pasa, pero se da cuenta de que no es momento para preguntas.

Abro la puerta del coche y se apresura a entrar para protegerse del frío. Al otro lado del coche, a ochenta metros, el vigilante está conversando con los policías. Los brazos señalan hacia el canal. Aparece una libreta. Se anotan detalles.

Julianne va en el asiento del copiloto. Quiere que conduzca yo. Me tiembla el brazo izquierdo. Agarro la palanca de cambios para mantenerlo quieto. Cuando pasamos junto a los coches de policía, uno de los detectives alza la vista. Es un hombre de mediana edad, con marcas de viruela en las mejillas y la nariz aplastada. Lleva una arrugada chaqueta gris, y tiene en el rostro una expresión cínica, como si hubiera hecho aquello otras veces y no por ello le resultara más fácil.

Nuestros ojos se encuentran y me mira como si no me viera. En los suyos no hay luz, ni historia, ni sonrisa. Arquea una ceja e inclina la cabeza hacia un lado. Para entonces ya me he alejado, todavía agarrando la palanca de cambios e intentando meter la segunda.

Cuando llegamos a la entrada, Charlie mira por el cristal trasero y pregunta si volveremos el año que viene.

3

Todos los días, para ir a trabajar, atravieso Regent's Park. En esta época del año, cuando la temperatura baja, llevo calzado antideslizante, una bufanda de lana y un ceño permanentemente fruncido. ¿Qué es eso del calentamiento global? A medida que envejezco el mundo es cada vez más frío. Eso es un hecho.

El sol es como una pálida bola amarilla que flota en un cielo gris, y los corredores me adelantan con las cabezas echadas hacia delante y las zapatillas deportivas dejando huellas en el asfalto húmedo. Se supone que los jardineros deberían estar plantando bulbos para la primavera, pero las carretillas se les están llenando de agua. Los veo fumar cigarrillos y jugar a las cartas en el cobertizo de las herramientas.

Al atravesar el puente de Primrose Hill, echo un vistazo hacia la orilla del canal. Hay un solitario bote estrecho varado junto al camino de sirga, y del agua ascienden nubecillas de niebla que parecen jirones de humo.

¿Qué estaba buscando la policía? ¿A quién encontraron?

Anoche vi las noticias en televisión y esta mañana he oído la radio. Nada. Ya sé que no es más que curiosidad morbosa, pero en parte me siento como si hubiera sido testigo, si no del crimen, sí de las consecuencias. Es como cuando ves esos programas de *Crimewatch* y la policía pide a la gente que aporte toda la información que puedan tener. Siempre es otro. Nunca es alguien a quien conocemos.

Una lluvia ligera se me aferra a la chaqueta cuando reanudo el camino. La Post Office Tower se perfila contra el cielo cada vez más oscuro. Es uno de esos hitos que permiten que la gente se mueva por una ciudad. Las calles desembocan en callejones sin salida, o doblan y giran sin motivo, pero la torre se alza sobre las excentricidades del diseño urbano.

Me gusta esta vista de Londres. Es muy majestuosa. Sólo cuando te acercas ves la decadencia. Pero claro, lo mismo se podría decir de mí.

Mi despacho está en una pirámide de cajas blancas en Great Portland Street, diseñada por un arquitecto que extrajo la inspiración de su propia infancia. Al mirarla desde la calle parece inacabada, y siempre tengo la sensación de que en algún momento llegará una grúa para meter unas cuantas cajas más en los huecos.

Mientras subo por los peldaños de la entrada oigo el claxon de un coche y me doy la vuelta. Un Ferrari de color rojo intenso se sube a la acera. El conductor, el doctor Fenwick Spindler, me saluda con la mano enguantada. Fenwick tiene aspecto de abogado, pero dirige la unidad psicofarmacológica del Hospital London University. También tiene una consulta privada, contigua a la mía.

–Buenos días, muchacho –saluda dejando el coche en medio de la acera, de manera que la gente tiene que rodearlo para cruzar la calle.

–¿No te preocupan los guardias de tráfico?

–Consíguete una de éstas –dice al tiempo que señala la pegatina de médico del parabrisas–. Son perfectas para emergencias médicas.

Sube conmigo las escaleras y abre la puerta de cristal.

–Te vi en la televisión la otra noche. Qué gran espectáculo. A mí no me habrían subido ahí arriba ni loco.

–Seguro que sí...

–Te tengo que contar mi fin de semana. Fui de caza a Escocia. Me cobré un ciervo.

–¿Los ciervos se cobran?

–Déjalo. –Hace un gesto–. Le metí un balazo al hijoputa en todo el ojo izquierdo.

El recepcionista presiona un interruptor para abrir la puerta de seguridad, y llamamos al ascensor. Fenwick se mira en los espejos de dentro, se quita unas motas de caspa de la hombrera arrugada del costoso traje. El hecho de que a Fenwick le siente mal un traje hecho a medida dice mucho sobre su cuerpo.

–¿Aún te dedicas a escuchar a prostitutas?

–Doy charlas.

–¿Así lo llaman ahora? –Suelta una risotada y se coloca el paquete a través del bolsillo del pantalón–. ¿Qué tal te pagan?

No me creerá si le digo que lo hago gratis.

–Me pagan con vales. Luego los puedo canjear por mamadas. Tengo un cajón lleno.

Casi se ahoga y se le congestiona el rostro. Tengo que contener la risa.

Pese a su evidente éxito como médico, Fenwick es una de esas personas que intentan por todos los medios ser otra. Por eso tiene un aspecto algo ridículo sentado detrás del volante de un deportivo. Es como ver a Bill Gates en bermudas floreadas o a George W. Bush en la Casa Blanca. Parecen fuera de lugar.

–¿Cómo vas de lo que tú ya sabes? –pregunta.

–Bien.

–No te he notado nada, muchacho. Ahora que sale el tema, Pfizer está probando un nuevo cóctel de medicamentos. Pasa a verme luego y te daré los datos...

Los contactos de Fenwick con las compañías farmacológicas son legendarios. Su consulta es un altar a Pfizer, Novartis y Hoffmann-La Roche: se lo han regalado casi todo, desde las plumas del escritorio hasta la máquina de café exprés. Lo mismo se puede decir de su vida social: navegación en Cowes, pesca de salmón en Escocia y caza del urogallo en Northumberland.

Doblamos la esquina y Fenwick echa un vistazo hacia el interior de mis oficinas. Hay una mujer de mediana edad sentada en la sala de espera, aferrada a un salvavidas naranja en forma de torpedo.

–No sé cómo te las arreglas, muchacho –susurra Fenwick.

–¿Para qué?

–Para escucharlos.

–Es lo que tengo que hacer para averiguar qué les pasa.

–¿Y por qué te molestas? A ésa métele unos cuantos antidepresivos y mándala a casa.

Fenwick no cree que haya factores psicológicos o sociales en las enfermedades mentales. Dice que todo es pura biología y, por tanto, se puede tratar con medicación. Sólo es cuestión de dar con la combinación adecuada.

Todas las mañanas (no trabaja después de mediodía) los pacientes van entrando uno a uno en su consulta, responden a unas pocas preguntas hechas a la ligera, y Fenwick les da una receta y les cobra ciento cuarenta libras. Si ellos quieren hablar de síntomas, él les habla de medicinas. Si ellos mencionan efectos secundarios, él les cambia la dosis.

Lo más raro es que sus pacientes lo adoran. Acuden a él porque quieren medicinas, no les importa cuáles. Cuantas más pastillas, mejor. Los pacientes esperan de mí que saque la pastilla mágica que lo cura todo. Cuando les digo que sólo quiero hablar se decepcionan.

–Buenos días, Margaret. Me alegro de que haya conseguido venir.

Se agarra al salvavidas.

–¿Por dónde ha venido?

–Por Putney Bridge.

–Es un buen puente, muy sólido. Lleva ahí muchos años.

Padece gefirofobia, pánico a cruzar puentes. Por si fuera poco, vive al sur del río, y todos los días tiene que cruzar el Támesis para llevar a sus hijos al colegio. Lleva el salvavidas por si el puente se derrumba, o lo barre una ola. Ya sé que parece irracional, pero así son las fobias sencillas.

–Tendría que vivir en el Sahara –dice, bromeando sólo a medias.

Le hablo de la xerofobia, el miedo a los lugares secos. Cree que me lo estoy inventando.

Hace tres meses, Margaret tuvo un ataque de pánico en medio del puente mientras llevaba a sus hijos al colegio. Nadie se percató hasta una hora más tarde. Los niños lloraban, agarrados a sus manos. Ella estaba paralizada por el miedo, incapaz de hablar o hacer gesto alguno. Los transeúntes pensaron que era una suicida. En realidad, para Margaret lo único que mantenía aquel puente en pie era su fuerza de voluntad.

Desde entonces hemos adelantado mucho en el intento de romper el bucle de pensamiento que acompaña a su miedo irracional.

–¿Qué cree que va a pasar si cruza el puente?

–Que se va a derrumbar.

–¿Por qué se va a derrumbar?

–No lo sé.

–¿De qué está hecho el puente?

–De acero, cemento y remaches.

–¿Cuánto tiempo lleva donde está?

–Muchos años.

–¿Se ha derrumbado alguna vez?

–No.

Cada sesión dura cincuenta minutos, y tengo diez minutos para tomar notas antes de que llegue el siguiente paciente. Mi secretaria, Meena, es como un reloj atómico: precisa al segundo.

–El minuto que se pierde, se pierde para siempre –dice al tiempo que se da golpecitos en el reloj que lleva en el pecho, en un broche.

Es angloindia, pero más inglesa que las fresas con nata; viste faldas hasta las rodillas, zapatos planos y jerséis. Y me recuerda a las chicas de mi escuela adictas a las novelas de Jane Austen, siempre soñando con conocer a su Darcy.

Por desgracia la voy a perder pronto. Se va con sus gatos a abrir un hotel rural en Bath. Me imagino cómo será, con posavasos de encaje debajo de los jarrones, figuritas de gatos y huevos pasados por agua con palitos de pan tostado.

Meena está organizando las entrevistas para buscar un nuevo secretario. Ha conseguido reducir la lista, pero sé que me costará tomar una decisión. Sigo deseando que cambie de idea. Ojalá supiera ronronear.

A media tarde asomo la cabeza a la sala de espera.

–¿Dónde está Bobby?
–No ha venido.
–¿Ha llamado?
–No.
Trata de no mirarme a los ojos.
–¿Te importa intentar localizarlo? Ya van dos semanas.
Sé que no quiere hacer la llamada. No le gusta Bobby. Al principio yo creía que era porque faltaba a las citas, pero no es sólo eso. La pone nerviosa. Puede que sea por su tamaño, o por el mal corte de pelo, o porque le tiene manía. En realidad no lo conoce. La verdad es que nadie lo conoce.

Casi como si lo hubiéramos llamado, Bobby aparece en la puerta arrastrando las piernas y con su habitual cara de ansiedad. Alto, pasado de peso, con el pelo pajizo y las gafas de montura metálica, su corpachón tembloroso amenaza con reventar la gabardina larga deformada por los bolsillos abarrotados.
–Siento llegar tarde. Me surgió otra cosa.
Mira la sala de espera, todavía no sabe si entrar.
–¿Te surgió otra cosa dos semanas seguidas?
Establece contacto visual conmigo y luego aparta la mirada.
Estoy acostumbrado a que Bobby se muestre a la defensiva y cerrado, pero esto es otra cosa. En vez de guardar secretos, está mintiendo. Es como bajar las persianas delante de alguien y luego decir que no hay persianas.

Hago un inventario rápido. Lleva los zapatos limpios y el pelo peinado. Se ha afeitado esta mañana, pero ya vuelve a tener sombra en la cara. Las mejillas están congestionadas por el frío, y al mismo tiempo suda. Me pregunto cuánto tiempo se habrá pasado abajo, tratando de juntar valor para subir a verme.
–¿Dónde has estado, Bobby?
–Me entró miedo.
–¿Por qué?
Se encoge de hombros.
–Me tuve que marchar.
–¿Adónde?
–A ninguna parte.

No me molesto en señalarle la contradicción. Las tiene en abundancia.

–¿Quieres quitarte la chaqueta?

–Así estoy bien.

–Bueno, por lo menos ven a sentarte.

Le hago una señal en dirección a mi despacho. Atraviesa la puerta y se queda delante de la estantería para ojear los títulos. La mayor parte son volúmenes sobre psicología y comportamiento animal. Al final se para y roza el lomo de un libro, *La interpretación de los sueños,* de Sigmund Freud.

–Creía que hoy en día las opiniones de Freud habían caído en descrédito. –Tiene apenas un atisbo de acento del norte–. No conocía la diferencia entre la histeria y la epilepsia.

–No era uno de sus puntos fuertes.

Le señalo una silla y Bobby se sienta apenas, con las rodillas casi paralelas al suelo.

Aparte de las notas que he ido tomando, en su ficha hay pocos papeles. Tengo el informe con el que me lo enviaron, los escáneres neurológicos y la carta de un médico de cabecera del norte de Londres. Hablan de «pesadillas preocupantes» y de una sensación de «carecer de control».

Bobby tiene veintidós años, sin historial familiar de enfermedades mentales ni de drogadicciones. Tiene una inteligencia superior a la media, goza de buena salud y vive con su novia, Arky, en lo que parece una relación sólida.

Cuento con una biografía básica: nacido en Londres, estudios en colegios públicos de nivel elemental, clases nocturnas, trabajos aquí y allá en almacenes o como repartidor. Arky y él viven en un bloque de apartamentos, en Hackney. Ella tiene un hijo y trabaja en el puesto de golosinas de un cine. Al parecer fue Arky la que lo convenció para que buscara ayuda. Las pesadillas de Bobby iban a peor. Se despertaba gritando en medio de la noche, se tiraba de la cama y chocaba contra las paredes en un intento desesperado por escapar de sus sueños.

Antes del verano parecía que estábamos haciendo progresos. Entonces, Bobby desapareció durante tres meses y yo pensé que no lo volvería a ver. Se presentó de nuevo hace cinco semanas, sin pedir cita y sin dar explicaciones. Parecía más contento. Estaba durmiendo mejor. Las pesadillas no eran tan graves.

Ahora algo va mal. Se sienta inmóvil, pero sus ojos inquietos no pierden detalle.

–¿Qué ha pasado?

–Nada.

–¿Va todo bien en casa?

Parpadea.

–Sí.

–¿Entonces?

Dejo que el silencio trabaje a mi favor. Bobby se mueve en la silla, se rasca las manos como si algo le irritara la piel. Pasan los minutos, y se muestra cada vez más agitado.

Le lanzo una pregunta directa para darle pie a hablar.

–¿Cómo está Arky?

–Lee demasiadas revistas.

–¿Por qué lo dices?

–Busca el cuento de hadas moderno. Ya sabe, todas esas mierdas que dicen en las revistas para mujeres, cómo tener orgasmos múltiples, conseguir el éxito en la vida profesional y ser la madre perfecta. No es más que basura. Las mujeres de verdad no parecen modelos de pasarela. Los hombres de verdad no se pueden recortar de una revista. ¿Qué tengo que hacer? ¿Emborracharme con los amigos o llorar en las películas tristes? ¿Hablo de coches deportivos o de los colores que se llevan esta temporada? Las mujeres creen que quieren un hombre, pero en realidad lo que buscan es un reflejo de ellas mismas.

–¿Y eso cómo te hace sentir?

–Frustrado.

–¿Con quién?

–A elegir.

Encoge los hombros y el cuello de la chaqueta le roza las orejas. Ahora tiene las manos sobre el regazo, dobla y desdobla un trozo de papel; lo ha hecho tantas veces que los dobleces están desgastados.

–¿Qué has escrito?
–Un número.
–¿Qué número?
–El veintiuno.
–¿Me lo dejas ver?
Parpadea muy deprisa y desdobla el papel con cuidado, se lo estira contra el muslo y pasa los dedos por la superficie. El número «21» está escrito cientos de veces, con cifras menudas manuscritas, dispuestas desde el centro hacia fuera para formar las aspas de un molino de viento.
–¿Sabía que un trozo de papel seco no se puede doblar más de siete veces? –dice Bobby para tratar de cambiar de tema.
–No.
–Pues es verdad.
–¿Qué más llevas en los bolsillos?
–Mis listas.
–¿Qué tipo de listas?
–Cosas que tengo que hacer. Cosas que me gustaría cambiar. Gente que me gusta.
–¿Y gente que no te gusta?
–También.
Hay personas cuyo aspecto no cuadra con su voz, y Bobby es una de ellas. Aunque es un hombre corpulento parece más menudo porque no tiene la voz grave, y además encoge los hombros cuando se inclina hacia delante.
–¿Te has metido en algún lío, Bobby?
Se estremece tan bruscamente que las patas de la silla se levantan del suelo. Sacude la cabeza sin cesar.
–¿Te enfadaste con alguien?
Aprieta los puños con una mirada de tristeza infinita.
–¿Qué fue lo que te hizo enfadar?
Susurra algo y sigue sacudiendo la cabeza.
–Perdona, no te he oído.
Vuelve a susurrar.
–Vas a tener que hablar un poco más alto.
Estalla sin un atisbo de preaviso.

–¡DEJE DE METERSE EN MI CABEZA, JODER!

El ruido retumba en el espacio cerrado. En el pasillo se abren puertas y la luz de mi intercomunicador parpadea. Aprieto el botón.

–No pasa nada, Meena. Todo va bien.

Una vena diminuta late en la sien de Bobby, justo encima del ojo derecho.

–Tuve que castigarla –susurra con voz de niño pequeño.

–¿A quién tuviste que castigar?

Se gira el anillo que lleva en el índice de la mano derecha, y luego lo devuelve a su posición original, como si estuviera moviendo el dial de la radio para sintonizar bien una frecuencia.

–Todos estamos conectados... por seis grados de separación, a veces menos. Si algo sucede en Liverpool, en Londres o en Australia, todo está conectado...

No le permito cambiar de tema.

–Si estás en apuros te puedo ayudar, Bobby. Tienes que contarme lo que ha pasado.

–¿En la cama de quién estará ahora? –susurra.

–¿Cómo dices?

–Sólo se acuesta sola cuando está en el suelo.

–¿Has castigado a Arky?

Se ríe de mí, más consciente ahora de mi presencia.

–¿Ha visto *El show de Truman?*

–Sí.

–Bueno, pues a veces me siento como si fuera Truman. Me siento como si el mundo entero me estuviera mirando. Mi vida ha sido diseñada según las expectativas de alguien. Todo es una fachada. Las paredes son de contrachapado y los muebles de cartón piedra. Y entonces pienso que, si pudiera correr mucho, al doblar una esquina me encontraría en el patio trasero del plató de la película. Pero nunca consigo correr lo suficiente. Para cuando llego ya han construido otra calle... y otra.

4

En términos de bienes inmuebles, vivimos en el purgatorio. Lo digo porque no hemos llegado aún al nirvana frondoso de Primrose Hill, pero hemos salido del sumidero lleno de pintadas y rejas metálicas que es la zona sur de Camden Town.

La hipoteca es escandalosa y las cañerías no están muy bien, pero Julianne se enamoró de la casa nada más verla. Tengo que reconocer que yo también. En verano, si la brisa sopla en la dirección correcta y las ventanas están abiertas, se oyen los sonidos de los leones y las hienas del zoo de Londres. Es como ir de safari pero sin el todoterreno.

Julianne da clases de español para adultos los miércoles por la noche. Charlie se ha quedado a dormir en casa de su mejor amiga. Tengo la casa para mi solo, cosa que por lo general me gusta. Recaliento un plato de sopa en el microondas y arranco un trozo de pan de la barra. Charlie ha escrito una poesía en la pizarra blanca, junto a los ingredientes del bizcocho de plátano. Siento una diminuta punzada de soledad. Quiero que vengan las dos. Echo de menos el ruido, las bromas.

En el piso de arriba, voy de habitación en habitación controlando el progreso de las obras. Los botes de pintura se alinean en el alféizar de la ventana y los suelos están cubiertos de sábanas viejas que parecen lienzos de Jackson Pollock. Uno de los dormitorios se ha convertido en almacén para las cajas, las alfombras y los muebles arañados por el gato. El viejo cochecito y la trona de Charlie están en un rincón, a la espera de instrucciones. Y sus ropas de bebé están en bolsas selladas con etiquetas identificativas.

Llevamos seis años intentando tener otro hijo. Hasta la fecha el resultado han sido dos abortos e incontables lágrimas. Dadas las circunstancias yo no quiero seguir, pero Julianne sigue tomando vitaminas, estudiando muestras de orina y controlándose la temperatura. Hacemos el amor como si se tratara de un experimento científico, con la vista puesta en el momento óptimo de la ovulación.

Cuando se lo menciono, me promete que me saltará encima regular y espontáneamente en cuanto tengamos otro hijo.

–Cuando llegue no lo lamentarás ni por un momento.

–Ya lo sé.

–Lo hacemos por Charlie.

–Sí.

Me gustaría plantearle todos los «Y si...», pero no me animo. ¿Y si la enfermedad se precipita? ¿Y si hay algún factor genético? ¿Y si no puedo coger en brazos a mi propio hijo? No soy sensiblero ni obsesivo, sólo pragmático. El problema no se va a solucionar con una taza de té y un par de galletas. Esta enfermedad es como un tren distante, se acerca a nosotros en medio de la oscuridad. Puede que esté lejos, pero se acerca.

A las seis y media llega el taxi y nos incorporamos al tráfico de la hora punta. Hay un atasco en Euston Road hasta pasado Baker Street, y es inútil buscar un atajo en una pista de obstáculos en forma de bolardos, badenes y calles de sentido único.

El conductor se queja de los inmigrantes ilegales que se cuelan por el túnel del Canal y empeoran los problemas de tráfico. Como no tienen coche no lo entiendo muy bien, pero estoy demasiado deprimido para discutir.

Poco después de las siete me deja en Langton Hall, en Clerkenwell, un edificio bajo de ladrillo rojo con ventanas de marcos blancos y desagües negros. Sólo hay una luz encendida en las escaleras de entrada, por lo demás parece desierto. Empujo las puertas, cruzo un vestíbulo estrecho y entro en la sala grande. Hay sillas de plástico organizadas en filas torcidas. A un lado, sobre una mesa, hay un termo grande con agua caliente e hileras de tazas y platos.

Se han presentado unas cuarenta mujeres. Sus edades oscilan desde la adolescencia hasta el final de la treintena. La mayor parte viste abrigo, sin duda debajo muchas van vestidas –para trabajar– con tacones de aguja, minifaldas, pantalones cortos y medias. El aire es una bruma tecnicolor de perfume y tabaco.

En el estrado, Elisa Velasco ya ha tomado la palabra. Es menuda, con ojos verdes y pelo rubio; tiene ese acento que hace que las mujeres del norte parezcan tan vitales y razonables. Viste una falda de tubo hasta la rodilla y un jersey de cachemira muy ajustado. Parece una chica de anuncio de la Segunda Guerra Mundial.

Tras ella, proyectada en una pantalla blanca, hay una imagen de María Magdalena pintada por la artista italiana Artemisia Gentileschi. En la parte inferior y en letras pequeñas aparecen las iniciales PTSP: las Prostitutas También Son Personas.

Elisa me ve y parece aliviada. Trato de avanzar por un lado de la estancia sin interrumpirla, pero da unos golpecitos en el micrófono y las mujeres se vuelven.

–Permitan que les presente a la persona a quien han venido a escuchar. Recién salido de las portadas de los periódicos, demos la bienvenida al profesor Joseph O'Loughlin.

Se oyen dos o tres palmadas irónicas. Es un público difícil. La sopa se me revuelve en el estómago mientras subo por los peldaños laterales del estrado y entro en el círculo de luz. El brazo izquierdo me tiembla y agarro el respaldo de una silla para mantener firmes las manos.

Carraspeo para aclararme la garganta y clavo la vista en un punto indefinido por encima de sus cabezas.

–La mayor parte de las víctimas de asesinatos no resueltos de este país pertenecen al colectivo de las prostitutas. En los últimos siete años han sido asesinadas cuarenta y ocho. Sólo en Londres cada día violan al menos a cinco. A una docena las golpean, roban o secuestran. No las atacan por su atractivo, ni porque se lo hayan buscado, sino porque son accesibles y vulnerables. Es fácil abordarlas y no hay nadie más anónimo en esta sociedad.

Ahora bajo la vista y conecto con sus rostros; es un alivio ver que he captado su atención. Una mujer sentada en primera fila viste una chaqueta con cuello de raso púrpura y guantes amarillo limón. Tiene las piernas cruzadas y por la abertura de la chaqueta se le ve un muslo color crema. Los finos cordones negros de los zapatos se entrecruzan al subirle por las pantorrillas.

–Por desgracia, no siempre podéis elegir a vuestros clientes. Vienen en todas las formas y tamaños, algunos borrachos, algunos violentos...

–Algunos gordos –grita una rubia de bote.

–Y malolientes –aporta una adolescente que lleva gafas de sol.

Dejo unos instantes para que las risas se acallen. Muchas de estas mujeres no confían en mí. Las comprendo. Corren riesgos en todas sus relaciones, ya sea con los chulos, con los clientes o con un psicólogo. Han aprendido a no confiar en los hombres.

Me gustaría hacerles ver hasta qué punto es real el peligro. Tal vez debería haber traído fotos. Una víctima reciente fue hallada con las tripas en la cama, al lado de su cuerpo. Por otra parte, no hace falta que nadie se lo diga a estas mujeres: el peligro siempre está presente.

–No he venido aquí esta noche a echaros un sermón. Lo único que quiero es que estéis un poco más protegidas. Cuando trabajáis en las calles por las noches, ¿cuántos amigos o familiares saben dónde estáis? Si desaparecierais, ¿cuánto tardaría alguien en informar a la policía?

Dejo la pregunta en el aire como una telaraña que colgara de las vigas. Tengo la voz ronca y sueno demasiado brusco. Suelto la silla y empiezo a caminar por la parte delantera del escenario. Mi pierna izquierda se niega a moverse y estoy a punto de tropezar, pero recupero el equilibrio. Se miran unas a otras, no saben qué pensar de mí.

–No trabajéis en las calles, y si es inevitable, tomad precauciones. Procurad ir juntas. Cuando entréis en un coche, aseguraos de que alguien anote el número de la matrícula. Trabajad sólo en zonas bien iluminadas y organizad casas comunes adonde podáis llevar a los clientes en vez de quedaros en sus coches...

Cuatro hombres han entrado en la sala y se han situado cerca de las puertas. Es evidente que son policías de paisano. Cuando las mujeres se dan cuenta oigo un murmullo de incredulidad y resignación. Varias me miran furiosas como si pensaran que es cosa mía.

–Calma todo el mundo. Yo me encargo.

Me bajo con cuidado del escenario. Quiero interceptar a Elisa antes de que llegue a ellos.

Es fácil distinguir quién está al mando. Es el mismo detective a quien vi en el cementerio de Kensal Green, el del rostro cínico y los dientes torcidos. Lleva la misma gabardina arrugada, que es un mapa culinario de manchas y salpicaduras. En la corbata de su club de rugby lleva un alfiler de la Torre de Pisa.

Me cae bien. No le interesa la ropa. Los hombres que se ocupan demasiado de su aspecto pueden parecer ambiciosos, pero también vanos. Cuando habla mira hacia lo lejos, como si tratara de ver lo que se avecina. He visto la misma mirada en los campesinos que siempre parecen incómodos si tienen que concentrarse en algo demasiado cercano, sobre todo rostros. Le dedico una sonrisa apologética.

–Siento que nos hayamos colado en su convención –le dice a Elisa con ironía.

–¡Entonces váyanse a la mierda!

Se lo dice con voz dulce y una sonrisa envenenada.

–Encantado de conocerla, señorita. ¿O debería llamarla *madame*?

Me interpongo entre ellos.

–¿En qué los podemos ayudar?

Me mira de arriba abajo.

–¿Y usted quién es?

–Soy el profesor Joseph O'Loughlin.

–¡No joda! Eh, chicos, es el tío de la cornisa. El que convenció a aquel chico para que no se tirara. –Su voz es un trueno ronco–. En mi vida había visto a nadie con más miedo. –Su risa es como un puñado de canicas por un desagüe. Se le ocurre otra idea–. Usted es experto en putas, ¿no? Escribió un libro o algo así.

–Un ensayo.

Se encoge de hombros con gesto ambivalente y hace una señal a sus hombres, que se separan y bajan por los pasillos. Carraspea para aclararse la garganta y se dirige a las presentes.

–Soy el detective inspector Vincent Ruiz, de la policía metropolitana. Hace tres días encontramos el cadáver de una joven en Kensal Green, en West London. Había muerto unos diez días antes. Hasta el momento no hemos podido identificarla, pero hay motivos para pensar que se trataba de una prostituta. Les van a enseñar un dibujo del rostro de la joven. Si alguna de ustedes la reconoce, agradeceremos mucho cualquier información. Buscamos un nombre, una dirección, un conocido, un amigo... a cualquiera que la hubiera conocido.

Parpadeo unas cuantas veces.

–¿Dónde la encontraron? –me oigo preguntar.

–Enterrada en una fosa poco profunda junto al Grand Union Canal.

Las imágenes son como diapositivas de recuerdos. Aún veo la marquesina blanca y los reflectores: la cinta de la escena del crimen y la luz estroboscópica de los flashes. Yo estaba allí. Cuando la encontraron.

La sala parece cavernosa y retumbante. Los dibujos pasan de mano en mano. Sube el nivel de ruido. Una muñeca lánguida me tiende algo. El dibujo parece uno de esos retratos al carboncillo que venden a los turistas en Covent Garden. Es joven, con el pelo corto y los ojos grandes. Esa descripción concordaría con una docena de las mujeres presentes.

Cinco minutos después los detectives vuelven, miran a Ruiz y niegan con la cabeza. El detective inspector suelta un gruñido y se suena con un pañuelo la nariz deforme.

–No sé si saben que esto es una reunión ilegal –dice mirando al termo–. No es legal que las prostitutas se reúnan y beban infusiones.

–El té es para mí –digo.

Se ríe sin interés.

–Debe de beber mucho té, usted. O si no es que me toma por tonto.

Me está desafiando.

–Sé lo que es –le replico.

–¿De verdad? No me tenga en ascuas.

–Es usted un chico de campo que de repente se encontró en la gran ciudad. Creció en una granja, ordeñaba las vacas y recogía huevos. Jugaba al rugby hasta que alguna lesión puso fin a su carrera, pero todavía se pregunta si habría llegado a la cima. Desde entonces, su principal lucha es por no ganar peso. Está divorciado, o ha enviudado, lo que explica que a su camisa le haga falta un buen planchado y a su abrigo una visita a la tintorería. Le gusta tomar una cerveza después del trabajo, y luego un curry. Está tratando de dejar de fumar, por eso se busca continuamente chicles en los bolsillos. Piensa que si un gimnasio no tiene cuadrilátero y sacos de entrenamiento, ahí sólo van gilipollas. Y la última vez que tuvo vacaciones se fue a Italia porque le habían dicho que era genial, pero acabó detestando la comida, el vino y a la gente.

Me sorprende lo fría e indiferente que suena mi propia voz. Es como si se me hubieran contagiado los prejuicios que revolotean a mi alrededor.

–Me impresiona. ¿Es el truco que suele utilizar en las fiestas?

–No –murmuro.

De repente estoy avergonzado. Querría disculparme, pero no sé por dónde empezar.

Ruiz se hurga con la mano en el bolsillo y luego se detiene.

–Dígame una cosa, profesor. Si tanto ha podido deducir con sólo mirarme, ¿qué le podría decir un cadáver?

–¿Qué quiere decir?

–Mi víctima de asesinato. Si le enseño el cadáver, ¿qué me podría decir de ella?

No sé si lo dice en serio. En teoría es posible, pero yo trabajo con la mente. Interpreto los gestos y el lenguaje corporal. Veo la ropa que se ponen y su manera de interactuar. Detecto los cambios en la voz y los movimientos en los ojos. Un cadáver no me puede contar nada. Un cadáver me revuelve el estómago.

–Tranquilo, no muerde. Nos vemos en el depósito de cadáveres de Westminster mañana a las nueve. –Me mete una nota con la dirección en el bolsillo de la chaqueta–. Si quiere luego desayunamos –añade, y se ríe.

Se da la vuelta y se va antes de que le pueda responder, y también se marchan sus detectives. En el último momento, justo antes de pasar por la puerta, se vuelve hacia mí.

–Se ha equivocado en una cosa.

–¿En qué?

–En lo de Italia. Me encantó.

5

Ya en la acera Elisa me da un beso en la mejilla.

–No sabes cuánto lo siento.

El último coche de policía se está alejando; lo mismo pasa con mi público.

–No ha sido culpa tuya.

–Ya lo sé. Es sólo que me gusta darte besos.

Me revuelve el pelo, y luego arma todo un espectáculo para sacar un cepillo del bolso y volvérmelo a peinar. Se pone delante de mí y me hace bajar un poco la cabeza. En esa posición le veo la parte superior de los pechos con el sujetador de encaje por el escote del jersey.

–La gente va a empezar a pensar mal –bromea.

–No tienen por qué.

He sido demasiado brusco. Arquea las cejas de manera casi imperceptible.

Enciende un cigarrillo y luego guillotina la llama con la tapa del encendedor. Durante un fugaz instante veo el reflejo de la luz en las motas doradas de sus ojos verdes. Se peine como se peine, Elisa siempre lleva el pelo revuelto como si se acabara de levantar. Inclina la cabeza hacia un lado y me mira fijamente.

–Te vi en las noticias. Fuiste muy valiente.

–Estaba muerto de miedo.

–¿El chico del tejado está bien?

–Sí.

–¿Y tú?

La pregunta me coge por sorpresa y no sé qué responder. Volvemos a la sala y la ayudo a apilar las sillas. Desenchufa el proyector y me entrega una caja de panfletos. La misma imagen de María Magdalena está impresa en la primera página.

Elisa me pone la barbilla en el hombro.

–María Magdalena es la santa patrona de las prostitutas.

–Yo creía que era una pecadora redimida.

Me corrige, algo molesta.

–Según los Evangelios gnósticos fue una visionaria. Pero también la han llamado apóstol de los apóstoles, porque fue la que les llevó la noticia de la resurrección.

–¿Y tú te crees todo eso?

–Jesucristo desaparece durante tres días y la primera persona que lo ve con vida es una puta. ¡No me digas que no es típico!

No se ríe. No era su intención ser graciosa.

La sigo otra vez a la calle; se detiene en los escalones de entrada, se da la vuelta y cierra la puerta.

–He traído el coche. Si quieres te llevo a casa –dice al tiempo que busca las llaves.

Doblamos la esquina y veo su Volkswagen Escarabajo rojo junto a un parquímetro.

–Hay otro motivo por el que elegí ese cuadro –explica.

–Porque lo pintó una mujer.

–También por eso. Pero sobre todo por lo que le pasó a la artista. Artemisia Gentileschi fue violada cuando tenía diecinueve años por su maestro, Tassi, quien negó haberla tocado. Durante el juicio dijo que Artemisia era una mala pintora que se había inventado la historia de la violación porque estaba celosa. La acusó de ser una «prostituta insaciable», y citó a sus amigos para que testificaran contra ella. Hasta la hicieron examinar por comadronas para averiguar si todavía era virgen. –Elisa suspira, pesarosa–. Pese a los siglos que han pasado, no ha cambiado gran cosa. La única diferencia es que, ahora, a las víctimas de violación no las torturamos follándolas con los dedos para ver si dicen la verdad.

Enciende la radio del coche y me hace un gesto muy claro de que no quiere hablar. Me acomodo en el asiento del copiloto y escucho cómo Phil Collins canta *Another Day in Paradise.*

La primera vez que me fijé en Elisa fue en una sala de entrevistas para niños que se habían escapado de sus casas, a mediados de los ochenta en Brentford. La Dirección de Salud de West London me acababa de aceptar como psicólogo clínico en prácticas.

Entró en la habitación, se sentó y encendió un cigarrillo sin dignarse a mirarme. Sólo tenía quince años, pero en ella había una especie de elegancia fluida, sus movimientos tenían una seguridad que captaba tu atención y la retenía demasiado tiempo.

Con un codo apoyado en la mesa y un cigarrillo a escasos centímetros de la boca, se dedicó a mirar la ventana que había a mi espalda. Como si yo no estuviera. El humo le serpenteaba en torno al pelo indómito. En algún momento le habían roto la nariz, y uno de los dientes delanteros tenía una melladura. De cuando en cuando se pasaba la lengua por el borde serrado.

A Elisa la habían rescatado de un «tumbadero», un burdel temporal instalado en el sótano de una casa deshabitada. Las puertas estaban preparadas para que no se pudieran abrir desde dentro. A ella y a otra prostituta adolescente las tuvieron encerradas tres días, durante los cuales las violaron docenas de hombres a los que se les habían garantizado relaciones sexuales con menores de edad. Un juez la puso bajo tutela, pero Elisa no hacía más que escaparse del hogar infantil. Era demasiado mayor para estar con una familia de acogida, y demasiado joven para vivir por su cuenta.

En aquella primera reunión la mirada que me dirigió era una mezcla de curiosidad y desprecio. Estaba acostumbrada a tratar con hombres. Los hombres eran manipulables.

–¿Cuántos años tienes, Elisa?

–Eso ya lo sabe –dijo con un gesto en dirección al expediente que yo tenía en la mano–. Si quiere me espero a que lo lea.

Me estaba tomando el pelo.

–¿Dónde están tus padres?

–Espero que en el cementerio.

Según las notas de los informes, Elisa vivía con su madre y

su padrastro en Leeds cuando se fugó de casa, poco después de cumplir catorce años.

La mayor parte de sus respuestas duraban lo indispensable. ¿Para qué utilizar dos palabras si vale con una? El tono era arrogante e indiferente, pero yo sabía que estaba sufriendo. Por fin conseguí llegar a ella.

–¿Cómo demonios es posible que sepa tan poco? –me gritó, con los ojos húmedos de emoción.

Era el momento de arriesgarse.

–Te crees que eres una mujer, ¿no? Te crees que sabes manipular a los hombres como yo. ¡Pues te equivocas! No soy un billete de cincuenta con patas en busca de una mamada o un polvo rápido en un callejón. No me hagas perder el tiempo. Tengo otras cosas que hacer.

La rabia le centelleó en los ojos antes de que se le nublaran de lágrimas. Se echó a llorar. Por primera vez aparentaba su edad, se comportaba según su edad. El relato le salió a trompicones, entre sollozos.

Su padrastro, un triunfante hombre de negocios de Leeds, había ganado mucho dinero comprando pisos y restaurándolos. Era un trofeo de primera para una madre soltera como la de Elisa. Significaba que podrían salir de su piso de protección oficial y mudarse a una casa de verdad, con jardín. Que Elisa tendría habitación para ella sola. Por aquel entonces estaba en secundaria.

Una noche, cuando ya tenía doce años, su padrastro se metió en su dormitorio.

–Esto es lo que hacen los mayores –le dijo mientras ponía las piernas de Elise sobre sus hombros y le tapaba la boca con la mano.

–Después fue muy bueno conmigo –dijo–. Me compraba ropa y cosas para maquillarme.

Aquello se prolongó durante dos años, hasta que Elisa se quedó embarazada. Su madre la llamó ramera, y exigió saber quién era el padre. Se alzaba ante ella, a la espera de la respuesta, y mientras el padrastro de Elisa la miraba desde el umbral. Él se pasó el índice por la garganta.

Elisa se fugó. En el bolsillo del jersey del uniforme del colegio llevaba el teléfono de una clínica de abortos en el sur de Londres. En la clínica conoció a una enfermera de cuarenta y tantos años, de rostro amable. Se llamaba Shirley, y ofreció a la niña un lugar donde alojarse mientras se recuperaba.

–No dejes que te quiten el uniforme del colegio.

–¿Por qué?

–Te será útil.

Shirley era una figura maternal para media docena de adolescentes que la adoraban. Hacía que se sintieran a salvo.

–Tenía un hijo que era un verdadero gilipollas –me contó Elisa–. Dormía con una escopeta debajo de la cama, y creía que se podía acostar con cualquiera de nosotras. ¡Menudo cabrón! La primera vez que Shirley me sacó a trabajar me dijo, «Venga, vamos, que tú puedes». Me puso en Baywater Road, con el uniforme del colegio. «Todo va bien, sólo pregúntales si les interesa una niña.» Yo no quería decepcionar a Shirley. Sabía que se enfadaría mucho.

»La segunda vez que me sacó hice unos cuantos trabajos manuales, pero no pude tener relaciones sexuales. No sé por qué. Tardé tres meses en poder. Había crecido y el uniforme de colegiala me quedaba corto, pero Shirley dijo que tenía unas piernas estupendas. Yo era su "cofre del tesoro".

Elisa no llamaba «clientes» a los hombres con los que se acostaba. No le gustaba ni siquiera pensar que estaban pagando dinero. Tampoco los trataba con desprecio, aunque muchos estuvieran engañando a sus esposas, novias y prometidas. Aquello no era más que trabajo, una simple transacción comercial: ella vendía algo, y ellos querían comprarlo.

A medida que pasaron los meses fue perdiendo la sensibilidad. Tenía una nueva familia. Entonces, un día, un chulo rival la recogió en la calle. Dijo que la necesitaba para un trabajo suelto. La encerró en el sótano de una casa y se dedicó a cobrar a los hombres que hacían cola en la puerta. Un río de pieles de diferentes colores fluyeron por su cuerpo y se derramaron dentro de ella.

–Decía que yo era su «máquina de follar» –comentó al tiempo que apagaba otro cigarrillo.

–Y ahora estás aquí.

–Donde nadie sabe qué hacer conmigo.

–¿Qué quieres hacer tú?

–Quiero que me dejen en paz.

6

La primera ley del Servicio Nacional de Salud es que la madera muerta flota. Es parte de nuestra cultura. Si alguien es incompetente o de trato difícil, es más fácil ascenderlo que despedirlo.

El supervisor de turno en el depósito de cadáveres de Westminster es calvo y rechoncho, con una abundante papada. Sólo tarda un instante en decidir que no le gusto.

–¿Quién le ha dicho que venga aquí?

–Tengo una cita con el detective inspector Ruiz.

–A mí nadie me ha dicho nada. Nadie ha concertado la cita.

–¿Lo puedo esperar aquí?

–No. En la sala de espera sólo entran los familiares de los difuntos.

–¿Dónde lo puedo esperar?

–Fuera.

Me llega su olor acre y advierto que tiene manchas de sudor en las axilas. Seguramente ha trabajado toda la noche y está haciendo horas extras. Está cansado y de mal humor. Por lo general los trabajadores que hacen turnos suscitan mi compasión... igual que me dan pena los solitarios y las chicas gordas a las que nadie saca a bailar. Cuidar de los muertos debe de ser un trabajo aborrecible.

Estoy a punto de decirle algo cuando llega Ruiz. El supervisor inicia de nuevo la perorata. Ruiz se acoda sobre el escritorio y coge el teléfono.

–Oye, pedazo de imbécil, ahí afuera hay una docena de coches aparcados con los papeles del parquímetro ya caducados. Tus compañeros de trabajo van a estar encantados contigo cuando les empiecen a caer las multas.

Unos minutos más tarde sigo a Ruiz por pasillos estrechos con tubos fluorescentes en el techo y suelos de cemento pintado. De cuando en cuando pasamos junto a una puerta con ventanas de cristal esmerilado. Una de ellas está abierta. Echo un vistazo al interior y veo una mesa de acero inoxidable en el centro de una habitación con un canal en el centro que lleva a un desagüe. Del techo penden luces halógenas, y también cables de micrófonos.

Más adelante nos cruzamos con tres técnicos de laboratorio con batas verdes, reunidos en torno a una máquina de café. Ninguno levanta la vista para mirarnos.

Ruiz camina deprisa y habla despacio.

–El cuerpo fue hallado a las once de la mañana del domingo, enterrado en una zanja poco profunda. Quince minutos antes habíamos recibido una llamada anónima desde una cabina a cuatrocientos metros de distancia. El denunciante nos dijo que su perro había desenterrado una mano.

Cruzamos una puerta doble de plexiglás y esquivamos la camilla que empuja un celador. Una sábana blanca de percal cubre lo que deduzco que es un cadáver. Sobre el torso, en precario equilibrio, hay una caja con tubos de ensayo llenos de muestras de sangre y de orina.

Llegamos a una antesala con una puerta grande de cristal. Ruiz da un golpecito en la ventana y la empleada sentada tras el escritorio aprieta un botón. Se oye un zumbido y entramos. La chica tiene el pelo rubio, con las raíces oscuras, y unas cejas depiladas tan finas como el hilo dental. Contra las paredes hay pizarras blancas y archivadores. Al otro lado hay una puerta grande de acero inoxidable con un cartel que dice «Sólo personal autorizado».

De repente me vienen a la cabeza imágenes de mis prácticas médicas, cuando me desmayé durante la primera clase con un cadáver. Desperté con unas sales aromáticas debajo de la nariz. Luego el conferenciante me eligió para demostrar a la clase cómo introducir en el abdomen una aguja de 150 mm hasta el hígado, para tomar muestras para una biopsia. Al final me felicitó por haber batido el récord universitario de órganos taladrados con una aguja durante una única intervención.

Ruiz entrega una carta a la empleada.

–¿Quiere que se la prepare para verla bien? –pregunta ella.

–No, en la nevera vale –responde él–. Pero voy a necesitar una bolsa para el mareo.

La mujer le da una bolsa grande de papel marrón.

La pesada puerta se abre con un siseo como de una olla a presión, y Ruiz se echa a un lado para dejarme entrar en primer lugar. Espero que me reciba el olor del formaldehído (acabé por relacionarlo con todos los cadáveres que vi en la universidad); en vez de eso hay un ligero olor a antisépticos y a jabón industrial.

Las paredes son de acero pulimentado. Hay una docena de camillas aparcadas en pulcras hileras. Tres paredes están ocupadas por criptas metálicas: parecen enormes archivadores, con tiradores grandes y cuadrados.

Me doy cuenta de que Ruiz me está diciendo algo.

–Según el patólogo, llevaba allí nueve o diez días. A excepción de un zapato y una cadena de oro al cuello con una medalla de san Cristóbal, estaba desnuda. No hemos encontrado el resto de la ropa. No hay indicios de agresión sexual. –Comprueba la etiqueta de uno de los cajones y tira para abrirlo–. Creo que comprenderá por qué hemos determinado la causa de la muerte.

El cajón se desliza sin esfuerzo sobre los rodillos. Echo la cabeza hacia atrás como si me hubieran dado un puñetazo y retrocedo. Ruiz me tiende la bolsa de papel marrón y me inclino entre arcadas. Es difícil vomitar y tratar de recuperar el aliento a la vez.

Ruiz no se ha movido.

–Como puede ver, tiene el lado izquierdo de la cara destrozado y el ojo cerrado por completo. Alguien le dio una paliza espantosa. Por eso mostramos el dibujo y no una foto. Hay más de veinte puñaladas, ninguna de más de tres centímetros de profundidad. Pero ahí va la pega: la última fue autoinfligida. El patólogo encontró indicios de titubeo. Tuvo que reunir valor para clavársela.

Levanto la cabeza y examino el rostro de Ruiz reflejado en el acero pulido. Es entonces cuando lo veo: miedo. Debe de haber investigado docenas de crímenes, pero éste es diferente porque no lo entiende.

Tengo el estómago vacío. Sudando y tiritando de frío, me enderezo y contemplo el cadáver. No se ha hecho nada para devolverle la dignidad a la pobre mujer. Está desnuda, rígida, con los brazos a lo largo del cuerpo y las piernas juntas.

La blancura opaca de la piel hace que casi parezca una estatua de mármol, sólo que esta «estatua» ha sufrido el ataque de un vándalo. Tiene el pecho, los brazos y los muslos cubiertos de tajos rosas y escarlatas. Allí donde la piel se ha tensado, las heridas se abren como órbitas oculares vacías. En otros sitios están cerradas y lloran.

He visto protocolos post mórtem en la Facultad de Medicina. Conozco el procedimiento. La han fotografiado, raspado, restregado; la han abierto desde el cuello hasta la entrepierna. Han pesado sus órganos y analizado el contenido de su estómago. Habrá fluidos corporales, escamas de piel muerta y suciedad de debajo de las uñas en bolsitas de plástico o entre placas de cristal. Lo que una vez fue un ser humano lleno de vida y de energía se ha convertido en la prueba A.

–¿Qué edad tenía?

–Entre veinticinco y treinta y cinco años.

–¿Qué le hace pensar que se trata de una prostituta?

–Han pasado casi dos semanas y nadie ha denunciado su desaparición. Usted sabe mejor que yo cómo son las prostitutas. Se esfuman durante días o semanas, y de repente aparecen en otro lugar. Algunas hacen la ruta de las conferencias, otras trabajan en las paradas de camiones. Si esta chica hubiera tenido una red firme de familiares y amigos, a estas alturas alguien habría informado de la desaparición. También puede que sea extranjera, pero la Interpol no ha informado de nada.

–Lo que no sé es en qué lo puedo ayudar yo.

–¿Qué me puede decir sobre ella?

Aunque no soporto mirar el rostro tumefacto, ya he advertido algunos detalles. Tiene el pelo rubio y corto, con un corte práctico fácil de lavar y rápido de secar, que no necesita mucho peinado. No se ha hecho agujeros en las orejas. No lleva anillos en los dedos, y nada sugiere que soliera llevarlos. Es esbelta y de piel clara, con más caderas que pecho. Lleva las cejas bien depiladas, al igual que las ingles, se ha hecho la cera recientemente y el triángulo de vello púbico está bien definido.

–¿Llevaba maquillaje?

–Un toque de barra de labios y perfilador en los ojos.

–Tengo que sentarme un rato a leer el informe de la autopsia.

–Le buscaré un despacho que no esté ocupado.

Diez minutos más tarde, a solas frente a un escritorio, contemplo el montón de álbumes de fotografías y carpetas rebosantes de atestaciones. Entre ellas está el informe de la autopsia y los resultados de los análisis de sangre y toxicología.

FORENSE DE WESTMINSTER
Informe de autopsia

Nombre: desconocido	Autopsia N.º: DX-34 468
FDN: desconocida	Fecha y hora de la muerte: desconocidas
Edad: desconocida	Fecha y hora de la autopsia: 12-10-2000, 09:15
Sexo: mujer	

Extracto anatómico:

1) Catorce laceraciones y heridas incisivas en pecho, abdomen y muslos, con una profundidad de tres centímetros. La longitud oscila entre los dos centímetros y los nueve.

2) Cuatro laceraciones en el antebrazo izquierdo.

3) Tres laceraciones en el lado izquierdo del cuello y en los hombros.

4) La dirección general de las lesiones tiende a ser de arriba abajo, y son una mezcla de heridas punzantes e incisivas.

5) Las marcas de titubeo por lo general son rectas y acompañan a las incisiones más profundas.

6) Fuertes magulladuras e hinchazón en la mejilla y órbita ocular del lado izquierdo.

7) Ligeras abrasiones en el antebrazo derecho y abrasiones en la tibia y el talón derecho.

8) Conductos oral, vaginal y rectal limpios.

Estudio toxicológico primario:
Etanol en sangre: no se detecta
Rastros de drogas en sangre: no se detectan.

Causa de la muerte:
En la autopsia, los rayos X revelan aire en la cámara ventricular derecha del corazón, sintomático de una embolia masiva y fatal.

Repaso el informe por encima, busco detalles concretos. No me interesan las minucias de cómo murió. En vez de eso busco pistas relativas a cómo vivió. ¿Tenía alguna marca de antiguas fracturas? ¿Había pruebas de consumo de drogas o enfermedades de transmisión sexual? ¿Qué fue lo último que comió? ¿Cuánto tiempo pasó entre la última comida y la muerte?

Ruiz no se molesta en llamar a la puerta.

–Seguro que usted es de los que lo prefieren con leche y sin azúcar.

Pone en la mesa un vaso de plástico lleno de café y luego se palmea los bolsillos en busca de unos cigarrillos que sólo existen en su imaginación. Aprieta los dientes.

–¿Qué me puede decir?

–No era una prostituta.

–¿Por qué?

–La edad media de las niñas que entran en la prostitución es de sólo dieciséis años. Esta mujer tenía veintitantos, probablemente más. No hay rastros de actividad sexual continuada ni indicios de que haya padecido enfermedades de transmisión sexual. Entre las prostitutas los abortos son muy corrientes, sobre todo si las presionan para no utilizar condones, pero esta chica no ha estado embarazada nunca.

Ruiz da tres golpecitos en la mesa, como si tecleara tres puntos suspensivos. Quiere que prosiga.

–Las prostitutas de la parte superior de la escala venden una fantasía. Cuidan muchísimo su aspecto y su presentación. Esta mujer tenía las uñas cortas, un corte de pelo a lo chico y apenas se maquillaba. Llevaba zapatos prácticos y muy pocas joyas. No utilizaba cremas hidratantes caras ni se hacía la manicura. El depilado de las ingles es conservador...

Ruiz vuelve a recorrer la habitación a zancadas, con los labios entreabiertos y el ceño fruncido.

–Se cuidaba. Hacía ejercicio y comía de manera saludable. Seguramente le preocupaba engordar. Diría que era de inteligencia media tirando a alta. Es probable que le fueran bien los estudios, y que fuera de clase media. No creo que sea de Londres. A estas alturas alguien habría informado de su desaparición. No es de la clase de mujeres que desaparecen. Tiene amigos y familia. Pero si vino a Londres a una entrevista de trabajo, o quizá de vacaciones, sus conocidos no esperarán tener noticias de ella en un tiempo. Pronto empezarán a preocuparse.

Echo la silla hacia atrás, me falta decisión para ponerme en pie. ¿Qué más le puedo decir?

–En cuanto al medallón... no es san Cristóbal. Creo que es san Camilo. Si lo mira bien, tiene en las manos un jarro y una toalla.

–¿Quién era ése?

–El santo patrón de las enfermeras.

Se concentra en lo que le acabo de decir. Inclina la cabeza hacia un lado, casi se ve cómo clasifica la información. Tiene un estuche de cerillas en la mano, lo abre y lo vuelve a cerrar. Lo abre y lo vuelve a cerrar.

Repaso los papeles y echo un vistazo al informe de la autopsia. Hay un párrafo que me llama la atención.

> Hay rastros de laceraciones antiguas a lo largo de los dos antebrazos y en la parte superior de los muslos. Las marcas sugieren un intento de autosutura. Es probable que estas heridas fueran autoinfligidas, y apuntan a intentos pasados de automutilación.

–Tengo que ver las fotografías.

Ruiz empuja hacia mí los álbumes de anillas.

–Tengo que hacer una llamada –dice al mismo tiempo–. Puede que haya una pista sobre una mujer desaparecida. Una técnica de rayos X de Liverpool lleva una semana sin saber nada de su compañera de piso. La edad, la altura y el color del pelo coinciden con los de nuestra desconocida. Y mire qué coincidencia, Sherlock, la compañera es enfermera.

Cuando sale, abro el primer álbum de fotografías y paso las páginas con prisa. Recuerdo que el cadáver tenía los brazos estirados a lo largo del cuerpo. No le vi las muñecas, ni la cara interior de los muslos. Una mujer que se automutila con múltiples heridas de arma blanca, todas autoinfligidas... Sin duda no es más que una coincidencia.

Las primeras fotografías están tomadas con gran angular, al aire libre, en un lugar con bidones oxidados, rollos de alambre y postes de andamios. El Grand Union Canal es el telón de fondo inmediato, pero más allá se ven los árboles bien cuidados y entre ellos las lápidas.

Las fotografías empiezan a centrarse en las orillas del canal. Se han clavado postes unidos luego con cordón policial azul y blanco para cerrar la zona.

El segundo juego de fotografías muestra la zanja y una pincelada blanca que parece un cartón de leche tirado en el suelo. A medida que la cámara se acerca descubrimos que es una mano, con los dedos estirados que salen de la tierra. Poco a poco se va apartando la tierra, se pasa por un tamiz y se introduce en bolsas. Al final el cadáver queda al descubierto, tendido, con una pierna doblada en una postura extraña y el brazo izquierdo sobre los ojos, como para protegerse de las luces.

Paso deprisa las páginas hasta llegar a las fotos de la autopsia. La cámara registra cada mancha, cada arañazo, cada magulladura. Busco una fotografía concreta.

Aquí está. Tiene los antebrazos vueltos hacia arriba, contra la mesa metálica sin brillo. Me pongo de pie con torpeza y vuelvo a recorrer el pasillo. La pierna izquierda se me traba, tengo que darle impulso para obligarla a adelantarse.

La empleada activa el mecanismo de apertura para permitirme el paso, y contemplo por un momento las criptas de metal. Cuatro a la derecha. Tres abajo. Leo la etiqueta, agarro el tirador y deslizo el cajón. Esta vez me fuerzo a mirar la cara destrozada. La identificación es como una chispita que pone en marcha una máquina de gran tamaño. Los recuerdos me invaden como una avalancha. Tiene el pelo más corto. Ha ganado algo de peso, pero muy poco.

Le cojo el brazo derecho, se lo giro y le paso las yemas de los dedos por las cicatrices lechosas. Parecen grabados en la pálida piel, un entramado de repliegues que se entrecruzan antes de difuminarse y desaparecer. Se abría aquellas heridas una y otra vez, quitaba los puntos o practicaba nuevos cortes. Siempre las tenía ocultas, pero hubo una vez un psicólogo que compartió el secreto.

–¿Tenía que echarle otro vistazo?

Ruiz está en la puerta.

–Sí.

No puedo evitar que me tiemble la voz. Ruiz se adelanta y cierra el cajón.

–No debería haber venido aquí solo. Me tendría que haber esperado.

El tono es duro. Murmuro una disculpa y me lavo las manos en la pila, siento sus ojos clavados en mí. Tengo que decir algo.

–¿Qué pasa con lo de Liverpool? ¿Ha averiguado...?

–La compañera de piso viene de camino a Londres, la trae el equipo local de incidentes críticos. Esta tarde tendremos una identificación positiva.

–De modo que ya sabe el nombre.

No me responde. En vez de eso me hace apresurarme por el pasillo, y tengo que esperar mientras recoge los informes y las fotografías de la autopsia. Luego lo sigo por el laberinto subterráneo hasta que salimos al aparcamiento por una puerta doble.

Durante todo el camino no dejo de pensar que tendría que decir algo, y ya. Tendría que decírselo. Pero hay otro hilo de pensamiento. Ya no importa. Ya sabe quién era. Lo pasado, pasado está. Se quedó atrás.

–Le dije que lo llevaría a desayunar.

–No tengo hambre.

–Pero yo sí.

Caminamos por un callejón estrecho bajo los arcos ennegrecidos de una vía ferroviaria. Por lo visto, Ruiz conoce todas las calles. Para ser tan corpulento tiene una sorprendente ligereza a la hora de esquivar charcos y excrementos de perro.

Los grandes ventanales del café están llenos de vapor condensado, o tal vez sea una película de grasa de la freidora. Cuando entramos, una campanilla tintinea sobre nuestras cabezas. La vaharada de humo de cigarrillos y aire caliente es abrumadora. El local está casi vacío a excepción de dos ancianos de mejillas chupadas, ambos con jerséis, que juegan al ajedrez en una esquina, y un cocinero indio con el delantal manchado de yema de huevo. La mañana está muy avanzada pero el café sirve desayunos todo el día. Alubias, patatas fritas, huevos, beicon y champiñones... en cualquier combinación. Ruiz elige una mesa cerca de la ventana.

–¿Qué toma usted?

–Café nada más.

–El café está asqueroso.

–En ese caso que sea té.

Él pide un desayuno británico completo, y además una tostada y dos tazas de té. Luego se busca los cigarrillos en el bolsillo de la chaqueta antes de murmurar algo sobre haberse olvidado el teléfono.

–No me ha producido ningún placer meterlo en esto –dice.

–Sí que se lo ha producido.

–Bueno, tal vez un poco.

Sus ojos parecen sonreír, pero no se está congratulando. La impaciencia que advertí en él la otra noche ha desaparecido. Se muestra más relajado y filosófico.

–¿Sabe que se ha convertido en detective inspector, profesor O'Loughlin?

–No.

–Antes todo se basaba en cuántos crímenes resolvía y a cuántos delincuentes metía en la cárcel. Y ahora todo depende de cuántas quejas genere y de si puedo ceñirme a un presupuesto. Para esta gente yo soy un dinosaurio. Desde que entró en vigor la ley de policía y pruebas penales, los policías como yo estamos abocados a la extinción.

»Hoy en día hablan de actividad policial preventiva. ¿Sabe lo que significa eso? Que el número de detectives que se dedicarán a un caso dependerá de lo grandes que sean los titulares en los periódicos sensacionalistas. Ahora las investigaciones las dirigen los medios de comunicación, no la policía.

–No he leído nada sobre este caso –señalo.

–Eso es porque todos creen que se trataba de una prostituta. Si ahora resulta que es Florence Nightingale o la hija de un duque me darán cuarenta detectives en vez de doce. El subjefe de policía se hará cargo en persona debido a «la compleja naturaleza del caso». Toda declaración pública tendrá que pasar por su despacho, él tendrá que aprobar cada línea de investigación.

–¿Por qué se lo asignaron a usted?

–Ya se lo he dicho, creían que se trataba de una prostituta muerta. «Encargádsela a Ruiz –dijeron–. Que reparta unos cuantos puñetazos y meta miedo a los chulos.» ¿Qué más da si alguno me denuncia? Mi expediente está tan lleno de protestas que Asuntos Internos tiene un archivador sólo para mí.

Un grupo de turistas japoneses pasa junto al ventanal y se detiene. Miran el menú escrito en la pizarra y luego a Ruiz, y al final deciden seguir su camino. Llega el desayuno, con un cuchillo y un tenedor envueltos en una servilleta de papel. Ruiz echa abundante salsa sobre los huevos y empieza a cortarlos. Intento no mirar mientras come.

–Tiene usted cara de querer preguntar algo.

–Sí, su nombre.

–Ya sabe cómo es esto, no puedo dar a conocer detalles hasta que no tengamos una identificación positiva y hayamos informado a la familia.

–Yo sólo quería...

No termino la frase. Ruiz bebe un sorbo de té y unta mantequilla en la tostada.

–Catherine Mary McBride. Cumplió veintisiete años el mes pasado. Enfermera de la Seguridad Social, aunque eso ya lo sabía. Según su compañera de piso, estaba en Londres por una entrevista de trabajo.

Aunque sabía la respuesta la conmoción no se mitiga. Pobre Catherine. Se lo tengo que decir a Ruiz. Se lo tendría que haber dicho al momento. ¿Por qué lo tengo que racionalizar todo? ¿Por qué no puedo decir las cosas y ya está, según me vienen a la cabeza?

Ruiz, inclinado sobre el plato, extiende una cucharada de alubias sobre la tostada. Se detiene a medio bocado.

–¿Por qué ha dicho «pobre Catherine»?

He estado pensando en voz alta. Mis ojos cuentan el resto de la historia. Ruiz deja caer el tenedor sobre el plato. La ira se mezcla con la desconfianza.

–Así que la conocía.

No es una afirmación, es una acusación. Está enfadado.

–Al principio no la reconocí. El dibujo que nos enseñó anoche podría haber sido cualquiera. Y pensé que buscaba a una prostituta.

–¿Y hoy?

–Tenía la cara tan hinchada... parecía tan... tan maltratada... No estuve seguro hasta que no vi las cicatrices. Fue paciente mía.

No se queda satisfecho.

–Como me vuelva a mentir, profesor O'Loughlin, le daré una patada en el culo de tal calibre que el aliento le olerá al betún de mis botas.

–No le he mentido. Sólo quería estar seguro.

No ha despegado los ojos de los míos.

–¿Y cuándo me lo pensaba contar?

–Se lo habría dicho tarde o temprano.

–Ya. Claro. –Empuja el plato hacia el centro de la mesa–. Empiece a hablar. ¿Por qué era paciente suya esta Catherine?

–Por esas cicatrices en las muñecas y en los muslos. Se cortaba de manera intencionada.

–¿Intento de suicidio?

–No.

Veo cómo Ruiz trata de aprehender la idea. Me inclino hacia él e intento explicarle cómo reaccionan las personas cuando se ven superadas por la confusión y las emociones negativas. Unos beben en exceso. Otros comen demasiado, o golpean a sus esposas, o le dan patadas al gato. Y una cantidad sorprendente pone las manos en el fogón de la cocina, o se abre la piel con una navaja.

Es una manera extrema de enfrentarse a los problemas. Dicen que así su dolor interior se vuelca hacia el exterior. Si le dan una manifestación física les resulta más fácil enfrentarlo.

–¿A qué intentaba enfrentarse Catherine?

–Sobre todo a una baja autoestima.

–¿Dónde la conoció?

–Trabajaba como enfermera en el Hospital Royal Marsden. Yo también, como especialista.

Ruiz da vueltas al té en la taza, lo mira como si pudiera encontrar respuestas allí dentro. De pronto empuja la silla hacia atrás, se sube la cintura del pantalón y se levanta.

–Es usted un hijoputa bien raro. –Deja caer un billete de cinco libras sobre la mesa, y lo sigo al exterior. No hemos dado ni una docena de pasos cuando se vuelve para enfrentarse a mí–. A ver, dígame una cosa. ¿Estoy investigando un asesinato, o esa chica se mató?

–La asesinaron.

–¿De modo que la obligaron a hacer eso, a cortarse tantas veces? Aparte de lo de la cara no hay otros indicios de que la ataran, la amordazaran, la retuvieran o la forzaran a herirse. ¿Me lo puede explicar?

Niego con la cabeza.

–¡Pues el psicólogo es usted! Se supone que entiende el mundo en el que vivimos. Yo soy detective, y que me maten si lo entiendo.

7

Que yo recuerde no me he vuelto a emborrachar desde que nació Charlie y Jock sintió que su misión era ponerme ciego de alcohol porque por lo visto es lo más inteligente, consciente y sensato que pueden hacer los padres bendecidos con un hijo.

Si tienes un coche nuevo evitas el alcohol, y si tienes una casa nueva no te lo puedes permitir, pero si lo que tienes es un nuevo hijo es obligatorio remojarlo o, como ocurrió en mi caso, vomitar en un taxi al paso por Marble Arch.

Ni siquiera me emborraché cuando Jock me dijo que tenía la enfermedad de Parkinson. En lugar de eso, fui y engañé a mi esposa con otra mujer. La resaca no duró mucho. La culpa, en cambio, no se va.

Hoy me he tomado dos vodkas dobles en el almuerzo; es la primera vez. Tenía la sensación de que me estaba emborrachando porque no me podía sacar de la cabeza la imagen de Catherine McBride. Lo que veo no es su rostro, sino su cuerpo desnudo despojado de toda dignidad; se le han negado hasta unas sencillas bragas o una sábana colocada estratégicamente. Quiero protegerla. Quiero escudarla de las miradas de la gente.

Ahora entiendo a Ruiz. No lo que dice, sino la expresión de su rostro. Esto no ha sido la terrible conclusión de una pasión desaforada. Tampoco un vulgar asesinato doméstico, motivado por la codicia o los celos. Catherine McBride sufrió de una manera espantosa. Cada corte debió de drenar sus fuerzas como las banderillas en el lomo de un toro.

Un psicólogo americano llamado Daniel Wegner llevó a cabo un famoso experimento en 1987 sobre la supresión del pensamiento. En una prueba que podría haber ideado el propio

Dostoyevski. Pidió a un grupo de personas que no pensaran en un oso blanco. Cada vez que el oso blanco se colaba en sus mentes tenían que hacer sonar una campana. Por mucho que lo intentaran, nadie podía esquivar el pensamiento prohibido más allá de unos pocos minutos.

Wegner habló de dos procesos de pensamiento diferentes que se contrarrestaban. Uno trata de pensar en cualquier cosa excepto en el oso blanco, mientras que el otro empuja sutilmente hacia eso mismo que queremos suprimir.

Catherine Mary McBride es mi oso blanco. No me la puedo quitar de la cabeza.

Tendría que haber vuelto a casa para comer y cancelar mis citas de la tarde. En vez de eso espero a Bobby Moran, que vuelve a llegar tarde. Meena lo recibe fría, cortante. Son las seis y se quiere ir a casa.

–No me gustaría estar casado con su secretaria –dice Bobby al tiempo que pasa solo a la consulta–. No es su mujer, ¿verdad?

–No.

Le indico que se siente. Sus posaderas ocupan todo el asiento. Se tironea de los puños de la chaqueta, parece distraído y nervioso.

–¿Qué tal te has encontrado?

–No, gracias, me acabo de tomar una taza.

Hago una pausa para ver si se da cuenta de que su respuesta no tiene sentido. No reacciona.

–¿Sabes qué te acabo de preguntar, Bobby?

–Que si quiero un té.

–No.

Una sombra de duda aletea sobre su rostro.

–Pero ahora me iba a preguntar si quería un té o un café.

–¿De modo que me estabas leyendo la mente?

Sonríe nervioso y sacude la cabeza.

–¿Cree en Dios? –pregunta.

–¿Y tú?

–Antes sí.

–¿Qué pasó?

–No lo encontré. Dicen que está en todas partes. O sea, no es que esté jugando al escondite.

Contempla su reflejo en las ventanas de cristales ahumados.

–¿En qué clase de Dios crees, Bobby? ¿En un Dios vengativo o en un Dios que perdona?

–En un Dios vengativo.

–¿Por qué?

–La gente tiene que pagar por sus pecados. No está bien que se les perdonen así como así porque de repente dicen que están arrepentidos justo cuando van a morir. Cuando hacemos algo malo merecemos un castigo.

La última afirmación tintinea en el aire como una moneda arrojada contra una bandeja.

–¿De qué te arrepientes tú, Bobby?

–De nada.

Ha respondido demasiado deprisa. Su lenguaje corporal lo contradice.

–¿Cómo te sientes cuando pierdes los estribos?

–Como si me hirviera el cerebro.

–¿Cuándo fue la última vez que te sentiste así?

–Hace unas semanas.

–¿Qué pasó?

–Nada.

–¿Quién te hizo enfadar?

–Nadie.

No sirve de nada hacerle preguntas directas, se limita a bloquearlas. En vez de eso lo traslado a un punto anterior y dejo que coja impulso, como un peñasco que cayera rodando montaña abajo. Sé la fecha, el 11 de noviembre, porque aquella tarde faltó a la cita. Le pregunto a qué hora se levantó. Qué desayunó. Cuándo salió de casa. Poco a poco lo acerco al momento en que perdió el control. Había tomado el metro hacia el West End para ir a ver a un joyero en Hatton Garden. Arky y él se van a casar en primavera. Bobby tenía una cita para recoger los anillos de boda. Discutió con el joyero y salió en estampida. Llovía. Llegaba tarde. Se detuvo en Holborn Circus para tratar de parar un taxi.

Hemos llegado hasta ese punto cuando Bobby se aleja de nuevo y cambia de tema.

–¿Quién cree que ganaría en una pelea entre un tigre y un león? –pregunta con toda naturalidad.

–¿Por qué?

–Quiero saber su opinión.

–Los tigres y los leones no pelean entre ellos. Viven en continentes diferentes.

–Sí, pero si pelearan entre ellos, ¿cuál ganaría?

–Es una pregunta sin sentido. Absurda.

–¿No es eso lo que hacen los psicólogos, formular preguntas sin sentido? –Su actitud entera ha cambiado con una única pregunta. Me señala con un dedo, de repente arrogante y agresivo–. Ustedes siempre preguntan a los demás qué harían en una situación hipotética, ¿por qué no prueba conmigo? Venga. «¿Qué haría yo si fuera la primera persona en ver que se ha declarado un pequeño incendio en un cine?» ¿No me preguntaría una cosa así? «¿Apagaría el fuego? ¿Buscaría al encargado? ¿Evacuaría el edificio?» Ya sé lo que hacen ustedes. Cogen una respuesta inofensiva y hacen que una persona cuerda parezca loca.

–¿Eso es lo que crees?

–Eso es lo que sé.

Está hablando de un Examen de las Funciones Mentales. Es evidente que no es la primera vez que alguien evalúa a Bobby, pero en su historial médico no se menciona nada. Cada vez que lo presiono reacciona con hostilidad. Es hora de apretar un poco más las tuercas.

–Te voy a decir lo que sé yo, Bobby. Aquel día pasó algo. Estabas cabreado. Llevabas un día de perros. ¿Fue el joyero? ¿Qué hizo?

Mi voz suena brusca e implacable. Bobby se encoge. Se le eriza el vello.

–¡Menudo hijoputa mentiroso! Hizo mal las inscripciones en los anillos de boda. Escribió mal el nombre de Arky y luego dijo que era culpa mía, que no se lo había deletreado bien. Quería cobrarme de más.

–¿Y tú qué hiciste?

–Le destrocé el cristal del mostrador.
–¿Cómo?
–Con el puño.
Levanta la mano y me la enseña. Hay magulladuras antiguas debajo, apenas amarillas y purpúreas ya.
–¿Qué pasó después?
Se encoge de hombros y sacude la cabeza. No es posible que eso fuera todo. Tiene que haber algo más. En nuestra última sesión habló de «castigarla», de una mujer. Debió de suceder cuando salió de la tienda. Estaba en la calle, furioso, el cerebro le hervía.
–¿Dónde la viste por primera vez?
Me mira y parpadea muy deprisa.
–Salía de una tienda de discos.
–¿Qué estabais haciendo?
–Esperábamos un taxi. Llovía. Se llevó el que me tocaba a mí.
–¿Cómo era ella?
–No la recuerdo.
–¿Como cuántos años tenía?
–No lo sé.
–Dices que se llevó tu taxi. ¿Le dijiste algo?
–Creo que no.
–¿Qué hiciste?
Pestañeo.
–¿Iba con alguien?
Me mira y titubea.
–¿A qué se refiere?
–¿Con quién estaba?
–Con un niño.
–¿De qué edad?
–No sé, cinco o seis años.
–¿Dónde estaba el niño?
–La mujer lo arrastraba de la mano. El niño gritaba. Quiero decir que chillaba de verdad. Ella hacía como si no lo oyera. Él se dejó caer como un peso muerto y la mujer lo arrastraba. Y el niño no paraba de gritar. Y yo empecé a pensar, ¿por qué no habla con él? ¿Por qué lo deja gritar así? Le duele algo, o

tiene miedo. Nadie más iba a hacer nada. ¿Cómo se podían quedar allí parados mirando?

–¿Con quién estabas furioso?

–Con todos. Enfadado con la indiferencia de los demás. Enfadado con la negligencia de la mujer. Y enfadado conmigo mismo por detestar al niño. Sólo quería que dejara de gritar...

–¿Qué hiciste entonces?

Baja la voz hasta que sólo es un susurro.

–Quería que la mujer lo hiciera parar. Quería que lo escuchara.

Es él quien se para.

–¿Le dijiste algo?

–No.

–¿Qué pasó luego?

–La puerta del taxi estaba abierta. Lo metió dentro a la fuerza. El niño pataleaba. Ella va entonces y se mete, y se vuelve para cerrar la puerta. Tiene la cara como una máscara... ya sabe, inexpresiva. Mueve el brazo hacia atrás, y ¡hala!, le da un codazo en la cara. El niño cae hacia atrás...

Bobby hace una pausa, luego parece que va a continuar. Se detiene. Crece el silencio. Dejo que le inunde la cabeza, que llegue a todos los rincones.

–La saqué a rastras del taxi. La agarré por el pelo. Le pegué la cara a la ventanilla. Ella se cayó y trató de escabullirse, pero le seguí dando patadas.

–¿Pensabas que la estabas castigando?

–Sí.

–¿Se lo merecía?

–¡Sí!

Me está mirando fijamente, tiene la cara blanca como la cera. En ese momento visualizo la imagen de un niño, en un rincón solitario del patio de recreo, grueso, alto en exceso, con motes como Culogordo y Sacodegrasa; un niño para quien el mundo es un lugar vasto y desierto. Un niño que querría ser invisible, y a la vez condenado a destacar.

–Hoy he encontrado un pájaro muerto –dice Bobby, ausente–. Tenía el cuello roto. Puede que chocara contra un coche.

–Es posible.

–Lo saqué de la carretera. Todavía estaba caliente. ¿Alguna vez piensa en la muerte?

–Creo que todo el mundo piensa en la muerte.

–Hay gente que merece morir.

–¿Y eso quién lo debería decidir?

Suelta una risotada amarga.

–Gente como usted no, seguro.

La sesión dura más de la cuenta, pero Meena ya se ha ido a casa con sus gatos. La mayor parte de las oficinas cercanas están cerradas y a oscuras. El personal de la limpieza recorre los pasillos, vacía las papeleras y arranca virutas de pintura de los zócalos con sus carritos.

Bobby también se ha ido. Aun así, cuando contemplo el cuadrado oscuro de la ventana, visualizo su rostro, empapado en sudor y salpicado con la sangre de esa pobre mujer.

Debería haberlo visto venir. Es mi paciente, es responsabilidad mía. Sé que no puedo cogerle de la mano y obligarlo a que venga a verme, pero eso no es ningún consuelo. Bobby estaba al borde de las lágrimas mientras me describía cómo lo habían detenido, pero sentía más pena por sí mismo que por la mujer a la que había atacado.

Trato por todos los medios de implicarme en lo que sienten mis pacientes. Pagan noventa libras por hora y se miran el ombligo o lloriquean sobre temas que deberían estar comentando con sus parejas, no conmigo. Bobby es diferente. No sé por qué. En ocasiones parece que la torpeza lo incapacita por completo, mientras que en otras su confianza e intelecto me sobresaltan. Se ríe cuando no debe, estalla de manera inesperada, y tiene los ojos tan claros y fríos como un cristal azul.

A veces creo que está esperando a que suceda algo, como que las montañas se muevan o los planetas se alineen. Y cuando todo esté por fin en su sitio me permitirá saber qué es lo que está pasando.

Pero no puedo esperar a eso. Tengo que comprenderlo ya.

8

Mohamed Ali tiene muchas cosas por las que responder. Cuando encendió la llama en las Olimpiadas de Atlanta no quedó un ojo seco en todo el planeta.

¿Por qué llorábamos? Porque un gran deportista se había visto reducido a aquello, a un tullido renqueante y farfullante. El hombre que en el pasado había danzado como una mariposa parecía ahora un budín de gelatina.

Siempre recordamos a los deportistas. Cuando el cuerpo traiciona a un científico como Stephen Hawking nos imaginamos que podrá seguir vivo en su mente, pero un atleta tullido es como un pájaro con un ala rota. Cuanto más alto subes, más dura es la caída.

Es viernes y estoy sentado en la consulta de Jock. En realidad se llama doctor Emlyn Robert Owens, un escocés con nombre galés, pero siempre lo he conocido por su apodo.

Se trata de un hombre de constitución sólida, casi fornido, con hombros anchos y cuello de toro; se parece más a un boxeador envejecido que a un neurocirujano. En las paredes de su consulta hay reproducciones de Salvador Dalí, así como una fotografía dedicada de John McEnroe en la que éste alza el trofeo de Wimbledon. La dedicatoria es: «¡No lo dirás en serio!».

Jock me indica que me siente en la camilla y se arremanga. Tiene los antebrazos fuertes y bronceados. Así consigue golpear una pelota de tenis para que parezca un misil Exocet. Jugar al tenis con Jock es un ochenta por ciento de dolor. Todo lo que le lanzas te lo devuelve como un cohete, directo al cuerpo. Hasta cuando tiene toda la pista despejada para el remate te devuelve la pelota como si te quisiera taladrar con ella.

Mis habituales partidos del viernes con Jock no tienen nada que ver con el gusto por el tenis: todo se centra en el pasado. Todo se centra en una universitaria alta y delgada a quien le gusté yo, y no él. Eso fue hace casi veinte años, y ahora es mi esposa. Todavía está cabreado.

–¿Cómo está Julianne? –me pregunta al tiempo que me enfoca los ojos con la linterna.

–Bien.

–¿Qué te dijo de lo de la cornisa?

–Todavía me dirige la palabra.

–¿Has hablado con alguien de tu estado?

–No. Me dijiste que me comportara con normalidad.

–Sí. ¡Con normalidad! –Abre una carpeta y toma unas notas–. ¿Temblores?

–Insignificantes. A veces intento levantarme de una silla o salir de la cama, y mi mente da la orden pero mi cuerpo no hace nada.

Otra nota más.

–A eso lo llamamos vacilación. A mí me sucede constantemente, sobre todo si ponen rugby por la tele.

Camina de un lado a otro y me indica que lo siga con la mirada.

–¿Qué tal estás durmiendo?

–Bastante mal.

–Cómprate una cinta de relajación de ésas. Ya sabes qué quiero decir, ésas en las que hay un tío que te habla con voz aburrida y logra que te duermas.

–Para eso vengo a verte a ti.

Jock me golpea la rodilla con el martillo con más fuerza de la necesaria, me hace parpadear.

–Seguro que era el hueso de la risa, gracioso –dice con sarcasmo. Retrocede un paso–. Ya sabes lo que viene ahora.

Cierro los ojos y junto las manos, índice contra índice, corazón contra corazón, y así sucesivamente. Estoy a punto de lograrlo, pero los dedos anulares se rozan y pasan de largo. Lo intento de nuevo y en esta ocasión son los dedos corazón los que se esquivan.

Jock pone un codo sobre el escritorio y me reta a un pulso.

–Me fascina esta tecnología tan avanzada que tenéis los médicos –digo al tiempo que me planto ante él. Me destroza los dedos con el puño–. Seguro que esto lo haces sólo porque te apetece. No tiene nada que ver con hacerme pruebas.

–¿Cómo lo has adivinado? –replica Jock mientras empiezo a echar el pulso.

Noto cómo se me congestiona la cara. Está jugando conmigo. Por una vez, para variar, me gustaría ganar al muy cabrón.

Reconozco la derrota recostándome contra el respaldo de la silla y flexiono los dedos. No hay ningún gesto de triunfo en el rostro de Jock. Sin necesidad de que me lo diga, me levanto y empiezo a caminar por la habitación moviendo los brazos como si desfilara. El brazo izquierdo parece colgado como un peso muerto.

Jock le quita el celofán a un puro y corta la punta. Pasa la lengua por el extremo y se lame los labios antes de encenderlo. Cierra los ojos y deja que el humo escape a través de su sonrisa.

–Dios, qué bien me sabe el primero del día –dice.

Mira cómo el humo serpentea hacia el techo, deja que llene el silencio igual que llena el vacío.

–Bueno, ¿qué me dices? –pregunto algo inquieto.

–Tienes la enfermedad de Parkinson.

–Eso ya lo sé.

–¿Y qué quieres que te diga?

–Algo que no sepa.

Mastica el cigarro entre los dientes.

–Has hecho los deberes. Estoy seguro de que me puedes contar toda la historia del Parkinson, hasta la última teoría, programa de investigación y famoso que la padece. Venga, dímelo tú a mí. ¿Qué medicación te tengo que recetar? ¿Qué tipo de dieta?

Lo peor del caso es que tiene razón. Conozco todos los datos y detalles. El mes pasado invertí muchas horas en buscar por internet y en leer revistas médicas. No hay nada que no sepa acerca del doctor James Parkinson, el médico inglés que describió en 1817 una afección que denominó «parálisis agitante». Le puedo contar que en Gran Bretaña hay ciento veinte mil enfermos de Parkinson. Es más común entre los que superan los sesenta años, pero en uno de cada siete pacientes los síntomas se presentan antes de los cuarenta. Aproximadamente un tercio de los que padecen la enfermedad sufren temblores desde el principio, mientras que otros no los tienen nunca.

Claro que he indagado, claro que he buscado respuestas. ¿Qué se esperaba Jock? Lo malo es que no las hay. Todos los expertos coinciden en una cosa: el Parkinson es uno de los trastornos neurológicos más complejos y desconcertantes.

–¿Y los análisis que me hiciste?

–Todavía no me han dado los resultados. Los tendré la semana que viene, y entonces hablaremos de los medicamentos.

–¿Qué medicamentos?

–Un cóctel.

Empieza a hablar como Fenwick.

Jock sacude la ceniza del cigarro y se echa hacia delante. Cada vez que lo veo se parece más a un director ejecutivo. Pronto empezará a ponerse tirantes de colores y calcetines de golfista.

–¿Qué tal le va a Bobby Moran?

–Bastante mal.

–¿Qué ha pasado?

–Una mujer le quitó el taxi y él la dejó inconsciente a patadas.

Jock se despista y respira hondo, con lo que empieza a toser.

–¡Qué encanto de chico! Otro final feliz.

Fue Jock quien remitió a Bobby a mi consulta. Un médico de cabecera se lo había enviado para practicarle algunas pruebas neurológicas, pero Jock no detectó ningún problema físico, de modo que me lo pasó. Lo que me dijo, literalmente, fue «No te preocupes, tiene seguro. A lo mejor hasta te pagan».

Jock cree que yo tendría que haber seguido con la «medicina de verdad» cuando aún podía, en vez de desarrollar una conciencia social que me sale más cara que la hipoteca de la casa.

Resulta irónico, porque cuando estábamos en la universidad él era como yo. Cuando se lo recuerdo, me asegura que en aquellos tiempos todas las chicas guapas eran de izquierdas. Fue socialista y hippy... cualquier cosa con tal de echar un polvo.

Nadie se ha muerto jamás de Parkinson. Te mueres con Parkinson. Ése es uno de los trillados aforismos de Jock. Casi me lo imagino en una de esas pegatinas que se ponen en los coches, porque sólo es un poco menos ridículo que eso de «Las pistolas no matan, matan las personas».

Mi reacción a esta enfermedad suele situarse bajo el epígrafe «¿Por qué a mí?», pero después de conocer a Malcolm en el tejado del Marsden me siento como si me hubieran echado una reprimenda. Su enfermedad es más grave que la mía. Se lleva la palma.

Empecé a darme cuenta de que algo fallaba hace unos quince meses. Para empezar, estaba el cansancio. Algunos días me sentía como si estuviera nadando en un mar de leche condensada. Seguía jugando al tenis dos veces por semana, y también entrenaba al equipo de fútbol de Charlie. Durante los partidos de entrenamiento conseguía mantenerme a la altura de una docena de niñas de ocho años, y me veía a mí mismo como un Zinedin Zidane de regates espectaculares.

Pero de repente el balón ya no iba a donde lo enviaba, y si echaba a correr de repente se me enredaban los pies y me caía. Charlie pensó que estaba haciendo el payaso. Julianne pensó que me estaba volviendo perezoso. Yo eché la culpa a los cuarenta y dos años recién cumplidos.

Al volver la vista atrás me doy cuenta de que los síntomas eran evidentes. Mi caligrafía se había vuelto más apretada, y los ojales eran verdaderos obstáculos. A veces me costaba levantarme de la silla, y cuando bajaba unas escaleras me tenía que agarrar al pasamanos.

Entonces llegó el día de nuestra peregrinación anual a Gales para asistir al septuagésimo cumpleaños de mi padre. Llevé a

Charlie a dar un paseo por Great Ormes Head, desde donde se divisa la bahía de Penrhyn. Al principio veíamos a lo lejos la isla Puffin, hasta que una tormenta del Atlántico la engulló como una gigantesca ballena blanca. El viento nos hacía inclinarnos mientras veíamos cómo las olas rompían contra las rocas y nos llegaban las diminutas gotas saladas.

–Papá, ¿por qué no balanceas el brazo izquierdo? –me dijo Charlie.

–¿Qué dices?

–Que no mueves el brazo, lo llevas como colgado.

Y así era, me pendía a lo largo del cuerpo como un peso inútil.

A la mañana siguiente parecía tener bien el brazo. No dije nada a Julianne, y mucho menos a mis padres. Mi padre, que espera el momento en que sea llamado para convertirse en el médico de cabecera de Dios, me habría llamado hipocondríaco y se habría burlado de mí delante de Charlie. Nunca me ha perdonado que dejara la Medicina para estudiar Psicología y Ciencias del Comportamiento.

Pero interiormente, mi imaginación estaba desbocada. Me vinieron a la mente tumores cerebrales y coágulos de sangre. ¿Y si había tenido un ataque sin importancia? ¿Estaría al caer otro, esta vez grave? Casi empecé a sentir dolores en el pecho.

Pasó un año entero antes de que fuera a ver a Jock. Para entonces, él también se había dado cuenta de que algo iba mal. Nos dirigíamos a los vestuarios del club de tenis y empecé a desviarme hacia la derecha, con lo que lo obligué a detenerse a media zancada. Se había fijado en que el brazo izquierdo me colgaba inerte a lo largo del cuerpo. Hizo un chiste al respecto, pero percibí que me miraba con más atención.

No hay análisis para diagnosticar el Parkinson. Un neurólogo con experiencia como Jock se basa en la observación. Hay cuatro síntomas principales: temblor de las manos, brazos, piernas, mandíbula y rostro; rigidez del tronco y los miembros; lentitud de movimientos e inestabilidad postural o problemas de equilibrio y coordinación.

La enfermedad es crónica y progresiva. No es contagiosa, y por lo general tampoco es hereditaria. Hay diversas teorías. Algunos científicos dicen que los radicales libres reaccionan con moléculas vecinas y causan daños a los tejidos. Otros culpan a los pesticidas, o bien a otros contaminantes que entran en la cadena alimentaria. No se han descartado por completo los factores genéticos porque parece haber una ligera predisposición en las familias, y también puede ser que la edad sea un factor desencadenante.

La verdad es que la causa puede ser una combinación de todas estas cosas, o ninguna de ellas.

Tal vez debería estar agradecido. Según mi experiencia con los médicos, y me educó uno, la única vez que te dan un diagnóstico claro e inequívoco es cuando estás a punto de entrar en el quirófano con, por ejemplo, una pistola de silicona pegada a la cabeza.

A las cuatro y media ya he salido e intento abrirme camino entre la marea de gente que se dirige hacia las estaciones de metro o las paradas de autobús. Me encamino hacia Cavendish Square y paro un taxi porque de nuevo empieza a llover.

El sargento que está de turno a la entrada de la comisaría de Holburn tiene el rostro rosado y recién afeitado, con el pelo bien estirado sobre la calva. Está inclinado sobre el mostrador de recepción, moja galletas en una jarra de té y riega migas sobre los pechos de una chica desnuda en un periódico barato. Cuando empujo la puerta de cristal se lame los dedos, se los seca contra la camisa y esconde el periódico bajo el mostrador. Sonríe y le tiemblan las mejillas.

Le muestro una tarjeta de visita y le pregunto si podría echar un vistazo al pliego de cargos contra Bobby Moran. Su buen humor se esfuma.

–En este momento estamos muy ocupados, tendrá que esperar un poco.

Miro a mi espalda. En la sala de clasificación no hay nadie

salvo un adolescente borracho vestido con tejanos rotos y una camiseta de AC/DC que se ha quedado dormido en un banco de madera. Hay quemaduras de cigarrillos en el suelo y tazas de plástico que copulan junto a una papelera metálica.

Con lentitud deliberada, el sargento deambula hacia una hilera de archivadores recostados contra la pared del fondo. Lleva pegada una galleta en la parte trasera de los pantalones, y el glaseado rosa se le está derritiendo contra las posaderas. Me permito el lujo de sonreír.

Según el pliego de cargos, Bobby fue detenido en el centro de Londres hace dieciocho días. Se declaró culpable ante el tribunal de Bow Street y quedó en libertad bajo fianza con orden de presentarse el 24 de diciembre en el Old Bailey, el tribunal criminal principal. La agresión dolosa es un delito de la sección 20 del código penal: agresión con resultado de lesiones físicas. La pena máxima es de cinco años de cárcel.

La declaración de Bobby está escrita a máquina a lo largo de tres páginas a doble espacio, con las correcciones firmadas con iniciales en los márgenes. No se hace alusión al niño ni a su discusión previa con el joyero. La mujer se había colado, lo que le costó una fisura en la mandíbula, lesiones en el pómulo, la nariz rota y tres dedos destrozados.

–¿Dónde hay información sobre las condiciones de la libertad bajo fianza?

El sargento revisa la carpeta y recorre con el dedo un documento del tribunal.

–Lo tiene todo Eddie Barrett. –Deja escapar un gruñido–. Conseguirá que le rebajen los cargos a agresión con lesiones en menos que canta un gallo.

¿Cómo ha conseguido Bobby un abogado del calibre de Eddie Barrett? Es el mejor letrado defensor del país, un genio de la autopromoción con una capacidad increíble para encontrar la cita adecuada.

–¿De cuánto fue la fianza?

–De cinco mil libras.

Dada la situación de Bobby, es una suma imposible.

Consulto mi reloj. No son más que las cinco y media. La secretaria de Eddie responde al teléfono y oigo los gritos de él como música de fondo. La mujer se disculpa y me pide que espere. Ahora se gritan los dos. Es como escuchar un espectáculo de marionetas. Al final, la secretaria vuelve a coger el teléfono: Eddie me puede dedicar veinte minutos.

A Chancery Lane se llega antes caminando que en taxi. El portero electrónico zumba y me permite atravesar la puerta principal. Subo por las estrechas escaleras hasta la tercera planta, pasando junto a cajas de documentos judiciales y carpetas amontonadas hasta en el último rincón.

Eddie está hablando por teléfono; me hace un gesto para que entre en su despacho y me señala una silla. Tengo que apartar dos carpetas para sentarme. Eddie aparenta cincuenta y muchos años, aunque es probable que tenga diez menos. Siempre que veo cómo lo entrevistan por la tele me recuerda a un bulldog. Tiene ese mismo aire, con los hombros casi inmóviles y moviendo en cambio el culo de un lado a otro. Hasta tiene los incisivos largos, cosa que le debe de resultar muy útil a la hora de despedazar a la gente.

Cuando le menciono el nombre de Bobby pone cara de decepción. Creo que tenía la esperanza de que se tratara de un caso de negligencia médica. Gira la silla y empieza a buscar algo en el cajón de un archivador.

–¿Qué te contó Bobby del ataque?

–Ya has leído la declaración.

–¿Te mencionó si había visto a un niño?

–No. –Eddie parece cansado–. Oye, Roseanne, no quiero que empecemos con mal pie, pero explícame por qué cojones estoy hablando contigo. Sin ánimo de ofender.

–No me ofendo. –En el trato personal es bastante menos agradable. Empiezo de nuevo–. ¿Te mencionó Bobby que está en tratamiento psicológico?

El dato pone a Eddie de mejor humor.

–¡Joder, pues no! Cuéntame más.

–Llevo tratándolo seis meses. También creo que ha recibido tratamiento con anterioridad, pero no dispongo de los informes.

–Tiene un historial de enfermedades mentales. Esto va cada vez mejor.

Suena el teléfono. Lo coge y me hace una señal para que siga hablando. Está tratando de mantener dos conversaciones a la vez.

–¿Te dijo Bobby por qué perdió los estribos?

–Porque la mujer le quitó el taxi.

–No es motivo suficiente.

–¿Has intentado alguna vez coger un taxi en Holborn un viernes por la tarde si está lloviendo? –ríe.

–Creo que hay algo más.

Eddie suspira.

–Mira, Pollyanna, yo no les pido a mis clientes que me digan la verdad. Me encargo de que no vayan a la cárcel para que puedan seguir cometiendo los mismos errores.

–¿Qué aspecto tenía la mujer?

–Un aspecto de mierda, según las fotos.

–¿Edad?

–Cuarenta y tantos. Pelo oscuro.

–¿Qué ropa llevaba?

–Un momento. –Cuelga el teléfono y le grita a su secretaria que le traiga el expediente de Bobby. Pasa las páginas mientras tararea entre dientes–. Falda hasta medio muslo, tacones altos, chaqueta corta... En mi opinión, una vieja disfrazada de jovencita. ¿Por qué lo preguntas?

No se lo puedo decir. No es más que una idea, o ni eso.

–¿Qué le va a pasar a Bobby?

–Hoy por hoy se enfrenta a la cárcel. La fiscalía de la Corona se niega a rebajar los cargos.

–Ir a la cárcel no le servirá de nada. Te puedo hacer un informe psicológico. Tal vez pueda conseguir que entre en un programa de control de la ira.

–¿Qué quieres de mí?

–Una solicitud por escrito.

La pluma de Eddie corre ya sobre el papel. Ya ni recuerdo la última vez que pude escribir de manera tan fluida. Me lo desliza sobre el escritorio.

–Muchas gracias.

–Es un papel, no un riñón –gruñe.

Es todo un caso. Tal vez se trate de complejo de Napoleón, o trata de compensar el hecho de ser feo. Ya se ha hartado de mí. El tema le ha dejado de interesar. Pregunto con rapidez:

–¿Quién pagó la fianza?

–Ni idea.

–¿Quién te llamó?

–Él mismo. –Me interrumpe antes de que pueda decir nada–. Oye, Oprah, me esperan en los juzgados y antes tengo que mear. La chaveta del muchacho es cosa tuya, yo sólo defiendo al muy imbécil. ¿Por qué no vas a echarle un vistazo a su cabeza por dentro y luego me cuentas lo que averigües? Hala, a pasarlo bien.

9

Julianne y Charlie están viendo la televisión en el piso de abajo. Yo estoy sentado en el suelo del desván y repaso mis viejas libretas de notas en busca de los informes sobre Catherine McBride. No sé muy bien por qué lo hago. Tal vez quiera devolverle la vida en mi mente para poder hacerle preguntas.

Ruiz no se fía de mí. Cree que intento ocultarle algo. Se lo tendría que haber contado antes y se lo tendría que haber contado todo. No supondría diferencia alguna. Ya nada puede devolver la vida a Catherine.

Las libretas están etiquetadas con el mes y el año, por eso es fácil localizarlas. Son dos, de tapas verdes y lomos roídos por las lepismas.

Una vez abajo, en el estudio, enciendo la luz y empiezo a repasar las notas. Las páginas tamaño folio son de renglones rectos y márgenes anchos en los que se lee la fecha y la hora de cada cita. Detalles de la valoración, notas médicas y observaciones: lo tengo todo.

¿Cómo recuerdo a Catherine? La veo recorrer el pasillo del Marsden con un uniforme azul claro, el cuello y las mangas con ribetes azul marino. Me saluda con la mano y sonríe. Lleva un manojo de llaves colgado del cinturón. La mayor parte de las enfermeras van en manga corta, pero Catherine siempre las llevaba largas.

Al principio no era más que otra cara en el pasillo o en la cafetería. Tenía una cierta belleza asexuada, con el pelo cortado a lo chico, la frente despejada y los labios carnosos. Movía la cabeza nerviosa de un lado a otro, nunca me miraba con los dos ojos a la vez. Me la tropezaba muy a menudo, casi siempre cuando me disponía a salir del hospital. Tardé en empezar a sospechar que ella lo preparaba todo.

Al final me preguntó si podía hablar conmigo. Tardé unos minutos en comprender que se refería a nivel profesional. Le di cita y la recibí al día siguiente.

Desde entonces acudió a verme una vez por semana. Solía poner una chocolatina sobre mi escritorio e iba rompiendo trocitos sobre el papel de aluminio, como un niño que se administrara las golosinas. Entre cigarrillo mentolado y cigarrillo mentolado se ponía un trozo de chocolate bajo la lengua hasta que se fundía.

–¿Sabe que ésta es la única consulta de todo el hospital donde se permite fumar? –me dijo.

–Será por eso por lo que recibo tantas visitas.

Tenía veinte años, era pragmática y sensata, y tenía una relación con alguien del hospital. Yo no sabía quién era, pero sospechaba que estaba casado. En ocasiones decía «nosotros» y luego, como si hubiera advertido el error, cambiaba al singular.

Era muy raro verla sonreír. Inclinaba la cabeza a un lado y me miraba primero con un ojo, luego con el otro.

También sospechaba que no era la primera vez que visitaba a un especialista. Siempre hacía preguntas muy precisas. Sabía lo que eran el historial y la terapia cognitiva. Era demasiado joven como para haber estudiado Psicología, de manera que tenía que haber sido paciente.

Hablaba de sentimientos de soledad e insignificancia. Estaba enemistada con su familia: había intentado hacer las paces pero temía acabar por «envenenar sus perfectas vidas».

Mientras hablaba y chupaba trocitos de chocolate tenía la costumbre de frotarse los antebrazos a través de las mangas largas, cerradas con botones. Pensé que me ocultaba algo, pero preferí esperar a que confiara en mí y quisiera contármelo.

Fue durante la cuarta sesión cuando se arremangó poco a poco. En parte se avergonzaba al mostrarme las cicatrices, pero también percibí en ella cierto desafío, y hasta un atisbo de satisfacción. Quería impresionarme con la gravedad de las heridas. Eran como un mapa de su vida que me dejaba leer.

La primera vez que se había cortado, Catherine tenía doce años. Sus padres estaban inmersos en un proceso de divorcio lleno de odio. Ella se sentía atrapada en medio de ambos, como una muñeca de trapo disputada por dos niños que la estuvieran despedazando.

Envolvió un espejo de bolso con una toalla y lo destrozó contra la esquina de su escritorio. Luego, con una esquirla, se abrió la muñeca. La sangre le proporcionó una sensación de bienestar. Ya no estaba desvalida.

Sus padres la metieron en el coche a toda velocidad y la llevaron al hospital. Se pasaron el viaje discutiendo acerca de quién tenía la culpa. Catherine estaba tranquila, en calma. Pasó la noche en el hospital. Las heridas habían dejado de sangrar. Se acarició la muñeca con gesto cariñoso y dio un beso de buenas noches a las heridas.

–Por fin había algo que podía controlar –me contó–. Podía decidir cuántas veces me cortaba, qué profundidad tendrían los cortes. Me gustaba el dolor. Anhelaba el dolor. Me lo merecía. Me imagino que tengo tendencias masoquistas. Ni se imagina con qué hombres me junto siempre. Ni se imagina qué sueños tengo...

Nunca reconoció haber ingresado en un hospital psiquiátrico ni haber recibido terapia de grupo. Mantenía en secreto la mayor parte de su pasado, sobre todo en los puntos relativos a su familia. Consiguió dejar de cortarse durante largos periodos de tiempo. Pero en cada recaída se castigaba haciéndose cortes aún más profundos. Se centraba en los brazos y en los muslos, porque así la ropa le permitía ocultar las heridas. También descubrió cremas y vendajes que amortiguaban las cicatrices.

Si necesitaba puntos de sutura acudía a centros de urgencias lejanos al Marsden. No podía correr el riesgo de perder su empleo. Daba a la enfermera de urgencias un nombre falso, y a veces se fingía extranjera sin dominio del idioma.

Por experiencias pasadas sabía lo que pensaban los médicos y enfermeros de urgencias acerca de quienes se automutilaban: que sólo querían llamar la atención y les hacían perder el tiempo. A menudo les daban los puntos sin anestesia, en plan «si te gusta el dolor, aquí tienes más».

Pero nada conseguía cambiar el comportamiento de Catherine. Cuando sangraba, salía de su aletargamiento. Había anotado sus palabras en las libretas: «Me siento viva. Tranquila. Al mando».

Hay manchitas de chocolate en las páginas. Cortaba pedacitos y los dejaba caer en la libreta. No le gustaba que escribiera. Quería que escuchara.

Le proporcioné estrategias alternativas para romper el círculo de la sangre. En vez de coger un objeto cortante, le dije que apretara un cubito de hielo con la mano, que mordiera una guindilla picante, o que se untara linimento en los genitales. Seguiría obteniendo dolor, pero sin cicatrices ni sentimientos de culpa. Una vez irrumpiéramos en su ciclo de pensamiento sería posible dar con nuevos mecanismos de respuesta, menos físicos y violentos.

Unos días más tarde, el 15 de julio, Catherine fue a buscarme al ala de oncología. Llevaba un montón de sábanas en los brazos, y miraba a un lado y a otro con ansiedad. Vi en sus ojos algo que no pude identificar.

Me hizo una señal para que la siguiera a una habitación vacía y dejó caer las sábanas. Tardé unos segundos en fijarme en las mangas de su jersey. Las llevaba rellenas de servilletas y pañuelos de papel. La sangre empapaba las capas de papel y tela.

–Por favor, que no se entere nadie –dijo–. Lo siento muchísimo.

–Tienes que ir a urgencias.

–¡No! ¡Por favor! ¡Me despedirán!

En mi cabeza, un millar de voces me gritaban lo que debía hacer. No les hice caso. Dije a Catherine que fuera a mi consulta, y yo fui a buscar hilo de sutura, agujas, tiritas estériles, vendas y pomada antibiótica. Con las persianas bajadas y la puerta cerrada, le cosí los antebrazos.

–Se le da muy bien.

–Tengo práctica. –Apliqué el antiséptico–. ¿Qué ha pasado?

–Estaba dando de comer a los osos.

No sonreí. Se sintió reprendida.

–Me he peleado con una persona... No sé a quién quería castigar.

–¿Tu novio?

Parpadeó para contener las lágrimas.

–¿Con qué te has cortado?

–Con una cuchilla de afeitar.

–¿Estaba limpia?

Asintió con la cabeza.

–De acuerdo. A partir de ahora, si te empeñas en cortarte, que sea con esto.

Le di un paquete de bisturíes desechables en un estuche esterilizado. También le di vendas, tiritas estériles e hilo de sutura.

–Voy a imponerte unas normas –le dije–. Si te empeñas en cortarte, que sea sólo en un lugar: en la cara interior del muslo.

Asintió.

–Te voy a enseñar a hacerte suturas. Si ves que no puedes, tendrás que acudir a un hospital.

Abrió mucho los ojos.

–No te voy a quitar la opción de cortarte, Catherine. Tampoco se lo voy a contar a tus superiores. Pero debes hacer todo lo posible por controlarte. Voy a depositar mi confianza en ti. Puedes pagarme evitando hacerte daño. Si la tentación es demasiado fuerte, llámame de inmediato. Si no lo haces y te cortas, no te echaré la culpa ni tendré mala opinión de ti. Pero tampoco iré corriendo a buscarte. Si te haces daño no te recibiré en una semana. Esto no es un castigo, es una prueba.

Casi se veía cómo pensaba, cómo calculaba las ramificaciones. Aún había miedo reflejado en su rostro, pero por el relajamiento de los hombros era evidente el alivio que sentía.

–De ahora en adelante vamos a poner límites a las lesiones que te causas, y además aceptarás responsabilidades por ellas –seguí–. Y a la vez, vamos a buscar nuevas maneras para que te enfrentes a lo que te ocurre.

Con un cojín, di a Catherine una lección rápida sobre suturas. Ella bromeó diciendo que yo sería una esposa estupenda. Cuando se levantó para marcharse me echó los brazos al cuello.

–Gracias.

Pegó su cuerpo al mío y me abrazó con tanta fuerza que sentí los latidos de su corazón.

Una vez hubo salido me quedé mirando las vendas ensangrentadas en la papelera. Traté de decidir si estaba loco de remate. Ya me imaginaba la ira del forense al preguntarme por qué había regalado bisturíes a una joven que disfrutaba cortándose. Me preguntaría si también estaba a favor de dar cerillas a los incendiarios y heroína a los yonquis.

Pero no se me ocurría otra manera de ayudar a Catherine. Una política de tolerancia cero no haría más que reforzar su convicción de que eran los demás quienes controlaban su vida y decidían por ella. De que no valía para nada y no era digna de confianza.

Había puesto en sus manos la elección. Mi esperanza era que, antes de empuñar la hoja, meditase sobre los motivos y sopesara las consecuencias. Y también que valorase la posibilidad de actuar de otra manera.

En los meses que siguieron, Catherine sólo tuvo una recaída. Los antebrazos se le curaron. Mis suturas habían sido muy limpias para estar tan desentrenado.

Las notas terminan aquí, pero no así la historia. Todavía siento una punzada de vergüenza al recordar los detalles, porque tendría que haberlo visto venir.

Catherine empezó a cuidar su aspecto. Se las arreglaba para que las entrevistas conmigo tuvieran lugar al final de su turno, cuando ya se había quitado el uniforme. Llevaba maquillaje y una gota de perfume. Olvidaba abrocharse un botón de la blusa. Nada demasiado evidente, todo muy sutil. Me preguntó qué hacía en mi tiempo libre. Una amiga le había regalado dos entradas para el teatro y me invitó a acompañarla.

Hay un chiste viejo según el cuál los psicólogos somos esos expertos a los que pagas a cambio de que te hagan las mismas preguntas que tu cónyuge te hace gratis. Escuchamos los problemas, leemos entre líneas y ayudamos a conseguir autoestima enseñando a los demás a que se gusten tal como son.

Para alguien como Catherine, que un hombre la escuchara de verdad y se preocupara por sus problemas tenía un inmenso atractivo, pero a veces eso puede confundirse con algo más íntimo.

El beso me cogió por sorpresa. Estábamos en mi consulta del Marsden. La rechacé con demasiada brusquedad. Se tambaleó hacia atrás, tropezó y cayó al suelo. Pensó que era un juego.

–Si quieres me puedes hacer daño –dijo.

–No te quiero hacer daño.

–He sido una niña muy mala.

–No lo entiendes.

–Sí que lo entiendo.

Se estaba bajando la cremallera de la falda.

–Estás cometiendo un error, Catherine. Me has malinterpretado.

Por fin reaccionó ante la dureza de mi voz. Se puso de pie junto a mi escritorio, con la falda en los tobillos y la blusa desabrochada. Las medias le ocultaban las cicatrices de los muslos. Fue una situación bochornosa para los dos, pero sobre todo para ella. Salió de la consulta a toda prisa con el rimel corriéndole por las mejillas y la falda sujeta a la cintura con la mano.

Dejó el trabajo y el Marsden, pero las consecuencias de aquel día me persiguieron durante el resto de mi vida profesional. No hay furia en el infierno comparable a la de una mujer despechada.

10

Julianne está haciendo ejercicios de estiramiento en el cuarto de baño. Todas las mañanas adopta esas posturas tipo yoga que tienen nombres de pieles rojas: «Arroyo susurrante» con «Gamo veloz».

Siempre ha sido de las que madrugan: a las seis y media ya está lista para el combate. Nada que ver conmigo. Me he pasado la noche viendo en mis sueños rostros magullados y ensangrentados.

Julianne entra descalza en el dormitorio, sólo lleva la camiseta del pijama. Se inclina para darme un beso.

–Has estado muy inquieto toda la noche.

Apoya la cabeza en mi pecho y me desliza los dedos por la columna con roces ligeros hasta que siente que me estremezco. Me está recordando que conoce cada centímetro cuadrado de mí.

–No te he contado cómo le fue a Charlie cantando villancicos con el coro.

–¡Mierda! Se me fue de la cabeza. –Había sido el jueves por la mañana en Oxford Street–. Estuve con el detective ese.

–Tranquilo, tu hija te perdonará. Por lo visto, cuando volvía a casa en el autobús, Ryan Fraser le dio un beso.

–Menudo fresco hijoputa.

–No fue fácil. Tres amigas la tuvieron que ayudar a atraparlo y luego a sujetarlo.

Nos reímos y la subo sobre mí para que sienta mi erección contra el muslo.

–Quédate en la cama.

Ríe y se aparta de mí.

–No, tengo mucho trabajo.

–Andaaa...

–No es el momento. Tienes que conservar a tus camaradas.

Los «camaradas» son mis espermatozoides. Habla de ellos como si fueran paracaidistas.

Se está vistiendo. El tanga blanco se desliza hacia arriba por las piernas hasta que queda en su sitio. Luego se quita la camiseta por la cabeza y se pone en los hombros los tirantes del sujetador. No se va a arriesgar a darme otro beso. Esta vez quizá no la dejaría escapar.

Cuando se va, me quedo en la cama y escucho cómo se mueve por la casa, sin apenas rozar el suelo con los pies. Oigo cómo llena de agua la tetera y cómo recoge la leche de la entrada. Oigo cómo abre la puerta de la nevera y aprieta el botón de la tostadora.

Consigo ponerme en pie, recorro los seis pasos que me separan del cuarto de baño y abro el grifo de la ducha. La caldera del sótano eructa, las cañerías resuenan y gorgotean. Me quedo de pie y tiritando sobre las frías baldosas a la espera de algún rastro de agua. El soporte de la ducha empieza a temblar. Da la sensación de que las baldosas que rodean los grifos se van a desprender de un momento a otro.

Tras dos carraspeos y un escupitajo, sale un chorrillo humeante que cesa enseguida.

–¡La caldera vuelve a estar estropeada! –me grita Julianne desde abajo.

¡Genial! ¡Estupendo! Hay por ahí un fontanero que se está riendo de mí. Seguro que les está contando a sus camaradas de la fontanería cómo fingió que arreglaba una caldera del jurásico y cobró lo suficiente como para pasarse dos semanas en Florida.

Me afeito con agua fría y una navaja nueva, y no me corto. Puede parecer una pequeña victoria, pero no vale nada.

En la cocina miro mientras Julianne prepara café en la cafetera francesa y extiende mermelada sobre una tostada integral.

Como de costumbre, me siento muy infantil mientras como mis Krispies de arroz.

Todavía recuerdo la primera vez que la vi. Ella estaba en primero de idiomas en la Universidad de Londres, yo hacía el posgrado. Ni mi madre me hubiera considerado guapo. Tenía el pelo castaño y rizado, la nariz en forma de pera y una piel que se me llenaba de pecas al primer atisbo de sol.

Seguía en la universidad decidido a acostarme con todas las estudiantes de primer año promiscuas y sin el menor indicio de querer comprometerse, pero a diferencia del resto de los sinvergüenzas yo me esforzaba en exceso. Hasta fracasaba en mis intentos de obtener una moderna apariencia de revolucionario desastrado. Por muchas veces que durmiera en el suelo, con la chaqueta a modo de almohada, ésta no se me arrugaba ni se manchaba. Y en vez de parecer grunge, intelectual y sofisticado, tenía pinta de ir a una entrevista para conseguir empleo.

–Tenías pasión –me dijo ella más adelante, tras escuchar mi diatriba contra las maldades del apartheid en una manifestación en Trafalgar Square, frente a la embajada de Sudáfrica.

Se presentó ella misma en un pub y dejó que le sirviera un whisky doble de la botella que estábamos compartiendo.

Jock también estaba allí, y conseguía que todas las chicas le firmaran la camiseta. Yo sabía que se fijaría en Julianne. Tenía una cara fresca, y muy bonita. Él le rodeó la cintura con el brazo.

–Sólo con estar a tu lado siento que crezco como ser humano –dijo.

Ella le apartó la mano sin un atisbo de sonrisa.

–Por desgracia una erección no cuenta como crecimiento personal –replicó.

Nos reímos todos menos Jock. Luego Julianne se sentó a mi mesa y la miré, maravillado. Nunca había visto a nadie poner en su sitio a mi mejor amigo con tanta habilidad.

Traté de no sonrojarme cuando me dijo que tenía pasión. Se echó a reír. Tenía un lunar oscuro en el labio inferior. Habría querido besárselo.

Cinco dobles más tarde se quedó dormida en la barra. La llevé en brazos a un taxi y luego a mi casa, a mi habitación en un piso compartido de Islington. La tumbé en la cama y yo me acosté en el sofá. Por la mañana me dio un beso y me agradeció que me hubiera comportado como un caballero. Luego me volvió a besar. Recuerdo muy bien sus ojos. En ellos no había lujuria. No me decían «vamos a divertirnos un rato y luego ya veremos». Aquellos ojos me decían «voy a ser tu esposa y la madre de tus hijos».

Siempre fuimos una pareja extraña. Yo era el tranquilo, el pragmático que detestaba las fiestas ruidosas, los pubs atestados y visitar a la familia los fines de semana. Mientras que ella era la única hija de un padre pintor y una madre diseñadora de interiores, vestía como una hippy de los sesenta y sólo veía lo bueno de los demás. Julianne no iba a las fiestas, las fiestas iban a ella.

Nos casamos tres años más tarde. Para entonces ya me había educado: había aprendido a poner la ropa sucia en el cesto, a bajar la tapa del retrete y a no beber demasiado las noches de fiesta. Julianne no se limitó a limar mis asperezas, me moldeó desde cero.

Eso fue hace dieciséis años. Me parece que fue ayer.

Julianne me pasa un periódico. Hay una fotografía de Catherine, y un titular que dice «LA JOVEN TORTURADA ERA SOBRINA DE UN PARLAMENTARIO».

El subsecretario de Interior, Samuel McBride, se ha mostrado deshecho por el brutal asesinato de su sobrina de veintisiete años.

El parlamentario laborista por Brigthon-le-Sands aparecía ayer visiblemente descompuesto cuando el portavoz de la Cámara le expresó en nombre de todos los parlamentarios sus más sinceras condolencias.

El cuerpo desnudo de Catherine McBride fue hallado desnudo hace seis días, junto al Grand Union Canal de Kensal Green, West London. Había sido apuñalada repetidamente.

«En estos momentos nos estamos centrando en averiguar los últimos movimientos de Catherine y en dar con las últimas personas que la vieron con vida», declaró el detective inspector Vincent Ruiz, que está al mando de la investigación.

«Sabemos que tomó un tren de Liverpool a Londres el trece de noviembre. Creemos que vino a Londres para una entrevista de trabajo.»

Catherine, cuyos padres están divorciados, trabajaba como enfermera en Liverpool y llevaba varios años sin contacto con su familia.

«Tuvo una infancia difícil y perdió el rumbo –comentó un amigo de la familia–. Últimamente había intentado recuperar la relación con sus padres.»

Julianne se sirve otra taza de café.

–¿No te parece extraño que Catherine reaparezca después de tantos años?

–¿Extraño? ¿En qué sentido?

–No sé. –Se estremece un poco–. Con todos los problemas que nos causó... Estuviste a punto de perder el empleo. Recuerdo cuánto te enfadaste.

–Catherine estaba dolida.

–Estaba despechada.

Mira la fotografía de Catherine. Es del día de su graduación como enfermera. Sonríe de oreja a oreja y tiene un diploma en la mano.

–Y ahora ha regresado. Estábamos allí el día que la encontraron. ¿No es mucha coincidencia? Luego la policía te pide que ayudes a investigarlo...

–Una coincidencia no son más que dos cosas que suceden a la vez.

Pone los ojos en blanco.

–Así hablan los psicólogos.

11

Bobby llega puntual para variar. Viene vestido con su ropa de trabajo, camisa y pantalones grises. Lleva bordada la palabra «Nevaspring» en el bolsillo del pecho. Una vez más me sorprendo al ver lo alto que es.

Termino de garabatear mis notas, en la eterna pelea por cerrar cada una de las letras, y luego alzo la vista para ver si está preparado. Es entonces cuando comprendo que nunca estará preparado del todo. Jock tiene razón, en Bobby hay algo frágil y errático. Tiene la cabeza llena de ideas a medio terminar, de datos estrambóticos y fragmentos de conversaciones.

Hace años abrieron en el Soho un café llamado «Bichos raros» con la idea de atraer a todos los excéntricos que viven en el West End de Londres: los artistas con peinados enloquecidos, las *drag queens,* los punks, los periodistas obsesos y los petimetres. No les salió bien. En vez de eso, las mesas se les llenaron de oficinistas corrientes que llegaban en manada con tal de ver a los bichos raros. Acabaron mirándose los unos a los otros.

Bobby cuenta a menudo que le gusta escribir en sus ratos libres, y las historias que cuenta están a veces salpicadas de alusiones literarias.

–¿Me dejarás ver algo de lo que has escrito? –le pido.

–No lo dice en serio.

–Sí lo digo en serio.

Se lo piensa un momento.

–Igual la próxima vez le traigo algo.

–¿Desde cuándo has querido ser escritor?

–Desde que leí *El guardián entre el centeno.*

Se me encoge el corazón. Me empiezo a imaginar a otro

adolescente airado totalmente convencido de que Holden Caulfield es Nietzsche.

–¿Te identificas con Holden?

–No, ¡es un imbécil!

Sensación de alivio.

–¿Por qué?

–Es un ingenuo. Quiere salvar a los niños de precipitarse hacia la edad adulta, quiere preservar su inocencia. No puede. Es imposible. Al final todos nos corrompemos.

–¿Cómo te corrompiste tú?

–¡Ja!

–Háblame de tus padres, Bobby. ¿Cuándo viste a tu padre por última vez?

–Cuando tenía ocho años. Se fue a trabajar y no volvió.

–¿Por qué?

Bobby cambia de tema.

–Estaba en las Fuerzas Aéreas. No era piloto, sino de los que hacían volar los aviones. Mecánico. Era demasiado joven para la guerra, pero me parece que no le importó. Era pacifista.

»Cuando yo era niño me citaba a menudo a Marx: me decía que la religión era el opio del pueblo. Casi todos los domingos cogíamos el autobús en Kilburn para ir a Hyde Park a que se metiera con esos predicadores que se suben en cajas de madera.

»Había un predicador de ésos que se parecía al capitán Ahab, el de *Moby Dick,* con el pelo blanco muy largo recogido en una cola de caballo y la voz retumbante. "El Señor pagará el salario del pecado con la muerte eterna", dijo mirándome directamente a mí.

»Y mi padre le gritó: "¿Sabes en qué se diferencian un predicador y un psicótico? –Esperó un momento y respondió–: En el sonido de las voces que oyen". Todo el mundo se echó a reír menos el predicador, que resopló como un fuelle. "¿Es verdad que la fe pasa por los billetes de diez pero se llega antes a Dios con los de veinte?", continuó mi padre.

»"¡Váyase al infierno, señor!", le gritó el predicador.

»“¿Y eso por dónde cae? ¿Sigo recto o giro a la derecha?”

Bobby recita el diálogo e imita las voces de memoria. Me mira, un poco avergonzado por haberse mostrado tan comunicativo.

–¿Qué tal te llevabas con él?

–Era mi padre.

–¿Hacíais muchas cosas juntos?

–Cuando yo era pequeño me llevaba sentado en la barra de su bicicleta, entre sus brazos. Pedaleaba muy deprisa y me hacía reír. Una vez me llevó a ver un partido de los Queen's Park Rangers. Me sentó en sus hombros y me puso una bufanda azul y blanca. Luego hubo enfrentamientos entre los seguidores de los dos equipos, en Shepherd's Bush Green. Llegaron policías a caballo y cargaron contra la multitud, pero papá me envolvió en su chaqueta. Debería haber tenido miedo, pero sabía que nada podría con él, ni siquiera los caballos.

Se hunde en el silencio, se rasca las manos.

Toda infancia tiene una mitología que se materializa en torno a ella. Le sumamos nuestros sueños y anhelos, hasta que las historias se asemejan a parábolas, más emblemáticas que edificantes.

–¿Qué le pasó a tu padre?

–No fue culpa suya –dice a la defensiva.

–¿Te abandonó?

Bobby estalla, se pone en pie de un salto.

–¡Usted no sabe nada de mi padre! –Está de pie, respira entre los dientes apretados–. ¡Nunca sabrá nada de él! La gente como usted sólo sirve para destruir vidas. Medran en el dolor y en la desesperación. Se presentan al primer atisbo de problema y empiezan a decirles a los demás lo que deben sentir. Lo que deben pensar. ¡Son como buitres!

El arrebato pasa tan bruscamente como ha llegado. Se limpia con la mano las gotitas de saliva de la boca y me mira con gesto de disculpa. Se sirve un vaso de agua y, con extraña tranquilidad, aguarda mi siguiente pregunta.

–Háblame de tu madre.

–Lleva colonia barata y se está muriendo de cáncer de mama.

–Lo siento mucho. ¿Cuántos años tiene?

–Cuarenta y tres. No ha dejado que le hagan una mastectomía. Siempre ha estado muy orgullosa de sus pechos.

–¿Cómo describirías la relación que tienes con ella?

–Un amigo de Liverpool me tiene al día de las noticias. Ella vive allí.

–No vas a verla nunca.

–¡Ja!

Hace una mueca de frustración y consigue contenerse.

–Le voy a contar cómo es mi madre. –Por su manera de decirlo casi parece un desafío–. Es hija de un tendero. ¿No le parece una ironía? Igual que Margaret Thatcher. Creció en una tienda, le cambiaban los pañales junto a la caja registradora. Para cuando cumplió cuatro años, ya sabía calcular el precio de lo que había en una cesta, cobrar y devolver el cambio sin equivocarse.

»Trabajaba en aquella tienda todas las mañanas y todas las tardes, y también los sábados y los días de fiesta. Leía las revistas que se vendían y soñaba con escapar de allí y vivir una vida diferente. Cuando se presentó mi padre con su uniforme de las Fuerzas Aéreas, y le dijo que era piloto... Es todo lo que ella necesitaba oír. Un polvo rápido detrás del centro social de las Fuerzas Aéreas en Marham, y se quedó preñada de mí. Pronto se enteró de que él no era piloto, pero no creo que por aquel entonces le importara. Más tarde sí, se ponía furiosa. Decía que se había casado con él engañada.

–Pero no se separaron.

–No. Mi padre dejó las Fuerzas Aéreas y empezó a trabajar como mecánico de autobuses para el transporte público de Londres. Luego pasó a conducir en la línea noventa y seis, la de Piccadilly Circus. Decía que le gustaba el trato con la gente, pero creo que también le gustaba el uniforme. Siempre iba en bici a la terminal.

Bobby se sumerge en el silencio mientras revive sus recuerdos. Lo animo con delicadeza a continuar, y me cuenta que su padre era inventor aficionado: siempre se le ocurrían ideas para chismes y aparatos que ahorraban tiempo.

–Como cuando la gente dice que habría que diseñar mejores ratoneras. Pues eso es lo que hacía él.

–¿Qué opinaba tu madre?

–Decía que era una pérdida de tiempo y de dinero. Primero lo llamaba soñador y se reía de sus «inventos idiotas», y luego le decía que sus sueños eran mediocres y que no tenía ambición.

Parpadea muy deprisa y me mira con esos extraños ojos claros, como si hubiera perdido el hilo de sus pensamientos. De pronto lo vuelve a encontrar.

–La soñadora era ella, no mi padre. Se creía un espíritu libre, siempre rodeada de mediocridad aburrida. Pero por mucho que lo intentara nunca hubiera podido vivir una vida bohemia en un lugar como Hendon. Cómo detestaba ese sitio, con todas las casas iguales, las fachadas de revestimiento rugoso, las cortinas de cuentas, la ropa barata, las cafeterías grasientas y los enanitos de jardín. La clase obrera dice que «nos apoyamos los unos a los otros», pero eso a ella le parecía una tontería. Allí sólo veía fealdad, insignificancia y mediocridad.

Habla con tono monocorde, como si hubiera contado demasiadas veces la misma historia.

–La mayor parte de las noches se arreglaba y salía. Yo me sentaba en la cama y miraba cómo se preparaba. Le gustaba probarse vestidos diferentes, me hacía pases de modelos. Me dejaba que le subiera la cremallera de la falda y que le estirase las medias. Me llamaba «pequeño gran hombre».

»Si mi padre no la sacaba por ahí, salía sola: iba al pub, o al centro social. Tenía una de esas risas molestas que llaman la atención a todo el mundo. Los hombres volvían la cabeza para mirarla. La encontraban atractiva, aunque estaba más bien gordita. Había ganado peso con el embarazo y luego no consiguió quitarse los kilos de encima. Me echaba a mí la culpa. Y cuando bailaba y se reía demasiado fuerte se meaba en las bragas. Eso también era culpa mía.

El último comentario lo silabea entre los dientes apretados. Se agarra con los dedos la piel floja del dorso de la mano, la retuerce en un pellizco doloroso como si se la quisiera arrancar. Con los hombros gachos, reanuda el monólogo.

–Bebía vino espumoso porque parecía champán. Y cuanto más se emborrachaba, más escandalosa era. Solía hablar en español porque sonaba sexy. ¿Ha oído a una mujer hablar español?

Pienso en Julianne y asiento.

–Si papá salía con ella se lo estropeaba todo. Ningún hombre quiere ligar con una mujer cuyo marido está en el mismo bar. Cuando iba sola se le echaban todos encima, la cogían por la cintura y le pellizcaban el culo. Se pasaba la noche fuera y volvía a casa por la mañana, con las bragas en el bolso y los zapatos en la mano. Jamás fingió ni pizca de fidelidad o lealtad. No quería ser la esposa perfecta. Quería ser otra persona.

–¿Y tu padre?

Transcurre un largo minuto antes de que dé con la respuesta que está buscando.

–Cada día que pasaba se hacía más pequeño. Desaparecía poco a poco. Moría de un millar de heridas. Espero que ella muera igual.

La frase queda suspendida en el aire, pero el silencio no es arbitrario. Es como si alguien hubiera levantado el brazo y detenido con un dedo el segundero del reloj.

–¿Por qué has utilizado esa expresión?

–¿Cuál?

–«Moría de un millar de heridas.»

La sonrisa es leve, involuntaria, retorcida.

–Así es como quiero que muera ella. Despacio. Con mucho dolor. Por su propia mano.

–¿Quieres que se mate?

No responde.

–¿Te imaginas alguna vez que la ves morir?

–A veces lo sueño.

–¿Qué sueñas?

–Que estaré presente.

Ahora me mira fijamente, los ojos claros como estanques sin fondo.

«Morir de un millar de heridas.» Los antiguos chinos tenían una traducción más literal: «Mil cuchillos y diez mil pedazos». La mujer a la que Bobby sacó a rastras del taxi era de más o menos la misma edad que su madre y vestía ropa similar. También mostraba una frialdad similar para con su hijo. ¿Basta eso para explicar lo que hizo? Me estoy acercando. El deseo de entender la violencia contiene una brutalidad intrínseca. No pienses en el oso blanco.

Hay otro paciente en la sala de espera. Bobby se levanta muy despacio y se vuelve hacia la puerta.

–Nos veremos el lunes. El lunes –digo poniendo hincapié en el día.

Quiero que lo recuerde. Quiero que siga viniendo.

Asiente y me tiende la mano para estrechármela. Es la primera vez que lo hace.

–El señor Barrett me dijo que usted me iba a ayudar.

–Voy a preparar un informe psicológico.

Asiente.

–Ya sabe que no estoy loco.

–Sí, ya lo sé.

Se da un golpecito en la cabeza.

–No fue más que una confusión, una tontería.

Y se marcha. Mi siguiente paciente, la señora Aylmer, ya está sentada y ha empezado a contarme cuántas veces revisa los cerrojos antes de irse a la cama. No la escucho. Estoy junto a las ventanas, miro cómo Bobby sale a la calle y se encamina hacia la estación. De cuando en cuando cambia el paso como para no pisar las rendijas que hay entre las baldosas del pavimento.

Se detiene al ver a una joven que camina en sentido contrario a él. Cuando se cruzan, gira todo el cuerpo para seguir mirándola. Por un momento tengo la impresión de que se debate entre seguirla o no. Mira en una dirección, luego en otra, como si estuviera atrapado en una encrucijada. Pasan varios segundos antes de que salte otra rendija y siga caminando.

Vuelvo a estar en la consulta de Jock, escucho cómo me recita unos resultados que no comprendo. Quiere que empiece con la medicación lo antes posible.

No hay una prueba definitiva para el Parkinson. Lo que hay es un montón de juegos y ejercicios que valoran la progresión de la enfermedad. Jock pone en marcha un cronómetro y me hace caminar por una línea de cinta adhesiva pegada al suelo, dar la vuelta y regresar. Luego tengo que ponerme a la pata coja con los ojos cerrados.

Cuando saca los bloques de colores dejo escapar un gemido. Me siento de lo más infantil apilando los bloques unos sobre otros. Lo hago primero con la derecha y luego con la izquierda. La izquierda me tiembla antes de empezar, pero en cuanto cojo el primer bloque todo va bien.

Más difícil me resulta poner puntos dentro de cuadrados. Apunto al centro, pero el lápiz tiene voluntad propia. «Qué más da, es una prueba idiota.»

Luego Jock me explica que los pacientes como yo, los que presentamos temblores en las etapas iniciales, tenemos una prognosis bastante mejor. Hay montones de medicamentos nuevos que palían los síntomas.

–Puedes vivir eternamente –dice como si estuviera leyendo un guión. Ve la expresión de incredulidad en mi rostro y trata de matizar la afirmación–. Bueno, a lo mejor te pierdes unos pocos años.

No dice nada sobre la calidad de vida.

–La investigación con células madre va a suponer un cambio radical –sigue con tono optimista–. Habrá una cura dentro de cinco o diez años.

–¿Y qué hago hasta entonces?

–Tomar la medicación. Hacer el amor con esa mujer tan preciosa que tienes. Ver cómo crece Charlie.

Me da una receta de Selegiline.

–Tarde o temprano tendrás que tomar Levodopa –me explica–, pero con un poco de suerte no será hasta dentro de un año, o más.

–¿Efectos secundarios?

–Puede que tengas náuseas y que te cueste conciliar el sueño.

–¡Genial!

Jock no me hace ni caso.

–Esta medicación no detiene el progreso de la enfermedad. Sólo sirve para disimular los síntomas.

–Y así la podré mantener en secreto un poco más de tiempo.

Sonríe de mala gana.

–Tarde o temprano tendrás que hacerle frente.

–Si sigo viniendo a verte tal vez muera de cáncer de fumador pasivo.

–Hermosa manera de morir.

Enciende un cigarrillo y saca una botella de whisky del cajón del escritorio.

–No son más que las tres.

–Me guío por el horario británico. –No me pregunta, sólo me sirve un trago–. La semana pasada vino a verme Julianne.

Sin darme cuenta he parpadeado varias veces.

–¿Qué quería?

–Quería saber cómo estabas. No se lo pude decir. Confidencialidad entre médico y paciente y esas mierdas. –Hace una pausa antes de seguir–. También quería saber si yo creía que tenías una aventura.

–¿Por qué te preguntó semejante cosa?

–Cree que la has estado engañando.

Bebo un sorbo de whisky y siento cómo me abrasa el esófago. Jock me mira a través de una nube de humo; espera una respuesta. En vez de ira o culpa, siento cierta decepción. ¿Cómo es posible que Julianne le hiciera a Jock una pregunta semejante? ¿Por qué no me la hizo directamente a mí?

Jock sigue esperando una respuesta. Detecta mi incomodidad y se echa a reír; sacude la cabeza como un perro mojado.

«No me mires así –querría decirle–; has estado casado dos veces y todavía corres detrás de mujeres a las que doblas en edad.»

–Ya sé que no es asunto mío –se regodea–, pero si te abandona, iré corriendo a consolarla.

Lo dice en serio. No tardaría ni un segundo en ir a babear detrás de Julianne. Cambio de tema a toda prisa.

–Dime algo de Bobby Moran... ¿qué sabes de él?

Jock da unas vueltas al vaso.

–No más que tú.

–En los informes médicos no se habla de un tratamiento psiquiátrico anterior.

–¿Y por qué crees que lo hubo?

–Me citó una pregunta del examen de equilibrio mental. No es la primera vez que lo evalúan.

–¿Se lo has preguntado?

–No quiere hablar del tema.

El rostro de Jock es un paradigma de meditación pausada: la expresión parece ensayada delante del espejo. Justo cuando pienso que va a decir algo constructivo se encoge de hombros.

–Anda que no es raro ni nada ese cabrón.

–¿Se trata de una opinión profesional?

Suelta un gruñido.

–La mayor parte de mis pacientes están inconscientes cuando los trato. Lo prefiero así.

12

Hay una camioneta de fontanería aparcada delante de nuestra casa. La puerta corredera está abierta y dentro hay bandejas apiladas llenas de accesorios de metal, tuberías en codo, sifones y acoplamientos de plástico.

El nombre de la compañía está escrito en un lateral: «D. J. MORGAN, FONTANERÍA Y GAS». El fontanero está en la cocina, tomando una taza de té al tiempo que trata de verle los pechos a Julianne por el escote de pico. Su aprendiz está en el jardín, enseñando a Charlie a hacer malabarismos con una pelota de fútbol con las rodillas y los pies.

–Éste es nuestro fontanero, D. J. –dice Julianne.

El tipo se pone en pie casi de mala gana y saluda con un gesto de la cabeza sin sacarse las manos de los bolsillos. Tiene treinta y tantos años: bronceado, en forma, pelo oscuro que parece mojado peinado hacia atrás. Es como esos vendedores que salen en los programas sobre hogar y moda, los que te remodelan la casa. Sé que se está preguntando qué hace una mujer como Julianne con un hombre como yo.

–¿Por qué no le enseña a Joe lo que me enseñó a mí?

El fontanero asiente con un gesto seco, breve. Lo sigo hacia la puerta del sótano, que está cerrada con pestillo. Unos estrechos peldaños de madera bajan hacia el suelo de cemento. En la pared hay una bombilla de poca potencia. Las vigas y los ladrillos oscuros absorben la luz.

Llevo cuatro años viviendo en esta casa y el fontanero ya conoce el sótano mejor que yo. Me señala los diversos conductos del techo con campechanería, me explica cómo funcionan los sistemas del agua y del gas.

Sopeso la posibilidad de hacerle una pregunta pero sé por experiencia que no conviene hacer alarde de mi ignorancia delante de un vendedor. No soy ningún manitas. No tengo el menor interés en el bricolaje, por eso todavía puedo contar hasta veinte con los dedos de las manos y los pies.

D. J. señala la caldera con un movimiento del pie, calzado con bota de trabajo. La conclusión es evidente: No vale nada, es un trasto, pura basura.

–Bueno, ¿por cuánto va a salir? –pregunto después de perderme a la mitad de sus explicaciones.

Resopla muy despacio y me recita las cosas que hay que reemplazar.

–¿Y la mano de obra?

–Depende del tiempo que lleve.

–¿Cuánto tiempo llevará?

–No se lo podré decir hasta que no vea todos los radiadores.

Como quien no quiere la cosa, coge una bolsa vieja de yeso solidificado por la humedad y la tira a un lado. Habrían hecho falta dos como yo para moverla. Luego me mira los pies. Estoy en medio de un charco de agua que me empapa a través de los zapatos.

Murmuro algo sobre que mantenga los costes bajos y me retiro escaleras arriba al tiempo que trato de no visualizarlo riéndose a mis espaldas. Julianne me da una taza de té tibio, todo lo que queda.

–¿Todo bien?

–De maravilla. ¿Cómo lo has encontrado? –susurro.

–Metió propaganda en el buzón.

–¿Tiene referencias?

Pone los ojos en blanco.

–Les hizo el cuarto de baño nuevo a los Reynold, los que viven en el número setenta y cuatro.

Los fontaneros sacan las herramientas de la furgoneta y Charlie tira la pelota dentro del cobertizo del jardín. Lleva el pelo recogido en una cola de caballo y el frío le ha sonrojado las mejillas. Julianne la regaña por haberse manchado de hierba los leotardos del colegio.

–Se va en la lavadora –dice Charlie.
–¿Y tú cómo lo sabes?
–Porque siempre se va.
Charlie se vuelve y me da un abrazo.
–¡Tócame la nariz!
–¡Brrrrr! Nariz fría, corazón ardiente.
–¿Se puede quedar Sam a pasar la noche?
–Depende. ¿Sam es chico o chica?
–¡Papaaaaaá!
Charlie hace un puchero.
–Mañana tienes partido de fútbol –interviene Julianne.
–¿Y el fin de semana que viene?
–Estarán aquí los abuelos.

El rostro de Charlie se anima, justo al contrario que el mío. Se me había olvidado por completo. El futuro médico de cabecera de Dios va a dar una conferencia en un congreso médico internacional. Será un éxito, seguro. Le ofrecerán todo tipo de cargos honoríficos y puestos de especialista a tiempo parcial, los cuales rechazará con elegancia porque le cansa viajar demasiado. Y yo lo veré todo sentado en silencio y me volveré a sentir como cuando tenía trece años.

Su padre, mi abuelo, fue miembro fundador del Consejo General de Medicina, y nadie ha ocupado la presidencia tanto tiempo como él. Tenía reputación como administrador y no como médico, pero su nombre aparece todavía en letras mayúsculas en la historia de la ética médica.

Y ahí es donde entro yo, mejor dicho, donde no entro. Después de tres hijas llegué yo, el deseado varón. Como tal, se esperaba de mí que continuara la dinastía médica, pero lo que hice fue romper la cadena. Hoy en día se diría que fui el eslabón más débil.

Tal vez mi padre habría debido verlo venir. Mi falta de pasión y aptitud a la hora de jugar al rugby eran una buena pista. Lo único que puedo decir es que, desde aquellos tiempos, mis fallos se han ido acumulando, y me ha llegado a considerar una especie de fracaso personal.

Nunca pudo entender el afecto que yo sentía por Gracie. Ni siquiera se lo intenté explicar. Gracie era como una puntada suelta en la historia de nuestra familia, al igual que el tío Rosskend, quien se declaró objetor de conciencia durante la guerra, y mi primo Brian, a quien trincaron por robar lencería femenina en unos grandes almacenes.

Mis padres nunca hablaban de Gracie. Tuve que ir recopilando datos y fragmentos gracias a primos y parientes lejanos que tenían cada uno una pieza del rompecabezas. Tardé, pero al final reuní suficiente información como para hacerme una idea general de lo que había sucedido.

Gracie trabajaba como enfermera durante la Primera Guerra Mundial cuando se quedó embarazada del que era su novio desde la infancia, que no regresó del frente. Tenía diecisiete años y el corazón roto; estaba soltera y sola.

«Ningún hombre querrá a una mujer que tiene un hijo», le dijo su madre cuando la dejó en un tren rumbo a Londres.

Gracie sólo vio al bebé una vez. Las hermanas de la Casa de Nazaret en Hammersmith pusieron una sábana a modo de cortina sobre su cintura para que no viera el parto, pero Gracie la apartó. Al ver al bebé berreando, tan feo y tan hermoso a la vez, dentro de ella se rompió algo que ningún médico pudo curar jamás.

Mi prima segunda Angelina dice que hay fotos familiares de Gracie en asilos mentales y hospitales públicos. Lo único que puedo decir a ciencia cierta es que se fue a vivir a su casa de Richmond cuando tenía veintipocos años, y allí seguía cuando me fui a la universidad.

Mi madre me telefoneó para decirme que Gracie había muerto. Yo estaba en mitad de los exámenes de tercero de Medicina... los exámenes que suspendí. Según el informe del juez de instrucción, el incendio había empezado en la cocina y se extendió a toda velocidad por la planta baja. Pese a todo, Gracie había tenido tiempo de sobras para escapar.

Los bomberos la habían visto moverse por el piso de arriba antes de que las llamas lo devorasen por completo. Dijeron que podría haber salido por una ventana al tejado del garaje. Pero si era así, ¿por qué los bomberos no siguieron ese mismo camino para rescatarla?

Los montones de libros, periódicos y revistas alimentaron las llamas, junto con las latas de pintura para telas y los botes de tintes del lavadero. La temperatura llegó a ser tan elevada que habitaciones enteras con sus objetos de colección quedaron reducidas a cenizas blancas.

Gracie había jurado siempre que la tendrían que sacar de allí en una caja de pino. Resultó que la hubieran podido barrer y sacar en un recogedor.

Yo ya había tomado una decisión: no quería ser médico. Aunque aún no estaba seguro de la alternativa. En vez de respuestas, tenía preguntas. Quería averiguar por qué Gracie había tenido tanto miedo del mundo. Pero sobre todas las cosas, quería saber si alguien habría podido ayudarla.

Durante los cuatro años que tardé en licenciarme, mi padre no dejó escapar ni una oportunidad de llamarme «señor psicólogo» o de hacer chistes acerca de divanes y papeles con manchas de tinta. Y cuando mi tesis sobre la agorafobia se publicó en el *British Psychological Journal,* no dijo nada, ni a mí ni a nadie de la familia.

Desde entonces cada etapa de mi carrera profesional ha sido recibida con el mismo silencio. Terminé las prácticas en Londres y me ofrecieron un puesto en la Dirección de Salud de Merseyside. Julianne y yo nos trasladamos a Liverpool, una ciudad de transbordadores achatados, chimeneas industriales, estatuas victorianas y fábricas desiertas.

Allí vivimos en un edificio desolado semejante a un reformatorio, con fachada de revestimiento rugoso y rejas en las ventanas. Estaba enfrente de la terminal de autobuses de Sefton Park, y todas las mañanas nos despertaban las toses y matraqueos de los motores diesel, que sonaban como fumadores viejos escupiendo flemas en el lavabo.

Aguanté dos años en Liverpool y lo sigo considerando un lugar de donde escapé, una ciudad como una plaga moderna llena de niños de ojos tristes, obreros parados de larga duración y mendigos dementes. De no haber sido por Julianne, tal vez me habría ahogado en aquella miseria.

Al mismo tiempo, doy gracias porque aquello me enseñó cuál es mi lugar. Por primera vez sentí Londres como mi hogar. Pasé cuatro años en el Hospital West Hammersmith y luego me trasladé al Royal Marsden. Cuando me ascendieron a consultor titular, escribieron mi nombre en un panel de roble en el vestíbulo del Marsden, frente a la puerta de entrada. Aunque resulte irónico, al mismo tiempo borraron de ese panel el nombre de mi padre porque él estaba, según sus propias palabras, «reduciendo sus compromisos».

No sé si los dos incidentes están relacionados. No me importa. Hace mucho que ya no me preocupa lo que él piensa o por qué hace lo que hace. Tengo a Julianne y a Charlie. Tengo una familia propia. La opinión de un hombre no importa... ni siquiera la de mi padre.

13

Las mañanas de domingo y los campos de deportes encharcados parecen tan inseparables como la adolescencia y el acné. Así es como recuerdo los inviernos de mi infancia: metido en el barro hasta los tobillos, con los huevos helados y jugando a rugby con el equipo de la escuela. El futuro médico de cabecera de Dios tenía un vozarrón que se imponía al aullido del viento. «¡No te quedes ahí como un poste! –gritaba–. ¡Corre a la banda! ¡Hay continentes que se mueven más rápido que tú!»

Por suerte, Charlie es una niña. Está preciosa con su uniforme de fútbol, el pelo recogido en una coleta y los pantalones cortos hasta las rodillas. No sé cómo me las arreglé para convertirme en entrenador. Mis conocimientos sobre este deporte caben en la cesta de una bicicleta. Tal vez por eso los Tigres no han ganado un partido en toda la temporada. A esta edad no tienen por qué mirar el marcador ni la clasificación en la liga. Lo único que importa es que todos los niños participen y se diviertan. Pero díselo a los padres.

Hoy jugamos con los Leones de Highgate y cada vez que marcan, los Tigres vuelven al centro del campo y discuten sobre a quién le toca sacar.

–No es nuestro punto fuerte –me disculpo con el entrenador del equipo contrario.

Estoy rezando para mis adentros: «Sólo un gol, Tigres, meted aunque sea un gol. Les vamos a demostrar cómo se celebra de verdad».

En el descanso vamos perdiendo por cuatro a cero. Los niños chupan trozos de naranja. Les digo que están jugando muy bien.

–Ese equipo está imbatido –miento entre dientes–, pero os estáis defendiendo de maravilla.

Para el segundo tiempo pongo a Douglas, el que más fuerte chuta, en la portería, y a Andrew, el goleador del equipo, como defensa.

–¡Pero si soy delantero! –se queja.

–Dominic va a jugar delante.

Todos miran a Dominic, que hace poco ha descubierto en qué dirección tiene que correr. Él suelta una risita y se mete la mano en los pantalones para agarrarse el escroto.

–Nada de regatear, ni de centrar –le digo–. Tú sal ahí afuera y chuta todo lo fuerte que puedas.

Cuando se reanuda el partido, un ejército de padres me hace zumbar los oídos a causa de los cambios de posiciones. Creen que he perdido la cabeza. Pero hay método en mi locura. A este nivel, el fútbol es todo impulso. Una vez el balón está en movimiento, el juego entero lo sigue. Por eso quiero que mis mejores chutadores estén atrás.

Durante los primeros minutos nada cambia. Parece como si los Tigres estuvieran persiguiendo sombras. Es entonces cuando el balón le llega a Douglas y él lo coloca en el campo contrario. Dominic trata de apartarse del camino, se cae y arrastra consigo a dos defensores. El balón queda suelto. Charlie es la más cercana. «Nada de birguerías, chuta y ya está», murmuro entre dientes.

Pueden decir que tengo favoritismos. Pueden decir que no soy imparcial. No me importa. Lo que viene a continuación es el más hermoso y efectivo tiro a puerta que jamás ha salido de una bota de fútbol del número treinta y dos. Las escenas de celebración son tales que cualquier observador independiente pensaría sin duda que hemos ganado.

Destrozamos a los Leones, que están paralizados por nuestra nueva estrategia. Hasta Dominic cuela un gol de casualidad cuando el balón le da en la nuca y pasa por encima del portero. Los Tigres ganan a los Leones cinco a cuatro.

Nuestra más fiel seguidora es Julianne, aunque no se trata precisamente de una mamá comprometida con el fútbol. Me parece que le gustaría más que Charlie hiciera ballet o jugara al tenis. Con su larga gabardina negra con capucha y las botas de goma, presenta un aspecto inmaculado mientras anuncia que jamás ha visto un espectáculo deportivo tan emocionante. El hecho de que lo llame «espectáculo deportivo» es prueba evidente de lo poco que le interesa el fútbol.

Los padres están abrigando a sus hijos y guardando las botas embarradas en bolsas de plástico. Al mirar hacia el otro lado del campo diviso a un hombre solitario, de pie junto a una banda, con las manos en los bolsillos de una gabardina. Reconozco la silueta.

–¿Qué hace por aquí tan temprano un domingo, detective inspector? No habrá venido a hacer ejercicio.

Ruiz mira de reojo la pista destinada a los corredores.

–Ya hay suficiente gente jadeando en esta ciudad.

–¿Cómo me ha localizado?

–Por sus vecinos.

Saca un caramelo, lo desenvuelve y se lo lleva a la boca; lo mueve con la lengua para hacerlo chocar contra los dientes.

–¿En qué lo puedo ayudar?

–¿Recuerda lo que le dije cuando desayunamos? Que si resultaba que la víctima era hija de algún famoso me asignarían cuarenta detectives, en vez de doce.

–Sí.

–¿Sabía que su enfermerita era sobrina de un parlamentario tory y nieta de un juez jubilado?

–Lo he leído en la prensa.

–Las hienas se me han echado encima: todos venga a hacerme preguntas y a meterme las cámaras en la cara. Los medios de comunicación están montando un circo de mierda.

No hay nada que pueda decir, de manera que miro a lo lejos, en dirección al zoo de Londres, y dejo que siga hablando.

–Usted es de esos listillos, ¿no? Universidad, posgrado, especialidad... He pensado que a lo mejor me puede ayudar en este caso. Quiero decir, puesto que conocía a la chica. Trabajó con ella. Así que tal vez tenga idea de en qué estaba metida.

–Sólo la conocí como paciente.

–Pero ella hablaba con usted. Le contaba cosas de sí misma. ¿Qué hay de sus amigos, de sus novios?

–Creo que salía con alguien del hospital. Tal vez estuviera casado, porque no quería hablar de él.

–¿Le dijo su nombre?

–No.

–¿Cree que era promiscua?

–No.

–¿Cómo está tan seguro?

–No lo sé. Es un presentimiento.

Se da la vuelta y saluda con un gesto de la cabeza a Julianne, que de repente está a mi lado y me coge por el brazo. Se ha subido la capucha y parece una monja.

–Éste es el detective inspector Vincent Ruiz, el policía del que te hablé.

Aparece una arruga de preocupación en su frente.

–¿Es por lo de Catherine?

Se echa la capucha hacia atrás.

Ruiz reacciona ante ella como la mayor parte de los hombres. Sin maquillaje, sin perfume, sin joyas, y aun así se siguen girando para mirarla.

–¿Le interesa el pasado, señora O'Loughlin?

Titubea un momento.

–Eso depende.

–¿Conocía a Catherine McBride?

–Nos causó muchos problemas.

Los ojos de Ruiz se clavan en los míos, y se me encoge el corazón.

Julianne me mira y comprende que ha cometido un error. Charlie la está llamando. Mira por encima del hombro y luego se vuelve de nuevo hacia Ruiz.

–Será mejor que hable primero con su marido –le dice él muy despacio–. Siempre la puedo localizar a usted luego si la necesito.

Julianne asiente y me da un apretón en el brazo.

–Me llevo a Charlie a tomar un chocolate caliente.

–Muy bien.

Vemos cómo se aleja esquivando con elegancia los charcos de agua y barro. Ruiz inclina la cabeza a un lado como si estuviera intentando leer algo escrito en mi solapa.

–¿Qué quería decir su mujer?

Mi credibilidad está bajo mínimos. No se va a fiar de lo que le diga.

–Catherine me acusó de agresión sexual, dijo que fue cuando estaba bajo hipnosis. Retiró la acusación a las pocas horas, pero aun así hubo una investigación. No fue más que un malentendido.

–¿Cómo puede haber malentendidos en una cosa así?

Le conté cómo Catherine había confundido mi interés profesional con algo más íntimo... lo del beso, lo de su vergüenza. Lo de su rabia.

–¿La rechazó usted?

–Sí.

–¿Y por eso presentó una queja?

–Sí. No me enteré hasta después de que la hubo retirado, pero la investigación era imprescindible. Me suspendieron mientras duraron las indagaciones del comité. Entrevistaron a otros pacientes míos.

–¿Y todo por culpa de una carta?

–Sí.

–¿Habló usted con Catherine?

–No. Me evitaba. No volví a verla hasta poco antes de que se fuera del Marsden. Me pidió perdón. Tenía otro novio y se iban a vivir al norte.

–¿No estaba usted enfadado con ella?

–Estaba cabreadísimo. Podría haberme costado la carrera. –Me doy cuenta de lo fuerte que ha sonado, así que añado–: Su estabilidad emocional era muy delicada.

Ruiz saca la libreta de notas y empieza a escribir.

–No saque conclusiones precipitadas.

–No saco ninguna conclusión, profesor, sólo anoto. Tanto

usted como yo recogemos fragmentos de información hasta que dos o tres encajan. –Pasa las páginas de la libreta y me dedica una sonrisa amable–. Ni se imagina lo que se puede averiguar hoy en día. Casado. Una hija. Sin afiliación religiosa. Estudios en Charterhouse y en la Universidad de Londres. Licenciatura y doctorado en Psicología. Detenido en 1980 por proyectar la imagen de una esvástica sobre Sudáfrica. Dos multas por exceso de velocidad en la M40. Una multa de aparcamiento impagada. Se le negó un visado de entrada a Siria por una visita previa a Israel. Su padre es un reconocido médico. Tres hermanas. Una trabaja para el programa de refugiados de la ONU. El padre de su esposa se suicidó en 1994. Su tía murió en un incendio doméstico. Tiene seguro médico privado, le autorizan un descubierto de hasta diez mil libras, y tiene que pagar el impuesto de circulación del coche el miércoles como fecha límite. –Levanta la vista–. No he mirado las declaraciones de la renta, pero seguro que abrió la consulta privada porque esa casa que tiene le está costando un riñón.

Ya está llegando a donde quiere llegar. Todo este discurso no es más que un mensaje subliminal. Quiere demostrarme de lo que es capaz.

Baja un poco la voz.

–Si descubro que ha ocultado información para esta investigación por asesinato lo mandaré a la cárcel. Allí podrá poner en práctica sus conocimientos cuando esté jugando a las dos monedas en una celda con un camello jamaicano que quiere que se rinda y se lo pide en nombre de Jesucristo. –Cierra la libreta y se la mete en el bolsillo. Se echa aliento en las manos para calentárselas–. Gracias por dedicarme su tiempo, profesor.

14

Bobby Moran me intercepta cuando paso por el vestíbulo. Está aún más desaliñado de lo habitual, tiene barro en la gabardina y papeles en los bolsillos. No sé si es la falta de sueño o que ha pasado algo malo.

Parpadea muy deprisa detrás de las gafas; musita una disculpa.

–Tengo que hablar con usted.

Miro por encima de su cabeza en dirección al reloj de la pared.

–Tengo otro paciente...

–Por favor...

Tendría que negarme. No puedo consentir que la gente se presente en el despacho así como así. Meena se pondrá hecha una furia. Ella dirigiría la consulta mejor organizada del mundo si no fuera por los pacientes que llegan sin avisar y los que faltan a las citas.

–Así no se hace una maleta –me dirá.

Y yo asentiré, aunque no entienda demasiado lo que dice.

Una vez arriba le indico a Bobby que se siente y reorganizo mis citas de la mañana. Parece avergonzado por haber armado tanto jaleo. Hoy parece diferente, vive en el aquí y el ahora.

–El otro día me preguntó qué soñaba.

Está mirando fijamente un punto en el suelo, entre sus pies.

–Sí.

–A mí me pasa algo raro. No dejo de tener unas ideas.

–¿Qué ideas?

–En mis sueños hago daño a otros.

–¿Cómo les haces daño?

Me lanza una mirada lastimera.

–Intento no dormirme, no quiero dormir. Arky no para de decirme que vaya a la cama, no entiende por qué me pongo a ver la tele a las cuatro de la mañana, me echo en el sofá y me tapo con el edredón. Es por lo de los sueños.

–¿Qué pasa en tus sueños?

–Cosas malas... pero no por eso soy mala persona. –Está sentado al borde de la silla, sus inquietos ojos no paran–. Hay una chica con un vestido rojo. Aparece una y otra vez cuando menos me lo espero.

–¿En los sueños?

–Sí. Me mira pero no me mira, como si yo no existiera. Siempre se ríe.

De pronto abre mucho los ojos, como activado por un resorte, y el tono de su voz cambia repentinamente. Hace girar la silla, aprieta los labios y cruza las piernas. Oigo una voz chillona, femenina.

«Venga, Bobby, deja de decir mentiras.»

–No soy ningún bocazas.

«¿Te tocó o no?»

–No.

«Eso no es lo que quiere saber el señor Erskine.»

–No me obligues a decirlo.

«No hagamos perder el tiempo al señor Erskine. Se ha tomado la molestia de venir hasta aquí...»

–Ya sé por qué ha venido.

«A mí no me hables en ese tono, cariño. No está bien.»

Bobby se mete las enormes manos en los bolsillos y patea el suelo con los zapatos. Habla en un susurro tímido, con la barbilla pegada al pecho.

–No me obligues a decirlo.

«Venga, díselo y luego nos vamos a cenar.»

–Por favor, no me obligues a decirlo...

Sacude la cabeza y todo su cuerpo se mueve. Alza la vista hacia mí, y veo en sus ojos que me reconoce.

–¿Sabía que los testículos de una ballena azul son del tamaño de un Volkswagen Escarabajo?

–No. No lo sabía.

–Me gustan mucho las ballenas. Son fáciles de dibujar y de tallar.

–¿Quién es el señor Erskine?

–No lo sé.

–Acabas de mencionar su nombre.

Sacude la cabeza y me mira con desconfianza.

–¿Conocías a alguien con ese nombre?

–Nací en un mundo. Ahora estoy inmerso en otro.

–¿Qué quieres decir con eso?

–Tengo que mantenerlo todo unido, tengo que mantenerlo todo unido.

No me está escuchando. Su mente se mueve a tal velocidad que no se puede centrar en un tema más de unos pocos segundos.

–Me estabas hablando de tu sueño, de la chica del vestido rojo. ¿Quién es?

–Una chica.

–¿La conoces?

–Lleva los brazos al aire. Los levanta y se pasa los dedos por el pelo. Veo las cicatrices.

–¿Cómo son esas cicatrices?

–No importa.

–¡Sí que importa!

Bobby inclina la cabeza a un lado y se pasa el dedo por la manga de la camisa, desde la parte interior del codo a la muñeca. Me devuelve la mirada. Sus ojos no delatan nada. ¿Está hablando de Catherine McBride?

–¿Por qué tiene cicatrices?

–Porque se corta.

–¿Cómo lo sabes?

–Mucha gente se corta. –Bobby se desabotona el puño de la camisa y poco a poco se sube la manga izquierda. Vuelve la palma de la mano hacia arriba y extiende el brazo hacia mí. Las finas cicatrices blancas son tenues, pero inconfundibles–. Son como una medalla de honor –susurra.

–Escúchame, Bobby. –Me inclino hacia delante–. ¿Qué le sucede en tu sueño a la chica?

El pánico le inunda los ojos como una fiebre creciente.

–No me acuerdo.

–¿Conoces a esa chica?

Sacude la cabeza.

–¿De qué color tiene el pelo?

–Castaño.

–¿De qué color tiene los ojos?

Se encoge de hombros.

–Has dicho que en tus sueños haces daño a la gente. ¿A esta chica le pasa algo malo?

La pregunta es demasiado directa y contenciosa. Me mira con desconfianza.

–¿Por qué me mira así? ¿Está grabando esto? ¿Me está robando las palabras?

Mira de un lado a otro.

–No.

–Bueno, ¿y por qué me mira así?

Entonces me doy cuenta de que se refiere a la «máscara de Parkinson». Jock me había avisado de que podía suceder. Mi rostro se puede quedar tan inexpresivo y gélido como una estatua de la isla de Pascua.

Trato de apartar la vista y empezar de nuevo, pero la mente de Bobby ya ha dado un salto.

–¿Sabía que el año 1961 se puede escribir invertido y se sigue leyendo igual? –dice.

–No, no lo sabía.

–Eso no volverá a suceder hasta el año 6009.

–Tienes que hablarme del sueño, Bobby.

–*No comprenderás todavía lo que comprenderás en el futuro*[1].

–¿Qué significa eso?

Me lo traduce. De repente, frunce el ceño como si se hubiera olvidado de algo, y luego una expresión de desconcierto

1. En castellano en el original. *(N. de los T.)*

absoluto se refleja en su rostro. No es sólo que haya perdido el hilo del pensamiento: se ha olvidado de lo que está haciendo aquí. Consulta su reloj.

–¿Por qué has venido, Bobby?

–Tengo ideas raras en la cabeza.

–¿Qué ideas?

–En mis sueños hago daño a otros. No es un crimen. No es más que un sueño...

Ya hemos pasado por eso hace treinta minutos. Ha olvidado todo lo sucedido desde entonces.

Hay un método de interrogatorio que la CIA utiliza de cuando en cuando: se llama «técnica de Alicia en el país de las maravillas». Se basa en poner el mundo patas arriba y distorsionar todo lo que es familiar y lógico. Los interrogadores empiezan con preguntas que parecen muy normales, pero que en realidad carecen de todo sentido. Si el sospechoso trata de responder, el segundo interrogador lo interrumpe con algo sin ninguna relación e igual de ilógico.

Los interrogadores cambian su comportamiento y su tono de voz a media frase o en un instante. Se muestran furiosos mientras hacen comentarios amables y encantadores al tiempo que hacen amenazas. Se ríen cuando no corresponde y hablan con acertijos.

Si el sospechoso intenta colaborar no le hacen caso, y si no colabora recibe recompensas, sin que sepa nunca por qué. Al mismo tiempo, los interrogadores manipulan el entorno, adelantan y atrasan los relojes, encienden y apagan las luces, sirven las comidas con intervalos de diez horas o de diez minutos.

Imaginen esta situación perpetuada día tras día. El sospechoso, aislado del mundo y de todo lo que reconoce como normal, trata de aferrarse a lo que recuerda. Puede intentar seguir el curso del tiempo, o visualizar un rostro o un lugar. Cada uno de los hilos que lo unen a la realidad se va cortando o desgastando hasta que al final ya no sabe qué es real y qué no lo es.

Hablar con Bobby es algo así. Las conexiones ilógicas, las rimas retorcidas y los extraños acertijos tienen suficiente sentido como para hacerme escucharlos. Al mismo tiempo, me va sumergiendo más y más en la intriga, y las fronteras entre los hechos y la fantasía se empiezan a difuminar.

No volverá a hablarme del sueño. Cuando le pregunto por la chica del vestido rojo hace como si no me oyera. El silencio no da resultado. Está encerrado en sí mismo por completo, inalcanzable.

Bobby se me está escapando. La primera vez que lo vi me encontré con un joven muy inteligente, con facilidad de expresión, compasivo, preocupado por su vida. Ahora tengo delante a un esquizofrénico con sueños violentos y una posible historia de enfermedades mentales.

Creía que lo tenía controlado, pero ha atacado a una mujer a plena luz y confiesa que hace daño a otros en sus sueños. ¿Qué pasa con la chica de las cicatrices?

Suspiro. Repaso los hechos. No fuerces las piezas para que encajen en el rompecabezas. Una de cada quince personas se inflige daños a sí misma en algún momento de su vida; es decir: dos niños de cada aula, cuatro personas en un autobús abarrotado, veinte en un tren de cercanías y dos mil en el estadio del Arsenal.

En los dieciséis años que hace que me dedico a la psicología he aprendido muy bien a no creer en conspiraciones y a no a escuchar las mismas voces que oyen mis pacientes. Un médico que se muere de enfermedad no sirve de nada a nadie.

15

El edificio del colegio es hermoso: sólido, georgiano, cubierto de vistaria. El sendero de guijarros de cuarzo describe una curva al pasar por las puertas de la verja y desemboca en unas escaleras de piedra de anchos peldaños. La zona de aparcamiento parece un concesionario de Range Rovers y Mercedes. Aparco mi Metro al doblar la esquina de la calle.

El colegio de Charlie está celebrando la subasta y la cena anuales de recaudación de fondos. El salón de actos está lleno de globos blancos y negros y los encargados de comidas y bebidas han instalado una marquesina en la pista de tenis.

La invitación mencionaba «ropa deportiva formal» pero la mayor parte de las madres llevan vestidos de noche porque no salen muy a menudo. Se han congregado en torno a una celebridad televisiva menor, que luce bronceado artificial y dientes perfectos. Eso es lo que pasa cuando llevas a tu hijo a un carísimo colegio privado: te acabas juntando con diplomáticos, presentadores de concursos y capos de la droga.

Es la primera noche que salimos desde hace semanas, y en vez de sentirme relajado tengo los nervios a flor de piel. No dejo de pensar en la visita que Julianne le hizo a Jock. No sé cómo pero sabe que he mentido. ¿Cuándo me va a decir algo? Desde que conocí el diagnóstico me asaltan humores borrascosos y me he apartado de la gente. Tal vez me sienta culpable. Es más probable que sea pesar. Ésta es mi manera de desinfectar a los que me rodean.

Estoy perdiendo mi cuerpo pedazo a pedazo. Una parte de mí no le da importancia. Mientras conserve la mente no pasa nada. Puedo vivir con lo que tengo entre las orejas. Pero otra parte ya echa de menos lo que aún no he perdido.

Y aquí estoy, no tanto en una encrucijada como en un callejón sin salida. Tengo una esposa que me llena de orgullo y una hija que me hace llorar cuando la veo durmiendo. He cumplido cuarenta y dos años y acabo de aprender a combinar la intuición con los conocimientos para hacer bien mi trabajo. Tengo por delante la mitad de la vida, la mejor mitad. Por desgracia, la mente me responde pero el cuerpo no, o pronto dejará de hacerlo. Me está abandonando poco a poco. Es la única certeza que me queda.

La subasta de recaudación de fondos dura demasiado. Como siempre. El maestro de ceremonias es un subastador profesional con voz de actor que se impone a los murmullos y a las charlas insustanciales. Cada clase presenta dos obras de arte, en su mayoría coloridos collages de dibujos individuales. La clase de Charlie ha hecho un circo y un paisaje playero con casetas de baño de colores, sombrillas como arco iris y puestos de helados.

–Quedaría precioso en la cocina –dice Julianne al tiempo que me coge del brazo.

–¿Cuánto nos va a costar la fontanería?

No me hace caso.

–La ballena es de Charlie.

Miro con atención y descubro un bulto gris en el horizonte. El dibujo no es su punto fuerte, pero sé que le encantan las ballenas.

Las subastas sacan lo mejor y lo peor de la gente. Y el único pujador más insistente que una pareja con una hija única es un abuelo estúpido con la cartera repleta.

Consigo pujar por la escena playera con sesenta y cinco libras. Cuando cae el martillo y suena un educado aplauso, ya vale setecientas. La puja ganadora ha llegado por teléfono. Joder, ni que esto fuera Sotheby's.

Llegamos a casa pasada la medianoche. La canguro se ha olvidado de encender la luz del porche. Tropiezo en la oscuridad con un montón de tuberías de cobre, caigo contra los peldaños y me raspo la rodilla.

–D. J. preguntó si las podía dejar ahí –se disculpa Julianne–. No te preocupes por los pantalones. Los pondré a remojo.

–¿Y mi rodilla, qué?

–Sobrevivirás.

Vamos los dos a ver a Charlie. Su cama está rodeada de animales de peluche que miran hacia fuera como centinelas que vigilaran un fuerte. Duerme de costado, con un pulgar cerca de los labios.

Mientras me cepillo los dientes Julianne está a mi lado frente al espejo. Se quita el maquillaje. Mira mi reflejo.

–¿Estás teniendo una aventura?

Deja caer la pregunta de manera tan casual que me coge por sorpresa. Trato de fingir que no la he oído pero es demasiado tarde. He dejado de mover el cepillo. La pausa me ha delatado.

–¿Por qué?

Se está quitando la máscara de las pestañas.

–Últimamente tengo la sensación de que no estás del todo aquí.

–He estado preocupado.

–Todavía quieres estar aquí, ¿verdad?

–Por supuesto.

No aparta los ojos de mi imagen en el espejo. Bajo la vista para enjuagar el cepillo en el lavabo.

–Ya no hablamos –dice.

Sé lo que viene a continuación. No quiero ir por ese camino. Ahora es cuando describe con pelos y señales mi incapacidad para comunicarme. Cree que, como soy psicólogo, tendría que poder hablar de mis sentimientos y analizar lo que está pasando. ¿Por qué? Me paso el día buceando en cabezas ajenas. Cuando llego a casa no quiero pensar en nada más complicado que en ayudar a Charlie con sus horarios.

Julianne es diferente. Le gusta hablar. Lo comparte todo y

todo lo desmenuza. No es que a mí me dé miedo mostrar mis sentimientos. Lo que me da miedo es no poder parar.

Trato de desviarla.

–Cuando se lleva casado tanto tiempo como nosotros no hace falta hablar de todo –digo débilmente–. Nos leemos las mentes.

–¿De verdad? ¿En qué estoy pensando ahora mismo?

Hago como si no la oyera.

–Estamos cómodos el uno con el otro. Eso es familiaridad.

–Que engendra desprecio.

–¡No!

Me rodea por detrás con los brazos, pasa las manos por mi pecho y las enlaza alrededor de mi cintura.

–¿De qué sirve compartir la vida con alguien si no te puedes comunicar con él en temas importantes? –Tiene la cara apoyada contra mi espalda–. Eso es lo que hacen las parejas casadas. Es lo más normal. Sé que lo estás pasando mal. Sé que tienes miedo. Sé que estas preocupado por lo que sucederá cuando la enfermedad avance... por Charlie y por mí... pero no te puedes interponer entre nosotras y el mundo, Joe. No nos puedes proteger de una cosa como ésta.

Tengo la boca seca y percibo indicios como del comienzo de una resaca. Esto no es una discusión, es una cuestión de percepción. Sé que si no respondo, Julianne llenará el vacío.

–¿De qué tienes tanto miedo? No te vas a morir.

–Ya lo sé.

–Es una injusticia, por supuesto. No te lo mereces. Pero mira las cosas que tienes: una casa bonita, una profesión, una esposa que te quiere y una hija que besa el suelo que pisas. Si eso no compensa cualquier otro problema, estamos en apuros.

–No quiero que nada cambie.

Detesto lo vulnerable que parezco.

–Nada tiene por qué cambiar.

–Noto que me vigilas. Que buscas los síntomas. Un temblor por aquí, una contracción por allá.

–¿Duele? –me pregunta de repente.

–¿El qué?
–Cuando se te traba la pierna o no mueves el brazo.
–No.
–No lo sabía. –Me pone el puño en la mano y cierra mis dedos para que se lo apriete. Luego me hace volverme para poder mirarme a los ojos–. ¿Te da vergüenza?
–A veces.
–¿Tendrías que seguir alguna dieta especial?
–No.
–¿Y ejercicios, deportes?
– Jock dice que van bien, pero no detendrán la enfermedad.
–No lo sabía –susurra–. Me lo tendrías que haber dicho.
Se aprieta aún más contra mí, presiona los labios contra mi oreja. Las gotas de agua que le corren por las mejillas parecen lágrimas. Le acaricio el pelo.
Sus manos me acarician el pecho. La cremallera baja, sus dedos acarician; el sabor de su lengua; su aliento en mis pulmones...
Después, tumbados en la cama, veo cómo le tiemblan los pechos con cada latido del corazón. Es la primera vez en seis años que hacemos el amor sin antes consultar el calendario.
Suena el teléfono.
–¿Puedo hablar con el profesor O'Loughlin?
–Soy yo.
–Le llamo del Hospital Charing Cross. Siento despertarlo. –El médico parece joven. Se percibe cansancio en su voz–. ¿Tiene un paciente llamado Bobby Moran?
–Sí.
–La policía lo ha encontrado tumbado en la acera del puente de Hammersmith. Pregunta por usted.

16

Julianne se da la vuelta en la cama, apoya la cara en mi almohada y se arropa con las sábanas.

–¿Qué pasa? –pregunta adormilada.

–Hay problemas con un paciente.

Me pongo un jersey sobre la camiseta y voy a coger los vaqueros.

–No irás a salir, ¿verdad?

–Volveré enseguida.

A esas horas de la madrugada tardo sólo quince minutos en llegar a Fulham. Al otro lado de las puertas de entrada hay un hombre de la limpieza negro que empuja una fregona y un cubo por el suelo en un extraño vals. Hay un guardia de seguridad en el mostrador de recepción. Me señala la entrada de Urgencias.

Al otro lado de las puertas de plástico los ocupantes de la sala de espera parecen cansados y cabreados. La enfermera encargada de valorar la gravedad de los pacientes está ocupada. Un médico joven aparece en el pasillo y empieza a discutir con un hombre barbudo que lleva un trapo ensangrentado contra la frente y una manta en torno a los hombros.

–Y seguirá esperando toda la noche si no se sienta –dice el médico.

Se gira y me mira a mí.

–Soy el profesor O'Loughlin.

Tarda un momento en identificar mi nombre. La pieza encaja. El médico tiene una marca de nacimiento a un lado del cuello; lleva subidas las solapas de la bata blanca.

Unos minutos más tarde sigo su bata por un pasillo desierto, junto a carritos con ropa de cama y camillas aparcadas.

–¿Está bien?

–Tiene sobre todo cortes y contusiones. Puede que se cayera de un coche o bicicleta.

–¿Lo han ingresado?

–No, pero no se quiere marchar sin verlo a usted. No deja de decir algo de lavarse la sangre de las manos. Por eso lo he dejado en la sala de observación. No quiero que asuste al resto de los pacientes.

–¿Conmoción cerebral?

–No. Está muy nervioso. La policía pensó que tal vez hubiera riesgo de suicidio. –El médico gira la cabeza y me mira por encima del hombro–. ¿Su padre es cirujano?

–Está retirado.

–Lo oí hablar una vez. Es impresionante.

–Sí. Como conferenciante.

La sala de observación tiene una ventanilla en la puerta a la altura de los ojos. Veo a Bobby sentado en una silla, con la espalda muy recta y los dos pies en el suelo. Lleva unos vaqueros embarrados, una camisa de franela y un sobretodo del ejército. Se tironea de las mangas de la chaqueta; coge un hilo suelto. Tiene los ojos inyectados de sangre, fijos. Los clava en la pared opuesta como si estuviera asistiendo a un drama invisible en un escenario que sólo él puede ver. No se da la vuelta cuando entro.

–Bobby, soy yo, el profesor O'Loughlin. ¿Sabes dónde estás?

Asiente.

–¿Me puedes decir lo que ha pasado?

–No me acuerdo.

–¿Cómo te sientes?

Se encoge de hombros; sigue sin mirarme. La pared es más interesante. Me llega el olor de su sudor y de la ropa húmeda. También hay otro olor: me resulta familiar pero no lo identifico. Un olor médico.

–¿Qué hacías en el puente de Hammersmith?

–No lo sé. –Le tiembla la voz–. Me caí.

–¿Qué es lo que recuerdas?

–Que me fui a la cama con Arky y luego... A veces no soporto ser yo mismo. ¿Nunca se ha sentido así? Yo constantemente. Voy por toda la casa detrás de Arky. La sigo, no paro de hablar de mí mismo. Le digo lo que estoy pensando...

Por fin clava los ojos en mí. Vacíos. Obsesionados. No es la primera vez que veo unos ojos así. Otro de mis pacientes, un bombero, está condenado a oír los gritos de una niña de cinco años que murió en un coche incendiado. Él consiguió rescatar a la madre y al hermano pequeño, pero luego las llamas no le permitieron volver.

–¿Oye alguna vez los molinos de viento? –pregunta Bobby.

–¿Qué ruido hacen?

–Un traqueteo metálico, pero cuando el viento sopla muy fuerte las aspas parecen un borrón y el aire empieza a gritar de dolor.

Se estremece.

–¿Para qué son los molinos de viento?

–Hacen que todo funcione. Si pega la oreja al suelo los oirá.

–¿A qué te refieres con lo de todo?

–Las luces, las fábricas, los trenes... Sin los molinos de viento todo se pararía.

–¿Esos molinos de viento son Dios?

–Usted no entiende nada –me dice, desdeñoso.

–¿Has visto alguna vez los molinos de viento?

–No. Ya le he dicho que los oigo.

–¿Dónde crees que están?

–En medio del océano. En plataformas enormes, como las torres de perforación. Sacan energía del centro de la Tierra, del núcleo. Estamos gastando demasiada energía. La desperdiciamos. Por eso tenemos que apagar las luces y ahorrarla. Si no, alteraremos el equilibrio. Si sacas demasiado del centro se queda vacío. El mundo va a implosionar.

–¿Por qué gastamos demasiada energía?

–Apague las luces, izquierda, derecha, izquierda, derecha. Haz lo que debas. –Saluda–. Antes era diestro pero me forcé a utilizar la izquierda... La presión está creciendo, lo noto.

–¿Dónde?

Se da un golpecito en la sien.

–He perforado el corazón. El corazón de la manzana. De hierro y de pana. ¿Sabía que proporcionalmente la capa atmosférica de la Tierra es más fina que la piel de una manzana?

Habla con rimas, algo característico del lenguaje psicótico. Los juegos de palabras sencillos ayudan a conectar ideas al azar.

–A veces sueño que estoy atrapado dentro de un molino de viento –dice–. Está lleno de engranajes que giran, hojas que centellean y martillos que golpean los yunques. Ésa es la música que tocan en el infierno.

–¿Se trata de una de tus pesadillas?

Baja la voz hasta convertirla en un susurro conspirativo.

–Algunos sabemos lo que está pasando.

–¿Qué está pasando?

Se echa hacia atrás y me mira. Tiene los ojos iluminados. Luego, un atisbo de sonrisa muy peculiar le pasa por el rostro.

–¿Sabía que una nave espacial tripulada tardó en llegar a la Luna menos tiempo del que invertía una diligencia en cruzar Inglaterra de arriba abajo?

–No, no lo sabía.

Deja escapar un suspiro triunfal.

–¿Qué hacías en el puente de Hammersmith?

–Estaba tumbado en el suelo, escuchando los molinos de viento.

–Cuando te trajeron al hospital decías que querías limpiarte la sangre de las manos.

Lo recuerda, pero no dice nada.

–¿Cómo te manchaste las manos de sangre?

–Odiar es normal. Lo que pasa es que no se habla de ello. Es normal querer hacer daño a los que nos han hecho daño.

Está perdiendo la lógica.

–¿Le has hecho daño a alguien?

–Hay que coger todas las gotas de odio y meterlas en una botella. Gota a gota, gota a gota... El odio no se evapora como los otros líquidos. Es como el aceite. Y de repente, un día, la botella está llena.

–¿Qué sucede entonces?

–Que hay que vaciarla.

–Bobby, ¿le has hecho daño a alguien?

–¿Cómo si no se libra uno del odio?

Se tironea de los puños de la camisa de franela, que están manchados de algo oscuro.

–¿Eso es sangre, Bobby?

–No, es petróleo. ¿Es que no me ha oído? Todo tiene que ver con el petróleo. –Se levanta y da dos pasos hacia la puerta–. ¿Puedo irme a casa ya?

–Sería mejor que te quedaras aquí por un tiempo –le digo con voz que quiero que suene natural.

Me mira con desconfianza.

–¿Por qué?

–Anoche sufriste una especie de crisis nerviosa o una pérdida de memoria. Puede que te cayeras o que te vieras involucrado en un accidente. Sería mejor hacerte unas cuantas pruebas y tenerte en observación.

–¿En un hospital?

–Sí.

–¿En medicina general?

–En psiquiatría.

Ni siquiera pestañea.

–¡Y una mierda! Lo que quiere usted es encerrarme.

–Serás un paciente voluntario. Te podrás marchar cuando quieras.

–¡Es un truco! ¡Cree que estoy loco!

Me está gritando. Quiere salir dando un portazo, pero algo lo retiene a mi lado. Tal vez sea que ha invertido demasiado en mí.

La ley no me permite retenerlo. Aunque tuviera pruebas, no puedo ingresar a Bobby ni detenerlo de ninguna manera. Los psiquiatras, los médicos y los tribunales sí gozan de esa prerrogativa, pero no un humilde psicólogo. Bobby puede irse cuando quiera.

–¿Me seguirá recibiendo?

–Sí.

Se abrocha la camisa y asiente con gesto de aprobación. Recorro el pasillo con él y compartimos el ascensor.

–¿Has tenido antes ausencias así? –pregunto.

–¿Cómo que «ausencias»?

–Lapsos de memoria, como si ciertas horas hubieran desaparecido.

–Me pasó hace un mes.

–¿Recuerdas qué día?

Asiente.

–Había que vaciar el odio.

Las puertas del hospital están abiertas. En las escaleras de la entrada Bobby se vuelve para darme las gracias. Otra vez me llega el olor. En esta ocasión lo identifico. Cloroformo.

17

El cloroformo es un líquido incoloro, la mitad de denso que el agua, con olor semejante al del éter y un sabor cuarenta veces más dulce la caña de azúcar. Es un importante disolvente orgánico que se utiliza sobre todo en la industria.

El médico escocés sir James Simpson, de Edimburgo, fue el primero en utilizarlo como anestesia en 1847. Seis años más tarde, el médico escocés John Snow se lo administró a la reina Victoria durante el parto del príncipe Leopoldo, su octavo hijo.

Por lo general, bastan unas pocas gotas en una mascarilla o en un paño para producir anestesia quirúrgica en pocos minutos. El paciente despierta en diez o quince minutos, aturdido pero sin apenas náuseas ni vómitos. Es altamente peligroso y puede provocar paradas cardíacas fatales en uno de cada tres mil casos...

Cierro la enciclopedia, la vuelvo a colocar un estante y garabateo una nota para mí mismo. ¿Por qué olían a cloroformo las ropas de Bobby Moran? ¿Para qué habrá utilizado un disolvente industrial o un producto anestésico? Creo recordar que a veces se utiliza cloroformo en medicamentos para la tos y en cremas para aliviar el picor, pero en cantidades que no bastan para transmitir ese olor único.

Bobby me dijo que trabajaba como mensajero. Tal vez haya transportado disolventes industriales. Se lo preguntaré en nuestra próxima sesión, siempre que tenga aunque sea un atisbo de contacto con la realidad.

Oigo el estrépito que viene de abajo, del sótano. D. J. y su aprendiz siguen trabajando en la caldera. Al parecer, todo nuestro sistema de cañerías lo instaló un maníaco fetichista con fijación por las tuberías en codo. El interior de nuestras paredes parece una escultura moderna. Sólo Dios sabe cuánto nos va a costar todo esto.

En la cocina, tras servirme un café, me siento junto a Charlie para tomar el desayuno. Tiene apoyado un libro de la biblioteca contra la caja de cereales. Mi periódico descansa sobre el zumo de naranja.

Charlie está jugando a imitar todo lo que hago. Cuando muerdo la tostada, ella hace lo mismo. Si bebo un sorbo de café, ella bebe otro de té. Hasta inclina la cabeza igual que yo cuando trato de leer parte de un artículo que se ha perdido en un pliegue del periódico.

–¿Me pasas la mermelada? –pide al tiempo que agita una mano delante de mi cara.

–Claro. Perdona.

–Estabas en las nubes.

–Por eso sé que va a llover.

Julianne sale del lavadero apartándose un mechón de pelo de la frente. Se oye de fondo el ruido de la secadora. Antes desayunábamos juntos; tomábamos el café y nos intercambiábamos secciones del periódico. Ahora ya no se queda mucho rato.

Llena el lavavajillas y me pone delante mi pastilla.

–¿Por qué te llamaron del hospital?

–Uno de mis pacientes sufrió una caída. Está bien.

Frunce el ceño.

–Dijiste que ibas a hacer menos urgencias.

–Ya lo sé. Es un caso especial.

Muerde una tostada y empieza a llenar la fiambrera en la que Charlie se lleva la comida. Huelo su perfume y observo que se ha puesto unos vaqueros nuevos y la mejor chaqueta que tiene.

–¿Adónde vas?

–Tengo el seminario de «Comprensión del islam», ¿recuerdas? Me prometiste que estarías en casa a las cuatro, cuando llegue Charlie.

–No puedo. Tengo una cita.

Se molesta conmigo.

–Pues alguien tiene que estar aquí.
–Puedo llegar a las cinco.
–Vale. A ver si encuentro canguro.

Llamo a Ruiz desde la consulta. Oigo de fondo el ruido de maquinaria industrial y agua corriente. Está junto a un río o un arroyo.

En cuanto le digo quién soy oigo un revelador clic electrónico. Me pregunto si estará grabando nuestra conversación.

–Quería preguntarle algo acerca de Catherine McBride.

–¿El qué?

–¿Cuántas puñaladas había?

–Veintiuna.

–¿El forense encontró algún rastro de cloroformo?

–Ya leyó el informe.

–No lo mencionaba.

–¿Por qué lo quiere saber?

–Por nada, no tiene importancia.

Deja escapar un suspiro.

–Hagamos un trato. Deje de llamarme para preguntarme gilipolleces y yo le quito esa multa impagada que tiene.

Antes de que me pueda disculpar por haberlo molestado oigo que alguien lo llama por su nombre. Me gruñe un «váyase al cuerno» y cuelga. Para comunicarse, este hombre es peor que un director de pompas fúnebres.

Fenwick aguarda en mi sala de espera; consulta su Rolex de oro. Vamos a comer en Mayfair, en su restaurante favorito. Es uno de esos locales de los que se habla en los suplementos dominicales porque el chef es temperamental, guapo y sale con una supermodelo. Según Fenwick, es el restaurante habitual de muchos famosos, pero nunca coincido con ellos. Una vez vi a Peter O'Toole. Fenwick lo llamó «Peter» y parecían muy colegas.

Hoy está haciendo más esfuerzos que nunca por mostrarse

afable. De camino al restaurante me pregunta por Julianne y por Charlie. Luego repasa el menú entero en voz alta y me comenta cada plato como si yo no supiera leer. Cuando pido agua mineral en vez de vino pone cara de decepción.

–No bebo alcohol a mediodía –explico.

–Qué antisocial.

–Es que algunos trabajamos por la tarde.

Llega el camarero y Fenwick le da instrucciones precisas sobre cómo quiere que le preparen la comida; hasta sugiere la temperatura del horno y si hay que tratar la carne con la maza o no. Si el camarero tiene dos dedos de frente, estas instrucciones no llegarán nunca a la cocina.

–¿No te han dicho nunca que no hay que molestar a quien te prepara la comida? –pregunto.

Fenwick me mira con gesto socarrón.

–Déjalo correr –digo–. Es evidente que no tuviste que trabajar para pagarte la universidad.

–Me daban una asignación, muchacho.

¡Típico!

Fenwick mira a su alrededor en busca de rostros conocidos. Nunca sé muy bien de qué van estos almuerzos. Por lo general intenta convencerme para que invierta en inmuebles o para que creemos una empresa de biotecnología. No tiene el menor sentido del valor del dinero ni, lo que es más importante, de lo poco que ganamos la mayoría y lo mucho que pagamos de hipoteca.

Fenwick es probablemente la última persona a la que pediría consejo en circunstancias normales, pero es a quien tengo delante y la conversación ha decaído.

–Quiero hacerte una pregunta hipotética –digo mientras doblo y desdoblo la servilleta–. Si tuvieras un paciente del que sospechas que puede haber cometido un crimen muy grave, ¿qué harías?

Fenwick se sobresalta. Mira hacia atrás como si temiera que alguien me hubiera oído.

–¿Tienes alguna prueba? –susurra.

–La verdad es que no. Es más bien un presentimiento.

–¿Cómo de grave es el crimen?

–No lo sé. Puede que el peor.

Fenwick se inclina hacia delante y se pone la mano al lado de la boca. No se puede llamar más la atención.

–Tienes que hablar con la policía, muchacho.

–¿Y qué hay de la confidencialidad médico-paciente? Es la base de todo lo que hago. Si los pacientes no confían en mí, no los puedo ayudar.

–No se aplica en este caso. Recuerda el precedente Tarasoff[1].

Fenwick sigue hablando; la nariz le tiembla con un tic nervioso.

–Tienes el deber de divulgar información confidencial si un cliente te comunica su intención plausible de causar daños graves a terceros.

–Exacto, pero ¿y si no ha amenazado a nadie en concreto?

–No creo que importe.

–Sí que importa. Tengo el deber de proteger del daño a las futuras víctimas, pero sólo si el paciente ha comunicado la amenaza de violencia y ha identificado a alguien.

–Estás caminando por el filo de una navaja.

–No es verdad.

–¿Así que dejamos a un asesino suelto por las calles?

–No sé si es un asesino.

–¿Y eso no lo tendría que decidir la policía?

Puede que Fenwick tenga razón, pero ¿y si me estoy equivocando? La confidencialidad es parte fundamental de la psicología clínica. Si revelo detalles de mis sesiones con Bobby sin su permiso estaré violando una docena de normas. La asociación de psicólogos podría abrirme un expediente, Bobby me podría demandar.

1. Tarasoff era un estudiante universitario que mató a su ex novia en California a finales de los sesenta. Durante una sesión de terapia dijo a un psicólogo que planeaba matarla. Los padres de la chica asesinada demandaron al psicólogo por negligencia, y ganaron. *(N. de los T.)*

¿Hasta qué punto estoy seguro de que Bobby es peligroso? Atacó a la mujer del taxi. Aparte de eso sólo tengo sus desvaríos psicóticos sobre molinos de viento y una chica con la que ha soñado.

Fenwick apura la copa de vino y pide otra. Se está divirtiendo con este asunto de intriga y misterio. Me da la sensación de que no le piden consejo muy a menudo.

Llega la comida y la conversación fluye hacia territorio familiar. Fenwick me habla de sus últimas inversiones y de sus planes de vacaciones. Tengo la sensación de que quiere algo pero no sabe cómo entrar en el tema. Por fin, mientras tomamos café, se decide.

–Te quiero pedir una cosa, Joe. No soy de los que piden favores, pero hay algo que me gustaría pedirte.

De inmediato empiezo a buscar la manera de decir que no. No se me ocurre ni una sola razón por la que Fenwick pueda necesitar mi ayuda.

Lastrado por la gravedad de la petición, tiene que empezar la frase varias veces. Por fin me explica que se ha comprometido con Geraldine, su novia desde hace años.

–¡Me alegro por ti! ¡Felicidades!

Alza la mano para interrumpirme.

–Sí, bueno, nos vamos a casar en junio en West Sussex. Su padre tiene una finca allí. Quería pedirte... bueno... o sea... es decir, que... sería para mí un honor si accedieses a ser mi padrino.

Durante un momento tengo miedo de que se me escape una carcajada. Casi no conozco a Fenwick. Llevamos dos años trabajando en consultas adyacentes, pero aparte de estos almuerzos ocasionales nunca hemos hecho vida social juntos, no hemos jugado al golf ni al tenis. Recuerdo vagamente que me presentó a Geraldine en la fiesta navideña de la empresa. Hasta entonces, había albergado la sospecha de que Fenwick era un dandi solterón de la vieja escuela.

–Pero habrá otras personas que...

–Bueno, sí, claro. Sólo que... me pareció que...

Fenwick parpadea muy deprisa; es la viva imagen de la tristeza.

Entonces lo comprendo todo. Pese a la facilidad con que deja caer nombres de gente conocida, pese a su ascenso social y a su orgullo desmedido, Fenwick no tiene amigos. ¿Por qué otra razón me iba a elegir como padrino?

–Por supuesto –dijo–. Si estás seguro...

Fenwick se emociona tanto que creo que me va a abrazar. Estira el brazo sobre la mesa y me estrecha la mano con energía. Tiene una sonrisa tan patética que me dan ganas de llevármelo a casa como si fuera un perro vagabundo.

En el camino de vuelta a la consulta sugiere montones de cosas que podríamos hacer juntos, entre ellas salir de juerga nosotros solos.

–Podríamos gastar los vales que te dan por las conferencias –aventura con timidez.

De repente me viene a la cabeza una lección que aprendí mi primer día en el internado, a los ocho años: el primer chico que te hable será el que tenga menos amigos. Fenwick es ese chico.

18

Elisa me abre la puerta vestida con una bata tailandesa de seda. La luz viene de su espalda; le perfila el cuerpo bajo el tejido. Trato de concentrarme en su rostro, pero los ojos me traicionan.

–¿Por qué llegas tan tarde? Te esperaba hace horas.

–Por el tráfico.

Me mira desde la puerta, como si no estuviera segura de si dejarme entrar o no. Luego se da la vuelta y la sigo por el vestíbulo; veo cómo se mueven sus caderas bajo la bata.

Elisa vive en una imprenta reconvertida de Ladbroke Grove, no lejos del Grand Union Canal. Las vigas sin pintar y las viguetas de madera se entrecruzan unas con otras, es una especie de versión bonsái de una casita estilo Tudor.

Por todas partes hay alfombras viejas y muebles antiguos que se hizo traer de Yorkshire cuando su madre murió. Su mayor orgullo es un confidente isabelino de brazos y patas tallados con esmero. Una docena de muñecas de porcelana, con los rostros delicadamente pintados, se sientan recatadamente en él como si esperasen que alguien las sacara a bailar.

Elisa me sirve una copa, se sienta en el sofá y da una palmadita junto a ella. Ve que no me muevo y hace una mueca.

–Ya sabía yo que algo iba mal. Por lo general me das un beso en la mejilla.

–Lo siento.

Se ríe y cruza las piernas. Siento que algo se desgarra en mi interior.

–Dios, qué tenso estás. A ti lo que te hace falta es un masaje.

Me hace sentarme, se pone detrás de mí y hunde los dedos en los músculos agarrotados entre mis paletillas. Me rodea con las piernas y siento el cosquilleo suave de su vello púbico en la rabadilla.

–No debería haber venido.

–¿Por qué has venido?

–Quería pedirte disculpas. Fue culpa mía. Empecé algo que no debí empezar.

–Vale.

–¿No te importa?

–Fue un buen polvo.

–No quiero que lo consideres así.

–Entonces, ¿qué fue?

Lo medito un instante.

–Tuvimos un breve encuentro.

Se echa a reír.

–Joder, no fue tan romántico.

Los dedos de los pies se me flexionan de pura vergüenza.

–Bueno, ¿qué pasó? –pregunta.

–No creo que fuera justo contigo.

–¿Ni con tu mujer?

–Sí.

–No llegaste a decirme por qué estabas tan trastornado aquella noche.

Me encojo de hombros.

–Me dio por pensar sobre la vida y esas cosas.

–¿Sobre la vida?

–Y la muerte.

–Ay, Dios, otro más.

–¿Qué?

–Otro tipo casado que llega a los cuarenta y de pronto se empieza a cuestionar todo. Siempre me tocaban a mí. ¡Cómo hablaban! Tendría que haberles cobrado el doble. Sería rica.

–No es eso.

–Entonces, ¿qué es?

–¿Y si te dijera que tengo una enfermedad incurable?

Deja de masajearme el cuello y me gira para que le mire a la cara.

–¿Es verdad?

Cambio de opinión sobre la marcha.

–No. Soy idiota.

Elisa está molesta. Se siente manipulada.

–¿Sabes qué es lo que te pasa a ti?

–¿Qué?

–Que toda tu vida has sido una especie protegida. Siempre has tenido alguien que te cuidara. Primero fue tu madre, luego el internado, luego la universidad, y luego te casaste.

–¿Y eso qué quiere decir?

–Que lo has tenido demasiado fácil. Nunca te ha pasado nada malo. Las cosas malas les suceden a los demás y tú recoges los pedazos, pero a ti nadie te ha hecho pedazos nunca. ¿Te acuerdas de la segunda vez que nos vimos?

Asiento.

–¿Te acuerdas de lo que me contaste?

De eso ya no estoy tan seguro. Fue en la cárcel de Holloway. La habían acusado de agresión dolosa por apuñalar a dos adolescentes con una navaja automática. Tenía veintitrés años; para entonces trabajaba ya en una agencia de acompañantes de Kensington y volaba por toda Europa y Oriente Próximo.

Una noche la llamaron para un trabajo en un hotel de Knightsbridge. No conocía al cliente. Presintió que algo iba mal nada más entrar en la habitación. Por lo general, sus clientes eran hombres de mediana edad. Aquél era un adolescente. Sobre la mesa había una docena de botellas de cerveza vacías.

Antes de que pudiera reaccionar se abrió la puerta del cuarto de baño y salieron seis jovencitos. Uno de ellos celebraba su decimoctavo cumpleaños.

–No voy a follar con todos.

Se rieron.

Tras la primera violación dejó de resistirse. Les suplicó que la dejaran marcharse y al mismo tiempo se concentró en alcanzar el bolsillo de su chaqueta; estiraba la mano sobre la cama milímetro a milímetro. Los muchachos se la tiraban de dos en dos.

Los demás aguardaban su turno mientras veían en la televisión el partido del Manchester United contra el Chelsea.

Elisa luchaba por respirar. Los mocos le corrían por la cara mezclados con las lágrimas. Por fin alcanzó la chaqueta y en el bolsillo cerró los dedos en torno a la navaja.

Ryan Giggs había recibido la pelota en medio campo y corría por la banda izquierda... Unas manos agarraban la cabeza de Elisa y la obligaban a moverla. Steve Clarke intentaba obligar a Giggs a abrirse aún más, pero éste cambió de pie y regateó... La hebilla de un cinturón se le clavaba en el pecho y su frente golpeaba contra un estómago... Mark Hughes se adelantó hacia la portería para atraer a los dos defensas centrales. Giggs chutó y el balón describió un arco. Cantona remató de cabeza. El campo estalló. Las mejillas de Elisa también.

Consiguió liberar la boca.

–Se acabó –susurró.

Clavó la navaja en las nalgas del muchacho que tenía delante. Su grito retumbó por la habitación. Luego se volvió y apuñaló en el muslo al muchacho que tenía detrás.

Cuando éste retrocedió Elisa rodó por la cama, agarró una botella de cerveza por el cuello y la rompió contra la mesilla de noche. Con la navaja en una mano y la botella rota en la otra, se enfrentó a ellos desde el otro lado de la cama.

La hoja de la navaja medía cinco centímetros, así que ninguna herida fue profunda. Elisa llamó a la policía desde el vestíbulo del hotel. Sopesó las opciones y vio que no tenía otra alternativa. Le tomaron declaración por pura fórmula. Cada uno de los muchachos tenía su propio abogado. Todos contaron la misma historia.

Elisa fue acusada de agresión dolosa, mientras que a los jóvenes les correspondió una reprimenda por parte del sargento de la comisaría. Eran seis jóvenes con dinero, con privilegios, con futuro. La violaron con total impunidad.

Mientras estaba en prisión preventiva en Holloway, pidió verme específicamente a mí. Aunque ya no era una niña, parecía igual de frágil. Se sentó en una silla de plástico e inclinó la cabeza hacia un lado, con el pelo sobre un ojo. Le habían arreglado el diente mellado.

–¿Cree que nosotros mismos determinamos cómo nos van las cosas en la vida?

–Hasta cierto punto.

–¿Y cuándo termina ese punto?

–Cuando sucede algo sobre lo que no tenemos control: un borracho se salta una señal de stop, o las bolas de la lotería caen en el orden que deben caer, o una célula cancerosa se empieza a dividir en nuestro cuerpo.

–¿De modo que sólo tenemos control sobre las pequeñas cosas?

–Y eso si hay suerte. Acuérdate del dramaturgo griego Esquilo. Murió porque un águila confundió su calva con una roca y le dejó caer encima una tortuga. No creo que lo viera venir.

Se echó a reír. Un mes más tarde se declaró culpable y fue condenada a dos años de cárcel. Trabajó en la lavandería de la prisión. Cada vez que sentía ira o amargura por lo que había sucedido abría la puerta de una secadora, metía la cabeza y gritaba dentro del gran tambor plateado y cálido, de manera que el sonido estallara en su cabeza.

¿Es eso lo que Elisa quiere hacerme recordar, mi concisa homilía sobre las putadas que nos pueden pasar? Se baja del sofá y cruza la estancia para coger un cigarrillo.

–Así que has venido a decirme que no vamos a volver a follar.

–Sí.

–¿Me lo querías decir antes o después de acostarnos?

–Estoy hablando en serio.

–Ya lo sé. Lo siento.

Deja el cigarrillo entre los labios mientras se rehace el nudo del cinturón de la bata. Durante un breve instante atisbo un pezón pequeño y tenso. No sabría decir si está enfadada o decepcionada. Tal vez no le importe.

–¿Querrás leer mi propuesta al Ministerio de Interior cuando la termine?

–Desde luego.

–¿Y si te necesito para dar otra charla?

–Allí estaré.

Cuando me voy, me da un beso en la mejilla. No me quiero marchar. Me gusta esta casa de alfombras descoloridas, muñecas de porcelana, chimenea pequeña y cama con cuatro postes. Pero ya me siento desaparecer.

Mi casa está a oscuras; sólo hay una luz en el piso de abajo que se filtra a través de las cortinas de la sala de estar. En el interior el ambiente es cálido. La chimenea del salón ha estado encendida. Me llega el olor del carbón, que ya no humea.

Quedan algunos restos de brasas incandescentes. Cuando busco el interruptor de la lámpara me tiembla la mano izquierda. En el sillón situado junto a la ventana distingo la silueta de una cabeza y unos hombros. Los antebrazos descansan sobre los brazos de madera. Los zapatos negros están apoyados en el suelo de madera pulimentada.

–Tenemos que hablar.

Ruiz no se molesta en levantarse.

–¿Cómo ha entrado?

–Su esposa me dijo que lo esperase aquí.

–¿Puedo hacer algo por usted?

–Puede dejar de tocarme los cojones. –Se inclina hacia delante, hacia la luz. Tiene el rostro ceniciento y voz cansada–. Pregunté al forense lo del cloroformo. La primera vez no buscaron rastros. Cuando tienes un cadáver con tantas puñaladas no te molestas en indagar otras cosas. –Se vuelve para mirar hacia la chimenea–. ¿Cómo lo supo?

–No se lo puedo decir.

–Eso no es lo que quería oír.

–Fue una suposición, un tiro a ciegas.

–Dígame por qué.

–No puedo.

Está enfadado conmigo. Tiene los rasgos afilados, no desgastados.

–Yo soy lo que se dice un detective chapado a la antigua, profesor O'Loughlin. Fui a la escuela pública y de ahí directo a la academia. No asistí a la universidad y no leo gran cosa. Mire los ordenadores, por ejemplo. No entiendo una mierda de informática pero sé que son útiles. Lo mismo se puede decir de los psicólogos.

Su voz se vuelve más tranquila.

–Siempre que estoy en medio de una investigación todos me dicen que no puedo hacer ciertas cosas. Me dicen que no puedo gastar demasiado dinero, que no puedo pinchar teléfonos de particulares ni registrar la casa de nadie. Hay millones de cosas que no puedo hacer... y no sabe lo que me cabrea.

»Se lo he advertido ya dos veces. Si me oculta información relevante para mi investigación haré que todo esto –hace un gesto que incluye la habitación, la casa, mi vida– se le derrumbe encima.

No se me ocurre ninguna respuesta explicativa que lo desarme. ¿Qué le puedo decir? Tengo un paciente llamado Bobby Moran que puede que sea, o tal vez no, un esquizofrénico al límite. Dejó inconsciente a patadas a una mujer porque se parecía a su madre... a la que quiere ver morir. Hace listas. Oye molinos de viento. Su ropa huele a cloroformo. Lleva encima un papel en el que ha escrito cientos de veces el número 21, que da la casualidad de que es el mismo número de puñaladas que se autoinfligió Catherine McBride...

¿Qué pasará si le digo todo esto? Seguramente se reirá de mí. No hay nada concreto que relacione a Bobby con Catherine, pero seré responsable de que una docena de detectives aporreen la puerta de Bobby, indaguen sobre su pasado y asusten a su prometida y al hijo de ésta.

Bobby sabrá que los he enviado yo. No volverá a confiar en mí. No volverá a confiar en ningún psicólogo. Sus sospechas estarán justificadas. Pidió ayuda y lo traicioné.

Sé que es peligroso. Sé que sus fantasías lo están llevando a un punto horrible. Pero a menos que siga acudiendo a verme jamás lo podré detener.

La amargura y el rencor penden en el aire como el olor de los carbones apagados. Ruiz se está poniendo la chaqueta y se dirige hacia la puerta. Me tiembla el brazo izquierdo. Es ahora o nunca. Tomo una decisión.

–Cuando registró el piso de Catherine... ¿sabe si tenía un vestido rojo?

Ruiz reacciona como si lo hubiera golpeado un rayo. Se vuelve y da un paso hacia mí.

–¿Cómo lo sabe?

–¿Ha desaparecido el vestido?

–Sí.

–¿Cree que es posible que lo llevara puesto cuando desapareció?

–Probablemente.

El marco de la puerta queda a su espalda. Tiene los ojos inyectados de sangre pero mira fijamente. Flexiona los dedos, cierra los puños. Quiere hacerme pedazos.

–Vaya a mi consulta mañana por la tarde. Tengo una carpeta. No la podrá sacar de allí. Ni siquiera sé si le servirá de ayuda, pero se la tengo que enseñar a alguien.

19

La carpeta de papel Manila azul reposa en el escritorio ante mí. Tiene una cinta que se enrosca en torno a una ruedecilla para cerrarla. No dejo de abrirla y cerrarla, abrirla y cerrarla.

Meena mira nerviosa hacia atrás al entrar en mi despacho. Se acerca hasta mi escritorio antes de hablar en susurros.

–En la sala de espera hay un hombre con un aspecto que da miedo. Pregunta por usted.

–No pasa nada, Meena. Es un detective.

Abre mucho los ojos de la sorpresa.

–¿Sí? No lo ha dicho. La verdad es que no dice nada, sólo...

–¿Gruñe?

–Sí.

–Hazlo pasar. –Le hago una señal para que se acerque más–. En unos cinco minutos quiero que me llames y me recuerdes que tengo una reunión importante fuera de la consulta.

–¿Qué reunión?

–Una reunión importante y ya está.

Frunce el ceño y asiente.

Con el rostro como un yunque, Ruiz hace caso omiso de la mano que le tiendo y me la deja así en el aire, como si estuviera dirigiendo el tráfico. Se sienta y se apoya en el respaldo de la silla; abre las piernas para que la chaqueta le cuelgue.

–¿Así que trabaja aquí, profe? Qué bonito. –Mira a su alrededor con lo que parece un examen superficial, pero sé que está tomando nota de todos los detalles–. ¿Cuánto cuesta el alquiler de un despacho así?

–No lo sé. Sólo soy uno de los socios.

Ruiz se rasca la barbilla y luego se mete la mano en el bolsillo de la chaqueta para sacar un chicle. Lo desenvuelve sin prisa.

–¿Qué es exactamente lo que hace un psicólogo?

–Ayudamos a las personas que sufren por algo que les ha pasado. A gente con trastornos de la personalidad, problemas sexuales o fobias.

–¿Sabe lo que me parece a mí? Un hombre es víctima de un ataque y yace sangrando en medio de la calle. Pasan por allí dos psicólogos y uno le dice al otro: «Vamos a buscar al que ha hecho esto, necesita ayuda».

Sonríe, pero la sonrisa no le llega a los ojos.

–Yo ayudo a más víctimas que criminales.

Ruiz se encoge de hombros y tira a la papelera el envoltorio del chicle.

–Empiece a contarme. ¿Cómo supo lo del vestido rojo?

Bajo la vista hacia la carpeta y desato la cinta.

–Dentro de unos minutos voy a recibir una llamada de teléfono. Tendré que salir de la consulta, pero usted puede quedarse si quiere. Ocupe mi sillón, es más cómodo que esa silla.

Abro el informe de Bobby.

–Cuando termine, si quiere comentarme algo, estaré al otro lado de la calle, tomando algo. No puedo hablar sobre ningún paciente o caso concreto. –Doy unos golpecitos a la carpeta de Bobby para que quede bien claro–. Sólo puedo hablar en términos generales sobre trastornos de la personalidad y sobre cómo se comportan los psicóticos y los psicópatas. Espero que no lo olvide y todo será más sencillo.

Ruiz presiona las palmas de las manos como en gesto de oración y se da golpecitos en los labios con las yemas de los dedos.

–No me gustan estos jueguecitos.

–Esto no es un jueguecito. O lo hacemos a mi manera o no podré ayudarlo.

Suena el teléfono. Meena empieza a soltarme el rollo pero no termina. Ya estoy en la puerta.

El sol brilla y el cielo está azul. Es un día más propio de mayo que de mediados de diciembre. Son cosas que hace Londres de cuando en cuando: regala un día glorioso para recordar a sus habitantes que allí no se vive tan mal.

Por eso los ingleses se cuentan entre los seres más optimistas del mundo. Nos llega una semana magnífica, cálida y seca, y la memoria la convierte en todo un verano. No falla. En cuanto llega la primavera nos lanzamos a comprar pantalones cortos, camisetas, biquinis y sarongs, en optimista previsión de una estación que nunca llega.

Ruiz me encuentra de pie junto a la barra, moviendo un vaso de agua mineral.

–Usted paga esta ronda –dice–. Para mí una jarra de cerveza.

El local está muy concurrido: es la hora del almuerzo. Ruiz mira a cuatro hombres sentados en un rincón junto al ventanal. Parecen oficinistas, pero llevan trajes de buen corte y corbatas de seda.

Ruiz exhibe la placa de policía un poco por debajo de la mesa.

–Siento molestarlos, caballeros, pero necesito esta mesa para una operación de vigilancia de aquel banco.

Hace una señal hacia la calle y los cuatro se vuelven al unísono para mirar.

–¡Que no se note, coño!

Se giran al instante.

–Tenemos motivos para pensar que va a ser objetivo de un atraco a mano armada. ¿Ven al tipo de la esquina, el del chaleco naranja?

–¿El barrendero? –pregunta uno de ellos.

–Sí. Pues resulta que es uno de mis mejores policías. Igual que la chica de la tienda de lencería, la contigua al banco. Necesito esta mesa.

–Claro.

–Faltaría más.

–¿Podemos ayudar en algo?

Veo un destello en los ojos de Ruiz.

–Por lo general no haría esto, nunca utilizo a civiles en operaciones secretas, pero me faltan hombres. Podrían separarse y ocupar cada uno una esquina. Traten de no llamar la atención. Vigilen por si ven aparecer un coche con cuatro ocupantes.

–¿Cómo contactamos con usted?

–Hablen con el barrendero.

–¿Hay alguna contraseña? –pregunta uno de ellos.

Ruiz pone los ojos en blanco.

–Esto es una operación policial, joder, no una película de James Bond.

En cuanto se van, se sienta en la silla más cercana al ventanal y pone la jarra sobre un posavasos.

–Le habrían cedido la mesa de todos modos –señalo, sin saber si es que le gustan las bromas pesadas o que no le gusta la gente.

Se limpia la espuma del labio superior con el dorso de la mano.

–¿Ese tal Bobby Moran mató a Catherine McBride?

La pregunta es tan sutil como un ladrillazo.

–No puedo hablar sobre pacientes concretos.

–¿Reconoció haberla matado?

–No puedo hablar sobre lo que me haya dicho o dejado de decir.

Sus ojos desaparecen en un laberinto de arrugas y su cuerpo entero se tensa. Del mismo modo, repentinamente, deja escapar un suspiro y me dirige algo que parece una sonrisa. Le falta práctica.

–Hábleme del hombre que mató a Catherine McBride.

Parece haber captado la idea. Me quito a Bobby de la cabeza y trato de pensar en el asesino de Catherine basándome en lo que sé del crimen. Llevo una noche de insomnio sin ocupar mis pensamientos en otra cosa.

–Se enfrenta usted a un psicópata sexual –empiezo, aunque no reconozco mi propia voz–. El asesinato de Catherine fue una manifestación de lujuria desviada.

–Pero no había pruebas de agresión sexual.

–No puede pensar en términos de una violación o un crimen sexual corriente. Éste es un ejemplo mucho más extremo de sexualidad anormal. Este hombre fantasea con poseer, retener, dominar, torturar y matar. Al menos algunas de estas fantasías son un reflejo casi exacto de lo que sucedió.

»Piense bien en lo que hizo a Catherine. La recogió en la calle o la engañó para que lo acompañara. No buscaba una cópula rápida y violenta en un callejón oscuro y luego silenciarla para que no lo identificara. Lo que quería era quebrarla, destruir de manera sistemática su fuerza de voluntad, hasta que la convirtió en un juguete obediente y aterrado. Y no se conformó con eso. Quería tener sobre ella control absoluto; quería doblegarla a su voluntad hasta tal punto que se torturase a sí misma...

Estoy mirando a Ruiz; en cualquier momento lo perderé.

–Casi lo consiguió, pero al final Catherine no estaba rota por completo. Aún le quedaba un atisbo de independencia. Era enfermera. Si quería morir deprisa sabía cómo cortarse incluso con una navaja de poca longitud. Cuando no pudo más, se cortó la arteria carótida en el cuello. Eso fue lo que provocó la embolia. Murió en cuestión de minutos.

–¿Cómo lo sabe?

–Estudié tres años de Medicina.

Ruiz está concentrado en la jarra de cerveza como si quisiera asegurarse de que está bien centrada en el posavasos. A lo lejos suenan las campanas de una iglesia distante.

Sigo con mi exposición.

–El hombre al que busca es solitario, sin habilidades sociales y sexualmente inmaduro.

–Por la descripción parece un adolescente del montón.

–No. No es un adolescente. Es mayor. Muchos jóvenes empiezan así, pero de cuando en cuando aparece uno que culpa a alguien de su soledad y su frustración sexual. Con cada rechazo crece su amargura y su ira. A veces culpa a una persona concreta. Otras odia a todo un grupo de personas.

–Y éste odia a todas las mujeres.

–Es posible, pero más bien creo que odia a un tipo definido de mujer. Quiere castigarla. Fantasea sobre ello, y eso le proporciona placer.

–¿Por qué eligió a Catherine McBride?

–No lo sé. Puede que se parezca a alguien a quien quería castigar. Tal vez aprovechara una oportunidad que se le presentó. Tuvo ocasión de acceder a Catherine, de modo que cambió su fantasía para que tuviera el aspecto de esta mujer con la ropa que llevaba.

–El vestido rojo.

–Es posible.

–¿Cree que la conocía?

–Probablemente.

–¿Y el móvil?

–Venganza. Control. Gratificación sexual.

–¿Tengo que elegir?

–No, las tres cosas.

Ruiz se tensa un poco. Carraspea para aclararse la garganta y saca su libreta de notas llena de manchas de grasa.

–¿Cómo es el hombre que busco?

–Treinta y tantos o cuarenta y tantos años. Vive solo, pero rodeado de gente que viene y va, tal vez en una casa de huéspedes o en un aparcamiento de caravanas. Podría tener esposa o novia. Su inteligencia es superior a la media. Tiene fortaleza física, pero todavía más fortaleza mental. El deseo sexual y la rabia todavía no lo consumen hasta el punto de perder el control. Mantiene dominadas sus emociones. Posee conocimientos sobre Medicina Forense. No quiere que lo atrapen.

»Se trata de alguien que ha conseguido separar las diferentes áreas de su vida y mantenerlas completamente aisladas unas de otras. Sus amigos, su familia y sus colegas no tienen la menor idea de lo que le pasa por la cabeza.

»Creo que está interesado en el sadomasoquismo. Esto no sale de la nada. Alguien debió de introducirlo en ese mundo, aunque probablemente a un nivel bajo. Su mente ha elevado ese nivel hasta un punto en que ya no se puede considerar una diversión inofensiva. Lo que me sorprende es su seguridad. No hay rastro de ansiedad, ni los nervios de la primera vez...

Dejo de hablar. Tengo la boca flácida y con un sabor amargo. Ruiz me está mirando sin gran interés; se ha sentado más erguido y de cuando en cuando toma notas. Mi voz vuelve a dejarse oír por encima del ruido.

–Nadie se convierte en un sádico de ese nivel de la noche a la mañana, y menos con tanta destreza. Hay organizaciones como la KGB que entrenan a sus interrogadores durante años para que sean así de buenos. Estas cosas requieren experiencia. No creo que haya empezado con Catherine.

Ruiz se da la vuelta y mira por el ventanal mientras piensa. Me doy cuenta de que no me cree.

–¡No me venga con esa mierda!

–¿Por qué?

–Esa descripción no encaja con su Bobby Moran.

Tiene razón. Bobby es demasiado joven como para estar tan familiarizado con el sadismo. Es demasiado errático y cambiante. Dudo mucho que tenga la habilidad mental y la malevolencia necesarias para controlar de manera tan absoluta a una persona como Catherine. Por otra parte, Bobby me sorprende constantemente y apenas si he empezado a arañar la superficie de su psique. Me ha ocultado detalles, o los ha dejado caer como un rastro de miguitas de pan en un viaje de cuento infantil.

¿Cuentos infantiles? Así le suena a Ruiz lo que le estoy contando. Se ha puesto de pie y se dirige hacia la barra. La gente se aparta a toda prisa de su camino. Tiene un aura que es como una luz de alarma: avisa a los demás para que le dejen espacio.

Estoy empezando a arrepentirme. No me tendría que haber metido en esto. A veces querría poder desconectar la mente en vez de estar analizando siempre todo. Me gustaría poder concentrarme en una parcela diminuta del mundo, en vez de fijarme en cómo se comunica la gente y en la ropa que llevan, qué ponen en los carritos del supermercado, qué coches conducen, qué mascotas tienen en casa, qué revistas leen y qué programas ven en la tele. Me gustaría ser capaz de dejar de mirar.

Ruiz ha vuelto con otra jarra de cerveza y un chupito de whisky. Mueve el fuego líquido en la boca como si quisiera quitarse un mal sabor.

–¿Cree de verdad que ha sido este tipo?

–No lo sé.

Cierra los dedos en torno a la jarra y se inclina hacia mí.

–¿Quiere que lo vigile?

–Eso le corresponde a usted decidirlo.

Ruiz deja escapar un bufido de descontento. Sigue sin confiar en mí.

–¿Sabe por qué vino Catherine a Londres? –le pregunto.

–Según su compañera de piso, tenía una entrevista de trabajo. No encontramos la carta; es posible que la llevara encima.

–¿Han investigado sus llamadas de teléfono?

–Del número de su casa no hemos sacado nada en claro. Y tenía un móvil, pero ha desaparecido.

Deja caer los hechos sin comentarlos ni adornarlos. La historia de Catherine coincide con los escasos detalles que ella me proporcionó durante las sesiones de terapia. Sus padres se divorciaron cuando ella tenía doce años. Se juntó con malas compañías, esnifaba pegamento y probó las drogas. A los quince años estuvo seis semanas ingresada en un hospital psiquiátrico privado de West Sussex. Su familia lo ocultó por motivos evidentes. Cuando se hizo enfermera cambió de vida. Seguía teniendo problemas, pero los controlaba.

–¿Qué hizo después de dejar el Marsden? –pregunto.

–Volvió a Liverpool y se comprometió con un marino mercante. Más tarde rompieron.

–¿Lo consideran sospechoso?

–No. Está en Bahrain.

–¿Algún otro sospechoso?

Ruiz arquea una ceja.

–Se agradecen voluntarios. –Me lanza una sonrisa irónica y apura la bebida–. Me tengo que marchar.

–¿Qué va a pasar ahora?

–Voy a poner a mis hombres a investigar al tal Bobby Moran. Si consigo relacionarlo con Catherine, le pediré con toda educación que me ayude en las pesquisas.

–¿Y no mencionará mi nombre?

Ruiz me mira con desprecio.

–No se preocupe, profesor, sus intereses son la principal de mis preocupaciones.

20

Mi madre tiene un rostro muy atractivo, con una bonita nariz respingona y un pelo lacio que siempre se ha peinado de la misma manera, al menos desde que tengo memoria: hacia atrás, recogido con horquillas plateadas y por detrás de las orejas. Yo, por desgracia, he heredado el pelo enmarañado de mi padre. Si me lo dejo crecer un centímetro de más, es indomeñable y parece como si me hubiera electrocutado.

En mi madre todo denota su posición de esposa de médico, desde las faldas de tablas y las camisas lisas hasta los zapatos de tacón bajo. Es una persona de costumbres, hasta tal punto que incluso lleva el bolso cuando saca a pasear al perro.

Es capaz de organizar una cena para doce personas en el tiempo que se tarda en cocer un huevo. También organiza fiestas en el jardín, en los colegios o en la iglesia, recogidas de fondos para obras de caridad, torneos de bridge, ventas de objetos usados, maratones de senderismo, bautizos, bodas y funerales. Pero pese a todos sus talentos, ha conseguido vivir sin cuadrar jamás un libro de cuentas, tomar una decisión en temas de inversiones ni hablar de política en público. Esas cosas se las deja a mi padre.

Cada vez que pienso en la vida de mi madre me aterra pensar hasta qué punto se ha desperdiciado una mujer tan prometedora. A los dieciocho años ganó una beca de Matemáticas para la Universidad de Cardiff. A los veinticinco años escribió una tesis que hizo que las universidades americanas se la disputaran. ¿Y qué hizo? Se casó con mi padre y se dedicó a cultivar convencionalismos y llenar su agenda de compromisos.

Me gusta imaginármela en plan Shirley Valentine, fugándose con un camarero griego o escribiendo una explosiva novela romántica. El día menos pensado tirará la prudencia, la disciplina y la corrección por la ventana. Saldrá a bailar descalza por campos de margaritas y recorrerá a pie el Himalaya. Son pensamientos gratos. Desde luego mucho mejores que imaginarla envejeciendo al lado de mi padre, escuchando cómo él despotrica contra la televisión o leyéndole en voz alta las cartas que escribe a los periódicos.

Eso es precisamente lo que está haciendo mi padre ahora: escribir una carta. Sólo lee el *Guardian* cuando viene a vernos, pero ese «panfleto rojo», como él lo llama, le proporciona material suficiente para una docena de misivas.

Mi madre está en la cocina con Julianne; hablan del menú de mañana. En algún momento de las veinticuatro horas anteriores se decidió que el domingo comeríamos juntos toda la familia. Van a venir dos de mis hermanas, con sus esposos y sus serios hijos. La única que se libra es Rebecca. Está en Bosnia, en una misión de la ONU. Tiene suerte.

Por tanto, mis tareas sabatinas incluyen trasladar una tonelada de enseres de fontanería del vestíbulo al sótano. Luego tengo que barrer las hojas secas del jardín, poner aceite en las cadenas del columpio y traer otras dos sacas de carbón. Julianne irá a comprar las provisiones, y Charlie y sus abuelos a ver la iluminación navideña de Oxford Street.

Otra de mis misiones es comprar un árbol, labor ingrata donde las haya. Los únicos árboles de Navidad bien proporcionados son los que salen en los anuncios. Si intentas dar con uno en la vida real te enfrentas a una amarga decepción. Tu árbol se inclinará hacia la derecha o hacia la izquierda. Tendrá demasiadas ramas en la base o demasiado pocas en la punta. Tendrá calvas, o las ramas de un lado serán asimétricas. Y aunque por puro milagro encuentres el árbol perfecto, no te cabrá en el coche, y para cuando llegues a casa con él en la baca se le habrán roto las ramas y se habrá echado a perder. Lo meterás como puedas por la puerta, tragarás agujas de pino y sudarás a mares, sólo para oír la terrible pregunta que resuena desde hace incontables Navidades: «¿No había ninguno mejor?».

Charlie tiene las mejillas sonrosadas de frío y los brazos cargados de bolsas de cartón llenas de ropa nueva y un par de zapatos.

–¡Son de tacón, papá, de tacón!

–¿Muy altos?

–Sólo así.

Separa el índice y el pulgar.

–Yo creía que eras un chicazo –bromeo.

–No son rosas –se defiende–. Y no me han comprado ningún vestido.

El futuro médico de cabecera de Dios se está sirviendo un whisky y empieza a enfadarse porque mi madre está charlando con Julianne en vez de llevarle unos cubitos de hielo. Charlie está emocionada abriendo bolsas. De repente se detiene.

–¡El árbol es precioso!

–Más vale, porque tardé tres horas en encontrarlo.

Tengo que hacer un esfuerzo para no contarle la historia completa sobre mi amigo, el que trabaja en una tienda griega de embutidos de Chalk Farm Road y que fue quien me habló del tipo que suministra árboles a «medio Londres» con su camión de tres toneladas.

El asunto parecía un tanto turbio pero por una vez no me importó. Quería un árbol impecable, y aquí lo tengo: es una pirámide perfecta con olor a pino, de tronco recto y ramas simétricas.

Desde que he llegado a casa no paro de entrar en la sala de estar para contemplar el árbol. Julianne ya empieza a cansarse de que le diga «¿No es precioso el árbol?» y encima espere una respuesta.

El futuro médico de cabecera de Dios me está contando su solución para los atascos de tráfico en el centro de Londres. Sigo esperando a que haga algún comentario sobre el árbol. No quiero preguntarle. Habla de prohibir los camiones de reparto en el West End y dejarlos acceder sólo a horas concretas. Luego empieza a quejarse de los compradores que caminan demasiado despacio y sugiere crear un sistema de aceras con carriles para rápidos y carriles para lentos.

–Ya he comprado el árbol –lo interrumpo, incapaz de esperar.

Se detiene en seco y mira por encima del hombro. Se levanta y lo examina con atención por todos lados. Luego se aleja para valorar la simetría del conjunto.

Carraspea para aclararse la garganta.

–¿No había ninguno mejor? –pregunta.

–¡Claro que sí! ¡Había docenas de árboles mejores! ¡Cientos! Éste era de los peores. El peor. Nadie lo quería. Lo iban a quemar. A mí me dio pena. Por eso lo he traído a casa. He adoptado un árbol de Navidad.

Parece sorprendido.

–No está tan mal.

–Joder, eres increíble –mascullo entre dientes, incapaz de seguir en la misma habitación que él.

¿Por qué nuestros padres conservan la capacidad de hacernos sentir como niños, incluso cuando tenemos el pelo gris y una hipoteca que parece la deuda externa del Tercer Mundo?

Me retiro a la cocina y me preparo una ginebra con tónica, con un último chorro de ginebra que se derrama sobre la encimera. Mi padre sólo lleva aquí diez horas y ya le estoy dando a la botella. Menos mal que mañana llegan refuerzos.

En mis pesadillas infantiles siempre estaba corriendo: trataba de escapar de un monstruo, o de un perro rabioso, o de un jugador de rugby con cara de Neandertal, sin dientes y con orejas como coliflores. Solía despertarme justo antes de que me cogieran. No me sentía más a salvo por ello. Es lo malo de las pesadillas, que no se resuelve nada. Nos despertamos en mitad de la caída, o justo antes de que estalle la bomba, o completamente desnudos en un lugar público.

Llevo cinco horas acostado en la oscuridad. Cada vez que pienso en cosas agradables y empiezo a dejarme llevar por el sueño, me espabilo con un ataque de pánico. Es como ver una mala película de terror que da risa de puro mala, pero de cuando en cuando tiene una escena que te hace morirte de miedo.

Sobre todo trato de no pensar en Bobby Moran, porque eso me lleva a Catherine McBride y es un camino que no quiero seguir. Me pregunto si habrán detenido a Bobby, o si lo estarán vigilando. No me quito de la cabeza la imagen de una furgoneta con las ventanas tintadas aparcada enfrente de su casa.

No es verdad que la gente perciba que la están vigilando, a menos que tenga algún indicio o note que algo va mal. Pero Bobby no funciona en la misma longitud de onda que la mayoría de las personas. Recibe señales diferentes. Un psicótico puede creer que la tele le habla y se preguntará por qué hay unos trabajadores arreglando las líneas telefónicas en la calle, o por qué hay una furgoneta de cristales tintados aparcada en la acera.

Puede que no esté pasando nada por el estilo. Está todo eso de las nuevas tecnologías: a lo mejor Ruiz puede averiguar lo que le interesa con sólo teclear el nombre de Bobby en un ordenador y acceder a esos archivos secretos que todos los partidarios de las teorías de la conspiración creen que tiene el gobierno sobre los ciudadanos.

–No le des más vueltas. Venga, duérmete –me susurra Julianne.

Ella nota cuándo estoy preocupado por algo. No he dormido una noche entera desde que nació Charlie. Con el paso del tiempo se pierde la costumbre. Ahora estoy tomando unas pastillas que me lo ponen todavía peor.

Julianne duerme de lado, con la sábana remetida entre los muslos y una mano sobre la almohada, junto a la cara. Es la misma postura que adopta Charlie cuando se acuesta. Apenas si hacen ruido ni se mueven en toda la noche. Es como si no quisieran dejar huellas en sus sueños.

El domingo por la mañana la casa se llena de olores de la cocina y de charla femenina. Se supone que yo tengo que encender el fuego y barrer los peldaños de la entrada. En vez de eso me escabullo hasta el quiosco y compro los periódicos.

De vuelta en mi estudio, dejo a un lado los suplementos y

las revistas y empiezo a buscar noticias sobre Catherine. Estoy a punto de sentarme cuando veo que uno de los peces de colores de Charlie flota panza arriba en el acuario. Por un momento quiero pensar que los peces de colores hacen trucos así de graciosos, pero al mirarlo con más detenimiento descubro que no parece gozar de buena salud. Tiene puntos grises en las escamas, típicos de los hongos en los peces exóticos.

Charlie no se toma bien la muerte. Los reinos de Oriente Próximo tienen periodos de duelo más breves. Saco el pez con la mano y contemplo al pobre bicho. ¿Se creerá que ha desaparecido así, sin más? Sólo tiene ocho años. Por otra parte, ya no cree en Santa Claus ni en el Ratoncito Pérez. ¿Cómo he podido educar a una cínica de semejante calibre?

–Charlie, malas noticias. Uno de tus peces de colores ha desaparecido.

–¿Cómo puede haber desaparecido?

–Bueno, en realidad se ha muerto. Lo siento mucho.

–¿Dónde está?

–No creo que quieras verlo.

–Sí quiero.

El pez sigue en mi mano, que tengo metida en el bolsillo. Cuando abro la palma parece más un truco de magia que un acto solemne.

Julianne, que es muy organizada, tiene una buena colección de cajas de zapatos y bolsitas de tela para estos casos de defunciones en la familia. Ante los ojos de Charlie, entierro al pez de colores bajo el ciruelo, entre el llorado *Harold Hamster*, un ratón conocido sólo como *Ratón* y una cría de gorrión que se rompió el cuello al chocar contra los cristales del balcón.

A mediodía ya se ha congregado casi toda la familia; sólo faltan mi hermana mayor Lucy y su marido, Eric, que tienen tres hijos cuyos nombres no recuerdo pero sé que acaban en «y», como Mary, Jimmy o Bobby. El futuro médico de cabecera de Dios quiso que Lucy pusiera su nombre al mayor. Le gustaba pensar que habría una tercera generación de Josephs. Pero Lucy se mantuvo firme y lo llamó de otra manera... tal vez Andy, o Gary, o Freddy.

Siempre llegan tarde. Eric es controlador aéreo y también la persona más distraída que he conocido jamás. Es aterrador. Siempre olvida dónde vivimos y tiene que llamar para pedir instrucciones cada vez que viene de visita. ¿Cómo demonios mantiene en el aire una docena de aviones sin que choquen? Cada vez que voy a tomar un vuelo desde Heathrow me dan ganas de llamar antes a Lucy para preguntarle si Eric está trabajando.

Mi hermana mediana, Patricia, está en la cocina con Simon, su actual compañero, un abogado criminalista que trabaja para uno de esos programas de televisión que cuentan los errores de la justicia. El proceso de divorcio de Patricia ha terminado y lo está celebrando con champán.

–No creo que sea como para brindar –dice mi padre.

–¿Por qué no? –replica ella, y bebe un sorbo rápido antes de que se desborden las burbujas.

Rescato a Simon. Nadie merece una introducción así en nuestra familia. Nos llevamos las copas a la sala de estar y charlamos sobre nimiedades. Simon tiene un rostro redondo y jovial, y no para de darse palmadas en la barriga como el Santa Claus de unos grandes almacenes.

–Siento mucho lo de tu Parkinson –dice–. Es espantoso.

Se me encoge el corazón.

–¿Cómo lo sabes?

–Por Patricia.

–¿Y ella cómo lo sabe?

Simon se da cuenta de que ha cometido un error y se deshace en disculpas. Ha habido momentos deprimentes durante el pasado mes, pero ninguno tanto como estar delante de un completo desconocido que se está bebiendo mi whisky al tiempo que me compadece.

¿Quién más lo sabe?

Suena el timbre de la puerta. Eric, Lucy y los niños de la «y» entran como una avalancha, entre vigorosos apretones de manos y besos en las mejillas. Nada más mirarme, a Lucy le empieza a temblar el labio inferior. Me rodea con los brazos y solloza contra mi pecho.

–Lo siento mucho, Joe. Lo siento mucho, de verdad.

Mi barbilla reposa sobre su cabeza. Eric me pone una mano en el hombro como si me diera una bendición papal. En mi vida había pasado tanta vergüenza.

El resto de la jornada se me viene encima como una conferencia de cuatro horas sobre sociología. Cuando me harto de responder preguntas sobre mi salud me retiro al jardín, donde Charlie está jugando con los niños de la «y». Les enseña el lugar donde enterramos al pez de colores. Por fin me acuerdo de sus nombres: Harry, Perry y Jenny.

Harry acaba de aprender a andar y parece un muñeco de Michelin en miniatura, con la chaqueta acolchada y el gorro de lana. Lo lanzo por los aires, cosa que le hace reír. Los otros niños se me agarran a las piernas y juegan a que soy un monstruo. Diviso a Julianne en el balcón: nos mira con melancolía. Sé lo que está pensando.

Después del almuerzo nos retiramos a la sala de estar y todo el mundo alaba el árbol y el pastel de frutas de mi madre.

–Vamos a jugar a «Quién soy» –dice Charlie con la boca llena de migas.

No oye el gemido colectivo. Me entrega papel y bolígrafo al tiempo que explica las reglas sin molestarse en tomar aliento.

–Tienes que pensar en alguien famoso. No hace falta que sea de verdad, puede ser un personaje del cine o de dibujos animados. Hasta puede ser *Lassie*...

–Ya me lo has quitado.

Me mira con el ceño fruncido.

–Que nadie vea el nombre que escribes. Luego le pegas el papel a otro en la frente y tiene que adivinar quién es.

El juego resulta un éxito. El futuro médico de cabecera de Dios no entiende por qué todo el mundo suelta la carcajada al ver el nombre de su frente: Gruñón, el personaje de *Blancanieves y los siete enanitos.*

La verdad es que me lo estoy empezando a pasar bien cuando suena el timbre de la puerta y Charlie corre a abrir. Lucy y Patricia retiran los vasos y los platos.

–Pues no parece policía –dice Charlie.

–Porque soy un detective.

–¿Así que tiene una placa?

–¿La quieres ver?

–Me la debería enseñar.

Ruiz ya se está rebuscando en el bolsillo interior de la chaqueta cuando acudo al rescate.

–La hemos enseñado a ser precavida –me disculpo.

–Hacen muy bien.

Sonríe a Charlie y parece quince años más joven. Por un instante creo que le va a revolver el pelo, pero ya nadie hace ese tipo de cosas.

Ruiz mira hacia el interior y se disculpa por molestarme.

–¿Puedo hacer algo por usted?

–Sí –murmura, y se da golpecitos en los bolsillos como si hubiera escrito una nota para no olvidar algo.

–¿Quiere pasar?

–Si no le importa...

Lo llevo a mi estudio y le pido la chaqueta. Las notas sobre Catherine siguen abiertas sobre mi escritorio, donde las dejé.

–¿Qué, haciendo los deberes?

–Sólo quería asegurarme de que no me había pasado nada por alto.

–¿Se le había pasado algo por alto?

–No.

–Eso será mejor que lo decida yo.

–Por el momento, no.

Cierro las libretas y las guardo.

Camina alrededor de mi escritorio y examina los estantes; estudia las diferentes fotografías y la pipa de agua que traje como recuerdo de Siria.

–¿Dónde ha estado?

–¿Cómo dice?

–Me dijo que el asesino no había empezado con Catherine. Entonces, ¿dónde ha estado?

–Practicando.

–¿Con quién?

–No lo sé.

Ruiz está junto a la ventana; contempla el jardín. Hace rodar los hombros y el cuello almidonado de la camisa se le mete bajo las orejas. Quiero preguntarle qué ha averiguado sobre Bobby, pero me interrumpe.

–¿Va a matar otra vez?

No quiero responder. Las situaciones hipotéticas son peligrosas. Ruiz percibe que me estoy escabullendo y no me va a dejar escapar. Tengo que decirle algo.

–Por ahora sigue pensando en Catherine y en cómo murió. Cuando los recuerdos se empiecen a difuminar puede que busque nuevas experiencias con las que alimentar sus fantasías.

–¿Cómo puede estar tan seguro?

–Sus actos fueron relajados, deliberados. No había perdido el control ni lo consumía la ira ni el deseo. Actuó con tranquilidad, con eficacia, casi con euforia.

–¿Dónde están las otras víctimas? ¿Por qué no las he encontrado?

–Tal vez no las haya relacionado.

Los hombros de Ruiz se tensan. No le gusta la inferencia de que pueda haber pasado algo por alto. Al mismo tiempo, no quiere poner en peligro la investigación por un orgullo desmesurado. Quiere comprender lo que está pasando.

–Está usted buscando indicios en el método y en el simbolismo, pero sólo los encontrará comparando crímenes. Con otra víctima tal vez descubra una pauta.

Ruiz aprieta los dientes como si se los quisiera desbastar. ¿Qué más le puedo ofrecer?

–El asesino conoce la zona. Llevó tiempo enterrar a Catherine. Sabía que no había casas desde las que se divisara esa parte del canal. Y también sabía a qué hora de la noche no habría nadie en el camino de sirga.

–De modo que vive en esa zona.

–O vivió en esa zona.

Ruiz está tratando de encajar los hechos en la teoría; los fuerza a encajar. En el piso de abajo hay movimiento. Alguien tira de la cadena del retrete. Un niño grita en medio de un berrinche.

–Pero ¿por qué eligió un lugar tan público? La podría haber escondido en medio de la nada.

–No la quería esconder. Le dejó encontrar a Catherine.

–¿Por qué?

–Puede que esté orgulloso de su obra, o que le esté ofreciendo un atisbo preliminar.

Ruiz hace una mueca.

–No sé cómo puede usted hacer ese trabajo. ¿Cómo puede ir por ahí sabiendo que hay suelto un cabrón chiflado como éste? ¿Cómo puede vivir metido en su cabeza? –Cruza los brazos y se mete las manos bajo las axilas–. A lo mejor disfruta y todo.

–¿Qué quiere decir?

–Cuéntemelo usted. ¿Le resulta divertido jugar a los detectives, mostrarme el informe de un paciente y no el de otro, llamarme para hacerme preguntas? ¿Se lo está pasando bien?

–No fui yo quien quiso meterse en esto.

Disfruta con mi furia. En medio del silencio oigo risas en el piso de abajo.

–Será mejor que se vaya.

Me mira con satisfacción y superioridad física antes de recoger la chaqueta y bajar por las escaleras. Estoy agotado; siento cómo se me escapan las energías.

Junto a la puerta de entrada, Ruiz se arregla el cuello de la chaqueta y se vuelve para mirarme.

–Mire, profesor, en la caza hay zorros, hay sabuesos, y hay quienes quieren sabotear la caza. ¿A qué grupo pertenece usted?

–No me gusta la caza del zorro.

–¿De verdad? Al zorro tampoco.

Cuando se marchan nuestros invitados, Julianne me manda arriba a bañarme. Poco después la siento acostarse a mi lado. Se gira y se acurruca hasta que su cuerpo se moldea contra el mío. El pelo le huele a canela y a manzana.

–Estoy cansado –susurro.

–Ha sido un día muy largo.

–No me refiero a eso. He estado pensando en hacer algunos cambios.

–¿Cómo cuáles?

–Nada, cambios.

–¿Te parece lo más sensato?

–Podríamos irnos de vacaciones. Podríamos ir a California. Siempre estamos hablando de ir a California.

–¿Y qué pasa con tu trabajo? ¿Y con el colegio de Charlie?

–Es muy pequeña. Aprenderá mucho más si nos vamos de viaje seis meses que en la escuela.

Julianne se da la vuelta y se incorpora sobre un codo para mirarme.

–¿Cómo te ha dado por ahí?

–No sé.

–Cuando empezó todo esto dijiste que no querías que cambiara nada. Dijiste que el futuro no tenía por qué cambiar.

–Ya lo sé.

–Y luego dejaste de hablar conmigo. No me das la más mínina pista de lo que te pasa por la cabeza, ¡y de repente me sales con éstas!

–Lo siento. Es que estoy cansado.

–No, es algo más. Cuéntamelo todo.

–No me quito de la cabeza que tendría que estar haciendo algo más. Leo sobre gente cuyas vidas están llenas de emociones y aventuras, y pienso, uauh, yo tendría que hacer algo más. Por eso se me ocurrió que nos marcháramos.

–¿Mientras aún hay tiempo?

–Sí.

–De modo que esto tiene que ver con lo del Parkinson.

–No... No me sé explicar. Déjalo.

–No lo quiero dejar. Quiero que seas feliz. Pero no tenemos dinero, y menos con lo de la fontanería y la hipoteca. Tú mismo lo dijiste. A lo mejor en verano podemos ir a Cornwall...

–Sí. Tienes razón. Cornwall es muy bonito.

Por mucho que me esfuerzo en parecer entusiasmado sé que no lo consigo. Julianne me rodea la cintura con un brazo y se me aprieta más. Siento su aliento cálido en la garganta.

–Con un poco de suerte, para entonces estaré embarazada –susurra–. No nos conviene alejarnos demasiado.

21

Me duele la cabeza y tengo la garganta irritada. Puede que sea la resaca. Puede que sea una gripe. Según los periódicos, medio país ha sucumbido a no sé qué virus exótico de Pekín o de Bogotá... no sé, de un lugar de ésos de los que nadie sale sin portar un germen virulento.

En el lado positivo, el Selegiline no me está causando más efectos secundarios que el insomnio, y eso ya lo padecía. En el lado negativo, no está surtiendo el menor efecto sobre mis síntomas.

Telefoneo a Jock a las siete de la mañana.

–¿Cómo sabes que no te hace efecto? –dice, molesto porque lo he despertado.

–No noto ninguna diferencia.

–De eso se trata. No hace que desaparezcan los síntomas, evita que vayan a peor.

–Vale.

–Ten paciencia y relájate.

Es fácil decirlo.

–¿Estás haciendo los ejercicios? –pregunta.

–Sí –miento.

–Ya sé que es lunes, pero ¿te apetece un partido de tenis? No te vapulearé mucho.

–¿Cuándo?

–Nos vemos en el club a las seis.

Julianne no se va a dejar engañar, pero al menos estaré fuera de casa. Después de lo de ayer me merezco un poco de libertad de acción.

Mi primera paciente del día es una joven bailarina con la gracia de una gacela y los dientes amarillentos y las encías menguantes de una bulímica profunda. Luego viene Margaret, aferrada a su salvavidas naranja. Me muestra un recorte de periódico sobre un puente que se ha derrumbado en Israel. La expresión de sus ojos dice a gritos «¡Ya se lo había dicho!». Me paso los cincuenta minutos siguientes haciéndole pensar en cuántos puentes hay en el mundo y cuán a menudo se derrumban.

A las tres de la tarde, de pie junto a la ventana, veo a Bobby acercarse entre los peatones. Me pregunto si subirá a la consulta, y de pronto me sobresalto al oír su voz. Está de pie en la entrada; se frota las manos contra el pantalón como si se las estuviera limpiando.

–No fue culpa mía –dice.

–¿El qué?

–Lo que piensa que he hecho.

–Dejaste inconsciente a patadas a una mujer.

–Sí. Eso es todo. Nada más.

La luz se refleja en la montura dorada de sus gafas.

–Una hostilidad como la que sientes tiene que venir de alguna parte.

–¿Qué quiere decir?

–Eres un joven inteligente. Ya me has entendido.

Es hora de hacer frente a Bobby, de ver cómo reacciona bajo presión.

–¿Cuánto tiempo hace que eres paciente mío? Seis meses. Durante la mitad de ese tiempo estuviste desaparecido. Has estado llegando tarde a las citas, te has presentado sin avisar, me has sacado de la cama a las cuatro de la madrugada...

Parpadea muy deprisa. Mi tono de voz es tan educado que no sabe bien si lo estoy criticando o no.

–... e incluso cuando estás aquí, cambias de tema y me das evasivas. ¿Qué es lo que intentas ocultar? ¿De qué tienes tanto miedo?

Acerco mi silla un poco más. Nuestras rodillas casi se tocan. Es como mirar a los ojos de un perro apaleado que no sabe cómo dar media vuelta y escapar. Entiendo algunos de sus mecanismos de funcionamiento con claridad, sobre todo los relativos al pasado, pero sigo sin poder ver su presente. ¿En qué se ha convertido?

–Te voy a decir lo que creo yo, Bobby. Creo que necesitas cariño con desesperación, pero no consigues atraer a la gente. Todo esto empezó hace mucho. Veo a un chico inteligente y sensible, que todas las noches espera hasta oír cómo su padre cruza la puerta del jardín en bicicleta. Y cuando su padre entra con el uniforme de conductor, el niño se muere por que le cuente cosas y por ayudarlo en el taller.

»Su padre es divertido, amable, ingenioso y creativo. Tiene planes grandiosos para inventos raros e increíbles que cambiarán el mundo. Dibuja los bocetos en trozos de papel y construye los prototipos en el garaje. El niño lo mira trabajar y a veces por las noches se acurruca a dormir entre las virutas de madera, arrullado por el sonido del torno.

»Pero entonces su padre desaparece. La figura más importante de su vida, la única persona a la que quiere de verdad, lo abandona. Por desgracia, su madre no reconoce ni comprende su dolor. Lo considera débil y soñador, igual que su padre. Para ella, el niño nunca hace nada bien.

Vigilo a Bobby con atención, en busca de indicios de protesta o desacuerdo. Las pupilas se le mueven como si estuviera soñando, pero consigue seguir concentrado en lo que digo.

–Este niño es muy perceptivo e inteligente. Tiene los sentidos agudizados; las emociones que siente son intensas. Empieza a escapar de su madre. No tiene la edad ni el valor necesarios para marcharse de casa, así que se recluye en el interior de su mente. Crea un mundo que los demás no ven, que ni siquiera saben que existe. Un mundo en el que es popular y poderoso, donde puede castigar y recompensar. Un mundo donde nadie se ríe de él ni lo menosprecia, ni siquiera su madre, que cae rendida a sus pies... igual que todos los demás. Un mundo en el que es Clint Eastwood, Charles Bronson y Sylvester Stallone, todos en uno. Redentor. Vengador. Juez. Jurado. Verdugo. Aplica su propia justicia. Puede ametrallar a todo el equipo de rugby del colegio o clavar en un árbol del patio al matón de la clase...

Los ojos de Bobby brillan con recuerdos entrelazados y sonidos asociados... la luz y las sombras de su pasado. Le tiemblan las comisuras de la boca.

–¿En qué se convierte este niño al crecer? En un hombre insomne. Pasa periodos enteros privado de sueño, con lo que se le crispan los nervios y empieza a ver cosas con el rabillo del ojo. Imagina conspiraciones y gente que lo vigila. Yace despierto y hace listas, y códigos secretos para sus listas.

»Quiere escapar a su otro mundo, pero algo falla. No puede volver allí porque alguien le ha enseñado algo todavía mejor, más emocionante... ¡algo real!

Bobby parpadea y se pellizca el dorso de la mano.

–¿Conoces el dicho «Lo que a uno cura a otro mata»? –le pregunto.

Asiente sin apenas darse cuenta.

–Podría ser una descripción de la sexualidad humana y de cómo cada uno tenemos intereses y gustos diferentes. Este niño crece, y cuando ya es un joven prueba algo que lo excita y lo perturba a partes iguales. Es un secreto sucio. Un placer prohibido. Le preocupa que eso lo convierta en un pervertido... porque obtiene placer sexual al causar dolor.

Bobby sacude la cabeza. Las lentes amplifican sus ojos.

–Pero necesitaste un punto de referencia... una introducción. Esto es lo que no me has contado, Bobby. ¿Quién fue la novia que te abrió los ojos? ¿Cómo te sentías cuando le hacías daño?

–¡Está loco!

–Y tú me estás mintiendo. –«No permitas que cambie de tema»–. ¿Cómo fue la primera vez? Tú no querías saber nada de esos jueguecitos, sin embargo ella te incitó. ¿Qué te dijo? ¿Se burló de ti? ¿Se rió?

–No me hable. ¡Cállese! ¡CÁLLESE!

Se agarra con las manos los puños de la chaqueta y se tapa los oídos. Sé que me sigue escuchando. Mis palabras se están filtrando y se expanden en las grietas de su mente como el agua al helarse.

–Alguien plantó la semilla. Alguien te enseñó a disfrutar de la sensación de tener el control... de causar dolor. Al principio querías dejarlo, pero ella pedía más. Y luego te diste cuenta de que no te contenías. ¡Lo estabas disfrutando! Entonces ya no querías parar.

–¡CÁLLESE! ¡CÁLLESE!

Bobby se mece adelante y atrás en el borde de la silla. Tiene el labio inferior caído y ya no está concentrado en mí. Casi he llegado. Estoy rozando con los dedos las grietas de su psique. Una sola afirmación, por pequeña que sea, me servirá de palanca para abrir sus defensas. Pero se me están acabando los datos. Si me paso de la raya me arriesgo a perderlo.

–¿Quién era, Bobby? ¿Se llamaba Catherine McBride? Sé que la conocías. ¿Dónde os visteis por primera vez? ¿Fue en un hospital? No tiene nada de malo buscar ayuda, Bobby. Sé que ya has estado en tratamiento. ¿Catherine era paciente o enfermera? Yo creo que era paciente.

Bobby se pellizca el puente de la nariz, se frota el punto donde se apoyan las gafas. Muy despacio, se mete la mano en el bolsillo del pantalón, y de pronto siento un cosquilleo de duda. Está buscando algo. Pesa cuarenta kilos más que yo y tiene veinte años menos. La puerta está al otro lado de la sala. No podré llegar antes que él.

Saca la mano. Se la estoy mirando, petrificado. Sostiene un pañuelo blanco, que desdobla y se pone en el regazo. Cuando se quita las gafas limpia cada lente con esmero, frotando los cristales entre el índice y el pulgar. Puede que este ritual a cámara lenta sea una manera de ganar tiempo.

Levanta las gafas hacia la luz para examinarlas en busca de manchas. Luego me mira directamente a los ojos.

–¿Toda esa mierda se la ha inventado sobre la marcha o se ha pasado el fin de semana dándole vueltas?

La presión se disipa como aire que escapara de un bote neumático pinchado. He ido demasiado lejos y he perdido. Querría preguntarle a Bobby en qué punto me aparté de la verdad, pero no me lo va a decir. Un jugador de póquer nunca explica por qué ha visto el farol. He estado a punto de acertar, pero eso es como si la NASA dijera que la *Mars Polar Lander* llegó a su destino porque se estrelló contra el planeta al que tenía que llegar.

La confianza que Bobby tenía en mí se ha deteriorado. También sabe que tengo miedo de él, cosa que no es buena base para una relación entre psicólogo y paciente. Maldita sea, ¿en qué demonios estaba pensando? Le he dado cuerda como a un reloj, y ahora tengo que dejar que se vaya.

22

El Audi blanco recorre Elgin Avenue; reduce la velocidad al adelantarme. Yo sigo cojeando por la acera, con la raqueta de tenis debajo de un brazo y un moratón del tamaño de una granada en el muslo derecho. Ruiz va tras el volante. Es de los que no tendrían inconveniente en seguirme hasta casa conduciendo a seis por hora.

Me detengo y me vuelvo hacia él. Se inclina hacia un lado y me abre la puerta del copiloto.

–¿Qué le ha pasado?

–Una lesión deportiva.

–No pensaba que el tenis fuera un deporte de riesgo.

–Eso es porque no ha jugado contra mi contrincante.

Me siento a su lado. El coche huele a tabaco rancio y a ambientador con olor a manzana. Ruiz gira en redondo y se dirige hacia el oeste.

–¿Adónde vamos?

–A la escena del crimen.

No pregunto por qué. Todo su lenguaje corporal me indica que no tengo alternativa. La temperatura se acerca al punto de congelación y la niebla difumina las luces de los semáforos. En los escaparates parpadean luces de colores y guirnaldas de acebo de plástico decoran los portales.

Pasamos por Harrow Road y doblamos para entrar en Scrubs Lane. En menos de un kilómetro la calle sube y desciende luego hacia el puente Mitre, donde cruza el Grand Union Canal y las líneas ferroviarias de Paddington. Ruiz frena y el motor se detiene. Se baja del coche y espera a que yo lo siga. Utiliza el cierre centralizado para bloquear las puertas y echamos a andar. Todavía tengo el muslo dolorido del certero *smash* de Jock. Me lo froto con cautela y cojeo por el camino que lleva al puente.

Ruiz se ha detenido junto a una valla alambrada. Se agarra al poste metálico y se da impulso para subirse al muro de piedra que flanquea el puente. Se ayuda del mismo poste para dejarse caer al otro lado. Se vuelve y me espera.

El camino de sirga está desierto y los edificios cercanos aparecen oscuros y vacíos. Da la sensación de que es mucho más tarde de lo que en realidad es, como a esas horas tempranas de la mañana en que el mundo parece muy solitario y la cama muy cálida.

Ruiz camina por delante de mí con las manos en los bolsillos y la cabeza gacha. Parece invadido de rabia contenida. Tras recorrer unos quinientos metros las vías ferroviarias aparecen a nuestra derecha. Las casetas de mantenimiento se recortan contra la luz residual. Los vagones desenganchados descansan en el patio de carga.

Casi sin previo aviso pasa un tren rugiendo. El sonido rebota contra las casetas metálicas y los muros de piedra del canal hasta que parece que nos encontremos en mitad de un túnel.

Ruiz se ha detenido de repente. Casi choco contra él.

–¿Le suena de algo?

Sé muy bien dónde estamos. En lugar de sentir espanto o pena, mi única emoción es la ira. Es tarde, tengo frío, y sobre todo estoy cansado de las miradas de soslayo y las cejas arqueadas de Ruiz. Si quiere decirme algo que lo diga de una vez y me deje marchar a casa.

–Ya vio las fotografías.

–Sí.

Ruiz levanta el brazo y por un momento creo que va a golpearme.

–Mire allí. Siga el reborde del edificio de abajo.

Sigo el rumbo que indica la mano extendida y veo el muro. Una tira más oscura que aparece delante debe de ser la zanja donde encontraron el cadáver. Por encima del hombro izquierdo de Ruiz veo las siluetas de los árboles y las lápidas del cementerio de Kensal Green. Recuerdo cuando estuve en aquel risco, viendo a la policía recuperar el cuerpo de Catherine.

–¿Por qué estoy yo aquí? –le pregunto mientras me siento vacío por dentro.

–Utilice su imaginación; se le da muy bien.

Está furioso, y no sé por qué me echa la culpa a mí. No suelo encontrarme con gente tan vehemente y apasionada, aparte de los obsesivo-compulsivos. Sí conocí a gente así en el colegio: niños tan ferozmente decididos a demostrar que eran duros que no paraban de armar peleas. Tenían demasiado que probar y poco tiempo para probarlo.

–¿Por qué estoy yo aquí?

–Porque quiero hacerle unas cuantas preguntas. –No me está mirando–. Y también quiero que me cuente más cosas sobre Bobby Moran.

–No puedo hablar de mis pacientes.

–Sólo tiene que escuchar. –Cambia el peso de un pie a otro–. Créame, le va a parecer fascinante. –Camina dos pasos hacia el canal y escupe al agua–. Bobby Moran no tiene ninguna novia o prometida llamada Arky. Vive en una casa de huéspedes en el norte de Londres con un montón de jubilados que esperan plaza en las residencias de ancianos públicas. Está en paro y lleva casi dos años sin trabajar. En los registros no aparece ninguna compañía con el nombre de Nevaspring.

»Su padre no estuvo nunca en las Fuerzas Aéreas, ni como mecánico, ni como piloto ni como nada. Bobby se crió en Liverpool, no en Londres. Dejó la escuela a los quince años. Durante un tiempo asistió a clases nocturnas y trabajó como voluntario en un taller de readaptación de Lancashire. No hemos encontrado ningún historial de enfermedades mentales ni hospitalizaciones.

Ruiz camina de un lado a otro al tiempo que habla. Su aliento se condensa en el aire y queda a su paso como el rastro de un motor a vapor.

–Hay un montón de gente que habla bien de Bobby. Es muy

pulcro y ordenado, según su casera. Le hace la colada y no recuerda que la ropa le oliera nunca a cloroformo. Sus antiguos jefes del taller lo describen como «un peluche grande».

»Y eso es lo más raro, profesor. Nada de lo que me dijo acerca de él es verdad. Entendería que hubiera cometido algún que otro error. Todos estamos expuestos a equivocarnos. Pero da la sensación de que hablábamos de personas diferentes.

La voz me sale ronca.

–No puede tratarse de él.

–Eso mismo pensé yo. Así que lo comprobé. Un tipo grande, metro ochenta y cinco, con exceso de peso, gafitas a lo John Lennon... es el mismo. Entonces empecé a preguntarme por qué le contaría todas esas mentiras al loquero que lo intenta ayudar. No tiene sentido, ¿no le parece?

–Está ocultando algo.

–Es posible. Pero no mató a Catherine McBride.

–¿Cómo está tan seguro?

–Hay una docena de testigos de sus clases nocturnas que le proporcionan una coartada la noche de su desaparición.

He perdido la fuerza en las piernas.

–A veces me cuesta coger las cosas al vuelo, profe. Mi anciana madre me decía siempre que nací un día tarde y nunca cogí el paso. Pero lo cierto es que al final llego a donde quiero llegar. Sólo tardo un poco más que los listos. –Hay más amargura que triunfo en su voz al decirlo–. Verá, empecé a preguntarme por qué Bobby Moran iba a inventarse todas esas mentiras. Y luego pensé que a lo mejor no estaba mintiendo. ¿Y si era usted el que me mentía? Puede que estuviera montando todo esto para distraer mi atención.

–No lo puede decir en serio.

–¿Cómo supo que Catherine McBride se había cortado la carótida para acelerar la muerte? En el informe no se mencionaba.

–Estudié medicina.

–¿Y lo del cloroformo?

–Ya se lo dije.

–Sí, ya me lo dijo. He estado leyendo sobre el tema. ¿Sabe que sólo hacen falta unas gotas de cloroformo en una mascarilla o en un trapo para dejar inconsciente a una persona? Con esa sustancia no se juega. Unas gotas de más y la víctima deja de respirar. Se asfixia.

–Es probable que el asesino tuviera conocimientos de Medicina.

–A esa misma conclusión llegué yo.

Ruiz da patadas contra el asfalto para que los pies le entren en calor. Un gato vagabundo camina por la alambrada y se detiene de repente al oír el ruido de nuestras voces. Los dos aguardamos y miramos, pero el gato no tiene prisa.

–¿Cómo supo que era enfermera? –pregunta Ruiz.

–Por el medallón.

–Creo que la reconoció de inmediato. Que luego no hizo más que fingir.

–No.

Su tono es aún más frío.

–También conoció a su abuelo, al juez McBride.

–Sí.

–¿Por qué no me lo dijo?

–No creí que tuviera importancia. Fue hace muchos años. Los psicólogos solemos presentar testimonio en el tribunal de familia. Realizamos evaluaciones de niños y de sus padres. Hacemos recomendaciones al tribunal.

–¿Qué le pareció?

–Tenía sus fallos, pero era un juez honrado. Lo respetaba.

Ruiz trata por todos los medios de parecer cordial, pero la educación no es su punto fuerte.

–¿Sabe qué es lo que me resulta más difícil de explicar? –dice–. ¿Por qué tardó tanto en decirme que conocía a Catherine McBride y a su abuelo, y en cambio me suelta un montón de mierda sobre el tal Bobby Moran? Ah, no, espere... usted no habla de sus pacientes, ¿verdad? Sólo juega conmigo a las adivinanzas. Pues le voy a decir una cosa, a eso yo también sé jugar... –Me sonríe, con los dientes blancos y también con los ojos oscuros–. ¿Quiere que le cuente lo que he estado haciendo estas dos últimas semanas? He estado registrando este canal. Hemos traído equipos de dragado y hemos vaciado las esclusas. Un trabajo de mierda. Había un metro de lodo y fango pútrido. Encontramos bicicletas robadas, carritos de supermercado, chasis de coches, tapacubos, dos lavadoras, neumáticos viejos, condones y más de cuatro mil jeringuillas usadas. ¿Y sabe qué más encontramos?

Niego con la cabeza.

–El bolso de Catherine McBride y su teléfono móvil. Tardamos lo suyo en secarlo todo. Luego tuvimos que investigar sus registros telefónicos. Así descubrimos que la última llamada que hizo fue a su consulta. A las 6.37 de la tarde del trece de noviembre. Llamó desde un pub que no está lejos de aquí. Fuera quien fuera la persona con la que se había citado, no acudió. Yo creo que llamó para averiguar por qué.

–¿Cómo puede estar seguro?

Ruiz sonríe.

–También encontramos su diario. Llevaba tanto tiempo en el agua que las páginas estaban pegadas y la tinta se había diluido. Los expertos criminalistas lo tuvieron que secar con mucho cuidado y separar las páginas de una en una. Luego, con un microscopio electrónico, encontraron los restos de tinta. Ni se imagina las cosas que hacen hoy en día.

Ruiz se me enfrenta directamente, con los ojos a escasos centímetros de los míos. Es su momento Agatha Christie, su soliloquio en el salón.

–En el diario de Catherine, en la página correspondiente al trece de noviembre, había una nota. Escribió el nombre del Hotel Grand Union. ¿Lo conoce?

Asiento.

–No está ni a dos kilómetros del canal, y cerca de ese club de tenis al que va usted. –Ruiz mueve la cabeza–. Al final de la misma página escribió un nombre. Creo que es el de la persona con la que iba a encontrarse. ¿Sabe qué nombre era?

Hago un gesto de negación.

–¿No lo quiere intentar adivinar?

Siento una opresión en el pecho.

–El mío.

Ruiz no se permite una floritura final ni un gesto de triunfo. Esto no es más que el principio. Veo el brillo de las esposas cuando las saca del bolsillo. Mi primer impulso es echarme a reír, pero entonces me invade un frío atroz y tengo ganas de vomitar.

–Queda detenido bajo sospecha de asesinato. Tiene derecho a permanecer en silencio, pero es mi deber advertirle que cualquier cosa que diga se podrá utilizar en su contra...

Los brazaletes de acero se cierran en torno a mis muñecas. Ruiz me separa las piernas y me registra, empieza por los tobillos y sigue hacia arriba.

–¿Tiene algo que decir?

En situaciones así se te ocurren las cosas más extrañas. De repente recuerdo una frase que me solía citar mi padre cada vez que me metía en un lío: «Si lo que vas a decir no es mejor que el silencio, no digas nada».

LIBRO SEGUNDO

A menudo somos criminales a los ojos de la Tierra,
no sólo porque hemos cometido crímenes,
sino porque sabemos qué crímenes se han cometido.

ALEXANDRE DUMAS,
El hombre de la máscara de hierro

I

Llevo tanto rato mirando el mismo cuadrado de luz, que cuando cierro los ojos lo sigo viendo, sigue brillando dentro de mis párpados. La ventana está a mucha altura en la pared, por encima de la puerta. De cuando en cuando oigo pisadas en el pasillo. La bisagra de la mirilla se mueve y unos ojos me miran. A los pocos segundos vuelve a su posición y yo sigo mirando la ventana.

No sé qué hora es. Me obligaron a cambiar el reloj de pulsera, los cordones de los zapatos y el cinturón por una manta gris que parece más de lija que de lana. El único sonido que me llega es el goteo de una cisterna en la celda adyacente.

Todo ha estado muy tranquilo desde que llegó el último de los borrachos. Eso debió de ser poco después de la hora de cierre de los bares, lo justo para que alguien se quedara dormido en el autobús nocturno, se peleara con un taxista y acabara en el furgón policial. Todavía le oigo dar patadas a la puerta de la celda y gritar «Joder, que no lo he tocado».

Mi celda mide seis pasos de largo y cuatro de ancho. Hay un retrete, un lavabo y un catre. En todas las paredes hay inscripciones talladas, arañadas o pintarrajeadas, aunque se han hecho valerosos intentos de taparlas con pintura.

No sé adónde ha ido Ruiz. Seguramente está metido en la cama y sueña con convertir el mundo en un lugar más seguro. La primera sesión de interrogatorio duró pocos minutos. Cuando le dije que quería un abogado, soltó un bufido.

–Más le vale que sea bueno –me aconsejó.

La mayor parte de los abogados que conozco no hacen visitas a domicilio a estas horas de la noche. Llamo a Jock y lo despierto. Oigo de fondo las quejas de una voz femenina.

–¿Dónde estás?

–En la comisaría de Harrow Road.

–¿Qué haces ahí?

–Me han detenido.

–¡Caray!

Aparte de Jock, no conozco a nadie que se dejara impresionar por una noticia así.

–Necesito que me hagas un favor. Llama a Julianne y dile que estoy bien. Dile que estoy ayudando a la policía en una investigación. Ella sabrá de cuál se trata.

–¿Por qué no le dices la verdad?

–Por favor, Jock, no hagas preguntas. Necesito tiempo para aclarar esto.

Desde entonces no he hecho más que pasear por la celda. Me siento. Me levanto. Camino. Me siento en el retrete. Los nervios me causan estreñimiento, o puede que sea la medicación. Ruiz cree que le he estado ocultando cosas o que le he proporcionado la verdad con cuentagotas. Ver las cosas a posteriori es una ciencia exacta. Ahora mismo los errores que he cometido se dividen en mi mente; luchan con las preguntas para ganar espacio.

Se suele hablar del pecado de omisión. ¿Qué quiere decir eso? ¿Quién decide qué es pecado y qué no? Sé que parece pura semántica, pero a juzgar por cómo moraliza la gente, cómo saca conclusiones, cualquiera diría que la verdad es real y sólida, que es algo que se puede coger y soltar, pesar y medir, que se puede evaluar para llegar a un acuerdo definitivo entre todos.

Pero la verdad no es así. Si tuviera que relatar esta historia mañana sería diferente a la que estoy contando hoy. Mis defensas habrían filtrado los detalles y racionalizado mis acciones. La verdad es sin duda cuestión de semántica, nos guste o no.

No reconocí a Catherine en el dibujo. Y el cadáver que vi en el depósito parecía más un destrozado maniquí de escaparate que un auténtico ser humano. Hacía cinco años que no la veía. En cuanto estuve seguro se lo dije a Ruiz. Sí, podía habérselo dicho antes, pero él ya la había identificado.

A nadie le gusta reconocer sus errores. Detestamos comprobar el abismo que media entre lo que deberíamos hacer y lo que hacemos en realidad. En consecuencia, alteramos nuestras acciones o nuestras creencias. Inventamos excusas, o redefinimos nuestra conducta bajo una luz más halagadora. En mi trabajo esto se conoce como «disonancia cognitiva». A mí no me funciona. Mi voz interior (llámenla si quieren conciencia, alma o ángel de la guarda) no para de susurrarme: «Mentira cochina, mentira cochina».

Ruiz tiene razón. Estoy en un buen lío.

Me tumbo en el estrecho catre y noto los muelles clavados en la espalda.

Llamar al nuevo compañero de mi hermana para pedirle que acuda a la comisaría a las seis y media de la mañana es una manera un tanto extraña de dar la bienvenida a alguien a la familia. No conozco a muchos abogados criminalistas. Por lo general trabajo con abogados de oficio que me tratan como a su mejor amigo o como a algo desagradable que hubieran pisado por la calle, todo depende de la opinión que exponga ante el tribunal.

Simon tarda una hora en llegar. No nos andamos con comentarios corteses sobre Patricia o sobre el almuerzo del domingo. Me indica que me siente y se acerca una silla. Directo al grano.

Las celdas están en el piso de abajo. La sala de clasificación debe de estar cerca. Me llega el olor del café y oigo el sonido de teclados de ordenador. En las ventanas hay persianas de lamas. Las franjas de cielo empiezan a iluminarse.

Simon abre el maletín, saca una carpeta azul y una libreta grande. Es increíble cómo combina el físico de Santa Claus con la actitud de un abogado.

–Tenemos que tomar unas cuantas decisiones. Quieren empezar el interrogatorio cuanto antes. ¿Hay algo que quieras comentarme?

Parpadeo muy deprisa casi sin darme cuenta. ¿A qué se refiere? ¿Espera que confiese?

–Quiero que me saques de aquí –le respondo con cierta brusquedad.

Empieza a explicarme que la Ley de Pruebas Criminales permite a la policía retener a un sospechoso durante cuarenta y ocho horas antes de presentar cargos o dejarlo marchar, a menos que los tribunales dispongan otra cosa.

–¿Así que me pueden tener aquí dos días?

–Sí.

–¡Es ridículo!

–¿Conocías a esa chica?

–Sí.

–¿Tenías una cita con ella la noche en que murió?

–No.

Simon está tomando notas. Se inclina sobre la libreta y garabatea lo que parecen listas ordenadas; también subraya algunas palabras.

–Esto está tirado –dice–. Lo único que tienes que hacer es presentar una coartada para el trece de noviembre.

–No puedo.

Simon me dirige la mirada cansada del maestro que no ha obtenido la respuesta que quería. Luego se quita una mota de polvo de la manga del traje, como si desechara el problema. Se pone en pie bruscamente y da dos golpes en la puerta para indicar que ya ha terminado.

–¿Eso es todo?

–Sí.

–¿No me vas a preguntar si la maté?

Esboza una sonrisa.

–Guárdatelo para el jurado, y reza para que esto no llegue tan lejos.

La puerta se cierra a su espalda, pero en el ambiente queda lo que ha dejado: decepción, franqueza y olor a loción para después del afeitado. Cinco minutos más tarde una agente de policía me lleva por un pasillo a la sala de interrogatorios. No es la primera vez que veo una por dentro. Al principio, cuando empecé a trabajar, a veces estuve presente como «adulto responsable» durante interrogatorios a menores de edad.

Una mesa y cuatro sillas ocupan la mayor parte de la habitación. En el rincón hay una grabadora de gran tamaño, que marca la hora. Las paredes están desnudas y no hay nada en la repisa de la ventana. La agente se queda junto a la puerta y trata de no mirarme.

Llega Ruiz seguido de otro detective, más joven y más alto, de rostro alargado y dientes desiguales. Simon entra tras ellos en la sala de interrogatorios.

–Si te toco el codo es que quiero que guardes silencio –me susurra al oído.

Asiento.

Ruiz se sienta frente a mí, sin molestarse en quitarse la chaqueta. Se pasa la mano por la barbilla mal afeitada.

–Este es el segundo interrogatorio formal al profesor Joseph Paul O'Loughlin, sospechoso del asesinato de Catherine Mary McBride –dice para la grabadora–. Se encuentran presentes el detective inspector Vincent Ruiz, el sargento detective John Keebal y el representante legal del doctor O'Loughlin, Simon Koch. Son las ocho y catorce minutos de la mañana.

La agente comprueba que la grabadora esté funcionando. Hace un gesto de asentimiento en dirección a Ruiz. Ruiz pone las dos manos sobre la mesa y entrelaza los dedos. Clava los ojos en mí y no dice nada. He de reconocer que se trata de una pausa muy elocuente.

–¿Dónde estaba usted la noche del trece de noviembre de este año?

–No lo recuerdo.

–¿Estaba en casa con su esposa?

–No.

–¿Eso al menos sí lo recuerda? –dice con sarcasmo.

–Sí.

–¿Fue a trabajar aquel día?

–Sí.

–¿A qué hora salió de su consulta?

–Tenía hora con el médico a las cuatro.

Las preguntas siguen en ese tono, en busca de datos concretos. Ruiz está intentando acorralarme. Sabe tan bien como yo que mentir es mucho más difícil que decir la verdad. Los detalles lo son todo. Cuanto más se complica una historia, más difícil es de mantener. Se convierte en una camisa de fuerza que cada vez te constriñe más, cada vez te deja menos espacio para moverte.

Por fin me pregunta por Catherine. Silencio. Miro a Simon, que no dice nada. No ha pronunciado ni una palabra desde que empezó el interrogatorio. Tampoco ha hablado el detective más joven, sentado al lado de Ruiz, un poco por detrás de él.

–¿Conocía a Catherine McBride?

–Sí.

–¿Dónde la vio por primera vez?

Le cuento la historia completa, lo de las automutilaciones y las sesiones de terapia; cómo pareció mejorar y las circunstancias que la llevaron a irse del Marsden. Me siento raro al hablar de un caso clínico. Mi voz suena algo estridente, como si me estuviera esforzando demasiado por convencerlos.

Al terminar muestro las palmas de las manos en señal de que he concluido. Me veo reflejado en los ojos de Ruiz. Está esperando algo más.

–¿Por qué no informó a las autoridades del hospital acerca de lo sucedido con Catherine?

–Sentía lástima por ella. Pensé que era una crueldad que una buena enfermera perdiera su empleo. ¿A quién beneficiaría? A nadie.

–¿Fue el único motivo?

–Sí.

–¿Tuvo una aventura con Catherine McBride?

–No.

–¿Tuvo relaciones sexuales con ella en alguna ocasión?

–No.

–¿Cuándo habló con ella por última vez?

–Hace cinco años. No recuerdo la fecha exacta.

—¿Por qué llamó Catherine a su consulta la noche en que murió?

—No lo sé.

—Según los registros telefónicos había llamado a ese número en dos ocasiones durante la quincena anterior.

—Ignoro por qué.

—Su nombre aparecía en la agenda de Catherine.

Me encojo de hombros. Se trata de otro misterio. De pronto Ruiz da un palmetazo en la mesa y todos nos sobresaltamos, incluso Simon.

—Se reunió con ella aquella noche.

—No.

—La hizo salir del Hotel Grand Union.

—No.

—La torturó.

—No.

—¡Ya basta de gilipolleces! —estalla—. Me ha estado ocultando información deliberadamente y se ha pasado las tres últimas semanas cubriéndose las espaldas, ofreciéndome pistas falsas y tratando de despistar a la policía.

Simon me toca el brazo. Quiere que guarde silencio. No le hago caso.

—Yo no la toqué. No la he visto. ¡No tiene ninguna prueba!

—Quiero hablar con mi cliente —dice Simon son insistencia.

¡A la mierda! Estoy harto de ser educado.

—¿Qué motivo iba a tener yo para matar a Catherine? —grito—. Sólo tienen mi nombre en una agenda, una llamada telefónica a mi consulta, y ningún móvil. Póngase a trabajar. Busque alguna prueba antes de acusarme.

El detective más joven sonríe. Me doy cuenta de que algo va mal. Ruiz abre una carpeta verde muy delgada que tiene en la mesa delante de él. De ella saca una fotocopia, que me pasa por encima de la mesa.

—Esta carta está fechada el diecinueve de abril de 1997. Va dirigida a la dirección del Hospital Royal Marsden. En este documento, Catherine McBride afirma que usted la agredió sexualmente en su consulta del hospital. Dice que la hipnotizó, le toqueteó los pechos y le quitó la ropa interior...

–Luego retiró la queja. Ya se lo dije.

Mi silla cae hacia atrás y me doy cuenta de que estoy de pie. El detective joven es más rápido que yo. Me iguala en estatura y está decidido a todo.

Ruiz está exultante.

Simon me ha cogido el brazo.

–Profesor O'Loughlin... Joe... te recomiendo que guardes silencio.

–¿No ves lo que están haciendo? Están tergiversando los hechos...

–Están haciendo preguntas legítimas.

De repente me invade la alarma. Ruiz tiene el móvil. Simon recoge la silla y me la acerca. Yo me quedo mirando a la pared, entumecido de agotamiento. Me tiembla la mano izquierda. Los dos detectives me la miran en silencio. Me siento y meto la mano entre las rodillas para detener el temblor.

–¿Dónde estuvo la noche del trece de noviembre?

–En el West End.

–¿Quién lo acompañaba?

–Nadie. Me emborraché. Acababa de recibir malas noticias relativas a mi salud.

La declaración queda colgando del aire como una telaraña desgarrada, en busca de algo a lo que aferrarse. Simon rompe el silencio y explica que padezco la enfermedad de Parkinson. Quiero que se calle. Es asunto mío. No busco compasión.

Ruiz ni siquiera parpadea.

–¿La pérdida de memoria es uno de los síntomas?

Siento tal alivio que me echo a reír. No quería que cambiara su manera de tratarme.

–¿Dónde estuvo bebiendo, exactamente? –me presiona.

–En diferentes pubs y bares.

–¿Dónde?

–En Leicester Square, en Covent Garden...

–¿Recuerda el nombre de alguno?

Sacudo la cabeza.

–¿Puede alguien confirmar su historia?

–No.

–¿A qué hora volvió a casa?

–No volví.

–¿Dónde pasó la noche?

–No lo recuerdo.

Ruiz se vuelve hacia Simon.

–Señor Koch, por favor, instruya a su cliente...

–Mi cliente ha dejado bien claro que no recuerda dónde pasó aquella noche. Es consciente de que con eso no contribuye a mejorar su situación.

Es difícil leer la expresión de Ruiz. Consulta su reloj de pulsera, dice la hora en voz alta. El interrogatorio ha terminado. Los voy mirando por turnos, no sé qué viene a continuación. ¿Ha terminado todo?

La joven agente vuelve a entrar en la habitación.

–¿Están preparados los coches? –pregunta Ruiz.

Ella asiente y abre la puerta. Ruiz sale a zancadas y el otro detective me cierra las esposas en torno a las muñecas. Simon empieza a formular una protesta y le entregan una orden de registro. La dirección aparece en letras mayúsculas en las dos caras de la página. Me voy a casa.

Mi recuerdo más vívido de la infancia relativo a la Navidad es la función de la escuela anglicana de San Marcos, en la que yo hacía de uno de los Reyes Magos. El motivo de que sea tan memorable es que Russell Cochrane, que hacía de Niño Jesús, se puso tan nervioso que se meó encima, y dejó empapada la túnica azul de la Virgen María. Jenny Bond, una María preciosa, se enfadó tanto que dejó caer a Russell de cabeza y le dio una patada en la entrepierna.

Al público se le escapó un gemido colectivo, pero éste quedó ahogado por los aullidos de dolor de Russell. La función se vino abajo y el telón cayó antes de tiempo.

La farsa que tuvo lugar entre bambalinas fue de lo más convincente. El padre de Russell, un hombretón con cabeza alargada, era sargento de policía y a veces venía al colegio a darnos charlas sobre seguridad viaria. Arrinconó a Jenny Bond y la amenazó con detenerla por agresión. El padre de Jenny se echó a reír. Fue un grave error. El sargento Cochrane lo esposó allí mismo y lo llevo por todo Stafford Street hasta la comisaría, donde pasó la noche.

Nuestra función de Navidad salió en los periódicos nacionales. «DETENIDO EL PADRE DE LA VIRGEN MARÍA», titulaba el *Sun*. El *Star* decía: «¡AL NIÑO JESÚS SE LE HINCHAN LAS PELOTAS!».

Me estoy acordando de todo ello al pensar en Charlie. ¿Me va a ver esposado, escoltado por policías? ¿Qué pensará de su padre?

El coche de policía sin identificativos sube por la rampa del aparcamiento y sale a la luz del día. Simon, sentado junto a mí, me echa la chaqueta por encima de la cabeza. A través de la lana húmeda me llegan los fuegos artificiales de los flashes y los focos de la televisión. No sé cuántos fotógrafos y periodistas hay. Oigo sus voces y siento cómo el coche de policía acelera para alejarse.

El tráfico nos retiene en Marylebone Road. Los peatones parecen titubear y mirarme. Estoy seguro de que se fijan en mí: se preguntan qué hago en el asiento trasero de un coche de la policía.

–¿Puedo telefonear a mi esposa? –pregunto.

–No.

–No sabe que vamos.

–Exacto.

–Pero es que no sabe que me han detenido.

–Debería habérselo dicho.

De pronto me acuerdo de la consulta. Hoy tenía citas con pacientes. Hay que cambiarles las horas.

–¿Puedo llamar a mi secretaria?

Ruiz gira la cabeza y me mira por encima del hombro.

–También tenemos una orden de registro para su despacho.

Voy a protestar, pero Simon me toca el codo.

–Todo es parte del proceso –susurra tratando de tranquilizarme.

La caravana de tres coches de policía se detiene en mitad de nuestra calle, bloqueándola en ambos sentidos. Las puertas se abren y los detectives se dispersan rápidamente. Algunos van por el camino que lleva al jardín trasero.

Julianne abre la puerta de entrada. Lleva unos guantes rosas de goma. Tiene una mota de espuma en el pelo, allí donde se ha apartado un mechón de la frente. Uno de los detectives le entrega una copia de la orden. No la mira. Está demasiado ocupada concentrándose en mí. Me ve las esposas y la expresión del rostro. Tiene los ojos muy abiertos por la sorpresa: no entiende nada.

–¡No dejes que Charlie se asome! –grito.

Miro a Ruiz, suplicante.

–Delante de mi hija no. Por favor.

Sus ojos no denotan nada, pero se mete la mano en el bolsillo de la chaqueta y me quita las esposas. Dos detectives me agarran por los brazos.

Julianne no deja de hacer preguntas sin mirar a los policías que la empujan a un lado para entrar.

–¿Qué está pasando, Joe? ¿Qué te han...?

–Creen que tuve algo que ver con la muerte de Catherine.

–¿Qué? ¿Por qué? Es una tontería. Los estabas ayudando con la investigación.

En el piso de arriba algo cae y se rompe. Julianne mira hacia las escaleras y luego otra vez a mí.

–¿Qué hacen en nuestra casa? –Está al borde de las lágrimas–. ¿Qué has hecho, Joe?

Veo la carita de Charlie asomando de la sala de estar. Desaparece a toda velocidad cuando Julianne se vuelve.

–¡No se te ocurra salir, jovencita! –le grita, más asustada que furiosa.

La puerta de la entrada está abierta. Cualquiera que pase por la calle puede ver lo que sucede en el interior. Oigo cómo se abren armarios y cajones en el piso de arriba. Están levantando los colchones y moviendo las camas. Julianne no sabe qué hacer. Por un lado quiere proteger su casa de los que la están destruyendo, pero sobre todo quiere que yo le dé respuestas. Respuestas que no tengo.

Los detectives me llevan a la cocina, donde Ruiz está contemplando el jardín a través del ventanal. Hay hombres con palas que están destrozando el césped. D. J. está apoyado contra el columpio de Charlie, con un cigarrillo en la boca. Me mira a través del humo, inquisitivo, insolente... como si viera cómo le ponen una multa de aparcamiento a un Porsche.

Se da la vuelta de mala gana y deja caer el cigarrillo entre la gravilla, donde la brasa sigue brillando. Luego se inclina y corta el envoltorio de plástico de un radiador.

–Hemos estado hablando con sus vecinos –explica Ruiz–. Lo vieron enterrar algo en el jardín.

–Un pez de colores.

El desconcierto de Ruiz no puede ser más absoluto.

–¿Cómo ha dicho?

Julianne se echa a reír ante semejante absurdo. Estamos viviendo una escena de una película de los Monty Python.

–Enterró al pez de colores de Charlie –dice–. Está bajo el ciruelo, al lado de *Harold Hamster.*

Detrás de nosotros, dos de los detectives no pueden contener una risita. El rostro de Ruiz es una tormenta. Sé que no debería provocarlo, pero sienta bien reír un poco.

2

El colchón se ha comprimido hasta ser tan duro como el cemento bajo mi hombro y mi cadera. Desde el momento en que me tendí la sangre empezó a palpitarme en los oídos y mi mente se convirtió en un torbellino. Quiero deslizarme hacia un vacío tranquilo. En vez de eso persigo ideas peligrosas, amplificadas por la imaginación.

A estas alturas Ruiz ya habrá hablado con Julianne. Le habrá preguntado dónde estuve el 13 de noviembre. Ella le habrá dicho que pasé la noche con Jock. No sabrá que es mentira. Se limitará a repetir lo que le dije.

Ruiz también habrá hablado con Jock, quien le dirá que aquel día salí de su consulta a las cinco de la tarde. Me propuso que fuéramos a tomar una copa pero le dije que no. Le dije que me iba a casa. Ninguna de las historias coincide.

Julianne se ha pasado la tarde en la sala de clasificación, con la esperanza de verme. Ruiz le prometió cinco minutos conmigo, pero no puedo enfrentarme a ella. Sé que es atroz. Sé que debe de estar asustada, confusa, enfadada y muerta de preocupación. Sólo quiere una explicación. Quiere oírme decir que todo se va a arreglar. Me da más miedo enfrentarme a Julianne que a Ruiz. ¿Cómo le puedo explicar lo de Elisa? ¿Cómo le puedo decir que todo se va a arreglar?

Julianne me preguntó si no me parecía extraño que asesinaran a una mujer a la que no veía desde hacía cinco años y la policía me pidiera ayuda para identificarla. Le solté la tontería de que las coincidencias no son más que parejas de cosas que suceden a la vez. Ahora las coincidencias empiezan a amontonarse. ¿Qué posibilidades había de que me encargaran el caso de

Bobby? ¿O de que Catherine telefoneara a mi consulta la noche en que murió? ¿Cuándo dejan las coincidencias de ser coincidencias y se convierten en una pauta?

No es un pensamiento paranoide. No estoy viendo sombras con el rabillo del ojo, ni imagino conspiraciones siniestras. Pero aquí está sucediendo algo que es más grande que la suma de sus partes.

Me quedo dormido con ese pensamiento, y en un momento dado de la noche me despierto de repente, jadeante y con el corazón acelerado. No puedo ver quién o qué me persigue, pero sé que está ahí: me observa, aguarda, se ríe de mí.

La desnudez de la celda parece exagerar todos los sonidos. Me quedo tendido con los ojos abiertos y escucho los crujidos oscilantes de los muelles, el goteo del agua en las cisternas, los murmullos de los borrachos que hablan en sueños y las pisadas de los guardias que recorren los pasillos.

Hoy es el gran día. Presentarán cargos contra mí o me soltarán. Tendría que estar más nervioso y preocupado. Me siento sobre todo distante, al margen de lo que está sucediendo. Recorro la celda sin dejar de pensar lo extraña que puede llegar a ser la vida. No hay más que ver todos los giros y recovecos, las coincidencias y la mala suerte, los errores y los malentendidos. No siento rabia ni amargura. Tengo fe en el sistema. Pronto se darán cuenta de que no hay pruebas suficientes contra mí. Tendrán que soltarme.

Tanto optimismo me resulta muy extraño cuando pienso en mi natural cinismo respecto a todo lo relativo a la ley y el orden. Todos los días se condena a inocentes. He visto las pruebas. Son incontrovertibles. Pero no temo que tal cosa me suceda a mí.

La culpa la tiene mi madre, con su fe ciega en los representantes de la autoridad como policías, jueces y políticos. Se crió en un pueblo de los Cotswolds donde el agente de policía iba en bicicleta, conocía a todos los habitantes por su nombre y resolvía la mayor parte de los delitos en media hora. Era la personificación de la honradez y la justicia. Desde entonces, pese a las constantes noticias sobre policías que dejan pruebas falsas, aceptan sobornos y falsifican declaraciones, las creencias de mi madre no se han alterado. «Dios ha hecho más gente buena que gente mala», dice siempre, como si un recuento lo resolviera todo. Y cuando hasta esto parece improbable añade: «Ya tendrán su merecido en el otro mundo».

En la parte inferior de la puerta se abre una ventanilla y alguien empuja una bandeja de madera por el suelo. Encima hay una botella de plástico con zumo de naranja, una sustancia grisácea que deduzco que deben de ser huevos revueltos, y dos rodajas de pan que han pasado cerca de una tostadora. La dejo a un lado y espero a que llegue Simon.

Aparece muy alegre con la corbata de seda con estampados de acebo y campanas de plata. Un regalo así es el que me haría Charlie por Navidad. Me pregunto si Simon habrá estado casado antes o si tendrá hijos.

No puede quedarse mucho tiempo, lo esperan en el tribunal. Veo unas hebras de su peluca que sobresalen del maletín. Me dice que la policía ha pedido una muestra de sangre y cabello. No me importa. También están pidiendo permiso para entrevistar a mis pacientes, pero el juez ha denegado el acceso a mis archivos. Bien por él.

La noticia más importante hace referencia a las dos llamadas de teléfono que Catherine hizo a mi consulta. Meena, bendita sea, ha dicho a los detectives que habló con Catherine en dos ocasiones a principios de noviembre.

Se me había olvidado por completo la selección del nuevo secretario. Meena puso un anuncio en el *Guardian*. Pedía personas con experiencia médica o de enfermería. Recibimos más de ochenta respuestas. Se lo empecé a contar a Simon, cada vez más nervioso.

–Meena redujo la lista a doce candidatos.

–Y Catherine estaba en ella.

–Sí. Es posible. Seguramente. Eso explicaría las llamadas. Meena lo podrá confirmar.

¿Sabía Catherine que en el puesto que solicitaba trabajaría para mí? Meena debió de mencionarle mi nombre. Tal vez quería darme una sorpresa. O puede que pensara que no le concedería la entrevista.

Simon se pone la corbata entre el índice y el corazón como si la estuviera cortando con unas tijeras.

–Esa mujer te acusó de agresión sexual, ¿por qué solicitaría trabajo como secretaria tuya?

Habla como si fuera el fiscal.

–No hubo ninguna agresión.

No responde nada. Lo que hace es consultar el reloj y cerrar el maletín.

–No respondas a más preguntas de la policía.

–¿Por qué?

–Cuando uno está metido en un agujero lo mejor que puede hacer es dejar de cavar.

Simon se echa el abrigo sobre los hombros y se inclina para quitarse una manchita de barro de los zapatos negros, que brillan como espejos.

–Te quedan ocho horas. A menos que les surja algo nuevo, esta noche estarás en casa.

Tendido en el camastro, con las manos en la nuca, contemplo el techo. En una esquina alguien ha garabateado una frase: «Un día sin luz es como... una noche». El techo debe de estar a tres metros de altura. ¿Cómo demonios consiguió alguien subirse hasta ahí?

Resulta extraño estar aislado del mundo. No tengo ni idea de lo que ha sucedido en las últimas cuarenta y ocho horas. Me pregunto qué me habré perdido. Con un poco de suerte mis padres ya estarán de vuelta en Gales. Las vacaciones de Navidad de Charlie habrán empezado. La caldera estará arreglada. Julianne habrá envuelto los regalos y los tendrá debajo del árbol. Jock le habrá quitado el polvo al traje de Santa Claus y habrá hecho su recorrido anual por el ala infantil. Y luego está Bobby... ¿qué habrá estado haciendo?

Poco después de mediodía me llaman de nuevo a la sala de interrogatorios. Ruiz y el mismo sargento detective me están esperando. Simon llega sin aliento tras subir por las escaleras. Lleva un bocadillo en un envoltorio de plástico y una botella de zumo de naranja.

–Se me ha hecho tarde para almorzar –confiesa a modo de disculpa.

La grabadora se pone en marcha.

–Necesito que me ayude, profesor O'Loughlin. –Ruiz se esfuerza por esbozar una sonrisa educada–. ¿Es verdad que los asesinos suelen volver a la escena del crimen?

¿Adónde pretende llegar? Miro a Simon, que me indica con un gesto que responda.

–Los asesinos con firma vuelven a veces, pero por lo general se trata de una leyenda urbana.

–¿Qué es un «asesino con firma»?

–Todo asesino tiene una impronta conductual. Es como una sombra criminal que queda en la escena del crimen, una especie de firma. Puede ser su manera de hacer un nudo, o de colocar el cadáver. Algunos sienten la necesidad de volver.

–¿Por qué?

–Hay muchas razones posibles. Puede que quieran alimentar sus fantasías y revivir lo que hicieron, o recoger algo como recuerdo. Tal vez algunos se sientan culpables, o sencillamente no se quieran alejar.

–¿Por eso los secuestradores suelen colaborar en la búsqueda de sus víctimas?

–Sí.

–¿Y los incendiarios ayudan a apagar los fuegos?

Asiento. El sargento casi podría ser una estatua de la isla de Pascua. Ruiz abre una carpeta y saca varias fotos.

–¿Recuerda dónde estaba usted el domingo veinticuatro de noviembre?

Así que se trata de eso. Eso es lo que ha averiguado.

–Fui a visitar a mi tía abuela.

Una chispa de emoción le ilumina los ojos.

–¿A qué hora?

–Por la mañana.

–¿Dónde vive?

–En el cementerio de Kensal Green.

La verdad lo decepciona.

–Las cámaras del circuito cerrado de televisión captaron la imagen de su coche en el aparcamiento.

Pone las fotos sobre la mesa y las empuja hacia mí. Estoy colocando una caja de hojas en los brazos extendidos de Charlie.

Ruiz saca otra hoja de papel.

–¿Recuerda cómo descubrimos el cadáver?

–Me dijo que un perro lo había desenterrado.

–El hombre que nos llamó no dejó su nombre ni un número de contacto. Realizó la llamada desde una cabina cercana a la entrada del cementerio. ¿Vio a alguien por los alrededores?

–No.

–¿Utilizó usted aquella cabina?

¡No estará insinuando que fui yo quien los llamó!

–Me dijo que el asesino conocía muy bien la zona.

–Sí.

–¿Conoce usted muy bien la zona?

–Detective inspector, me parece que ya sé adónde quiere llegar. Incluso aunque matara a Catherine y luego la enterrara junto al canal, ¿cree que iba a llevar a mi esposa y a mi hija para que los vieran desenterrarla?

Ruiz cierra la carpeta de un manotazo.

–¡Aquí las preguntas las hago yo, joder! –ladra–. Usted limítese a responderlas.

–Deberíamos serenarnos todos un poco –interviene Simon.

Ruiz se inclina hacia mí sobre el escritorio hasta que le veo los capilares bajo la piel de la nariz. Juraría que puede respirar por esos poros.

–¿Querría hablar conmigo sin estar presente su abogado?

–Sólo si apaga la grabadora.

Simon protesta y quiere hablar conmigo a solas. Afuera, en el pasillo, tenemos un franco intercambio de puntos de vista. Me dice que me comporto como un idiota. Estoy de acuerdo. Pero si consigo que Ruiz me escuche tal vez pueda convencerlo de que vuelva a investigar a Bobby.

–Quiero que quede constancia de que te lo he desaconsejado.

–No te preocupes, Simon. Nadie te echará la culpa.

Ruiz me está esperando. Hay un cigarrillo encendido en el cenicero. Lo contempla absorto; mira cómo se consume. La ceniza gris forma una torre deforme que se desmoronará con la menor brisa.

–Creía que lo había dejado.

–Y lo he dejado. Pero me gusta mirar.

La ceniza se derrumba y Ruiz aparta el cenicero a un lado.

Asiente.

La sala parece mucho más grande cuando sólo estamos los dos. Ruiz echa la silla hacia atrás y pone los pies sobre la mesa. Los tacones de los zapatos negros están desgastados. Por encima de un calcetín, en la piel blanca del tobillo, hay una línea negra de betún.

–Hemos llevado su foto a todos los pubs y bares de Leicester Square y Charing Cross –dice–. Ningún camarero lo recuerda.

–Tengo una cara que se olvida con facilidad.

–Esta noche volveremos a salir. A lo mejor a alguien se le refresca la memoria. Pero no creo. En mi opinión, aquella noche usted ni pasó por el West End.

No respondo nada.

–También enseñamos su foto a los clientes habituales del Hotel Grand Union. Nadie recuerda haberlo visto por allí. De quien sí se acordaban es de Catherine. Por lo visto iba muy guapa. Un muchacho quiso invitarla a una copa, pero ella le dijo que estaba esperando a alguien. ¿Era a usted?

–No.

–¿A quién, entonces?

–Sigo pensando que a Bobby Moran.

Deja escapar un carraspeo gutural que al final se convierte en una tos ronca.

–No se rinde, ¿eh?

–Catherine no murió la noche de su desaparición. Su cuerpo no fue hallado hasta once días después. Quienquiera que fuera el que la torturó se tomó mucho tiempo para quebrantar su espíritu, puede que días enteros. Bobby tuvo ocasión de hacerlo.

–Nada lo relaciona con el caso.

–Creo que la conocía.

Ruiz suelta una risita irónica.

–Ésa es la diferencia entre lo que hace usted y lo que hago yo. Usted basa sus conclusiones en curvas estadísticas y modelos empíricos. Le cuentan una historia lacrimógena sobre una infancia de mierda y mete a alguien a hacer terapia diez años. Yo en cambio trabajo con hechos, y ahora mismo todos lo señalan a usted.

–¿Y qué pasa con la intuición, con el instinto? Creía que los detectives valoraban esas cosas.

–Cuando intento que me aprueben el presupuesto para vigilancia, no.

Nos quedamos sentados en silencio; medimos el abismo que nos separa. Por fin Ruiz sigue la conversación.

–Ayer hablé con su esposa. Me dijo que últimamente ha estado un poco «distante». Usted sugirió que se fueran de viaje a América, toda la familia. Lo soltó de repente. No supo explicarme por qué.

–No tuvo nada que ver con Catherine. Sólo quería ver mundo.

–Antes de que sea tarde. –Su voz se dulcifica–. Hábleme del Parkinson. Debe de ser una putada que te den una noticia así, sobre todo cuando se tiene una mujer tan guapa, una hija pequeña, éxito profesional... ¿Cuántos años va a perder? ¿Diez? ¿Veinte?

–No lo sé.

–Seguro que un mazazo así hace que cualquiera se cabree con el mundo. Usted ha trabajado con enfermos de cáncer. Dígame, ¿se hunden, se sienten estafados?

–Algunos sí.

–Seguro que habrá quienes querrían castigar al mundo. O sea, si existe la mala suerte, que sea para todos, ¿no? ¿Qué se hace en una situación así? ¿Te mueres tranquilito o pataleas? Qué mejor momento para saldar cuentas pendientes. Un poco de justicia, joder, y si hay que tomársela por la mano, se la toma.

Tengo ganas de reírme ante un intento de psicoanálisis tan torpe.

–¿Es eso lo que haría usted, inspector? –Ruiz tarda unos instantes en darse cuenta de que ahora soy yo quien lo examina–. ¿A veces querría tomarse la justicia por su mano y tiene miedo de no poder contenerse algún día?

La duda le pasa por los ojos, pero es sólo un instante. Quiere seguir adelante, cambiar de tema, pero antes lo saco de su error acerca de los que padecen enfermedades terminales o incurables. Sí, los hay que estallan, frustrados por la sensación de desesperación e impotencia. Pero la amargura y la ira pasan pronto. En vez de autocompadecerse, hacen frente a la desgracia y se levantan. Y deciden disfrutar de cada uno de los momentos que les quedan, sorber la médula de la vida hasta hartarse.

Ruiz baja los pies al suelo, pone las palmas sobre la mesa y se levanta. No me mira cuando habla.

–Quería acusarlo de asesinato, pero el fiscal dice que no tengo pruebas suficientes. Tiene razón, aunque yo también. Voy a seguir buscando hasta que encuentre más. Sólo es cuestión de tiempo.

Clava los ojos en un punto indefinido a lo lejos.

–No le caigo bien, ¿verdad? –pregunto.

–No mucho.

–¿Por qué?

–Porque cree que soy un patán torpe y malhablado que no lee libros y piensa que la teoría de la relatividad tiene que ver con los relatos.

–No es verdad.

Se encoge de hombros y baja el picaporte de la puerta.

–¿Hasta qué punto es esto personal? –quiero saber.

Su respuesta me llega ya desde el otro lado.

–No sea tan engreído.

3

La misma agente que no se me ha despegado en las últimas cuarenta y ocho horas me entrega la raqueta de tenis y un paquete con la cartera, el reloj, la alianza matrimonial y los cordones de los zapatos. Tengo que contar el dinero, incluida la calderilla, y firmar un recibo.

El reloj de la pared de la sala de clasificación indica que son las 9.45 de la noche. ¿De qué día? Miércoles. Faltan siete días para Navidad. En el mostrador hay un arbolito plateado, decorado con unas cuantas bolas y una estrella en equilibrio precario. Detrás, en la pared, un cartel dice «Paz a todos los hombres de buena voluntad».

La agente se ofrece a pedirme un taxi. Espero en el vestíbulo hasta que el conductor me avisa con un bocinazo. Estoy cansado, sucio, y huelo a sudor rancio. Tendría que irme a casa, pero cuando me dejo caer en el asiento trasero siento cómo se me escapa el valor. Querría decirle al taxista que condujera en dirección contraria. No quiero enfrentarme a Julianne. A ella no le puedo ir con cuestiones de semántica. Sólo con la verdad absoluta.

Nunca había querido a nadie tanto como la quiero a ella, hasta que nació Charlie. No hay justificación para engañarla. Sé muy bien lo que dirán los demás. Dirán que es la paranoia clásica de los cuarenta. Estoy a mitad de mi vida, con miedo a mi propia mortalidad; tuve una aventura de una noche. O lo atribuirán todo a la autocompasión. El mismo día que supe que padecía una enfermedad neurológica degenerativa, me acosté con otra mujer. Me surtí de sexo y emociones antes de que me traicionara el cuerpo.

No tengo ninguna excusa para lo que sucedió. No fue un accidente, ni un ataque de locura. Fue un error. Fue sexo. Fue cuestión de lágrimas, de semen y de una mujer que no era Julianne.

Jock me acababa de dar las malas noticias. Yo estaba sentado en su consulta, paralizado. Una mariposa enorme debía de haber movido las alas en el Amazonas porque las vibraciones me acababan de derribar.

Jock dijo que saliéramos a tomar una copa. Le respondí que no. Necesitaba tomar un poco de aire. Me pasé las siguientes horas vagando por el West End de bar en bar y tratando de sentirme como cualquier persona que bebe unas copas para relajarse.

Al principio creía que quería estar solo. Luego me di cuenta de que necesitaba con desesperación hablar con alguien. Alguien que no fuera parte de mi perfecta vida: alguien que no conociera a Julianne, a Charlie, a mis amigos, a mi familia. Así acabé ante la puerta de Elisa. No fue un accidente. Yo la busqué.

Al principio no hicimos más que hablar. Nos pasamos horas charlando. (Seguramente Julianne diría que eso hace aún peor mi infidelidad, porque fue algo más que un deseo instintivo de macho.) ¿De qué hablamos? De recuerdos de la infancia. De nuestras vacaciones favoritas. De canciones que significaban algo para nosotros. O puede que de nada de esto. Las palabras no tenían importancia. Elisa sabía que yo estaba sufriendo, pero no me preguntó por qué. Sabía que se lo contaría, o no. Para ella no había diferencia.

Apenas si recuerdo lo que sucedió después. Nos besamos. Elisa me abrazó y me subió sobre ella. Sus talones me golpearon la espalda. Se movió muy despacio para acogerme en su interior. Gemí, tuve un orgasmo, y el dolor se disolvió.

Me quedé a pasar la noche. La segunda vez fui yo quien la tomó. Tumbé a Elisa y entré en ella con violencia, la hice sacudir las caderas y los pechos. Cuando todo terminó, el suelo estaba lleno de pañuelos blancos de papel húmedos de esperma, como un lecho de hojas caídas.

Lo más extraño es que esperaba que me consumieran las dudas y la culpa. La sensación de normalidad ni siquiera entraba en mis cálculos. Estaba seguro de que Julianne se daría cuenta al instante. No le haría falta olerme la ropa, ni ver rastros de carmín en el cuello de la camisa. Lo sabría por pura intuición, como parece saberlo todo sobre mí.

Nunca he sido de los que corren riesgos, ni siento emoción alguna por vivir al límite. Tuve aventuras de una sola noche un par de veces, en la universidad, antes de conocer a Julianne. En aquellos tiempos parecía natural. Jock tenía razón: era más fácil llevarse a la cama a las chicas de izquierdas. Pero esto es diferente.

El taxista parece satisfecho de librarse de mí. Me detengo al principio del sendero y contemplo mi casa. La única luz encendida es un fulgor en la ventana de la cocina, junto al camino lateral.

Deslizo la llave en la cerradura. Al entrar, veo la silueta de Julianne recortada contra un rectángulo de luz al fondo del vestíbulo. Está de pie en la puerta de la cocina.

–¿Por qué no me has llamado? Te habría ido a recoger.

–No quería que Charlie fuera a la comisaría.

No le veo la expresión del rostro. Su voz suena normal. Dejo en el suelo mi equipo de tenis y camino hacia ella. Tiene el pelo corto muy revuelto y los ojos hinchados por la falta de sueño. Voy a abrazarla, pero se escabulle. Apenas si soporta mirarme.

No es por una mentira. He metido a la policía en su casa: abrieron los armarios, miraron debajo de las camas, registraron sus objetos personales. Nuestros vecinos me han visto esposado. Han cavado en nuestro jardín. Los detectives la han interrogado, le han hecho preguntas sobre nuestra vida sexual. Ha aguardado horas en una comisaría con la esperanza de verme, y al final la han rechazado, no las autoridades, sino yo. Todo esto y ni una llamada de teléfono, ni un mensaje que la ayudara a comprender.

Echo un vistazo a la mesa de la cocina y veo un montón de periódicos. Todos están abiertos por la página de la misma noticia. «PSICÓLOGO ARRESTADO EN EL CASO MCBRIDE», dice un titular. «DETENIDO UN CONOCIDO PSIQUIATRA», reza otro. Hay fotografías en las que aparezco en el asiento trasero del coche de policía con la chaqueta de Simon sobre la cabeza. Parezco culpable. Si le pones una chaqueta sobre la cabeza a la Madre Teresa también ella parecerá culpable. ¿Por qué lo hacen los sospechosos? No cabe duda que sería mejor que sonrieran y saludaran.

Me dejo caer en una silla y hojeo los artículos. Uno de los periódicos lo ilustra con una foto tomada con teleobjetivo en la que aparezco en el tejado del Marsden, con Malcolm sujeto por el arnés delante de mí. En una segunda foto aparezco tapado con la chaqueta. Tengo las manos esposadas sobre el regazo. El mensaje no deja lugar a dudas: he pasado de héroe a villano.

Julianne llena la tetera eléctrica y saca dos tazas. Lleva unas mallas oscuras y un jersey que le queda grande. Se lo compré en el Mercado de Camden. Le dije que era para mí, pero ya sabía lo que pasaría. Siempre me coge prestados los jerséis. Dice que le gusta cómo huelen.

–¿Dónde está Charlie?

–Durmiendo. Son casi las once.

Cuando el agua empieza a hervir, llena las dos tazas y sacude dentro las bolsitas de té. Percibo el olor a menta. Julianne tiene un estante lleno de diferentes infusiones de hierbas. Se sienta frente a mí. Me clava los ojos, que no reflejan emoción alguna. Gira un poco las muñecas para mostrar las palmas de la mano. Con tan insignificante movimiento está dando a entender que espera una explicación.

Querría decirle que todo es un malentendido, pero tengo miedo de que suene a perogrullada. Así que lo que hago es atenerme a la historia, o a lo que sé de ella. Que Ruiz piensa que tuve algo que ver con el asesinato de Catherine porque mi nombre aparecía en su agenda cuando la sacaron del canal; que Catherine vino a Londres para una entrevista de trabajo que la convertiría en mi secretaria. Yo no lo sabía. Meena había concertado la cita. Catherine debió de ver el anuncio.

Julianne siempre va un paso por delante de mí.

–No puede ser el único motivo de que te arrestaran.

–No. Según el registro de llamadas telefónicas, llamó a mi consulta la noche en que fue asesinada.

–¿Hablaste con ella?

–No. Tenía cita con Jock. Fue cuando me dijo lo de... ya sabes.

–Entonces, ¿quién cogió el teléfono?

–No lo sé. Meena se había ido a casa temprano.

Bajo los ojos para esquivar su mirada.

–Han sacado a la luz el asunto de la acusación de agresión sexual. Creen que tenía una aventura con ella, que me amenazó con destruir mi carrera y nuestro matrimonio.

–Pero si retiró la acusación.

–Sí, pero imagínate la impresión que da.

Julianne empuja la taza hacia el centro de la mesa y se levanta de la silla. Me relajo un poco porque ya no tiene los ojos clavados en mí. Hasta sin mirarla sé dónde está: de pie junto al ventanal, mirando en su reflejo al hombre al que creía conocer sentado a la mesa.

–Me dijiste que estabas con Jock. Me dijiste que te ibas a emborrachar. Supe que mentías. Siempre lo he sabido.

–Me emborraché, pero no con Jock.

–¿Con quién estuviste?

La pregunta es breve, precisa, al grano. Así es Julianne, espontánea y directa, para ella las líneas de comunicación son autopistas.

–Pasé la noche con Elisa Velasco.

–¿Te acostaste con ella?

–Sí.

–¿Tuviste relaciones sexuales con una prostituta?

–Ya no es una prostituta.

–¿Te pusiste condón?

–Oye, Julianne, hace años que no se prostituye.

–¿TE... PUSISTE... CONDÓN?

Articula cada palabra con toda claridad. Está de pie junto a mi silla. Tiene los ojos anegados de lágrimas.

–No.

Me asesta la bofetada con toda la fuerza de su cuerpo. Me tambaleo hacia un lado, me llevo la mano a la mejilla. Noto el sabor a sangre en la boca y oigo un zumbido agudo en el interior de los oídos.

La mano de Julianne está sobre mi muslo. Su voz es dulce.

–¿Te he dado demasiado fuerte? No estoy acostumbrada a estas cosas.

–Estoy bien –la tranquilizo.

Me vuelve a golpear con más fuerza todavía. Caigo de rodillas, mirando las tablas pulidas del suelo.

–¡Hijo de puta, egoísta, mentiroso, cobarde, traidor!

Sacude la mano dolorida.

Ahora soy un blanco inmóvil. Me golpea con el otro puño, me aporrea la espalda.

–¡Con una prostituta! –grita–. ¡Sin condón! ¡Y luego viniste a casa y me follaste a mí!

–¡No! ¡Por favor! No lo entiendes...

–¡Fuera de aquí! ¡No te queremos en esta casa! No volverás a verme. No volverás a ver a Charlie.

Me acurruco en el suelo, me siento ruin y patético. Se da la vuelta y se aleja por el pasillo hacia el salón. Me levanto como puedo y corro tras ella, buscando a la desesperada cualquier indicio de que esto no es el final.

La encuentro de rodillas ante el árbol de Navidad con unas tijeras de podar en la mano. Ha cortado limpiamente el tercio superior del árbol. Ahora parece una enorme pantalla de lámpara verde.

–Lo siento mucho.

No me responde.

–Por favor, escúchame.

–¿Por qué? ¿Qué me vas a decir? ¿Que me quieres? ¿Que aquello no significó nada? ¿Que a ella te la follaste y a mí me hiciste el amor?

Eso es lo difícil de discutir con Julianne. Lanza tantas acusaciones a la vez que no hay respuesta válida para todas en conjunto. Y en el momento en que intentas desglosarlas te bombardea con otra serie.

Ahora está llorando de verdad. A la luz, las lágrimas le brillan como una sarta de perlas que le cayera por las mejillas.

–Cometí un error. Cuando Jock me dijo lo del Parkinson me cayó como una sentencia de muerte. Todo iba a cambiar, adiós a nuestros planes. Al futuro. Ya sé que te dije lo contrario. No era verdad. ¿Por qué darme esta vida, y luego esta enfermedad? ¿Por qué darme la belleza y la alegría de teneros a Charlie y a ti, y luego arrebatármelo todo? Es como enseñar a alguien un atisbo de cómo podría ser la existencia, y al instante siguiente decirle que eso jamás lo tendrá.

Me arrodillo a su lado, mis rodillas casi rozan las suyas.

–No sabía cómo decírtelo. Necesitaba tiempo para pensar. No podía hablar con mis padres ni con mis amigos: todos me compadecerían, me largarían discursos animosos y sonrisas valientes. Por eso acudí a Elisa. No es íntima, pero sí una amiga. Era lo bueno que tenía.

Julianne se seca las mejillas con la manga del jersey y contempla la chimenea.

–No planeé acostarme con ella. Pasó. Ojalá no hubiera sido así. No estamos liados. Fue una sola noche.

–¿Y Catherine McBride? ¿Te acostaste con ella?

–No.

–Bueno, ¿y por qué quería ser tu secretaria? ¿Cómo se le pudo ocurrir que le darías el puesto después de todo lo que nos hizo pasar?

–No lo sé.

Julianne se mira la mano magullada, luego mira mi mejilla.

–¿Qué es lo que quieres, Joe? ¿Quieres ser libre? ¿Es eso? ¿Quieres enfrentarte a esto tú solo?

–No quiero arrastraros a Charlie y a ti conmigo.

Mi tono sensiblero la hace enfurecer más. Cierra los puños, frustrada.

–Joder, ¿por qué tienes que estar siempre tan seguro de ti mismo? ¿Por qué no reconoces que necesitas ayuda? Sé que estás harto. Sé que estás cansado. Pues a ver si te enteras: todos estamos hartos y cansados. Yo estoy harta de que me margines y cansada de que me apartes a un lado. Quiero que te vayas.

–Pero yo te quiero.

–¡Vete!

–¿Qué pasa con nosotros? ¿Qué pasa con Charlie?

Me dirige una mirada fría, inamovible.

–Puede que aún te quiera, Joe, pero por ahora no te puedo soportar.

4

Cuando todo ha terminado –las maletas, el paseo hasta la puerta, el viaje en taxi hasta la puerta de Jock– me siento como el primer día en el internado. Abandonado. Un recuerdo me vuelve a la memoria con todas las luces y las sombras de la realidad: estoy de pie en los peldaños que llevan a Charterhouse; mi padre me abraza y nota el sollozo contenido en mi pecho.

–Delante de tu madre no –me susurra.

Se vuelve para alejarse con mi madre.

–Delante del chico no –le dice mientras ella se frota los ojos.

Jock insiste en que estaré mejor cuando me duche, me afeite y coma algo. Pide que le suban algo del restaurante indio, pero para cuando llega me he quedado dormido en el sofá. Tiene que cenar solo.

En la penumbra que se filtra a través de las persianas veo los recipientes de papel metalizado amontonados junto al fregadero, con salsas amarillas y naranjas que se salen por los lados. El mando a distancia de la tele se me clava en la espalda, y tengo la guía de programación bajo la cabeza. No sé cómo me he podido dormir.

No puedo quitarme de la cabeza la imagen de Julianne, la mirada que me dirigió. No era una simple decepción. La palabra «tristeza» no basta para definirla. Era como si algo se le hubiera congelado por dentro. Nos peleamos en muy contadas ocasiones. Julianne es capaz de discutir con pasión y emoción. Si me hago el listo o parezco insensible, me acusa de arrogancia y veo dolor en sus ojos. Esta vez no he visto más que el vacío. Un paisaje vasto, azotado por el viento, donde moriría si lo intentara cruzar.

Jock está despierto. Lo oigo canturrear en la ducha. Trato de bajar las piernas del sofá, pero no lo consigo. Durante un fugaz instante temo estar paralizado. Luego me doy cuenta de que siento el peso de las mantas. Me concentro, y las piernas me responden de mala gana.

La bradiquinesia es cada vez más evidente. El estrés es un factor importante en la enfermedad de Parkinson. Se supone que tengo que dormir mucho, hacer ejercicio con regularidad y huir de las preocupaciones. Sí, claro.

Jock vive en un edificio señorial desde donde se domina Hampstead Heath. El portero aguarda en la entrada con un paraguas que sostiene sobre ti cuando llueve. Lleva uniforme y llama a la gente «jefe» o «señora». Jock y su segunda esposa son dueños de todo el piso superior, pero desde el divorcio sólo se puede permitir un apartamento de un solo dormitorio. También tuvo que vender la Harley y dejarle a ella la casita en los Cotswolds. Siempre que ve un deportivo caro asegura que es de Natasha.

–Mirando atrás, no me dan miedo las ex esposas, sino las suegras –dice.

Desde su divorcio se ha convertido en una especie de invitado ambulante a tantas cenas como puede, y en una presencia constante en los matrimonios ajenos.

Jock y yo nos conocemos desde mucho antes de ir a la misma universidad. El mismo tocólogo nos trajo al mundo en el mismo hospital, con sólo ocho minutos de diferencia. Fue un 18 de agosto de 1960, en el Hospital de Maternidad Queen Charlotte de Hammersmith. Nuestras madres compartieron la sala de partos, y el ginecólogo tenía que correr de un lado a otro de las cortinas.

Yo fui el primero en llegar. Jock tenía una cabeza tan grande que se quedó atascado y tuvieron que sacarlo con fórceps. De cuando en cuando todavía gasta bromas y dice que llegó el segundo y desde entonces está intentando alcanzarme. La verdad es que para él la competición nunca es cosa de chiste. Seguramente nos pusieron juntos en la guardería del hospital. Y es probable que nos mirásemos, o nos mantuviéramos despiertos el uno al otro.

Es curioso lo de la separación de la experiencia individual: nuestras vidas comenzaron con escasos minutos de diferencia pero no volvimos a encontrarnos hasta diecinueve años más tarde. Julianne dice que el destino nos reunió. Puede que sea verdad. Aparte de que el mismo médico nos cogiera por los pies y nos diera un azote en el culo, teníamos muy pocas cosas en común. No podría explicar qué hizo que Jock y yo nos hiciéramos amigos. ¿Qué tenía yo que aportar a la relación? Él era popular en el campus, siempre lo invitaban a las mejores fiestas y ligaba con las chicas más guapas. Lo que ganaba yo es evidente, pero ¿y él? Tal vez se refieren a eso cuando dicen que dos personas «encajan» y punto.

Hace mucho tiempo que nos distanciamos en temas políticos, y a veces también en los morales, pero no hemos perdido el contacto. Fue mi padrino de boda y yo el suyo, en las dos. Tenemos llaves de la casa del otro y copias de nuestros respectivos testamentos. La experiencia compartida es un nexo muy fuerte, pero no se trata de eso.

Pese a todas sus fanfarronadas de derechas, Jock es en realidad un tipo tierno que ha donado a obras de caridad más dinero del que le han costado cada una de sus ex esposas. Todos los años organiza una recogida de fondos para el hospital infantil Great Ormond Street, y hace quince años que no se pierde una Maratón Cómica de Londres. El año pasado iba empujando una cama de hospital cargada con enfermeras «traviesas», en medias y ligueros. Se parece mucho más a Benny Hill que al doctor Kildare.

Jock sale del baño con una toalla en torno a la cintura. Se dirige descalzo a la cocina. Oigo cómo abre y cierra la puerta de la nevera. Corta naranjas y pone en marcha un exprimidor tamaño industrial. La cocina está llena de pequeños electrodomésticos. Tiene uno que muele el café, otro que lo cuela, y otro que más parece un cañón que una cafetera. Puede preparar gofres, madalenas, tortitas y huevos de doce maneras diferentes.

Es mi turno de entrar en el baño. El espejo está cubierto de vapor. Lo froto con la esquina de una toalla lo justo para despejar un círculo en el que me veo la cara. Tengo aspecto de agotado. Llevo impresos en la mejilla los programas de televisión recomendados de la noche del miércoles. Me froto el rostro con una esponja húmeda.

En la repisa de la ventana hay más aparatitos, entre ellos uno para cortar los pelos de la nariz que hace un ruido semejante al de una avispa enloquecida dentro de una botella. Hay doce marcas diferentes de champú. Me recuerda a mi casa. Siempre le tomo el pelo a Julianne porque sus «lociones y pociones» ocupan hasta el último centímetro disponible del baño. Ahí en medio tengo una maquinilla desechable, un bote de espuma para afeitar y una barra de desodorante. Por desgracia, acceder a estos útiles implica el riesgo de un efecto dominó que podría derribar el resto de los frascos del baño.

Jock me pasa un vaso de zumo de naranja y nos quedamos en silencio, mirando la cafetera.

–Si quieres la llamo de tu parte –sugiere.

Sacudo la cabeza.

–Puedo decirle que estás hecho polvo, que no te tienes en pie... que estás perdido... desolado...

–No cambiará nada.

Me pregunta acerca de la discusión. Quiere saber qué fue lo que la irritó. ¿El arresto, los titulares, o el hecho de que hubiera mentido?

–La mentira.

–Ya me lo suponía.

Me presiona, quiere detalles. No me apetece hablar del tema, pero me va saliendo todo a medida que el café se me enfría. Tal vez Jock me ayude a encontrarle sentido a todo.

Cuando llego al momento en que vi el cadáver de Catherine en el depósito se me ocurre de repente que tal vez él la conociera. Conocía a muchas más enfermeras del Marsden que yo.

–Sí, ya lo había pensado –dice–, pero la foto que salió en los periódicos no me sonaba de nada. Los policías me preguntaron si te quedaste conmigo la noche en que murió –añade.

–Lo siento.

–¿Dónde estuviste?

Me encojo de hombros.

–Así que es verdad. Has estado tonteando por ahí.

–No es eso.

–Nunca es eso, compañero.

Jock entra en su habitual rutina de colegial: quiere todos los detalles «sórdidos». No le voy a seguir el juego, y se pone de morros.

–¿Y por qué no le dijiste a la policía dónde estabas?

–Preferiría no hablar de eso.

Una nube de frustración le pasa por la cara. No me presiona. Lo que hace es cambiar de tema y regañarme por no haber hablado antes con él. Si quería que me proporcionara una coartada, al menos le tendría que haber avisado.

–¿Y si me llega a llamar Julianne? Te habría dejado con el culo al aire. Y si me hubieras advertido, habría dicho a la policía que estabas conmigo y no tendrías la mierda al cuello.

–Has dicho la verdad.

–Por ti habría mentido.

–¿Y si la hubiera matado yo de verdad?

–Habría mentido por ti de todos modos. Tú harías lo mismo por mí.

Sacudo la cabeza.

–Si pensara que has matado a alguien no mentiría por ti.

Cruzamos la mirada y no parpadeamos. Al final él se echa a reír y se encoge de hombros.

–En fin, nunca lo sabremos.

5

Al llegar al edificio de mi consulta cruzo el vestíbulo; soy consciente de que los guardias de seguridad y los recepcionistas me miran. Cojo el ascensor y llego al escritorio de Meena y a una sala de espera desierta.

–¿Dónde está todo el mundo?

–Han cancelado las citas.

–¿Todos?

Me inclino sobre su escritorio y consulto las citas que tengo para hoy. Todos los nombres están tachados con bolígrafo rojo. Todos menos el de Bobby Moran.

Meena sigue hablando.

–El señor Lilley tiene que ir al entierro de su madre. Hannah Barrymore tiene la gripe. Zoe tiene que cuidar de sus sobrinos...

Sé que intenta hacerme sentir mejor. Le señalo el nombre de Bobby y le indico que lo tache.

–No ha llamado.

–Créeme.

Meena ha intentado limpiar mi despacho, pero sigue siendo un caos. Hay rastros de la policía por todas partes, entre ellos el polvillo que utilizan para encontrar huellas dactilares.

–No se llevaron ningún archivo, pero liaron algunos.

Le digo que no se preocupe. Si ya no tengo pacientes, las notas dejan de tener importancia. Se queda junto a la puerta; le gustaría decirme algo positivo.

–¿Le he metido en algún lío?

–¿A qué te refieres?

–Es lo de esa chica que aspiraba al puesto, la que mataron. ¿Tendría que haber hecho algo de otra manera?

–Ni por lo más remoto.

–¿La conocía?

–Sí.

–Le acompaño en el sentimiento.

Es la primera vez que alguien comprende que la muerte de Catherine puede haberme entristecido. Todos los demás se han comportado como si no tuviera ningún sentimiento hacia ella, en un sentido u otro. Puede que piensen que tengo una comprensión especial de lo que es el dolor, o que sé controlarlo. Si es así, no pueden estar más equivocados. Mi trabajo consiste en conocer a los pacientes. Descubro sus temores y secretos más ocultos. La relación profesional se convierte en personal. No puede ser de otra manera.

Le pregunto a Meena por Catherine. ¿Qué voz tenía al teléfono? ¿Preguntó algo sobre mí? La policía se llevó sus cartas y la solicitud de empleo, pero Meena ha conservado una copia del currículum que envió.

Me lo trae y echo un vistazo a la carta de presentación y a la primera página. Lo malo de los currículos es que no cuentan prácticamente nada importante acerca de una persona. Academias, resultados de exámenes, educación superior, experiencia laboral... nada de eso revela detalles sobre la personalidad o temperamento del individuo. Es como tratar de averiguar la altura de una persona por su color de pelo.

Antes de que termine de leerlo suena el teléfono en recepción. Con la esperanza de que sea Julianne, lo cojo antes de que Meena me pase la llamada. La voz al otro lado de la línea es como un huracán. Eddie Barrett suelta una sarta de pintorescos improperios. Son de lo más imaginativo, sobre todo cuando describe posibles usos para mi título universitario en caso de escasez de papel higiénico.

–Entérese, loquero gilipollas, voy a presentar una queja en el Colegio de Psicólogos, la Junta de Titulación y el Registro de Testigos Expertos. Y Bobby Moran lo va a demandar por difamación, violación del secreto profesional y lo que se le ocurra. ¡Cabrón de mierda! ¡Allá lo parta un rayo! ¡Hijo de puta!

No tengo tiempo de responder. Cada vez que creo que se avecina una pausa en la diatriba de Eddie lo que él hace es coger más impulso. A lo mejor por eso gana tantos casos: nunca guarda silencio el tiempo suficiente para que los demás puedan meter baza.

La verdad es que no tengo defensa. He violado más directrices profesionales y normas personales de lo que puedo imaginar, y aun así volvería a hacer lo mismo. Bobby Moran es un sádico y un mentiroso compulsivo. Pero al mismo tiempo tengo un vacío terrible en mi interior. Al traicionar la confianza de un paciente he abierto una puerta y cruzado el umbral hacia un lugar que no debería haber pisado. Ahora estoy esperando a que la puerta me dé en el culo al cerrarse.

Eddie cuelga y yo me quedo mirando el teléfono. Pulso la tecla de memoria. Me responde la voz de Julianne en el contestador automático. Se me encogen las tripas. La vida sin ella me resulta inimaginable. No tengo ni idea de qué decir. Trato de parecer alegre porque Charlie podría oír el mensaje. Al final sueno como Santa Claus. Vuelvo a llamar para dejar otro. El segundo es todavía peor.

Me rindo y empiezo a ordenar mis papeles. La policía vació los archivadores por si había algo escondido al fondo de los cajones. Alzo la vista cuando Fenwick asoma la cabeza por la puerta. Está de pie en el pasillo; mira nervioso por encima del hombro.

–¿Tienes un momento, muchacho?

–Sí.

–Qué asunto más asqueroso. Nada, pasaba por aquí y pensé darte una palmadita en la espalda y esas cosas. Que no te jodan esos cabrones.

–Eres muy amable, Fenwick.

Cambia el peso de un pie al otro.

–Qué asunto de mierda. Qué asco. Seguro que lo comprendes. Con toda esa publicidad negativa y lo demás...

Parece sentirse muy mal.

–¿Qué sucede, Fenwick?

–Dadas las circunstancias, Geraldine ha sugerido que tal vez no deberías ser mi padrino. ¿Qué diría el resto de los invitados? No sabes cuánto lo siento, de veras. No me gusta hacer leña del árbol caído.

–No pasa nada. Buena suerte.

–Menos mal. Bueno... esto... nada, te dejo. Ya nos veremos esta tarde en la reunión.

–¿Qué reunión?

–Ay, Dios, ¿no te lo ha dicho nadie? ¡Qué mierda!

Se le ha puesto la cara de color rosa vivo.

–No.

–Pues es que no me corresponde a mí... –farfulla y sacude la cabeza–. Los socios nos vamos a reunir a las cuatro. Algunos de nosotros, yo no, claro, estamos un poco preocupados por cómo va a influir todo esto en la consulta. La publicidad negativa y todo eso. Que venga la policía a registrarlo todo y que los periodistas no paren de hacer preguntas es mala cosa. Ya lo comprendes.

–Por supuesto.

Sonrío con los dientes apretados. Fenwick ya sale retrocediendo por la puerta. Meena le lanza una mirada que lo pone en retirada.

No hay posibilidades halagüeñas. Mis estimados colegas van a discutir mi situación como socio y la posibilidad de echarme. Pedirán mi dimisión. Se elegirán bien las palabras y una charla con el jefe de contabilidad zanjará todo el asunto sin escándalos. ¡Y una mierda!

Fenwick ya está en mitad del pasillo. Salgo tras él.

–Diles que si intentan echarme demandaré a la clínica. No voy a dimitir.

Meena me dedica una mirada solidaria, mezclada con una expresión que podría pasar por compasión. No estoy acostumbrado a que la gente me tenga pena.

–Puedes irte a casa. No tiene sentido que te quedes –digo.

–¿Y si llaman por teléfono?

–No espero ninguna llamada.

Meena tarda veinte minutos en marcharse; se demora con

excusas junto a su escritorio y me mira con cierta ansiedad, como si estuviera violando algún código de lealtad secretarial. Una vez a solas, bajo las persianas, aparto a un lado los documentos sin ordenar y me retrepo en el sillón.

¿Qué espejo he roto? ¿Bajo qué escalera he pasado? No creo en Dios ni en el destino. Quizá sea la ley de la compensación. Puede que Elisa tenga razón. Mi vida ha sido demasiado fácil. Casi cada vez que he tirado la moneda al aire en asuntos importantes he ganado, y ahora se me ha acabado la suerte.

Los antiguos griegos decían que la Fortuna es una hermosa muchacha de cabello rizado que camina por la calle entre la gente. Tal vez se llame Karma. Es una amante caprichosa, una mujer prudente, una vagabunda y una hincha del Manchester United. Antes era mía.

Llueve mientras camino hacia Covent Garden. En el restaurante, sacudo la chaqueta y se la entrego a una camarera. Me corren gotas de agua por la frente. Elisa llega quince minutos más tarde, con un chaquetón negro de cuello de piel. Debajo lleva una blusa de tirantes azul marino y una minifalda a juego. Las medias son oscuras, con costura en la parte de atrás. Coge una servilleta de lino para secarse y se pasa los dedos por el pelo.

–Ya nunca me acuerdo de llevar paraguas.

–¿Por qué?

–Antes tenía uno con el mango tallado. Tenía en la punta una navaja escondida... por si acaso. Ya ves lo bien que me enseñaste.

Se ríe y se retoca el carmín de los labios. Me dan ganas de tocarle la punta de la lengua con los dedos.

No puedo explicar cómo se siente uno al estar en un restaurante con una mujer tan hermosa. A Julianne la desean, pero con Elisa el deseo es abrasador: a los hombres les arden las entrañas y se les acelera el corazón. Tiene algo muy puro, muy impulsivo y claramente sexual. Es como si hubiera refinado, filtrado y destilado su sexualidad hasta un punto en el que los hombres creen que una sola gota bastaría para dejarlos satisfechos el resto de sus vidas.

Elisa mira por encima del hombro y al instante consigue atraer la atención de un camarero. Pide una ensalada niçoise y yo elijo unos penne alla carbonara.

Por lo general disfruto de la seguridad en mí mismo que me proporciona el hecho de sentarme frente a Elisa; sin embargo, hoy me siento viejo y decrépito, como un olivo nudoso de corteza frágil. Ella habla deprisa y come despacio, eligiendo trocitos de atún y aros de cebolla roja.

La dejo hablar, pero siento desesperación e impaciencia. Mi salvación tiene que comenzar hoy. Todavía me está observando. Sus ojos son como espejos dentro de espejos. Me veo reflejado. Tengo el pelo pegado a la frente. Me siento como si no hubiera dormido más de unas pocas horas en muchas semanas.

Elisa se disculpa por «parlotear tanto». Extiende el brazo sobre la mesa y me aprieta la mano.

–¿De qué querías que habláramos?

Titubeo, y empiezo a hablar al principio muy despacio. Le cuento lo del arresto y la investigación del asesinato. Con cada nuevo dato preocupante se le nublan un poco más los ojos.

–¿Por qué no dijiste a la policía que estabas conmigo? –pregunta–. No me hubiera importado.

–No es tan fácil.

–¿Es por tu mujer?

–No. Ya se lo he contado.

Elisa se encoge de hombros, un resumen preciso de lo que opina sobre el matrimonio. No tiene nada en contra de él como institución cultural, porque siempre le proporcionó a sus mejores clientes. Los hombres casados eran preferibles a los solteros porque se duchaban más a menudo y olían mejor.

–Entonces, ¿qué te impide decírselo a la policía?

–Antes quería pedirte permiso.

Se ríe por lo anticuado de mi actitud. Siento que se me sonrojan las mejillas.

–Quiero que lo pienses muy bien antes de decir nada –le indico–. Si reconozco que me acosté contigo estaré en una posición muy complicada. Hay ciertos códigos de conducta. Fuiste paciente mía.

–De eso hace muchos años.

–No importa. Hay quien intentará utilizarlo en mi contra. Ya me consideran un bicho raro por mi trabajo con las prostitutas y el documental de televisión. Se disponen a atacarme por esto, y te utilizarán.

Le centellean los ojos.

–No hace falta que se enteren. Iré a la policía y presentaré una declaración. Les diré que estuviste conmigo. No tiene por qué enterarse nadie más.

Trato de reunir toda la gentileza que me queda, pero aun así mis palabras van a herirla.

–Piensa por un momento lo que pasaría si presentaran cargos contra mí. Tendrías que testificar. El fiscal hará lo que sea para destruir mi coartada. Fuiste prostituta. Cumpliste condena por agresión dolosa. Has estado en la cárcel. Además, fuiste paciente mía. Te conocí cuando sólo tenías quince años. Por mucho que digamos que fue sólo una noche, creerán que hubo más...

Me quedo sin gas, apuñalo el plato de pasta con el tenedor.

Elisa enciende el mechero. La llama se le refleja en los ojos, que ya centellean. Nunca la he visto tan a punto de perder el aplomo.

–Lo dejo en tus manos –dice casi en un susurro–. Pero me gustaría declarar. No tengo miedo.

–Gracias.

Nos quedamos sentados en silencio. Al cabo de un rato vuelve a estirar el brazo sobre la mesa y nuevamente me aprieta la mano.

–Nunca llegaste a contarme por qué estabas tan alterado aquella noche.

–Ya no tiene importancia.

–¿Tu mujer está muy alterada?

–Sí.

–Tiene suerte de estar casada contigo. Espero que lo sepa.

6

Cuando abro la puerta del despacho me doy cuenta de que hay alguien en la habitación. El reloj cromado que hay sobre los archivadores marca las tres y media. Bobby Moran está de pie delante de mi estantería. Es como si se hubiera materializado allí.

Se vuelve de repente. No sé quién de los dos está más sobresaltado.

–Llamé a la puerta. No había nadie. –Agacha la cabeza–. Tengo una cita –dice como si me leyera la mente.

–¿No debería ser con tu abogado? Tengo entendido que me vas a demandar por difamación, violación del secreto profesional y lo que se le ocurra.

Parece avergonzado.

–El señor Barrett me dice que lo tengo que hacer. Dice que puedo ganar mucho dinero.

Pasa junto a mí y se acerca a mi escritorio. Se me acerca mucho. Huele a buñuelos y a azúcar. Tiene el pelo húmedo pegado a la frente en un flequillo desigual.

–¿Por qué has venido?

–Quería verle.

Hay algo amenazador en su voz.

–No te puedo ayudar, Bobby. No has sido sincero conmigo.

–¿Usted siempre es sincero?

–Lo intento.

–¿Cómo? ¿Diciendo a la policía que fui yo quien mató a esa chica?

Coge un pisapapeles de cristal de mi escritorio y lo sopesa con la mano derecha, luego con la izquierda. Lo alza para examinarlo a la luz.

—¿Ésta es su bola de cristal?

—Déjalo en su sitio, por favor.

—¿Por qué? ¿Tiene miedo de que se lo estampe en la cabeza?

—¿Por qué no te sientas?

—Usted primero. —Me señala mi sillón—. ¿Por qué se hizo psicólogo? No me lo diga, deje que lo adivine... Un padre represivo y una madre sobreprotectora. ¿O hay un oscuro secreto de familia? ¿Un pariente que empezó a aullar a la luna, o una tía favorita a la que hubo que encerrar?

No le doy la satisfacción de reconocer que ha estado muy cerca de la verdad.

—No estoy aquí para hablar de mí.

Bobby clava la vista en la pared, detrás de mí.

—¿Cómo puede tener colgado ese diploma? ¡Es una estafa! Hasta hace tres días usted pensaba que yo era una persona diferente. Y aun así se iba a presentar ante un tribunal para decirle a un juez si había que encerrarme o dejarme libre. ¿Qué derecho tiene a destrozarles la vida a los demás? Usted no me conoce.

Al escucharlo tengo la sensación de que, por una vez, estoy hablando con el verdadero Bobby Moran. Suelta el pisapapeles sobre el escritorio, donde rueda a cámara lenta y va a caer en mi regazo.

—¿Mataste a Catherine McBride?

—No.

—¿La conocías?

Clava los ojos en los míos.

—Esto no se le da demasiado bien, la verdad. Esperaba algo mejor.

—No se trata de un juego.

—No. Es mucho más importante.

Nos miramos en silencio.

—¿Sabes lo que es un mentiroso compulsivo, Bobby? —pregunto al final—. Es alguien para quien mentir resulta mucho más sencillo que decir la verdad, en cualquier situación, sin que tenga nada que ver su importancia.

–Se supone que ustedes saben cuándo alguien está mintiendo.

–Eso no cambia lo que eres.

–No hice más que alterar unos pocos nombres y lugares... usted solito se encargó de malinterpretar el resto.

–¿Qué pasa con Arky?

–Me abandonó hace seis meses.

–Dijiste que tenías un empleo.

–Le dije que era escritor.

–Se te da muy bien contar mentiras.

–Y ahora encima se burla de mí. ¿Sabe lo que tiene de malo la gente como usted? No resisten la tentación de meter las manos en las psiques ajenas y cambiar su manera de ver el mundo. Juegan a ser Dios con las vidas de los otros...

–¿Quiénes son «la gente como yo»? ¿Quién te ha tratado antes?

–Eso no importa –replica Bobby con desdén–. Todos son iguales. Psicólogos, psiquiatras, psicoterapeutas, echadores de cartas, médicos brujos...

–Te hospitalizaron. ¿Fue así como conociste a Catherine McBride?

–Usted debe de pensar que soy idiota.

Bobby ha estado a punto de perder la compostura, pero se recupera a toda velocidad. Apenas si hay respuesta fisiológica a sus mentiras. La dilatación de pupilas, el tamaño de los poros, el rubor de la piel y el ritmo de la respiración no varían en absoluto. Es como un jugador de póquer que no se traiciona.

–Todo lo que he hecho en mi vida, todas las personas con las que he entrado en contacto, son significativas: las buenas, las feas y las malas –dice con una nota triunfal en la voz–. Somos la suma de nuestras partes o la parte de nuestras sumas. Dice que esto no es un juego, pero se equivoca. Es el juego del bien contra el mal. El blanco contra el negro. Algunas personas son peones, y otras reyes.

–¿Y tú, qué eres? –pregunto.

Medita un instante.

–Antes era peón, pero llegué al final del tablero. Ahora puedo ser cualquier cosa.

Bobby suspira y se pone en pie. La conversación empieza a aburrirle. La sesión no ha durado ni media hora, pero ya tiene suficiente. En realidad la sesión nunca debió comenzar. Eddie Barrett va a tener mucho trabajo.

Acompaño a Bobby hasta la entrada de mi consulta. En cierto sentido querría que se quedara. Me gustaría sacudir el árbol para ver qué cae de las ramas. Quiero la verdad.

Bobby está esperando el ascensor. Las puertas se abren.

–Buena suerte.

Se vuelve y me lanza una mirada extraña.

–Yo no necesito suerte.

La ligera inclinación hacia arriba de las comisuras de sus labios hace que parezca que está sonriendo.

De vuelta junto a mi escritorio contemplo su silla vacía. Me llama la atención un objeto que hay en el suelo. Parece una figurita tallada... una pieza de ajedrez. La recojo y me encuentro con que es una ballena de madera tallada a mano. En el lomo de la ballena hay atornillado un aro de llavero. Es el típico objeto que los niños se cuelgan de las mochilas o las carteras.

Se le debe de haber caído a Bobby. Todavía lo puedo alcanzar. Puedo llamar al vestíbulo de la planta baja y decir al guardia de seguridad que lo retenga. Consulto el reloj. Las cuatro y diez. Arriba ha empezado ya la reunión. No quiero seguir aquí.

La estatura de Bobby le hace sobresalir entre la gente. Sobrepasa en una cabeza a todos los demás, y los peatones parecen abrirle paso. Está lloviendo. Meto las manos en el bolsillo del abrigo. Mis dedos se cierran en torno a la suave superficie de la ballena.

Bobby se dirige hacia la estación de metro de Oxford Circus. Si consigo que no se aleje demasiado, es posible que no lo pierda en el laberinto de aceras. No sé por qué lo estoy haciendo. Supongo que quiero respuestas en lugar de acertijos. Quiero saber dónde vive y con quién.

De repente lo pierdo de vista. Me contengo para no echar a correr. Sigo caminando al mismo paso y cruzo ante la puerta de una tienda de licores. Veo a Bobby junto al mostrador. Dos portales más adelante me meto en una agencia de viajes. Una chica con falda roja, blusa blanca y lacito me sonríe.

–¿Qué desea?

–Sólo estoy mirando.

–¿Le apetece escapar del invierno?

Tengo en las manos un folleto de vacaciones en el Caribe.

–Sí, eso es.

Bobby pasa junto al escaparate, y yo le devuelvo el folleto a la chica.

–Se lo puede llevar –me sugiere.

–Lo dejaremos para el año que viene.

De vuelta en la acera, Bobby me lleva treinta metros de ventaja. Tiene una silueta muy característica. Carece de caderas, y es como si le hubieran robado el trasero. Mantiene los pantalones altos gracias a un cinturón muy apretado.

Al bajar por las escaleras de la estación del metro la multitud es cada vez más densa. Bobby ya tiene billete. Hay cola ante todas las máquinas expendedoras. Por Oxford Circus pasan tres líneas: si lo pierdo ahora podría ir en seis sentidos diferentes.

Empujo a la gente sin hacer caso de sus protestas. Llego al torniquete, pongo las manos a ambos lados y levanto las piernas para saltarlo. Ahora también soy culpable de viajar sin billete en transporte público. La escalera mecánica desciende muy despacio. El aire que viene de los túneles, empujado hacia arriba por las locomotoras, huele a rancio.

En el andén norte de la línea Bakerloo, Bobby avanza entre el gentío que aguarda hasta llegar a un extremo. Lo sigo; no puedo alejarme demasiado. Tengo la sensación de que en cualquier momento se dará la vuelta y me verá. Cuatro o cinco colegiales, placas de Petri humanas con cultivos de acné y caspa, se empujan por el andén entre gritos y risas. Todos los demás miran al frente en silencio.

Una ráfaga de viento y ruido. Aparece el tren. Las puertas se abren. Me dejo empujar por la multitud hacia el interior del vagón. Veo a Bobby con el rabillo del ojo. Las puertas automáticas se cierran, el tren arranca y empieza a coger velocidad. Todo huele a lana húmeda y a sudor rancio.

Bobby se apea en Warwick Avenue. Ya ha oscurecido. Los taxis negros pasan junto a mí, los neumáticos hacen más ruido que los motores. La estación está a sólo cien metros del Grand Union Canal y a unos tres kilómetros del lugar donde se encontró el cadáver de Catherine.

Hay menos gente, así que tengo que mantenerme más alejado. Ahora él no es más que una silueta que me precede. Camino con la cabeza gacha y el cuello del abrigo levantado. Al pasar junto a una hormigonera al lado de la acera me tambaleo hacia un lado y meto el zapato en un charco. Cada vez tengo menos equilibrio.

Vamos por Blomfield Road a lo largo del canal hasta que Bobby cruza un puente peatonal al final de Formosa Street. Las farolas siluetean una iglesia anglicana. La niebla etérea parece una lluvia de purpurina en torno a los haces de luz. Bobby se sienta en un banco del parque y se queda largo rato contemplando la iglesia. Me apoyo contra el tronco de un árbol; el pie se me va quedando entumecido por el frío.

¿Qué está haciendo aquí? Puede que viva por los alrededores. Quienquiera que matara a Catherine conocía bien el canal, y no gracias a un mapa o una visita casual. Se sentía cómodo en este sitio. Era su territorio. Sabía dónde dejar el cadáver de manera que no lo encontraran demasiado pronto. Se mimetizaba con el entorno. Nadie lo consideraba un forastero.

Bobby no pudo reunirse con Catherine en el hotel. Ruiz habrá hecho su trabajo, habrá enseñado fotografías al personal y a los clientes. Bobby Moran no tiene un físico que se olvide con facilidad.

Catherine salió sola del pub. Fuera quien fuese la persona

con la que se había citado, no se presentó. Ella se alojaba en casa de unos amigos, en Shepherd's Bush. Demasiado lejos como para ir caminando. ¿Qué hizo? Buscar un taxi. O tal vez echó a andar hacia la estación de Westbourne Park. Desde allí sólo hay tres paradas hasta Shepherd's Bush. Esa ruta la habría llevado a las cercanías del canal.

Hay una terminal de transporte público al otro lado de la calle. Pasan autobuses durante toda la noche. La persona con la que se reunió la debía de estar esperando en el puente. Ahora pienso que tendría que haberle preguntado a Ruiz qué parte del canal dragaron para rescatar la agenda y el teléfono móvil de Catherine.

Catherine medía un metro sesenta y cinco y pesaba sesenta kilos. El cloroformo tarda unos minutos en hacer efecto, pero a alguien del tamaño y la fuerza de Bobby no le costaría mucho dominarla. Sin duda ella gritó y se debatió. No era de las que se rinden sin presentar batalla.

Pero si estoy en lo cierto y se conocían, tal vez no hiciera falta el cloroformo... al menos hasta que Catherine advirtió el peligro y trató de escapar.

¿Qué sucedió a continuación? No es fácil transportar un cuerpo. Tal vez la arrastró por el camino de sirga. No, le hacía falta un lugar discreto. Un lugar que tendría preparado con antelación. ¿Un piso, una casa? A veces los vecinos son demasiado curiosos. Hay docenas de fábricas abandonadas a lo largo del canal. ¿Correría el riesgo de utilizar el camino de sirga? A veces los sin techo duermen bajo los puentes, y hay parejas que acuden ahí para sus encuentros románticos.

La sombra de un bote estrecho pasa junto a mí. El ronroneo del motor es tan bajo que casi no lo oigo. La única luz del barquito está cerca del timón. Proyecta una penumbra roja contra el rostro del timonel. Se me ocurre algo: había manchas de aceite en las nalgas y en el pelo de Catherine.

Me asomo para mirar desde detrás del árbol. El banco está vacío. ¡Maldita sea! ¿Adónde ha ido? Hay una silueta junto a la iglesia, avanza junto a la verja. No sabría decir si es él. Mi mente ordena echar a correr, pero mis piernas se quedan atrás. Me desplomo. No me he roto nada. La única herida la he recibido en el orgullo.

Avanzo tambaleante y llego hasta la esquina de la iglesia, donde la verja de hierro dobla en ángulo recto. La silueta sigue en el camino, pero ahora se mueve mucho más deprisa. Dudo que pueda seguirle el ritmo.

¿Qué está haciendo? ¿Me habrá visto? Sigo adelante al trote; de cuando en cuando lo pierdo de vista. La duda empieza a minar mi resolución. ¿Y si se ha detenido más adelante? Tal vez me esté esperando. Los seis carriles de la autovía Westway describen una curva por encima de mí, sobre los gigantescos pilares de cemento. La luz de los faros de los coches, tan lejanos, no me sirve de ayuda.

Oigo delante de mí el ruido de un chapuzón y un grito ahogado. Hay alguien en el canal. Unos brazos se debaten en el agua. Echo a correr. Diviso a duras penas la silueta de una figura bajo el puente. Aquí los lados del canal son más altos. Las paredes de piedra son negras y resbaladizas.

Trato de quitarme el abrigo. El brazo derecho se me queda atrapado en la manga y la tengo que sacudir hasta que la suelto.

–¡Eh, aquí! ¡Por aquí! –grito.

No me oye. No sabe nadar.

Me quito los zapatos y salto. El frío me golpea con tal fuerza que trago agua. La escupo entre toses por la boca y por la nariz. Tres brazadas. Estoy a su lado. Le rodeo el pecho con el brazo y lo hago flotar boca arriba; tiro de él mientras le mantengo la cabeza fuera del agua. Le hablo con calma, le digo que se relaje. Encontraremos un punto por donde salir. El peso de la ropa mojada tira de mí hacia el fondo.

Nado con el hombre para alejarnos del puente.

–Aquí hace pie. Agárrese al borde.

Me izo por encima del muro de piedra y tiro de él para sacarlo.

No es Bobby. A mis pies, tosiendo y escupiendo agua, yace un pobre vagabundo que huele a cerveza y a vómito. Le examino la cabeza, el cuello y los miembros en busca de algún indicio de trauma. Tiene la cara sucia de mocos y lágrimas.

–¿Qué ha pasado?

–¡Un cabrón hijoputa me ha tirado al canal! Estaba durmiendo y de repente me veo en el agua. –Está de rodillas, doblado por la cintura; se mece adelante y atrás como una planta acuática–. Si es que ya no estás a salvo en ningún lado. Joder, esto es la selva... ¿Me ha quitado la manta? Si me ha quitado la manta me tiro al agua otra vez, total...

La manta sigue bajo el puente, sobre una cama de cajas de cartón dobladas.

–¿Y mis dientes?

–No lo sé.

Suelta un taco y empieza a recoger sus cosas; las estrecha celoso contra el pecho. Le sugiero que llamemos a una ambulancia y luego a la policía, pero se niega en redondo. Me tiembla todo el cuerpo y me siento como si estuviera inhalando esquirlas de hielo.

Recojo el abrigo y los zapatos, le doy un billete de veinte libras mojado y le digo que vaya a dormir a algún lugar donde pueda secarse. Seguramente se comprará una botella y se calentará por dentro. Los pies me chapotean dentro de los zapatos mientras subo por las escaleras del puente. En un extremo se alza el Hotel Grand Union.

Me detengo a reflexionar un instante y luego me asomo por encima del puente.

–¿Duerme aquí muy a menudo? –pregunto.

–Sólo cuando no quedan habitaciones en el Ritz.

–¿Ha visto un bote estrecho amarrado bajo el puente?

–No. Los atan más allá.

–¿Y hace unas semanas?

–Procuro no acordarme de nada. Me meto en mis asuntos.

No tiene nada que añadir, ni yo autoridad para presionarlo. Elisa vive cerca de aquí. Se me pasa por la cabeza ir a llamar a su puerta, pero ya le he causado suficientes problemas.

Pasan veinte minutos antes de que consiga parar un taxi. El

conductor no quiere cogerme porque le voy a estropear los asientos. Le ofrezco un billete de veinte. No es más que agua. Habrá visto cosas peores.

Jock no está en casa. Estoy tan cansado que apenas si puedo quitarme los zapatos antes de derrumbarme en la cama supletoria. De madrugada oigo su llave en la cerradura. Una mujer suelta una carcajada ebria y se quita los zapatos a patadas. Comenta algo sobre los cacharros de la cocina.

–Pues ya verás los que tengo en el dormitorio –dice Jock, lo que provoca más risitas.

Me pregunto si habrá por algún lado tapones para los oídos.

Todavía no hay luz cuando lleno una bolsa deportiva y dejo una nota en la puerta del microondas. En la calle, una máquina barrendera está sacando brillo a las alcantarillas. No hay ni un papel a la vista.

Mientras atravieso la ciudad no dejo de mirar por el cristal trasero. Cambio de taxi dos veces y paso por dos cajeros automáticos antes de coger un autobús que pasa por Euston Road.

Me siento como si estuviera saliendo de la anestesia poco a poco. En los últimos días he dejado que se me escaparan detalles. Peor aún: he dejado de confiar en mis instintos.

No voy a hablar a Ruiz de Elisa. No quiero que la torturen cuando presente testimonio en el estrado. Si es posible le ahorraré ese mal trago. Y cuando todo esto termine, si nadie sabe lo que pasó, quizás aún pueda recuperar mi carrera.

Bobby Moran tiene algo que ver con la muerte de Catherine McBride. Estoy seguro. Si la policía no lo quiere investigar con atención, entonces lo haré yo. Por lo general las personas necesitan un motivo para matar, pero no para permanecer en libertad. No permitiré que me metan en la cárcel. No permitiré que me separen de mi familia.

En la estación de Euston hago un inventario rápido. Aparte de una muda de ropa, tengo las notas sobre Bobby Moran, el currículum de Catherine McBride, mi teléfono móvil y mil libras en efectivo. Se me ha olvidado coger una foto de Charlie y Julianne.

Pago el billete de tren en efectivo. Me quedan quince minutos, así que tengo tiempo de comprar un cepillo de dientes, dentífrico, un cargador para el móvil y una de esas toallas de viaje que parecen una gamuza de las que se llevan en la guantera del coche.

–¿Tienen paraguas? –pregunto esperanzado.

El dependiente me mira como si le hubiera pedido una escopeta.

Con un vaso de plástico lleno de café en la mano, subo al tren y busco un asiento doble que mire hacia delante. Pongo la bolsa a un lado y la tapo con el abrigo.

El andén desierto se desliza por la ventanilla y queda atrás, al igual que los barrios residenciales que conforman la periferia del norte de Londres. Pasamos a toda velocidad por diminutas estaciones con andenes vacíos donde los trenes ya no paran nunca. En los aparcamientos veo uno o dos vehículos en un estado tan lamentable que casi no me sorprendería ver una manguera saliendo de un tubo de escape y un cadáver derrumbado sobre el volante.

La cabeza me rebosa de preguntas. Catherine aspiraba a ser mi secretaria. Telefoneó dos veces a Meena y luego tomó un tren para bajar a Londres, adonde llegó el día anterior a la entrevista.

¿Por qué llamó a la consulta aquella tarde? ¿Quién le cogió el teléfono? ¿Se había pensado mejor lo de darme una sorpresa? ¿Quería cancelar la cita? Tal vez la habían dejado plantada y quería ir a tomar algo. Tal vez quería disculparse por haberme causado tantos problemas.

Todo esto no son más que suposiciones. Al mismo tiempo, encaja en el armazón para los detalles. Sobre este armazón se puede edificar. Todas las piezas pueden ocupar su sitio excepto una: Bobby.

La chaqueta le olía a cloroformo. Bobby tenía aceite de motor en el puño de la camisa. El informe de la autopsia de Catherine mencionaba aceite de motor. Bobby me dijo «es como el aceite». ¿Sabía que Catherine había recibido veintiuna puñaladas? ¿Me condujo hasta el lugar donde desapareció?

Tal vez me esté utilizando para diseñarse una defensa por enajenación mental. Si se hace el «loco» no podrán condenarlo a cadena perpetua. En vez de eso lo enviarán a un hospital prisión como Broadmoor. Allí podrá sorprender a algún psiquiatra con lo bien que responde al tratamiento. Saldría en menos de cinco años.

Cada vez me parezco más a él: de meras coincidencias deduzco conspiraciones. Sea cual sea el trasfondo de todo esto, no debo subestimar a Bobby. No es la primera vez que juega conmigo. No sé por qué.

Mi investigación tiene que empezar por alguna parte. Por el momento me vale con Liverpool. Saco el informe sobre Bobby Moran y empiezo a leer. Abro la libreta nueva y desgloso datos: nombre de la escuela donde estudió primaria, línea de autobús que conducía su padre, club al que iban sus padres...

Puede que sean más mentiras de Bobby. Algo me dice que no. Sé que ha alterado algunos nombres y lugares, pero no todos. Los hechos y las emociones que describió eran ciertos. Tengo que encontrar las hebras de la verdad y seguirlas hasta el centro de la telaraña.

7

El reloj de la estación de Lime Street es blanco con sólidas manecillas negras que marcan las once. Atravieso con paso rápido el vestíbulo, y paso junto a la cafetería y los lavabos cerrados. Una bandada de chiquillas adolescentes que hablan a ciento diez decibelios se comunica en medio de una nube de humo de cigarrillos.

Debe de haber cinco grados de temperatura menos que en Londres, con un viento que sopla del mar de Irlanda. Da la sensación de que en cualquier momento aparecerá un iceberg en el horizonte. Por el camino veo el St George's Hall. Los banderines que ondean al viento anuncian la última retrospectiva de los Beatles.

Paso junto a los grandes hoteles de Lime Street y me meto por las calles secundarias para buscar alguno menos llamativo. No lejos de la universidad encuentro el Albion. En el vestíbulo de la entrada hay una alfombra gastada, y en el primer piso ha montado un campamento una familia de iraquíes. Los niños me miran con timidez y se esconden detrás de las faldas de sus madres. Los hombres no aparecen por ninguna parte.

Mi habitación se encuentra en el segundo piso. Tiene el espacio justo para una cama de matrimonio y un armario, cuya puerta se mantiene cerrada gracias a una percha de alambre. El lavabo tiene una mancha de óxido en forma de lágrima debajo del grifo. La persiana sólo se puede bajar hasta la mitad y el alféizar de la ventana está salpicado de quemaduras de cigarrillos.

No he estado en muchas habitaciones de hotel, cosa por la que doy las gracias. La soledad y la tristeza parecen parte inherente de la decoración.

Pulso la tecla de memoria del móvil y oigo los tonos del marcado automático del número. Me responde la voz de Julianne en el contestador. Sé que está escuchando. La visualizo a la perfección. Intento disculparme y le pido que coja el teléfono. Le digo que es importante.

Espero... y espero...

Descuelga. El corazón me da un brinco.

–¿Qué es eso tan importante que tienes que decir?

Su tono es brusco.

–Quiero hablar contigo.

–No estoy lista para hablar.

–No me estás dando oportunidad de explicarme.

–Te di la oportunidad hace dos noches, Joe. Te pregunté por qué te acostaste con una puta y me dijiste que te resultaba más fácil hablar con ella que conmigo. –Se le empieza a quebrar la voz–. Con lo que resulta que soy un desastre como esposa.

–Lo tienes todo preparado. Tu vida funciona como un mecanismo de relojería: la casa, el trabajo, Charlie, la escuela. Nada falla. Yo soy lo único que no funciona... que no funciona bien... que ya no...

–¿Y eso es culpa mía?

–No, no es eso lo que quiero decir.

–Oye, pues perdóname por intentarlo. Creía que estaba construyendo un buen hogar para nosotros. Creía que éramos felices. Para ti todo es perfecto, Joe, tienes una profesión y tus pacientes piensan que caminas sobre las aguas. En cambio yo sólo tenía esto, nuestra familia. Lo dejé todo por nosotros, y no me arrepentía. Te quería. Y tú has envenenado el pozo.

–No lo entiendes... lo que tengo lo va a destruir todo...

–Ah, no. No te atrevas a echar la culpa a una enfermedad. Tú eres el que lo ha echado a perder.

–Sólo fue una noche –digo con tono lastimero.

–¡No! ¡Fue otra mujer! La besaste como me besas a mí. ¡Te la follaste! ¿Cómo fuiste capaz?

Incluso entre los sollozos y la rabia consigue expresarse con precisión. Soy egoísta, inmaduro, falso y cruel. Trato de descubrir cuál de estos adjetivos no se me puede aplicar. No lo consigo.

–Lo siento –digo débilmente–. Cometí un error.

–Con eso no basta, Joe. Me has roto el corazón. ¿Sabes cuánto tengo que esperar antes de hacerme la prueba del sida? ¡Tres meses!

–Elisa no tiene nada.

–¿Y cómo lo sabes? ¿Se lo preguntaste para saber si te ponías condón o no? Voy a colgar.

–¡Espera! ¡Por favor! ¿Cómo está Charlie?

–Bien.

–¿Qué le has dicho?

–Que eres un hijo de puta traidor y un cerdo egoísta y débil que sólo sabe autocompadecerse.

–No es verdad.

–No, pero ganas me han dado.

–Voy a estar fuera de la ciudad unos días. Puede que la policía te pregunte adónde he ido. Por eso es mejor que no te lo diga.

No hay respuesta.

–Puedes localizarme en el móvil. Llámame, por favor. Dale un abrazo de mi parte a Charlie. Hasta pronto. Te quiero.

Cuelgo deprisa para no seguir oyendo su silencio.

Cierro la puerta al salir y me meto la pesada llave en el bolsillo del pantalón. Mientras bajo por las escaleras la palpo dos veces para asegurarme. En una de ellas encuentro la ballena de Bobby. Sigo el contorno con los dedos.

En el exterior, un viento gélido me empuja por Nahover Street hasta los Muelles Albert. Liverpool me recuerda al bolso de una anciana, lleno de baratijas, cachivaches y caramelos sueltos. Los pubs eduardianos se agazapan junto a catedrales como montañas, y los edificios de oficinas estilo art decó no se deciden sobre si deberían estar en este continente o en otro. Algunos de los bloques más modernos han envejecido tan deprisa que parecen antros aptos sólo para la demolición.

El Mercado del Algodón de Old Hall Street es un inmenso recordatorio de los tiempos en que Liverpool era el centro internacional del comercio de este producto, desde donde se alimentaba la industria textil de Lancashire. Cuando se inauguró el edificio en 1906, contaba con teléfonos, ascensores eléctricos, relojes eléctricos sincronizados y contacto telegráfico directo con la bolsa de Nueva York. Hoy en día alberga entre otras cosas treinta millones de partidas de nacimiento, defunción y matrimonio de Lancashire.

La gente que hace cola ante los listados alfabéticos es una extraña mezcolanza: una clase de colegiales en visita cultural; turistas americanos en busca de parientes lejanos; mujeres maduras con faldas de tweed; autenticadores de testamentos y cazadores de fortunas.

Tengo un plan. Lo considero bastante realista. Hago cola para consultar los tomos codificados por colores: busco el registro de nacimiento de Bobby. Con ese dato podré conseguir una partida de nacimiento, la cual me proporcionará los nombres de sus padres, su lugar de residencia y sus empleos.

Los tomos están alineados en estantes de metal, organizados por meses y años. Los correspondientes a las décadas de los setenta y los ochenta están divididos por trimestres, y los apellidos aparecen en orden alfabético. Si Bobby me ha dicho la verdad acerca de su edad sólo tendré que consultar cuatro volúmenes.

El año de su nacimiento tiene que ser 1980. No aparece ningún Bobby Moran, tampoco Robert Moran. Empiezo a repasar años anteriores y posteriores, me remonto hasta 1974 y avanzo hasta 1984. Cada vez más frustrado, consulto mis notas. Tal vez Bobby modificara su apellido, o se lo cambiara oficialmente. Si es así, estoy en apuros.

En el mostrador de información pido que me presten una guía telefónica. No sabría decir si mi sonrisa seduce a los demás o los aterra. La máscara del Parkinson es impredecible.

Bobby mintió al hablar del lugar donde fue a la escuela, pero tal vez el nombre sea cierto. Hay dos St Mary en Liverpool, y sólo una imparte enseñanza primaria. Tomo nota del número y busco un rincón tranquilo del vestíbulo para llamar. La secretaria tiene el marcado acento de la región: habla como un personaje de una película de Ken Loach.

–El colegio está cerrado durante las Navidades –me dice–. De hecho yo no tendría que estar aquí, sólo he venido a ordenar el despacho.

Me invento la historia de un amigo enfermo que quiere localizar a sus antiguos compañeros de clase. Busco anuarios o fotografías de cursos de mediados de los ochenta. Ella cree que en la biblioteca hay un armario donde guardan montones de cosas de ésas. Tengo que llamar después de Año Nuevo.

–No puedo esperar tanto tiempo. Mi amigo está muy enfermo. Es Navidad.

–Puedo echar un vistazo –se compadece–. ¿Qué año le interesa?

–No se lo podría decir con precisión.

–¿Qué edad tiene su amigo?

–Veintidós años.

–¿Cómo se llama?

–Creo que entonces tenía otro nombre. Por eso necesito ver las fotos. Tal ver lo reconozca.

Empieza a desconfiar de mí. La cosa empeora cuando le propongo ir ahora mismo al colegio. Quiere pedir permiso a la directora. Mejor aún, yo debería presentar la petición por escrito.

–No hay tiempo. Mi amigo...

–Lo siento.

–¡Espere! ¡Por favor! ¿Le importa consultar un nombre? Es Bobby Moran. Tal vez llevara gafas. Más o menos por 1985.

Titubea. Tras una larga pausa me dice que la vuelva a llamar dentro de veinte minutos.

Salgo para tomar un poco de aire fresco. Afuera, junto a la boca de un callejón, hay un hombre tras un puesto ambulante ennegrecido. De cuando en cuando grita «¡Castaaaaañas asadaaaas!», en un tono tan quejumbroso que parece el graznido de una gaviota. Me entrega una bolsa de papel marrón y me siento en las escaleras para pelar la piel chamuscada de las castañas calientes.

Uno de mis recuerdos más gratos de Liverpool tiene que ver con la comida. El pescado con patatas fritas y los curries de las noches de los viernes. Los pasteles de mermelada, el budín de pan y mantequilla, el bizcocho de melaza, las salchichas con puré de patatas... También me encantaba lo variado de la gente: católicos, protestantes, musulmanes, irlandeses, africanos, chinos... gente trabajadora, orgullosa, que no tenía miedo de mostrar los sentimientos y limpiarse las narices en público.

En la segunda llamada la secretaria del colegio es menos circunspecta. Le ha picado la curiosidad. Ha hecho suya mi investigación.

–Lo siento, pero no aparece ningún Bobby Moran. ¿Seguro que no se refiere a Bobby Morgan? Estudió aquí entre 1985 y 1988. Lo dejó en tercero.

–¿Por qué lo dejó?

–No estoy segura. –Suena dubitativa–. Por aquel entonces yo no trabajaba aquí. ¿Una tragedia familiar?

Dice que podría preguntar a alguien, a otra maestra. Anota el nombre de mi hotel y promete que me dejará un mensaje.

De vuelta a los tomos clasificados por colores repaso los nombres una vez más. ¿Por qué cambiaría Bobby tan sólo una letra de su nombre? ¿Estaba rompiendo con el pasado o se ocultaba de él?

En el tercer volumen encuentro los datos sobre Robert John Morgan. Nacido el 24 de septiembre de 1980 en el Hospital Liverpool University. Madre: Bridget Elsie Morgan, de soltera Aherne. Padre: Leonard Albert Edward Morgan (marino mercante).

No estoy seguro al cien por cien de que se trate de Bobby, pero es una posibilidad nada desdeñable. Relleno un impreso de solicitud de color rosa para pedir una copia de su partida de nacimiento. El funcionario que me atiende tras la pantalla de cristal tiene una barbilla agresiva y las fosas nasales muy abiertas. Me devuelve el impreso.

–No ha especificado los motivos.

–Estoy rastreando la historia de mi familia.

–¿Y su dirección postal?

–Lo recogeré aquí.

Sin siquiera mirarme estampa en la solicitud un sello del tamaño de un cuño.

–Vuelva después de Año Nuevo. El lunes cerramos por vacaciones de Navidad.

–Me corre mucha prisa.

Se encoge de hombros.

–El lunes abrimos hasta mediodía. Pruebe a ver.

Diez minutos más tarde salgo del edificio con un recibo en el bolsillo. Tres días. No puedo esperar tanto. Mientras camino por la acera se me ocurre otro plan.

Las oficinas del *Liverpool Echo* parecen el reflejo de un cubo de Rubik. El vestíbulo está abarrotado de pensionistas que han venido de excursión. Cada uno lleva una bolsa de recuerdo y una pegatina con su nombre.

Hay una recepcionista muy joven sentada en un taburete alto tras un mostrador de madera oscura. Es menuda y de piel clara, con ojos color almendra. A su izquierda hay un torniquete metálico de los que se activan con tarjeta magnética.

–Soy el profesor Joseph O'Loughlin y me gustaría consultar sus archivos.

–Lo siento, pero la biblioteca del periódico no está abierta al público.

Hay un gran ramo de flores en el mostrador, junto a ella.

–Son preciosas –señalo.

–Por desgracia no son mías. Aquí todos los regalitos son para la jefa de la sección de modas.

–Seguro que usted también recibe muchos.

Sabe que estoy coqueteando, pero de todos modos se ríe.

–¿Y si quisiera pedir una fotografía? –le pregunto.

–Rellene este impreso.

–¿Y si no sé la fecha, ni el nombre del fotógrafo?

Suspira.

–No quiere ninguna fotografía, ¿verdad?
Sacudo la cabeza.
–Estoy buscando la noticia de un fallecimiento.
–¿Muy reciente?
–De hace catorce años.
Me pide que espere mientras llama a un piso superior. Luego me pregunta si tengo algún documento que parezca oficial, como un pase de seguridad o una tarjeta de visita. Lo mete en una fundita de plástico y me lo prende a la camisa.
–La bibliotecaria ya sabe que va. Si alguien le pregunta, usted está investigando para un artículo de la sección de salud.
Tomo el ascensor hasta la cuarta planta y sigo los pasillos. De cuando en cuando atisbo grandes salas de redacción sin tabiques a través de puertas de vaivén. Mantengo la vista baja y trato de caminar con decisión. De cuando en cuando se me traba la pierna: a medio paso se mece inerte como un palo.
La bibliotecaria tiene sesenta y tantos años, el pelo teñido y lleva las gafas de leer colgadas de una cadena al cuello. Lleva un dedal de goma en el pulgar derecho para pasar las páginas. Hay docenas de cactus alrededor de su escritorio.
Advierte mi mirada.
–Aquí la atmósfera tiene que ser muy seca, todas las demás plantas se mueren –me explica–. La humedad dañaría el papel de periódico.
Las largas mesas están abarrotadas de periódicos. Hay una persona recortando noticias y colocándolas en montones ordenados. Otra lee cada artículo y subraya frases o nombres concretos. Una tercera utiliza estas referencias para ir clasificando los recortes en los archivadores.
–Tenemos volúmenes encuadernados que se remontan a hace ciento cincuenta años –explica la bibliotecaria–. Los recortes no duran tanto. Tarde o temprano se gastan y acaban convertidos en polvo.
–Pensaba que a estas alturas lo tendrían todo informatizado –le digo.
–Sólo lo de los diez últimos años. Escanear los volúmenes

encuadernados sería demasiado caro. Los están pasando a microfilm.

Se vuelve hacia una terminal de ordenador y me pregunta qué busco.

–Una esquela publicada en torno a 1988 de Leonard Albert Edward Morgan...

–Le pusieron el nombre del viejo rey.

–Creo que era conductor de autobús. Puede que viviera o trabajara en Heyworth Street.

–En Everton –dice al tiempo que teclea con dos dedos–. La mayor parte de los autobuses de aquí empiezan o terminan la ruta en el Pier Head o en Paradise Street.

Tomo nota del dato en un bloc. Me concentro en hacer las letras grandes y equidistantes. Es como cuando estaba en preescolar y tenía que dibujar letras enormes en papel barato con unos lápices que casi me llegaban hasta el hombro.

La bibliotecaria me guía por un laberinto de estantes que van desde el suelo de madera hasta los aspersores del techo. Por fin llegamos junto a un escritorio con cicatrices de cúteres. En el centro hay un aparato para visualizar microfichas. Pulsa un interruptor y el motor empieza a ronronear. Otro interruptor enciende la bombilla y en la pantalla aparece un cuadrado de luz.

Me tiende seis cajas de películas que abarcan de enero a junio de 1988. Pone la primera película en el carrete y aprieta el botón de avance rápido: las páginas pasan a toda velocidad y ella sabe casi por instinto dónde detenerse. Me señala las secciones de noticias locales y anoto el número de página, con la esperanza de que cada día caigan más o menos a la misma altura.

Recorro con el dedo el listado alfabético, en busca de la letra M. Una vez seguro de que no hay ningún Morgan, avanzo hasta el día siguiente... y hasta el siguiente... El control de enfoque es pésimo y hay que ajustarlo constantemente. En otras ocasiones, tengo que subir y bajar para mantener en pantalla las columnas de texto.

Tras acabar con el primer lote le pido a la bibliotecaria las cinco cajas siguientes. Los periódicos correspondientes a las fechas navideñas tienen más páginas y tardo más en revisarlos. Cuando acabo con noviembre de 1988 me empieza a dominar la ansiedad. ¿Y si no está aquí? Tengo contracturas en la espalda de tanto estar inclinado hacia delante. Me duelen los ojos.

Un nuevo ejemplar. Busco las noticias de fallecimientos. Sigo página abajo durante varios segundos antes de darme cuenta de lo que acabo de ver. Retrocedo. ¡Aquí está! Toco el nombre con el dedo como si tuviera miedo de que desapareciera.

> *Lenny A. Morgan*, de cincuenta y cinco años, murió el sábado diez de diciembre a causa de las quemaduras sufridas en los talleres de Carnegie Engineering Works. El señor Morgan era muy conocido por su trabajo como conductor de autobús en la Terminal de Green Lane, en Stanley. Había sido marino mercante y también destacado sindicalista. Deja dos hermanas, Ruth y Louise, y dos hijos varones, Dafyyd, de diecinueve años, y Robert, de ocho. El funeral tendrá lugar el jueves a la una de la tarde en la iglesia de St James, en Stanley. La familia ruega que en vez de flores se envíen donativos al Partido Socialista Obrero.

Repaso los periódicos de la semana anterior. Un accidente así tuvo que ser noticia. Por fin encuentro el artículo en la página cinco. El titular dice: «MUERE UN OBRERO EN LA EXPLOSIÓN DE LA TERMINAL».

> Un conductor de autobuses de Liverpool murió tras la explosión en los talleres de Carnegie Engineering Works que tuvo lugar el sábado por la tarde. Lenny Morgan, de cincuenta y cinco años, sufrió quemaduras en el 80 % de su cuerpo cuando la chispa procedente de un soplete inflamó los gases. La explosión y el incendio causaron graves daños en el taller y destruyeron dos autobuses.
>
> El señor Morgan fue trasladado al Hospital Rathbone, donde murió la noche del sábado sin recuperar el conocimiento. El juzgado de instrucción de Liverpool ha iniciado una investigación para descubrir la causa de la explosión.
>
> Ayer los amigos y compañeros de trabajo del señor Morgan lo describieron como un conductor muy popular entre los viajeros, que disfrutaban con sus excentricidades. «En Navidad, Lenny se

solía poner un gorro de Santa Claus y cantaba villancicos a los pasajeros», comentó el supervisor Bert McMullen.

A las tres de la tarde rebobino los microfilmes, los guardo en sus cajas y agradezco a la bibliotecaria su ayuda. No me pregunta si he encontrado lo que buscaba. Está muy ocupada tratando de arreglar el lomo de un volumen encuadernado que por lo visto se le ha caído a alguien.

Pese a que he repasado otros dos meses de periódicos no he encontrado más referencias al accidente. Tuvo que haber una investigación. Repaso las notas en el ascensor. ¿Qué estoy buscando? Algo que lo relacione con Catherine. No sé dónde se crió, pero no cabe duda de que su abuelo trabajaba en Liverpool. Todos mis instintos me dicen que Bobby y ella se conocieron mientras recibían tratamiento, ya fuera en una casa de acogida o en un hospital psiquiátrico.

Bobby nunca mencionó que tuviera un hermano. Dado que Bridget sólo tenía veintiún años cuando nació Bobby, Dafyyd seguramente fuera adoptado, o más probable, hijo de un matrimonio anterior de Lenny.

Lenny tenía dos hermanas, pero sólo sé sus nombres de solteras, lo que dificultará la tarea de encontrarlas. Aunque no se casaran nunca, ¿cuántos Morgan puede haber en la guía telefónica de Liverpool? No quisiera tener que recurrir a eso.

Empujo las puertas giratorias, pero estoy tan inmerso en mis pensamientos que doy dos vueltas antes de salir. Bajo con cuidado las escaleras, me oriento y me encamino hacia la estación de Lime Street.

No me gusta reconocerlo, pero estoy disfrutando con esto, con la investigación. Me siento motivado. Tengo una misión. Los que han dejado las compras para última hora se amontonan en las aceras y hacen cola en las paradas de autobuses. Casi me dan ganas de coger el 96 y ver adónde me lleva. Pero las zambullidas a ciegas son para los que disfrutan con las sorpresas. Lo que hago es parar un taxi y pedir que me lleve a la Terminal de Green Lane.

8

Un mecánico sostiene un carburador en una mano renegrida y me señala la dirección con la otra. El pub se llama Tramway Hotel y Bert McMullen se suele sentar junto a la barra.

–¿Cómo lo podría reconocer?

El mecánico deja escapar una risita y vuelve a concentrarse en el motor, inclinado sobre las entrañas de un autobús.

No me cuesta mucho encontrar el Tramway. En la pizarra que hay afuera alguien ha garabateado «Una cerveza significa no tener que decir nunca "lo siento"». Empujo la puerta y entro en una sala poco iluminada, con suelos sucios y muebles de madera sin adorno alguno. Las bombillas rojas situadas sobre la barra dan al local un tinte rosado semejante al de un burdel del salvaje oeste. De las paredes cuelgan fotos en blanco y negro de tranvías y autobuses antiguos, así como carteles que anuncian música en vivo.

Bert McMullen está sentado al final de la barra. Lleva una chaqueta de tweed arrugada y con coderas, adornada con chapas e insignias relacionadas con autobuses. Tiene en una mano un cigarrillo y en la otra una jarra vacía. Da vueltas a la jarra entre los dedos, como si leyera una inscripción invisible.

–¿Qué coño mira? –me gruñe Bert.

El espeso bigote parece salirle directamente de la nariz; tiene gotas de espuma y cerveza en los pelos grises y negros.

–Lo siento. No era mi intención.

Me ofrezco a invitarlo a otra pinta. Se gira un poco para examinarme. Sus ojos, como dos huevos acuosos de cristal, se clavan en mis zapatos.

–¿Cuánto le han costado?

–No lo recuerdo.

–Más o menos.

Me encojo de hombros.

–Unas cien libras.

Sacude la cabeza, asqueado.

–Yo no los querría ni regalados. Con esa mierda no se puede caminar ni treinta kilómetros, se te caen en pedazos. –No aparta la vista de los zapatos–. Eh, Phil, ven a ver esto.

Phil se asoma por encima de la barra y me mira los pies.

–¿Qué zapatos son ésos?

–Mocasines –respondo algo avergonzado.

–¡Anda ya!

Se miran incrédulos.

–¿Quién demonios pone nombres así a unos zapatos? –exclama Bert.

–Son italianos –respondo como si con eso lo explicara todo.

–¡Italianos! ¿Qué tienen de malo los zapatos ingleses? ¿Es usted extranjero, o qué?

–No.

–Pues lleva zapatos extranjeros. –Bert me acerca mucho el rostro. Huelo las alubias guisadas que ha comido–. El que lleva unos zapatos así demuestra que no ha trabajado como debe ser ni un día en toda su vida. Hay que llevar botas, muchacho, con la puntera de acero y suela dura. Esos zapatos no le aguantarían una semana de trabajo del de verdad.

–A no ser que trabaje detrás de un escritorio –señala el camarero.

Bert me mira con desconfianza.

–¿Es usted de la banda de la chaqueta?

–¿Eso qué es?

–Los que no se quitan nunca la chaqueta.

–Trabajo mucho.

–¿Vota a los laboristas?

–No es asunto suyo, perdone que se lo diga.

–¿Es un meapilas?

–Agnóstico.

–¿Ano... qué?

–Agnóstico.

–¡Ay, Dios! A ver, una última oportunidad. ¿Es hincha del mejor equipo del mundo, el Liverpool?

Se cruza de brazos.

–No.

Deja escapar un suspiro.

–Váyase a casita, que su mamá le ha preparado natillas.

Clavo la vista en un punto indefinido entre los dos hombres. Es lo malo de la gente de esta zona. Nunca se sabe si bromean o hablan en serio hasta que te ponen una copa en la mano.

Bert guiña un ojo al camarero.

–Tiene permiso para invitarme a una cerveza, pero que luego no ande jodiendo. Le doy cinco minutos para largarse.

Phil me sonríe. Tiene las orejas cargadas de aros de plata y colgantes.

Las mesas del pub están situadas contra las paredes para que en el centro quede una pista de baile. Hay jovencitos que juegan al billar. Sólo hay una chica: parece menor de edad y viste tejanos ajustados y una camiseta corta que le deja el vientre al aire. Los muchachos compiten por impresionarla, pero es fácil distinguir a su novio. Tiene los músculos tan hinchados por el gimnasio que parece un grano a punto de reventar.

Bert contempla cómo sube la espuma de su Guinness. Pasan los minutos. Me siento cada vez más pequeño. Por último se lleva la jarra a los labios; la nuez de Adán le sube y le baja al ritmo de los tragos.

–Quería hablar con usted sobre Lenny Morgan. He preguntado en el garaje y me han dicho que era amigo suyo.

No manifiesta emoción alguna. Sigo hablando.

–Sé que murió en un incendio. También sé que trabajaba con usted. Sólo quiero averiguar qué pasó.

Bert enciende un cigarrillo.

–No sé si es asunto suyo.

–Soy psicólogo. El hijo de Lenny está en una situación delicada. Yo intento ayudarlo.

Al tiempo que pronuncio las palabras siento un ramalazo de culpabilidad. ¿Es eso lo que intento? ¿Ayudarlo?

–¿Cómo se llama?

–Bobby.

–Me acuerdo de él. Lenny lo traía al trabajo en vacaciones. Se sentaba en el asiento del fondo y tocaba el timbre para indicar las paradas. Bueno, ¿qué ha hecho?

–Golpeó a una mujer. Está a punto de ser condenado.

Bert esboza una sonrisa sarcástica.

–¿Por eso? Vaya mierda. Pregúntele a mi santa. Le he dado un par de tundas, pero ella pega más fuerte que yo. Y por la mañana ni nos acordamos.

–Esta mujer resultó malherida. Bobby la sacó a rastras de un taxi y la pateó hasta dejarla inconsciente en medio de la calle, con todo el mundo mirando.

–¿Se la estaba tirando?

–No. No la conocía.

–¿Y usted de qué lado está?

–Estoy diagnosticando a Bobby.

–Así que lo que quiere es que lo metan en el saco.

–Quiero ayudarlo.

Bert suelta un bufido. Afuera, las luces de los coches se deslizan sobre las paredes.

–A mí me la trae floja, hijo, pero sigo sin saber qué tiene que ver Lenny con esto. Lleva muerto catorce años.

–La pérdida del padre puede ser muy traumática. Tal vez me ayude a explicar algunas cosas.

Bert lo medita un instante. Sé que está poniendo sus principios en un plato de la balanza, y sus prejuicios en el otro. No le gustan mis zapatos. No le gusta mi ropa. No le gustan los forasteros. Quiere soltar un gruñido y pegarme un cabezazo con la frente, pero necesita una razón aceptable. Otra pinta de Guinness tiene el voto de calidad.

–¿Sabe lo que hago todas las mañanas? –pregunta Bert.

Niego con la cabeza.

–Me paso una hora tumbado en la cama: tengo la espalda tan

jodida que no me puedo ni dar la vuelta para coger un pitillo. Me quedo mirando al techo y pensando qué voy a hacer ese día. Lo mismo que todos. Levantarme, cojear hasta el baño, luego hasta la cocina, y después de desayunar venir aquí cojeando para sentarme en este taburete. ¿Sabe por qué?

Niego con la cabeza.

–Porque he descubierto el secreto de la venganza. Sobrevivir a los hijos de puta. Bailaré sobre sus tumbas. Mire a Margaret Thatcher. Hizo trizas a la clase trabajadora de este país. Cerró las minas, los muelles y las fábricas. Pero ahora se está oxidando, igual que esos barcos de ahí afuera. Hace poco tuvo un ataque. Tanto da que seas un destructor o un bote de remos. Al final se te come el mar. Y cuando le llegue la hora yo me voy a mear en su tumba.

Apura la jarra como si se quisiera quitar el mal sabor de boca. Hago una señal al camarero, quien le empieza a servir otra pinta.

–¿Bobby se parecía a su padre?

–Qué va. Ese crío era como un flan enorme. Llevaba gafas. Adoraba a Lenny, lo seguía como un perrito; le hacía los recados y le llevaba tazas de té. Cuando Lenny lo traía a trabajar, se sentaba ahí fuera bebiendo limonada mientras él se tomaba unas cervezas. Luego se iban a casa en bicicleta.

Bert está entrando en calor.

–Antes Lenny era marino mercante. Tenía los antebrazos llenos de tatuajes. Era hombre de pocas palabras, pero cuando conseguías que hablara te contaba las historias de cada uno de ellos y cómo se los había hecho. A Lenny lo quería todo el mundo. Al decir su nombre sonreían. Qué tío, qué majo era. A veces se aprovechaban de él...

–¿A qué se refiere?

–A su mujer, por ejemplo. No me acuerdo de cómo se llamaba. Una tendera irlandesa católica, con buenas caderas y bragas fáciles. Se decía que Lenny sólo se la había follado una vez. Él no lo decía, era un caballero. Pero el caso es que la tía se queda preñada y le dice a Lenny que el niño es suyo. Cualquiera habría dudado de ello, pero Lenny se casa sin más preguntas. Compra una casa con todo el dinero que había ahorrado como marino. Todos sabíamos cómo era su mujer, una cualquiera. Se la había tirado medio taller. Nosotros la llamábamos «la veintidós», que es la ruta más concurrida.

Bert me mira con tristeza y se sacude la ceniza de la manga. Me cuenta cómo Lenny entró en el garaje como mecánico de motores diesel y luego aceptó una rebaja de salario para salir a la calle. A los pasajeros les encantaban sus canciones improvisadas. Cuando el Liverpool ganó al Real Madrid en la final de la Copa de Europa de 1981 se tiñó el pelo de rojo y decoró el autobús con papel higiénico.

Según Bert, Lenny sabía de las indiscreciones de su mujer. Ella hacía alarde de su infidelidad, se vestía con minifaldas y tacones altos. Todas las noches iba a bailar al Empire Ballroom y al Grafton.

Sin previo aviso, Bert empieza a agitar los brazos como si quisiera liarse a puñetazos con alguien. El rostro se le retuerce en una mueca de dolor.

–Era demasiado blando, blando de cabeza y blando de corazón. Si lloviera sopa, Lenny tendría un tenedor en la mano. Algunas mujeres se merecen una buena leche. Se lo quitó todo. El corazón, la casa, el chico. La mayor parte de los tíos que conozco la habrían matado. La mayor parte de los tíos que conozco no son como Lenny. Esa tía lo dejó seco. Le quitó la vida. Se gastaba al mes cien libras más de lo que él ganaba. Él hacía doble turno y encima se encargaba de las tareas de la casa. A veces lo oía hablar con ella por teléfono... «¿Te quedas en casa esta noche, nena?» Y ella se le reía.

–¿Por qué no la abandonó?

Se encoge de hombros.

–Tendría algún punto flaco. Puede que le amenazara con llevarse al chico. Lenny no era ningún calzonazos. Una vez lo vi echar a cuatro gamberros de su autobús porque estaban molestando al resto de los pasajeros. Se las apañaba de maravilla mi amigo Lenny. Pero no con ella.

Bert se queda en silencio. Sólo ahora me doy cuenta de que el bar se ha ido llenando y el nivel de ruido ha subido. La banda que toca los viernes por la noche se está preparando en un rincón. La gente me mira, tratan de deducir qué estoy haciendo. Cuando eres el raro del grupo no hay anonimato posible.

Las bombillas rojas se mueven y los tablones del suelo me retumban en los oídos. He intentado mantenerme al ritmo de Bert en cuestión de cerveza.

Le pregunto por el accidente. Bert me explica que a veces Lenny utilizaba el taller los fines de semana para construir sus inventos. El jefe se hacía el loco. Los sábados y los domingos los autobuses funcionaban, pero el taller estaba vacío.

–¿Qué sabe sobre soldaduras?

–Poca cosa.

Aparta la cerveza a un lado y coge dos posavasos. Luego me explica cómo dos piezas de metal se unen gracias al calor concentrado. Habitualmente el calor se genera de dos maneras. Un soldador al arco utiliza un potente arco de electricidad de bajo voltaje y corriente alta que genera temperaturas de seis mil grados. Luego están los soldadores de oxiacetileno, que combina gases como el acetileno o el natural con oxígeno puro y se inflaman para generar una llama capaz de traspasar el metal.

–Con estos trastos no se juega –dice–. Pero Lenny era de los mejores soldadores que he visto en mi vida. Decían de él que era capaz de sellar dos hojas de papel. En el taller tomábamos muchas precauciones. Todos los líquidos inflamables se conservaban en una habitación aparte de la zona de soldadura. Los combustibles estaban al menos a diez metros. Tapábamos los sumideros y teníamos siempre a mano los extintores.

»No sé qué estaba construyendo Lenny. Algunos le tomaban el pelo: decían que era un cohete para poner en órbita a su ex mujer. La explosión tumbó un autobús de ocho toneladas. El tanque de acetileno perforó el tejado. Lo encontraron a cien metros.

»Lenny acabó cerca de las puertas rodantes. La única parte del cuerpo que no tenía quemada era el pecho. Por lo visto estaba tendido boca abajo cuando la bola de fuego lo engulló, porque esa parte de la camisa apenas si estaba chamuscada. Dos conductores lo sacaron de allí a rastras. Aún no sé cómo lo hicieron: el calor debía de ser horrible. Me contaron más tarde que las botas de Lenny echaban humo y que tenía la piel como un chicharrón. Seguía consciente, pero no podía hablar. No tenía labios. Me alegro de no haberlo visto. Aún tendría pesadillas.

Bert deja la jarra sobre el mostrador y se le escapa un hondo suspiro.

–Entonces, ¿fue un accidente?

–Eso es lo que parecía al principio. Todo el mundo pensó que una chispa del soldador había inflamado el tanque de acetileno. Puede que hubiera algún agujerito en la manga, o algo así. O que se hubiera acumulado gas en el tanque que estaba soldando.

–¿Por qué ha dicho «al principio»?

–Cuando le quitaron la camisa vieron que Lenny tenía algo escrito en el pecho. Dicen que cada letra era perfecta... pero no me lo puedo creer, porque se las tuvo que escribir del revés, y de izquierda a derecha. Había utilizado un soplete para quemarse la palabra «Perdón» sobre la piel. Ya le digo, era hombre de pocas palabras.

9

No me recuerdo saliendo del Tramway. Fueron ocho pintas de cerveza antes de perder la cuenta. El aire frío me golpea y estoy a gatas, vaciando el estómago entre los cascotes y cenizas de un solar vacío.

Parece un aparcamiento improvisado para el pub. El grupo musical, una banda de country, sigue tocando. Están haciendo una versión de una canción de Willie Nelson sobre madres que no quieren que sus hijos sean vaqueros de mayores.

Cuando intento levantarme, algo me empuja por detrás y caigo en un charco aceitoso. Los cuatro adolescentes del bar se alzan sobre mí.

–¿Tienes pasta? –pregunta la chica.

–¡Iros a la mierda!

Un chico me lanza una patada a la cabeza, pero falla. La segunda me acierta en el abdomen. Se me sueltan las tripas y quiero vomitar otra vez. Respiro una bocanada de aire y trato de pensar.

–¡Baz, tío, dijiste que no le haríamos daño! –grita la chica.

–¡Calla, coño! ¡Y nada de nombres!

–¡Vete a la mierda!

–Parad ya los dos –interviene uno al que llaman Ozzie, que es zurdo y bebe ron con refresco de cola.

–No empieces tú también, gilipollas –dice Baz.

Es el mayor, veintipocos años, y tiene una esvástica tatuada en el cuello. Me levanta con facilidad y acerca su cara a la mía. Huele a cerveza, a cacahuetes y a humo de cigarrillos.

–No te queremos por aquí, bola de mierda.

Me empuja hacia atrás y voy a caer contra una valla coronada de alambre de espino. Baz está pegado a mí. Mide ocho centímetros menos y es sólido como un tonel. En su mano brilla una navaja.

–Devuélveme la cartera. Si me la das no presentaré denuncia.

Se ríe de mí e imita mi voz. ¿De verdad sueno tan asustado?

–Me habéis seguido al salir del pub. Os vi allí jugando al billar. La última vez perdiste por la bola negra.

La chica se sube las gafas en el puente de la nariz. Tiene las uñas mordidas hasta la raíz.

–¿Qué está diciendo, Baz?

–¡Cállate! ¡Y deja de decir mi nombre!

Hace ademán de ir a golpearla, pero ella le lanza una mirada que es puro fuego. Se hace el silencio. Ya no me siento ebrio.

Me concentro en la chica.

–Tendrías que haber confiado en tu instinto, Denny.

Me mira con los ojos muy abiertos.

–¿Cómo sabe mi nombre?

–Te llamas Denny y eres menor de edad... trece años, catorce tal vez. Éste es Baz, tu novio, y estos otros dos son Ozzie y Carl...

–¡Calla, hijoputa!

Baz me empuja contra la valla con fuerza. Nota que está perdiendo la iniciativa.

–¿Es esto lo que quieres, Denny? ¿Qué dirá tu madre cuando la policía vaya a buscarte? Cree que estás pasando la noche en casa de una amiga, ¿no? No le gusta que salgas con Baz. Cree que es un perdedor, un inútil.

Denny se lleva las manos a la boca.

–¡Dile que se calle, Baz!

–¡Que te calles, tío!

Nadie dice nada. Me están mirando. Doy un paso adelante.

–Utiliza el cerebro, Baz –le susurro–. Lo único que quiero es mi cartera.

Denny interviene al borde de las lágrimas.

–Dale la mierda de la cartera. Quiero irme a casa.

Ozzie se vuelve hacia Carl.

–Vamos.

Baz no sabe qué hacer. Físicamente es superior a mí, pero se ha quedado solo. Los otros ya se alejan entre gritos y risas.

Me empuja con fuerza contra la valla, me presiona el cuello con la navaja, con la cara pegada a la mía. Cierra los dientes en torno al lóbulo de mi oreja. Dolor al rojo vivo. Sacude la cabeza de un lado a otro, escupe a un charco y me empuja a un lado.

–¡Recuerdos de Bobby!

Se limpia la sangre de la boca. Luego se aleja y da una patada a la puerta de un coche aparcado. Estoy sentado en el agua, contra la valla, con la cartera a los pies. A lo lejos veo las luces de aviso que parpadean en la cima de las grúas industriales al otro lado del Mersey.

Me voy incorporando poco a poco y me intento poner de pie. La pierna derecha me falla y caigo de rodillas. La sangre me corre por el cuello como un reguero caliente.

Me tambaleo hasta la calle, pero no hay tráfico. Miro por encima del hombro, temeroso de que vuelvan. A casi un kilómetro calle abajo encuentro una caseta de las que recogen las llamadas para pedir un taxi: hay rejas metálicas en la puerta y ante las ventanas. El interior está saturado de humo de cigarrillos y huele a comida rápida.

–¿Qué le ha pasado? –pregunta un hombre gordo desde detrás de la reja.

Veo mi reflejo en la ventana. Me falta parte de la oreja y tengo el cuello de la camisa empapado de sangre.

–Me han atracado.

–¿Quién?

–Unos chicos.

Abro la cartera. Ahí está el dinero. Todo.

El hombre gordo pone los ojos en blanco, ya no le preocupo. Sólo soy un borracho que se ha metido en una bronca. Pide por radio un coche y me hace esperar afuera, en el camino. Contemplo nervioso la calle en ambas direcciones; temo ver aparecer a Baz.

¡Recuerdos! Bobby tiene amigos encantadores. ¿Por qué no se llevaron el dinero? ¿Qué pretendían? Parece que era una advertencia para que me marche. Liverpool es un lugar suficientemente grande para perderse, y a la vez suficientemente pequeño para no pasar desapercibido, sobre todo si empiezas a hacer preguntas.

Me dejo caer en el asiento trasero de un viejo Mazda 626, cierro los ojos y dejo que mi corazón vaya recuperando el ritmo normal. El sudor se me ha enfriado en la espalda y me tensa el cuello.

El taxi me deja ante el Hospital University, donde aguardo una hora para que me den seis puntos en la oreja. El interno me limpia la cara de sangre con una toalla y me pregunta si he informado a la policía. Miento y le digo que sí. No quiero que Ruiz sepa mi paradero.

Más tarde, con una dosis de paracetamol para aliviar el dolor, camino por la ciudad hasta llegar a Pier Head. El último transbordador está llegando procedente de Birkenhead. Los motores hacen palpitar el aire. Las luces me llegan como una neblina colorida, roja y amarilla. Contemplo el agua e imagino que puedo ver formas oscuras. Cadáveres. Miro de nuevo y desaparecen. ¿Por qué siempre busco cadáveres?

De niño a veces iba en bote por el Támesis con mis hermanas. Un día encontré un saco en el que había cinco gatitos muertos. Patricia me decía que tirase el saco. Me gritaba. Rebecca quería ver qué había dentro. Al igual que yo, ella nunca había visto nada muerto, sólo bichos y lagartijas.

Le di la vuelta el saco y los gatitos rodaron por la hierba. Tenían el pelaje húmedo erizado. Me sentí atraído y repelido a la vez. Su pelo era suave y su sangre caliente. No eran tan diferentes de mí.

Más adelante, ya adolescente, imaginé que a los treinta años ya estaría muerto. Estábamos en plena guerra fría y el mundo se tambaleaba al borde del abismo, a merced de que al loco que ocupara en ese momento la Casa Blanca o el Kremlin le entrara curiosidad sobre lo que pasaría si apretaba un botón.

Desde entonces mi reloj interno del hado ha oscilado de un extremo al otro, casi igual que el oficial. Casarme con Julianne me llenó de optimismo, el cual se incrementó con el nacimiento de Charlie. Hasta imaginé una hermosa vejez: cambiaríamos las mochilas por maletas con ruedas, jugaríamos con nuestros nietos, los aburriríamos con historias nostálgicas, tendríamos aficiones excéntricas...

Ahora el futuro será diferente. En vez de una búsqueda de nuevas fronteras, veo un espectáculo espasmódico y tambaleante en una silla de ruedas. «¿De verdad es imprescindible que vayamos a ver hoy a papá? –preguntará Charlie–. Si no aparecemos no se dará cuenta.»

Una ráfaga de viento me hace tiritar y me aparto de la baranda. Camino por el muelle; ya no me preocupa la posibilidad de perderme. Al mismo tiempo me siento vulnerable. Desprotegido.

En el Hotel Albion la recepcionista está haciendo punto; mueve los labios para llevar la cuenta de las puntadas. A sus pies se oyen risas pregrabadas de una televisión. No me hace caso hasta que no termina una vuelta. Luego me pasa una nota. Es el nombre y el número de teléfono de una maestra que dio clases a Bobby en St Mary. Tendrá que esperar a mañana.

Los peldaños me parecen más empinados que antes. Estoy cansado y borracho. Sólo quiero dejarme caer en la cama y dormir.

Me despierto de repente jadeando. Palpo las sábanas a mi lado en busca de Julianne. Por lo general se despierta cuando grito en sueños. Me pone la mano en el pecho y me susurra que no pasa nada.

Procuro controlar la respiración, aguardo a que el corazón se me tranquilice y salgo de la cama; cruzo la habitación de puntillas hasta la ventana. La calle está desierta, sólo se ve una furgoneta que reparte periódicos. Me toco la oreja con cuidado y noto la aspereza de los puntos.

Hay sangre en la almohada.

La puerta se abre. No ha habido llamada previa. Ningún ruido de pasos me ha avisado. Estoy completamente seguro de que había cerrado con llave. Aparece una mano: dedos largos, uñas rojas. Luego una cara con colorete y carmín. Es delgada, de piel clara, con el pelo rubio y corto.

–¡Shhhhh!

Alguien suelta una risita tras ella.

–Joder, ¿te quieres callar?

Está buscando el interruptor de la luz. Mi silueta se recorta contra la ventana.

–Esta habitación está ocupada.

Sus ojos se cruzan con los míos y suelta una palabrota de sobresalto. Tras ella aparece un hombre corpulento y despeinado con un traje de corte barato. Tiene las manos dentro de la camiseta de la mujer.

–Hijoputa, qué susto me ha dado –dice ella al tiempo que se libra del toqueteo de su acompañante.

Él, ebrio, vuelve a intentar palparle los pechos.

–¿Cómo ha entrado en esta habitación?

La mujer pone los ojos en blanco en gesto de disculpa.

–Ha sido una equivocación.

–La puerta estaba cerrada con llave.

Sacude la cabeza. Su amigo me mira por encima del hombro de ella.

–¿Qué hace ése en nuestra habitación?

–¡Es su habitación, idiota! –Le da un golpe en el pecho con un bolsito metálico y lo empuja hacia atrás. Cuando va a cerrar la puerta se vuelve y me sonríe–. ¿Quiere compañía? Me puedo librar de éste.

Está tan delgada que se le notan las clavículas y las costillas.

–No, gracias.

Se encoge de hombros y se sube las medias por debajo de la minifalda. Luego la puerta se cierra y los oigo recorrer el pasillo hacia las escaleras que llevan al siguiente piso.

Por un momento me invade la rabia. ¿De verdad se me olvidó echar la llave? Estaba borracho, tal vez incluso algo conmocionado.

Acaban de dar las seis. Julianne y Charlie estarán durmiendo. Saco el móvil y lo enciendo, contemplo la pantalla brillante en la oscuridad. No hay mensajes. Ésta es mi penitencia, pensar en mi mujer y en mi hija cuando me voy a dormir y cuando me despierto.

Me siento en el alféizar y contemplo cómo se va aclarando el cielo. Las palomas vuelan y describen círculos sobre los tejados. Me recuerdan a Varanasi, en la India, donde los buitres sobrevuelan las piras funerarias a la espera de que los restos quemados vayan a parar al Ganges. Varanasi es una ciudad triste y pobre, de edificios casi en ruinas, niños bizqueantes y nada hermoso a excepción de los saris de brillantes colores y las caderas cimbreantes de las mujeres. Me horrorizaba y me atraía. Lo mismo se puede decir de Liverpool.

Espero a las siete antes de llamar a Julianne. Me responde una voz masculina. Al principio creo que me he equivocado de número, pero entonces reconozco a Jock.

–Precisamente estaba pensando en ti –dice con voz resonante.

Oigo a Charlie a su lado; pregunta: «¿Es papá? ¿Puedo hablar con el? ¡Por favor!».

Jock tapa el receptor pero oigo lo que dice. Le pide que vaya a buscar a Julianne. Charlie protesta, pero obedece.

Entretanto Jock me habla con cordial camaradería. Lo interrumpo.

–¿Qué haces tú ahí, Jock? ¿Va todo bien?

–Tus cañerías siguen siendo una mierda.

¿Qué coño sabe Jock de mis cañerías? Mi tono es gélido. El suyo se pone a juego. Casi puedo ver cómo le cambia la expresión.

–Intentaron entrar en la casa. Julianne se alarmó un poco. No quería estar a solas, así que me ofrecí a pasar la noche aquí.

–¿Quién? ¿Cuándo?

–Algún yonqui, seguro. Entró por la puerta principal. Los

fontaneros se la habían dejado abierta. D. J. lo encontró en el estudio y salió corriendo tras él. Le dio esquinazo cerca del canal.

–¿Se llevó algo?

–No.

Oigo pisadas en las escaleras. Jock vuelve a tapar el teléfono con la mano.

–Ponme con Julianne. Sé que está ahí.

–Dice que no.

Siento una oleada de rabia. Jock intenta bromear otra vez.

–Quiere saber por qué llamaste a su madre a las tres de la mañana.

Aflora un vago recuerdo: marqué el número; la réplica gélida de su madre. Me colgó.

–Déjame hablar con Julianne.

–Imposible, muchacho. No se encuentra demasiado bien.

–¿Qué quieres decir?

–Lo que he dicho. Está un poco indispuesta.

–¿Le pasa algo?

–No. Todo en orden. Le he hecho un chequeo completo.

Está intentando ponerme furioso. Lo está logrando.

–Pásale el teléfono de una puta vez...

–No estás en situación de darme órdenes, Joe. No haces más que empeorar las cosas.

Me encantaría meterle un puñetazo en ese estómago de cien flexiones al día. Luego oigo un clic delator. Alguien ha cogido el teléfono en mi despacho. Jock no se da cuenta.

Trato de parecer conciliador y le digo que llamaré más tarde. Cuelga el teléfono, pero yo espero, a la escucha.

–¿Eres tú, papá? –pregunta Charlie nerviosa.

–¿Cómo estás, cariño?

–Bien. ¿Cuándo vienes a casa?

–No lo sé. Antes tengo que aclarar unas cosas con mamá.

–¿Os habéis peleado?

–¿Cómo lo sabes?

–Cuando mamá está enfadada contigo no quiero que me cepille el pelo.

–Lo siento mucho.

–No pasa nada. ¿Ha sido culpa tuya?

–Sí.

–¿Y por qué no le dices que lo sientes? Es lo que me dices que haga yo cuando me peleo con Taylor Jones.

–Esta vez no va a bastar con eso.

La oigo pensar. Hasta visualizo cómo se muerde el labio inferior, concentrada.

–¿Papá?

–Dime.

–Oye... eh... Quiero preguntarte una cosa. Es de... bueno...

Empieza la frase y se detiene una y otra vez. Le digo que piense la pregunta entera y luego me la haga.

Por fin sale como un borbotón.

–Es esa foto que salió en el periódico, alguien con una chaqueta en la cabeza. En el colegio los chicos decían cosas. Lachlan O'Brien dijo que eras tú. Le dije que era un mentiroso. Pero luego, anoche, cogí un periódico de la basura. Mamá los tira todos. Me lo llevé a mi cuarto...

–¿Has leído el artículo?

–Sí.

Se me encoge el estómago. ¿Cómo se le explican a una niña de ocho años los conceptos de error de identificación y arresto improcedente? Charlie ha empezado a confiar en la policía. La justicia y la equidad son importantes hasta en el patio de juegos.

–Fue una equivocación, Charlie. La policía cometió un error.

–Entonces, ¿por qué está enfadada mamá contigo?

–Porque yo cometí otro error. Un error diferente. No tiene nada que ver con la policía ni contigo.

Se queda en silencio. De nuevo la oigo pensar.

–¿Qué le pasa a mamá? –le pregunto.

–No lo sé. La oí decir al tío Jock que tiene retraso.

–¿Retraso para qué?

–No sé. Dijo lo del retraso.

Le pido que repita la frase palabra por palabra. No comprende por qué. Tengo la boca seca. No es sólo la resaca. Oigo de fondo cómo Julianne llama a Charlie por su nombre.

–Tengo que irme –me susurra–. Vuelve a casa pronto.

Cuelga a toda prisa. No tengo ocasión de despedirme. Mi primer instinto es volver a marcar. Quiero llamar una y otra vez hasta que Julianne hable conmigo. Eso del retraso, ¿significa lo que creo que significa? Me siento enfermo y desesperado.

Si cogiera un tren podría estar en casa en tres horas. Podría quedarme de pie en la puerta hasta que accediera a hablar conmigo. Tal vez sea eso lo que quiere, que vuelva y luche por ella.

Hemos esperado seis años. Julianne nunca dejó de tener fe. Fui yo el que perdió la esperanza.

10

Cuando entro en la tienda una campanilla tintinea sobre mi cabeza. Los olores de los aceites aromáticos, las velas perfumadas y las cataplasmas de hierbas me asaltan la nariz. Estrechas estanterías de madera oscura van desde el suelo hasta el techo. Están atiborradas de incienso, jabones, aceites y campanas de cristal que contienen de todo, desde piedra pómez a algas.

Una mujer corpulenta sale de detrás de un tabique. Viste un caftán de colores vivos que le empieza en la garganta y le cae sobre los grandes pechos. Se adorna el pelo con sartas de cuentas que entrechocan cuando camina.

–Pase, pase, no sea tímido –dice al tiempo que hace gestos para que me acerque a ella.

Es Louise Elwood. Reconozco su voz; la he llamado antes. Hay personas cuyo aspecto encaja con su voz. Louise es una de ellas: grave, baja, sonora. Las pulseras le tintinean en la muñeca cuando me estrecha la mano. Tiene un punto rojo en la frente.

–Vaya, vaya, vaya –dice al tiempo que me sujeta la barbilla con la mano–. Ha venido justo a tiempo. Hay que ver qué ojos. Sin vida. Secos. Le cuesta conciliar el sueño, ¿verdad? Toxinas en la sangre. Demasiada carne roja. Puede que sea alergia al trigo. ¿Qué le ha pasado en la oreja?

–Al peluquero se le fue la mano.

Arquea una ceja.

–He hablando por teléfono con usted –le explico–. Soy el profesor O'Loughlin.

–¡Lo típico! ¡Mire qué aspecto tiene! Los médicos y los intelectuales son los peores pacientes. Nunca siguen sus propios consejos.

Se mueve con notable agilidad mientras anda por la trastienda. Todo sin dejar de hablar. No hay signos visibles de que haya un hombre en su vida. Los niños de las fotos del tablón de anuncios deben de ser sus sobrinos. Tiene un gato birmano (hay pelos), un cajón lleno de chocolatinas (papel de plata en el suelo) y le gustan las novelas románticas (hay una en el mostrador).

Detrás del tabique hay una habitación pequeña con el espacio justo para una mesa, tres sillas y un fregadero. Un hervidor de agua y una radio están conectados al único enchufe que se ve. En el centro de la mesa hay una revista femenina abierta por la página del crucigrama.

–¿Té de hierbas?

–¿Tiene café?

–No.

–Entonces té.

Me recita una lista de una docena de clases distintas de té. Para cuando termina, ya se me han olvidado los primeros.

–Manzanilla.

–Excelente elección. Muy buena para la tensión y el estrés. –Hace una pausa–. No cree en estas cosas, ¿verdad?

–Nunca he entendido por qué las infusiones de hierbas huelen tan bien y saben tan poco.

Se echa a reír. Su cuerpo entero se estremece.

–El sabor es sutil. Trabaja en armonía con el cuerpo. El olfato es el sentido más inmediato de los que tenemos. El tacto es el primero que se desarrolla y el último que se pierde, pero el olfato tiene una conexión directa con el cerebro.

Saca dos tacitas de porcelana y llena de agua humeante una tetera de cerámica. Antes de empujar la taza hacia mí, cuela dos veces las hojas con un colador de plata.

–¿Así que no lee las hojas de té?

–Se está burlando de mí, profesor.

No parece ofendida.

–Hace quince años dio clases en St Mary.

–Para purgar mis pecados.

–¿Se acuerda de un chico llamado Bobby Morgan?

–Por supuesto.

–¿Qué recuerda de él?

–Era muy inteligente, aunque algo acomplejado por su tamaño. Algunos niños se reían de él porque no se le daban bien los deportes, pero tenía una voz preciosa para cantar.

–¿Usted se encargaba del coro?

–Sí. En cierta ocasión sugerí que tomara clases de canto, pero su madre no era demasiado accesible. Sólo la vi una vez en el colegio. Vino a quejarse de que Bobby le había quitado dinero del bolso para pagar una excursión al Museo de Liverpool.

–¿Y su padre?

Me mira con ojos burlones. Evidentemente, esperaba que yo supiera algo más. Ahora no está segura de si debe seguir o no.

–El padre de Bobby tenía prohibido acercarse al colegio –dice–. Hubo una sentencia contra él cuando Bobby estaba en segundo. ¿No se lo ha contado él?

–No.

Sacude la cabeza. Las ristras de cuentas se mueven de un lado a otro.

–Yo fui quien dio la voz de alarma. Bobby se había orinado en clase dos veces en las últimas semanas. Luego se le aflojaron las tripas y se ensució los pantalones; se pasó la tarde escondido en los lavabos de los chicos. Estaba muy alterado. Cuando le pregunté si le pasaba algo no me lo quiso decir. Lo llevé a la enfermera del colegio. Ella le buscó otros pantalones. Entonces fue cuando nos dimos cuenta de que tenía verdugones en las piernas. Parecía que le habían dado una paliza.

La enfermera siguió el procedimiento habitual e informó a la subdirectora, quien a su vez lo notificó a los Servicios Sociales. Me sé el trámite de memoria. Un asistente social se encargó del caso. Lo discutió con el supervisor de zona. Las fichas de dominó empezaron a caer: exámenes médicos, entrevistas, alegaciones, negaciones, discusiones sobre el caso, datos sobre factores de riesgo, tutela provisional, apelaciones... cada una derribando la siguiente.

–Hábleme sobre la sentencia judicial –le pido.

Sólo recuerda detalles sueltos. Alegaciones sobre abuso sexual, que el padre negó. Una orden de alejamiento. Escolta para Bobby entre clase y clase.

–La policía investigó, pero no sé en qué acabó todo aquello. La que hablaba con ellos y con los asistentes sociales era la subdirectora.

–¿Sigue en el colegio?

–No. Dimitió hace año y medio por motivos familiares.

–¿Qué fue de Bobby?

–Cambió. Tenía una calma que es raro ver en un niño. A muchos profesores les parecía desquiciante. –Clava la vista en la taza de té; la mueve de adelante hacia atrás–. Cuando su padre murió se aisló todavía más. Era como si nos mirase desde fuera con la cara pegada al cristal.

–¿Cree que Bobby sufrió abusos?

–St Mary está en una zona pobre, profesor O'Loughlin. Hay hogares en los que el hecho de despertar por las mañanas ya es una forma de abuso.

No entiendo casi nada de coches. Puedo llenarlos de gasolina, hinchar los neumáticos y echar agua al radiador, pero no siento el menor interés por marcas, modelos o la dinámica del moderno motor de combustión. Por lo general no me fijo en los vehículos que van por la calle, pero hoy es diferente. Todo el rato estoy viendo una furgoneta blanca. Me fijé en ella esta mañana al salir del Hotel Albion. Estaba aparcada en la acera de enfrente. Los demás coches estaban cubiertos de escarcha, pero la furgoneta no. El parabrisas y la ventanilla trasera tenían círculos despejados.

La misma furgoneta blanca, o bien una idéntica, está aparcada en la zona de descarga que hay frente a la tienda de Louise Elwood. Las puertas traseras están abiertas. En el interior, el suelo está cubierto de sacos de arpillera. Debe de haber centenares de furgonetas blancas en Liverpool. Tal vez alguna empresa de transportes tenga una flota entera.

Después de lo de anoche veo fantasmas agazapados en cada puerta, y ahora también en los coches. Cruzo la plaza del mercado; me detengo a mirar escaparates. En el reflejo veo la plaza a mis espaldas. Nadie me sigue.

No he comido. En busca de calor, doy con un café en la primera planta de un centro comercial. Desde allí se divisa el espacio abierto de la planta baja. Desde mi mesa veo también las escaleras mecánicas.

H. L. Mencken, periodista, bebedor de cerveza y visionario, dijo que para cada problema complicado hay una solución simple, clara y errónea. Yo comparto su desconfianza hacia lo evidente.

En la universidad siempre distraía a los profesores cuestionando lo que daban por supuesto. «¿Por qué no puedes aceptar las cosas tal como son? –me preguntaban–. ¿Por qué la respuesta sencilla no puede ser nunca la correcta para ti?»

La naturaleza no es así. Si la evolución hubiera buscado respuestas sencillas todos tendríamos cerebros más grandes y no veríamos programas de cámara oculta en la tele, o cerebros más pequeños y no habríamos inventado armas de destrucción masiva. Las madres tendrían cuatro brazos y los bebés estarían preparados para abandonar el hogar a las seis semanas. Tendríamos huesos de titanio, piel resistente a los rayos ultravioleta, visión de rayos X y capacidad para tener erecciones permanentes y orgasmos múltiples.

Bobby Morgan –a estas alturas ya lo llamo por su verdadero nombre– presentaba muchas de las características de un abuso sexual en la infancia. Aun así, no quiero que sea cierto. Lenny Morgan me ha llegado a caer bien. Tuvo muchos aciertos criando a Bobby. La gente lo quería. Bobby lo adoraba.

Puede que la personalidad de Lenny tuviera dos caras. Nada impide que un abusador sea también una figura paternal y cariñosa. Desde luego, eso explicaría su suicidio. También puede ser el motivo de que Bobby necesite dos personalidades para sobrevivir.

11

Los Servicios Sociales conservan las fichas de los niños que han sido víctimas de abusos sexuales. Hubo un tiempo en que yo tenía pleno acceso a ellas, pero ya no soy parte del sistema. Se me aplican las leyes relativas al derecho a la intimidad.

Necesito la ayuda de alguien a quien no veo desde hace más de una década. Se llama Melinda Cossimo y tengo miedo de no reconocerla. Acordamos reunirnos en una cafetería que hay frente al edificio de los juzgados civiles.

Cuando llegué a vivir a Liverpool, Mel era asistente social. Ahora es jefe de zona, o como ellos dicen, especialista en protección al menor. Son pocos los que aguantan tanto en servicios sociales. O se queman, o estallan.

Mel era la típica punk, con el pelo de punta y un armario lleno de chaquetas de cuero envejecidas y vaqueros con desgarrones. Siempre cuestionaba las opiniones de los demás porque le gustaba ver a la gente defendiendo sus ideas, tanto si estaba de acuerdo con ellas como si no.

Educada en Cornwall, había crecido escuchando a su padre, un pescador de la zona, pontificar sobre la diferencia entre «trabajos de hombres» y «trabajos de mujeres». Casi como era de esperar, se convirtió en una feminista convencida y en autora de *Cuando las mujeres llevan los pantalones*, su tesis doctoral. Su padre se debe de estar revolviendo en la tumba.

Boyd, el marido de Mel, era un muchacho de Lancashire que vestía pantalones caquis, jerséis de cuello alto y fumaba cigarrillos liados a mano. Alto, delgado, a los diecinueve ya tenía el pelo canoso y se lo recogía en una coleta. Sólo se lo vi suelto una vez, en las duchas después de un partido de bádminton.

Eran unos anfitriones estupendos. Nos reuníamos para cenar casi todos los fines de semana en el destartalado patio de Boyd, lleno de móviles y plantas de cannabis que crecían en un viejo estanque. Trabajábamos demasiado, no recibíamos suficiente reconocimiento, y aun así seguíamos siendo idealistas. Julianne tocaba la guitarra y Mel tenía una voz como la de Joni Mitchell. Organizábamos banquetes vegetarianos, bebíamos demasiado vino, fumábamos un poco de hierba y solucionábamos los problemas del mundo. Las resacas duraban hasta el lunes y la flatulencia hasta mitad de semana.

Mel hace una mueca al verme a través del cristal. Tiene el pelo liso y apartado de la cara. Lleva pantalones oscuros y una chaqueta sastre de color beis. Tiene una cinta blanca en la solapa. No recuerdo qué obra de caridad representa.

–¿Así se visten las jefas?

–No, así se visten las mujeres de mediana edad –ríe, agradecida por la oportunidad de sentarse–. Estos zapatos me están matando.

Se los quita y se frota los tobillos.

–¿De compras?

–No, tenía un caso en el tribunal de menores. Una orden de retirada de custodia urgente.

–¿Hubo suerte?

–Podría haber ido peor.

Voy a por los cafés mientras ella guarda la mesa. Sé que me está mirando, valorando hasta qué punto he cambiado. ¿Seguimos teniendo cosas en común? ¿Por qué he reaparecido de repente? En esta profesión uno aprende a desconfiar.

–¿Qué te ha pasado en la oreja?

–Me ha mordido un perro.

–Nunca trabajes con animales.

–Eso me dicen siempre.

Mel me mira la mano izquierda, con la que trato de remover el café.

–¿Sigues con Julianne?

–Ajá. Además ahora está Charlie. Tiene ocho años. Creo que Julianne vuelve a estar embarazada.

–¿No estás seguro? –se ríe.

Yo también me río, pero siento un pinchazo de culpabilidad.

Le pregunto por Boyd. Me lo imagino como un hippy envejecido, todavía con camisas de lino y pantalones indios. Mel aparta la vista, pero no antes de que vea una ráfaga de dolor cruzar como una nube por sus ojos.

–Boyd ha muerto.

Se queda muy quieta, deja que el silencio se haga a la idea de la noticia.

–¿Cuándo fue?

–Hace algo más de un año. Uno de esos enormes 4 × 4, se saltó una señal de stop y se lo llevó por delante.

Le digo que lo siento mucho. Me sonríe con tristeza y lame la espuma de la leche de la cucharilla.

–Dicen que el primer año es el peor. En serio, es como si te dieran por culo cincuenta polis con la porra. Aún no me creo de verdad que se haya ido. Por un tiempo hasta le eché la culpa a él. Era como si me hubiera abandonado. Te parecerá una tontería, pero de puro despecho vendí su colección de discos. Luego me costó el doble volver a comprarlos.

Se ríe de sí misma y remueve el café.

–Tendrías que habernos llamado. No sabíamos nada.

–Boyd perdió vuestra dirección. Era un desastre. Ya sé que yo os podría haber localizado. –Esboza una sonrisa de disculpa–. Durante un tiempo no quise ver a nadie. No habría servido más que para recordarme los buenos tiempos.

–¿Dónde está?

–En casa, en una jarrita de plata dentro de mi archivador. –Tal como lo dice parece como si Boyd estuviera haciendo unos arreglillos en el cobertizo del jardín–. Aquí no lo puedo enterrar. Hace demasiado frío. ¿Y si nieva? No soportaba el frío. –Me mira con tristeza–. Ya sé que parece una idiotez.

–A mí no.

–Se me ocurrió ahorrar y llevar sus cenizas al Nepal. Las podría arrojar desde una montaña.

–Le daban miedo las alturas.

–Es verdad. Igual las tiro al Mersey y ya está.

–¿Te lo permitirían?

–No sé cómo me lo iban a impedir. –Se ríe con tristeza–. En fin, ¿qué te trae por Liverpool? Cuando te marchaste no tenías muchas ganas de volver.

–Ojalá os pudiera haber llevado conmigo.

–¿Al sur? Ni de broma. Ya sabes lo que opinaba Boyd de Londres. Decía que estaba lleno de gente en busca de algo que no podían encontrar en otro lugar porque no se habían molestado en intentarlo.

Recuerdo la voz de Boyd diciendo eso exactamente.

–Necesito consultar el expediente de protección de un niño.

–¡Un borde rojo!

–Sí.

Hace años que no oía esa expresión. Así llamaban los asistentes sociales de Liverpool a los documentos que componen el expediente de protección de un menor, dado que el primer impreso tiene el reborde de color rojo oscuro.

–¿Qué niño?

–Bobby Morgan.

Mel lo recuerda al instante. Se lo veo en los ojos.

–Saqué de la cama a un juez a las dos de la mañana para que firmara la orden de custodia. El padre se suicidó. Seguro que te acuerdas.

–No.

Frunce el ceño.

–Tal vez fuera un caso de Erskine.

Rupert Erskine era el psicólogo jefe del departamento. Yo era de los más jóvenes, circunstancia que él me señalaba a la menor oportunidad. Mel había sido la asistente social de turno en el caso de Bobby.

–Nos lo remitió una maestra –explica–. Al principio la madre no quería saber nada del tema. Cuando vio las pruebas médicas se derrumbó y nos dijo que sospechaba de su marido.

–¿Me puedes conseguir el expediente?

Le gustaría preguntarme para qué lo quiero. Al mismo tiempo, se da cuenta de que lo mejor para ella es seguir en la ignorancia. Los expedientes cerrados se conservan en Hatton Gardens, las oficinas centrales del Departamento de Servicios Sociales de Liverpool. Se guardan durante ochenta años y sólo los pueden consultar el personal acreditado, los organismos autorizados o los funcionarios de tribunales. Todos los accesos quedan anotados en el expediente.

Mel contempla su reflejo en la cucharilla. Tiene que tomar una decisión. ¿Me ayuda o me dice que no? Consulta el reloj.

–Haré un par de llamadas. Ven a mi despacho a la una y media.

Al marcharse me da un beso en la mejilla. Pido otro café mientras espero. Los intervalos de inactividad son lo peor. Me dejan demasiado tiempo para pensar. Es en estos momentos cuando las ideas al azar me rebotan por la cabeza como pelotas de ping-pong en un cubo. Julianne está embarazada. Vamos a tener que poner una puerta de seguridad al pie de las escaleras. ¿Qué relación hay entre Bobby y Catherine?

Otra furgoneta... pero no es blanca. El conductor tira un fardo de periódicos a la acera, delante del café. El titular de la primera plana dice «SE OFRECE RECOMPENSA EN EL CASO MCBRIDE».

Mel tiene un escritorio despejado con dos montones de documentos a cada lado, en columnas irregulares. Su ordenador está decorado con pegatinas, recortes y chistes gráficos. En uno aparece un ladrón que apunta a un hombre con una pistola y le dice: «¡La cartera o la vida!». La víctima le contesta: «No tengo cartera ni vida. Soy asistente social».

Estamos en la tercera planta del Departamento de Servicios Sociales. La mayor parte de los despachos están vacíos: es fin de semana. Desde la ventana del de Mel se divisa un almacén prefabricado a medio construir. Me ha conseguido tres carpetas, cada una cerrada con una cinta roja. Dispongo de una hora antes de que vuelva de hacer compras.

Sé lo que me voy a encontrar. La primera regla de la intromisión inteligente es registrar todos los detalles. Eso es lo que hacen los Servicios Sociales. Cuando se meten en la vida de la gente toman nota de cada decisión. En las carpetas habrá entrevistas, valoraciones del entorno familiar, informes psicológicos y notas médicas. Me encontraré actas de cada reunión de estrategia sobre el caso, así como copias de las declaraciones policiales y las sentencias judiciales.

Si Bobby estuvo internado en una casa de acogida o en un hospital psiquiátrico, estará aquí reflejado. Habrá nombres, fechas y lugares. Con un poco de suerte, podré cruzar los datos con los del informe de Catherine McBride y encontrar una relación.

La primera página es la transcripción de una llamada telefónica realizada desde el colegio St Mary. Reconozco la caligrafía de Mel. Bobby había sufrido «numerosas alteraciones de conducta en los últimos tiempos». Aparte de orinarse encima y ensuciarse en los pantalones había «mostrado actitudes sexuales impropias». Se había quitado los calzoncillos para simular el acto sexual con una niña de siete años.

Mel envió la información por fax a la jefa de zona. Inmediatamente después llamó por teléfono al funcionario de turno y organizó una búsqueda por los archivos indexados para saber si Bobby, sus padres o sus hermanos habían tenido anteriormente problemas con el departamento. No encontró nada, de modo que les abrieron una ficha. Lo que más le preocupó fueron las heridas. Habló con Lucas Dutton, el director adjunto de la sección de menores, quien tomó la decisión de iniciar una investigación.

Es fácil localizar el «borde rojo» por el ribete. Aquí constan los datos de Bobby: nombre, fecha de nacimiento, dirección y detalles sobre sus padres, colegio, pediatra y enfermedades conocidas. También se habla de la subdirectora del St Mary, la que informó del caso.

Mel había organizado un reconocimiento médico exhaustivo. El doctor Richard Legende encontró «dos o tres marcas de unos veinte centímetros de longitud que le cruzan ambos glúteos». Según él, las heridas podían haber sido causadas por «dos o tres golpes sucesivos con un objeto duro, como un cinturón con remaches».

Durante el reconocimiento Bobby se mostró angustiado y se negó a responder a ninguna pregunta. El doctor Legende señaló la existencia de tejidos con cicatrices antiguas en torno al ano. «No queda claro si la herida fue causada de manera accidental o por penetración deliberada», escribió. En un informe posterior se expresó en términos más duros y declaró que la lesión podía ser «consecuencia de un abuso sexual».

Se entrevistó a Bridget Morgan. Al principio se mostró hostil y acusó a los Servicios Sociales de «entrometidos». Cuando le hablaron de las heridas de Bobby y de su comportamiento empezó a matizar las respuestas. Al final trató de disculpar a su marido.

–Es un buen hombre, pero a veces no se sabe controlar. Se enfada y pierde los estribos.

–¿La golpea a usted en alguna ocasión?

–Sí.

–¿Y a Bobby?

–Él se lleva la peor parte.

–¿Con qué golpea a Bobby?

–Con un collar de perro... si se entera de que estoy aquí me matará... no saben ustedes cómo es...

Cuando le preguntaron acerca de cualquier comportamiento sexual inapropiado Bridget negó de manera tajante que su marido pudiera haber hecho algo así. A medida que avanzaba la entrevista, sus protestas eran cada vez más estridentes. Empezó a llorar y pidió ver a Bobby.

Había que informar a la policía de todas las acusaciones de abuso sexual. Cuando se lo dijeron a Bridget Morgan se puso todavía más nerviosa. Con evidente angustia, reconoció que había estado preocupada por la relación de su marido con Bobby. No pudo o no quiso entrar en detalles.

Trasladaron a Bobby y a su madre a la comisaría de Marsh Lane para el interrogatorio. En la comisaría se convocó una reunión de estrategia. Estuvieron presentes Mel Cossimo, su superior inmediato Lucas Dutton, la sargento detective Helena Bronte y Bridget Morgan. Tras pasar unos minutos a solas con Bobby, la señora Morgan reconoció que era imprescindible una investigación.

Repaso su declaración ante la policía en busca de los datos básicos. Bridget aseguró que dos años antes había visto a Bobby sentado en el regazo de su padre, sin ropa interior. Su marido sólo llevaba una toalla en torno a la cintura y parecía estar metiendo la mano de Bobby entre sus piernas.

El año anterior había encontrado a Bobby sin ropa interior cuando se desnudaba para bañarse. Al preguntarle por qué, el niño le había dicho: «A papá no le gusta que lleve calzoncillos».

La madre aseguró también que su marido sólo se bañaba cuando Bobby estaba despierto, y dejaba abierta la puerta del baño. A menudo invitaba a Bobby a bañarse con él, pero el chico ponía excusas.

No era una declaración muy consistente, pero en manos de un buen fiscal bastaría para obtener una condena. La siguiente declaración que espero encontrar es la de Bobby. No está aquí. Paso varias páginas y no encuentro mención alguna a un interrogatorio formal, lo que podría explicar que no se presentaran cargos contra Lenny Morgan. En lugar de eso hay una cinta de vídeo y una hoja con notas manuscritas.

La declaración del niño es crucial. Si no admite los abusos, hay pocas posibilidades de que una denuncia tenga éxito. Es imprescindible entonces que el abusador reconozca el crimen, o que las pruebas médicas resulten incontrovertibles.

Mel tiene un vídeo y un televisor en el despacho. Saco la cinta del estuche de cartón. En la etiqueta aparece el nombre completo de Bobby, así como la fecha y el lugar de la entrevista. Las primeras imágenes parpadeantes que aparecen en la pantalla incluyen la hora en la esquina inferior izquierda.

La evaluación para la protección de un menor se realiza de manera muy diferente a la de un paciente normal debido a la presión del tiempo. Se tarda semanas en crear el clima de confianza que permite que un niño vaya revelando poco a poco su mundo interior. Estas evaluaciones hay que hacerlas deprisa, y por tanto las preguntas son más directas.

La habitación donde se realiza la entrevista es adecuada para niños, las paredes son de colores vivos y hay juguetes en el suelo. Sobre la mesa hay ceras y papel para dibujar. Hay un niño sentado nervioso en una silla de plástico. Contempla un papel en blanco. Lleva un uniforme escolar con pantalones cortos anchos y zapatos viejos. Mira la cámara y le veo el rostro con claridad. Ha cambiado mucho en catorce años, pero pese a todo lo reconozco. Mantiene una actitud impasible, como si se resignara a su destino.

Y hay más. Algo más. Los detalles regresan como soldados que se rinden. No es la primera vez que veo a este niño. Rupert Erskine me pidió que repasara un caso. Un niño que no respondía a ninguna de sus preguntas. Hacía falta un nuevo enfoque. Tal vez una cara nueva.

El vídeo sigue en marcha. Oigo mi propia voz.

–¿Cómo prefieres que te llame, Robert, Rob o Bobby?

–Bobby.

–¿Sabes por qué estás aquí, Bobby?

No responde.

–Tengo que hacerte unas cuantas preguntas. ¿Te parece bien?

–Quiero irme a mi casa.

–Todavía no. Dime, Bobby, ¿sabes la diferencia entre la verdad y una mentira?

Asiente.

–Si yo te dijese que tengo una zanahoria en vez de nariz, ¿qué sería?

–Mentira.

–Claro.

La cinta sigue corriendo. Le hago preguntas inconcretas sobre su casa, sobre el colegio. Bobby habla de sus programas favoritos en la tele y de los juguetes que más le gustan. Se relaja y, mientras habla, empieza a hacer garabatos en el papel.

Si un genio le concediera tres deseos, ¿cuáles serían? Tras dos comienzos en falso y haber barajado las posibilidades, la respuesta es 1) poseer una fábrica de chocolate; 2) ir de acampada; 3) construir una máquina que haga feliz a todo el mundo. ¿Quién le gustaría ser? Sonic, el personaje de los videojuegos, porque «corre mucho y salva a sus amigos».

En el vídeo reconozco algunas peculiaridades y gestos del Bobby adulto. Rara vez sonreía. El contacto visual con él era siempre muy breve.

Le pregunto por su padre. Al principio Bobby se muestra animado y abierto. Quiere ir a casa con él.

–Estamos haciendo un invento. Es para que las bolsas de la compra no se vacíen en el maletero del coche.

Bobby se dibuja a sí mismo y le pido que me nombre las partes del cuerpo. Farfulla al hablar de las «partes íntimas».

–¿Te gusta bañarte con tu padre?

–Sí.

–¿Qué es lo que más te gusta?

–Cuando me hace cosquillas.

–¿Por dónde te hace cosquillas?

–Por todas partes.

–¿Te toca alguna vez de una manera que no te gusta?

Bobby frunce el ceño.

–No.

–¿Te toca alguna vez las partes íntimas?

–No.

–¿Y cuando te lava?

–Bueno, sí.

Murmura algo más que no entiendo.

–¿Y tu madre, qué? ¿Te toca alguna vez las partes íntimas?

Sacude la cabeza y dice que se quiere ir a casa. Arruga el papel y se niega a responder a más preguntas. No está disgustado, ni asustado. Es otro ejemplo de «distanciamiento», habitual en niños que sufren abusos: tratan de encogerse, de hacerse más pequeños para presentar un blanco menor.

La entrevista termina y el resultado es obviamente inconcluyente. El lenguaje corporal y los gestos no bastaron para formular una hipótesis.

Vuelvo a concentrarme en el expediente y reconstruyo lo que sucedió después. Mel recomendó que se incluyera a Bobby en el Registro de Protección de Menores, una lista de los niños de la zona considerados en situación de riesgo. Solicitó una orden de custodia provisional, para lo cual tuvo que sacar a un juez de la cama a las dos de la mañana.

La policía detuvo a Lenny Morgan. Registraron la casa, y también su taquilla en la terminal de autobuses y un garaje cercano que había alquilado para utilizarlo como taller. Defendió su inocencia en todo momento. Se describió como un padre cariñoso que nunca había hecho nada malo ni había tenido problemas con la policía. Aseguró no saber nada de las heridas de Bobby, pero reconoció que le había «dado una azotaina» cuando desmontó un despertador casi nuevo y lo echó a perder.

Yo no sabía nada de todo esto. Mi intervención se redujo a una única entrevista. El caso era de Erskine.

El viernes 15 de agosto tuvo lugar una reunión de protección al menor. El presidente fue Lucas Dutton y estuvieron presentes la asistente social, el psicólogo asesor Rupert Erskine, el pediatra de Bobby, la subdirectora de su colegio y la sargento detective Helena Bronte.

Según el acta de la reunión, Lucas Dutton la dirigió. Lo recuerdo bien. En mi primera reunión sobre un caso me puso como un trapo cuando sugerí una posición alternativa a la suya. Rara vez se cuestiona a un director, y menos un psicólogo novato cuyos diplomas tienen todavía la tinta fresca.

La policía no contaba con pruebas suficientes para acusar a Lenny Morgan, pero la investigación criminal prosiguió. Dadas las pruebas físicas y la declaración de Bridget Morgan, la conferencia recomendó que se apartara a Bobby de su familia y que fuera a un hogar de acogida, a menos que su padre accediera de manera voluntaria a mantenerse alejado de él. Se llegaría a un acuerdo para que hubiera un contacto diario, pero nunca sin testigos.

Bobby pasó cinco días en un hogar de acogida antes de que Lenny accediera a dejar el hogar familiar y vivir en otra parte hasta que se hubieran investigado las acusaciones.

El segundo expediente empieza con una página de índice. Repaso la lista de los contenidos y sigo leyendo. Durante tres meses, los asistentes sociales y psicólogos no se separaron de la familia Morgan en un intento de comprender sus dinámicas. Se monitorizó y registró el comportamiento de Bobby, en especial durante las visitas a su padre. Al mismo tiempo, Erskine entrevistó por separado y de manera concienzuda a Bridget, a Lenny y a Bobby. También habló con la abuela materna, Pauline Aherne, y con la hermana pequeña de Bridget.

Al parecer, ambas confirmaron las sospechas de Bridget sobre Lenny. Pauline Aherne afirmó en concreto haber presenciado un ejemplo de conducta inapropiada, cuando padre e hijo jugaban a pelearse antes de irse a la cama y vio cómo Lenny metía la mano dentro del pijama de Bobby.

Al comparar su declaración con la de Bridget, advierto que utilizan en muchos casos idénticas expresiones y descripciones. Si yo hubiera llevado el caso me habría preocupado. La sangre es más espesa que el agua, y el dicho se aplica más que nunca a los casos de custodia de los niños.

La primera esposa de Lenny había muerto en un accidente de coche. Un hijo de este primer matrimonio, Dafyyd Morgan, vivía por su cuenta sin haber atraído jamás la atención de Servicios Sociales.

Se intentó por todos los medios localizarlo. Los asistentes sociales de atención al menor contactaron con sus profesores y con su entrenador de natación, quien informó de que jamás había advertido nada preocupante en su comportamiento. Dafyyd había dejado la escuela a los quince años para trabajar como aprendiz en una empresa constructora de la zona. Luego lo dejó, y su última dirección conocida era un albergue juvenil para turistas en el sur de Australia.

El expediente incluye las conclusiones de Erskine, pero no las notas de las sesiones. Describe a Bobby como «ansioso, inquieto y de naturaleza frágil», y dice que mostraba «síntomas de estrés postraumático».

«Interrogado sobre abusos sexuales, Bobby se pone a la defensiva y se muestra agitado –escribió Erskine–. También parece a la defensiva si se le sugiere que su familia es menos que perfecta. Es como si tratara por todos los medios de ocultar algo.»

Sobre Bridget Moran escribió: «Su principal preocupación

es siempre su hijo. Se muestra muy reacia a permitir que se le hagan más entrevistas a Bobby por la ansiedad que le generan. Al parecer Bobby se ha estado orinando en la cama y tiene dificultades para conciliar el sueño».

La preocupación de Bridget era comprensible. Calculo por encima que a Bobby lo entrevistaron más de una docena de veces entre terapeutas, psicólogos y asistentes sociales. Le repetían las preguntas y se las reformulaban de cien maneras diferentes.

Durante las sesiones de juego lo observaron desnudando muñecas y nombrando las partes del cuerpo. No se grabó ninguna sesión, pero un terapeuta informó de que Bobby había puesto una muñeca encima de otra y emitido sonidos semejantes a gruñidos.

Erskine incluyó en el expediente dos de los dibujos de Bobby. Los alejo de mis ojos para verlos mejor. Son bastante buenos, en el sentido abstracto; como un cruce entre Picasso y los Picapiedra. Las figuras son robóticas, con los rostros asimétricos. Los adultos aparecen excesivamente grandes y los niños muy pequeños.

Las conclusiones de Erskine:

> Hay diferentes indicios que, en mi opinión, hacen muy verosímil la posibilidad de un contacto sexual entre el señor Morgan y su hijo.
>
> En primer lugar están los testimonios de Bridget Morgan y de la abuela materna, la señora Pauline Aherne. Ninguna de las dos tiene motivo aparente para alterar los hechos. Ambas presenciaron situaciones en las que el señor Morgan se exhibió ante su hijo y le quitó la ropa interior.
>
> En segundo lugar el informe del doctor Richard Legende, quien encontró «dos o tres marcas de unos veinte centímetros de longitud que le cruzan ambos glúteos». Más perturbador aún es el informe sobre el tejido cicatrizado en torno al ano.
>
> A esto se suman las alteraciones en el comportamiento de Bobby. Ha mostrado un interés poco saludable por el sexo, así como conocimientos impropios de un niño de ocho años.
>
> Basándome en estos hechos, creo que existen muchas probabilidades de que Bobby haya sufrido abusos sexuales, casi con toda seguridad por parte de su padre.

Tuvo que haber otra reunión sobre el caso a mediados de noviembre. No encuentro las actas. La investigación policial se suspendió, pero el expediente siguió abierto.

La tercera carpeta está llena de documentos legales, algunos de ellos atados con cintas. Identifico el papeleo. Con la certeza de que Bobby estaba en situación de riesgo, Servicios Sociales solicitó una retirada de custodia permanente. Los abogados se pusieron en marcha.

–¿Qué andas murmurando? –Mel ha vuelto de sus compras; trae dos tazas de café en equilibrio sobre un libro de contabilidad–. Siento no poder invitarte a nada más fuerte. ¿Te acuerdas de cuando colábamos aquí cajas de vino por Navidad?

–Me acuerdo de aquella vez que Boyd se emborrachó y se dedicó a regar las plantas de plástico del vestíbulo.

Los dos nos reímos. Hace un gesto en dirección a las carpetas.

–¿Te han servido para refrescar la memoria?

–Por desgracia. –Me tiembla la mano izquierda. Me la aprieto contra el regazo–. ¿Qué te pareció Lenny Morgan?

Se sienta y sacude los pies para quitarse los zapatos.

–Un cerdo. Era grosero y violento.

–¿Qué hizo?

–Se enfrentó a mí fuera de la sala de justicia. Fui a llamar por el teléfono del vestíbulo. Me preguntó por qué le estaba haciendo aquello, como si fuera algo personal. Cuando intenté pasar por su lado me empujó contra la pared y me puso una mano en la garganta. Tenía una mirada...

Se estremece.

–¿Presentaste cargos?

–No.

–¿Estaba alterado?

–Sí.

–¿Y su mujer?

–Bridget. Toda apariencia. Una trepadora social.

–Pero te caía bien.

–Sí.

–¿Qué pasó con la retirada de custodia?

–Un juez de primera instancia accedió y dos dijeron que no había pruebas suficientes para apoyar la argumentación.

–Así que intentabas poner a Bobby bajo tutela judicial.

–Desde luego. No pensaba permitir que su padre se le acercara. Acudimos directamente al tribunal del condado y nos dieron audiencia para aquella misma tarde. –Señala las carpetas–. Ahí tienen que estar todos los papeles.

–¿Quién declaró?

–Yo.

–¿Qué pasó con Erskine?

–Me basé en su informe.

Mel empieza a estar molesta con tantas preguntas.

–Hice lo que habría hecho cualquier asistente social. Si no logras que el juez de primera instancia entienda las cosas, acudes al del condado. Nueve veces de cada diez te dan la tutela.

–Ya no.

–No. –Parece triste–. Han cambiado las normas.

Por el momento, Bobby quedó bajo la tutela del tribunal, el cual tomaba todas las decisiones importantes relativas a él en lugar de su familia. No podía cambiar de colegio, solicitar un pasaporte, alistarse en el ejército ni casarse sin permiso del tribunal. Con esto se garantizaba que su padre no volvería a formar parte de su vida.

Paso las páginas del expediente y me encuentro con la sentencia. Son ocho páginas, pero las hojeo por encima; sólo me interesan las conclusiones.

> Ambos progenitores muestran sincera preocupación por el bienestar del niño. Estoy convencido de que así ha sido en el pasado, y de que ambos a su manera intentaron desempeñarse como padres tan bien como les fue posible. Por desgracia, en el caso del padre la capacidad de cumplir con sus obligaciones para con el niño se ha visto en mi opinión seriamente mermada por las acusaciones que sobre él penden.
>
> He tenido en cuenta las declaraciones compensatorias, a saber, las alegaciones de inocencia del padre. Al mismo tiempo soy consciente de los deseos del niño de convivir con ambos progenitores.

Es evidente que el peso que se conceda a sus deseos debe estar supeditado a otros asuntos relevantes para el bienestar de Bobby.

Las directrices y pruebas sobre el bienestar del menor son claras. Los intereses de Bobby son primordiales. Este tribunal no puede conceder custodia ni acceso a un progenitor si tal custodia o acceso ponen al niño en riesgo inaceptable de abuso sexual.

Tengo la esperanza de que en un futuro, cuando Bobby tenga madurez, comprensión y capacidad de autoprotección, podrá pasar el tiempo que desee con su padre. Mientras llega ese momento, que por desgracia preveo lejano, no habrá entre ellos contacto alguno.

La sentencia lleva el sello del tribunal y está firmada por el señor juez Alexander McBride, el abuelo de Catherine.

Mel me está mirando desde el otro lado del escritorio.

–¿Has encontrado lo que buscabas?

–Pues no. ¿Tuviste mucha relación con el juez McBride?

–Era buen tipo.

–Supongo que te habrás enterado de lo de su nieta.

–Sí, qué horror.

Hace girar la silla muy despacio y estira las piernas hasta apoyar los pies en la pared. Tiene los ojos clavados en mí.

–¿Sabes si hay un expediente sobre Catherine McBride? –pregunto como quien no quiere la cosa.

–Tiene gracia la pregunta.

–¿Por qué?

–Porque acabo de hablar con otra persona que quería verlo. Dos peticiones interesantes el mismo día.

–¿Quién te lo pidió?

–Un detective de la brigada de homicidios. Quiere ver si tu nombre sale por alguna parte.

Me está atravesando con la mirada. Está enfadada conmigo por haberle ocultado información. Los asistentes sociales no confían en la gente con facilidad. Aprenden a no confiar: tratan con niños que han sufrido abusos, esposas maltratadas, drogadictos, alcohólicos, padres que se enfrentan por la custodia de los hijos. No se puede creer a nadie porque sí. Nunca confíes en un periodista, en un abogado defensor o en un progenitor asustado. Nunca des la espalda durante una entrevista ni hagas promesas a un niño. Nunca dependas de tutores, jueces, políticos o funcionarios. Mel había confiado en mí. Sin embargo yo le había fallado.

–El detective dice que te están investigando. Me dijo que Catherine presentó una queja contra ti por agresión sexual. Me preguntó si se habían presentado otras.

Mel está en su territorio. No tiene nada contra los hombres, sólo contra las cosas que hacen.

–Lo de la agresión sexual es mentira. No le puse un dedo encima a Catherine.

No soy capaz de ocultar la ira. Poner la otra mejilla está muy bien para los que quieran mirar para otro lado. Yo estoy harto de que me acusen de cosas que no he hecho.

En la camino de vuelta al Hotel Albion trato de juntar las piezas del rompecabezas. Los puntos de la oreja me palpitan, pero eso me ayuda a concentrarme. Es como poder concentrarte con la tele a todo volumen.

Bobby tenía la misma edad que tiene ahora Charlie cuando perdió a su padre. Una tragedia así se puede cobrar un precio muy alto, pero hace falta más de una persona para conformar la mente de un niño. Hay abuelos, tíos, hermanos, profesores, amigos y un amplio reparto de secundarios. Si pudiera hablar con todas esas personas y entrevistarlas una a una tal vez descubriría qué le sucedió.

¿Qué se me está pasando por alto? Un niño queda bajo la tutela del tribunal. Su padre se suicida. Es una historia triste, pero no única. Los niños ya no quedan bajo la tutela del tribunal. Las leyes cambiaron a principios de los noventa. Era demasiado fácil hacer mal uso del sistema anterior. Requería pocas pruebas y no había mecanismos de verificación y seguridad.

Bobby presentaba todos los síntomas de abuso sexual. Las víctimas de abusos en la infancia buscan medios para protegerse.

Algunos padecen amnesia traumática; otros entierran el dolor en el inconsciente o se niegan a reflexionar sobre lo que les sucedió. Por otra parte, hay asistentes sociales que «comprueban» en vez de cuestionar las acusaciones de abuso. Creen que los acusadores no mienten nunca y que los abusadores mienten siempre.

Cuanto más negaba Bobby que hubiera pasado nada, más gente pensaba que todo era verdad. Esta presuposición grabada a fuego marcó toda la investigación.

¿Y si nos equivocamos?

Un equipo de investigación de la Universidad de Michigan recogió en cierta ocasión el resumen de un caso real relativo a una niña de dos años, y lo presentó a un grupo de expertos entre los que había ocho psicólogos clínicos, veintitrés estudiantes graduados y cincuenta asistentes sociales y psiquiatras. Los investigadores sabían desde el principio que la niña no había sufrido abusos sexuales.

La madre presentó una acusación de abusos basándose en un moratón en la pierna de la niña y un único vello púbico (que la madre pensó que parecía del padre) en el pañal. Cuatro exámenes médicos independientes no encontraron ninguna prueba de abuso. Dos pruebas con detector de mentiras y una investigación conjunta de los Servicios de Protección del Menor y la policía exculparon al padre.

Pese a todo, tres cuartas partes de los expertos recomendaron que todo contacto del padre con su hija fuera supervisado, o directamente prohibido. Algunos incluso llegaron a la conclusión de que la niña había sido sodomizada.

En los casos de abuso infantil no existe la presunción de inocencia. El acusado es culpable hasta que se demuestre lo contrario. La mancha es invisible, pero imborrable.

Ya conozco todas las defensas contra este tipo de argumentos. Las acusaciones falsas son pocas. Lo interpretamos mal más veces de las que lo interpretamos bien.

Erskine es buen psicólogo y buena persona. Cuidó a su esposa, que padecía esclerosis múltiple, hasta que murió, y luego reunió mucho dinero para crear una beca de investigación que llevara su nombre. Mel posee una pasión y una conciencia social que me hace sentir avergonzado de mí mismo. Al mismo tiempo, jamás ha fingido ni un atisbo de neutralidad. Sabe lo que sabe. El instinto es lo que cuenta.

No sé en qué posición me deja esto a mí. Estoy cansado y tengo hambre. No hay prueba alguna de que Bobby conociera a Catherine McBride, menos aún de que la asesinara.

Diez pasos antes de llegar a la puerta de mi habitación en el hotel me doy cuenta de que algo va mal. La puerta está abierta. Una mancha color vino recorre la alfombra hacia las escaleras. Hay una maceta con una planta tirada ante la entrada. La maceta se debió de romper cuando se estampó contra el pestillo.

El carrito de limpieza está parado delante. Contiene dos cubos, fregonas, cepillos y unos cuantos trapos húmedos. La cama está patas arriba, y sobre el somier yacen los restos del escritorio destrozado. El lavabo, arrancado de cuajo de la pared, está bajo una cañería rota de la que cae un hilo constante de agua.

Mi ropa está tirada sobre la moqueta mojada, junto con las páginas de notas arrancadas y las carpetas rotas. Mi bolsa de deportes está dentro del retrete, decorada con un mojón.

La pasta de dientes sabor a menta dibuja un mensaje en el espejo: «Vete a tu casa o te vas en una caja». Simple. Sucinto. Preciso.

El gerente del hotel quiere llamar a la policía. Tengo que abrir la cartera para que cambie de opinión. Repaso los destrozos: no hay gran cosa que salvar. Recojo con cuidado unos papeles húmedos manchados de tinta. La única página legible es la última del currículum de Catherine. En el despacho he leído la carta de presentación, pero no he ido más lejos. Al final de la página veo tres recomendaciones personales. Sólo una tiene importancia: la doctora Emelyn R. Owens. Con la dirección en Harley Street y el número de teléfono de Jock.

12

Obras de mantenimiento, hojarasca en las vías, fallos en la señalización: elijan lo que les parezca, todo lleva a lo mismo. El tren va a llegar tarde a Londres. El conductor se disculpa a menudo por los intercomunicadores. Así nadie puede dormir.

Compro en el vagón restaurante una taza de té junto con un bocadillo «gourmet», prueba indiscutible de cómo se están devaluando las palabras. Sólo sabe a mahonesa. Pensamientos al azar me espantan el cansancio. Piezas que faltan. Piezas nuevas. Falta de piezas.

Hay mentiras pequeñas, tan insignificantes que no tiene mucha importancia si te las crees o no. Otras mentiras parecen pequeñas, pero sus ramificaciones son inmensas. Y en ocasiones no se trata de lo que dices, sino de lo que no dices. Las mentiras de Jock siempre están próximas a la verdad.

Catherine tenía una aventura con alguien del Marsden, con un hombre casado. Estaba enamorada de él. Se lo tomó muy mal cuando el hombre rompió la relación. ¿Se trataba de Jock? Tal vez fue por eso por lo que llamó a mi consulta... porque no se presentó a la cita. O tal vez sí se presentó. Ya no está casado. Las brasas antiguas se pueden reavivar.

Fue Jock quien me pasó el caso de Bobby. Dijo que lo aceptara como un favor a Eddie Barrett.

Dios santo, no puedo abarcarlo todo. Ojalá pudiera acostarme, dormir y despertar en un cuerpo diferente... o en una vida diferente. Es mi mejor amigo. Quiero estar equivocado. Empezamos juntos desde el principio. Siempre he pensado que compartir la sala de partos nos convertía en hermanos, en gemelos no genéticos que respiraron el mismo aire y vieron la misma luz brillante al llegar al mundo.

Ya no sé qué pensar. Me ha mentido. Está en mi casa, aprovechándose de todo lo que ha sucedido. He visto cómo mira a Julianne: en sus ojos hay una emoción mucho más abyecta que la envidia.

Con Jock todo es competición. Todo es un duelo. Y se enfada muchísimo si piensa que su rival no se esfuerza al máximo, es como si eso desvalorizara sus victorias.

Catherine debió de ser una conquista fácil. Jock siempre escogía a las vulnerables, aunque la caza no le excitaba tanto como con las mujeres seguras y frías. Sus aventuras le han costado dos divorcios. No lo puede evitar.

¿Por qué seguiría Catherine en contacto con un hombre que le rompió el corazón? ¿Y por qué incluiría a Jock como referencia en su currículum?

Alguien debió de decirle que yo buscaba secretaria. Sería demasiada coincidencia que hubiera respondido a un anuncio sólo para darse cuenta de que lo había puesto yo. Tal vez Jock estuviera saliendo con ella de nuevo. Esta vez no lo tendrían que mantener en secreto. A menos que le avergonzara recordar los problemas que me había causado Catherine.

Hay algo que no cuadra, y no sé qué es.

Salió sola del Hotel Grand Union. Jock no se había presentado, o tal vez acordó que se reunieran más tarde. ¡No! ¡Qué tontería! Jock es incapaz de torturar a nadie, de obligarle a traspasarse la carne con un cuchillo. Es un bravucón, no un sádico.

No hago más que dar vueltas sobre lo mismo. ¿Qué sé a ciencia cierta? Que conocía a Catherine. Que conocía su tendencia a la automutilación. Que mintió al decir que no la conocía.

Una ráfaga de miedo me atraviesa la conciencia como una fiebre ligera. La tía Gracie habría dicho que alguien había caminado sobre mi tumba.

Estación de Euston en un anochecer fresco y despejado. La cola para los taxis recorre toda la acera y llega a las escaleras. En el trayecto hacia Hampstead, mientras veo subir los dígitos rojos, formulo un plan.

El portero del edificio de Jock ya se ha ido a casa, pero el encargado me reconoce y pulsa el botón para abrirme la puerta de entrada.

–¿Qué le ha pasado en la oreja?

–Una picadura de insecto. Se infectó.

La escalera interior es de caoba oscura y los apliques metálicos del pasamanos brillan al reflejar la luz de las lámparas de araña. El piso de Jock está a oscuras. Abro la puerta y veo la luz roja parpadeante de la alarma. No está activada. A Jock le cuesta recordar las claves.

Dejo las luces apagadas y recorro el piso hasta llegar a la cocina. Los azulejos de mármol blanco y negro son como un tablero gigante de ajedrez. La luz situada sobre los hornillos ilumina el suelo y los armarios bajos. No sé por qué me da miedo encender las luces del techo. Supongo que esto es más semejante a un robo con allanamiento que a una visita a domicilio.

Pruebo primero con el cajón de la mesita del teléfono; busco alguna prueba de que conocía a Catherine: una libreta de direcciones, una carta, una factura telefónica atrasada. Luego voy al armario del dormitorio principal, donde Jock guarda las camisas, las corbatas y los trajes ordenados por colores. En baldas diferentes hay una docena de camisas todavía envueltas en plástico. Al fondo del armario encuentro un clasificador con diferentes carpetas, entre ellas una para facturas y recibos. La factura telefónica más reciente está en una funda de plástico transparente. Incluye un desglose de llamadas interurbanas, internacionales y a móviles.

Repaso la primera lista en busca de números que empiecen por 0151, el prefijo de Liverpool. No sé cuál es el teléfono de Catherine.

¡Sí lo sé! ¡El currículum!

Me saco del bolsillo de la chaqueta las páginas todavía húmedas y las extiendo con cuidado sobre la alfombra. La tinta se ha corrido en las esquinas, pero la dirección aún se lee. Comparo los números con los de la factura telefónica, repaso las llamadas realizadas el 13 de noviembre. Los números saltan del papel: dos llamadas al móvil de Catherine. La segunda se realizó a las 5.24 de la tarde y duró poco más de tres minutos, demasiado tiempo para que se hubiera equivocado al marcar, suficiente tiempo para concertar una cita.

Hay algo que no cuadra. Ruiz tiene los informes de las llamadas de Catherine. Debe de saber lo de éstas.

Tengo la tarjeta de Ruiz en la cartera, pero se ha reducido casi a pulpa de papel tras el baño en el canal. Al principio me salta el contestador, pero antes de colgar una voz destemplada maldice la tecnología y me pide que espere. Lo oigo mientras intenta apagar el contestador.

–Detective inspector Ruiz. Vaya, el profesor ha vuelto. –Está leyendo el número de Jock en la pantalla de su teléfono–. ¿Qué tal por Liverpool?

–¿Cómo lo supo?

–Un pajarito me dijo que necesitó tratamiento médico. Los médicos tienen que informar cuando sospechan una agresión. ¿Cómo tiene la oreja?

–Fue un principio de congelación.

Oigo que está comiendo. Un curry sacado del microondas o una pizza a domicilio.

–Ya va siendo hora de que tengamos otra conversación usted y yo. Hasta le voy a enviar un coche para recogerlo.

–Lo vamos a tener que dejar para otro momento.

–Creo que no nos entendemos. Desde esta mañana a las diez hay una orden de captura contra usted.

Miro hacia la puerta de entrada y me pregunto cuánto tardaría Ruiz en derribarla a patadas.

–¿Recuerda que le dije que encontraría algo más? Catherine McBride le escribió cartas. Guardó copias. Las encontramos en el disco duro de su ordenador.

–Es imposible. No recibí ninguna carta.

–Entonces no le importará venir a explicármelas.

–Tiene que haber algún error. Esto es una locura. –Por un

momento estoy tentado de contárselo todo: lo de Elisa, lo de Jock, lo del currículum de Catherine. Pero lo que hago es tratar de intercambiar información–. Me dijo que la última llamada que hizo Catherine fue a mi consulta. Pero aquel día tuvo que hacer otras llamadas. Y recibirlas. Las habrá comprobado, ¿no? ¿O dejó de lado todo lo demás en cuanto vio mi número en la lista?

Ruiz no responde.

–Había otra persona a la que conocía del Marsden, un hombre. Creo que tenía una aventura con él. Y creo que la llamó aquel día, el trece. ¿Me está escuchando?

Sé que sueno desesperado. Ruiz no me da nada. Está sentado, con una sonrisa retorcida, pensando que no hay nada nuevo bajo el sol. O quizá se muestra astuto. Me está exprimiendo hasta la última gota.

–Una vez me dijo que usted iba recogiendo información hasta que dos o tres piezas encajaban. Pues lo estoy intentando ayudar. Intento averiguar la verdad.

Tras otro silencio que dura siglos Ruiz habla por fin.

–Se está preguntando si interrogué a su amigo, el doctor Owens, acerca de su relación con Catherine McBride. La respuesta es sí. Hablé con él. Le pregunté dónde estaba aquella noche y, a diferencia de usted, tenía una coartada. ¿Quiere que le diga con quién estaba? A lo mejor, si dejo que siga dando palos de ciego, acaba por tropezarse con la verdad. Pregunte a su esposa, profesor.

–¿Qué tiene que ver con esto?

–Es la coartada del doctor Owens.

13

El taxi negro me deja en Primrose Hill Avenue y recorro a pie los cuatrocientos últimos metros. La mente no deja de darme vueltas, pero una corriente de energía fría, abrumadora, ha barrido el cansancio que sentía.

Mis vanos intentos por proteger a los demás de algo que no entiendo me han puesto en ridículo. Alguien se está riendo de mí. ¡Qué imbécil he sido! Todo este tiempo he estado funcionando bajo la premisa errónea de que mañana las cosas serán diferentes. «Despierta y huele las rosas», me dice siempre Jock. Vale, ya lo entiendo. Cada día va a ser peor.

Al final de mi calle me detengo un momento, me estiro la ropa y recorro a paso vivo el sendero del jardín, esquivando con cuidado las piedras irregulares del pavimento. Los pisos superiores de mi casa están a oscuras, a excepción del dormitorio principal y el baño del primer rellano.

Algo me hace detenerme. Al otro lado de la calle, entre las sombras de los árboles, veo el brillo tenue de un reloj de pulsera que alguien se ha acercado a los ojos. La luz desaparece. Nadie se mueve. Sea quien sea el dueño del reloj, está a la espera.

Me acuclillo tras un coche aparcado, voy avanzando de un vehículo a otro, mirando por encima de los capós. Distingo una figura entre las sombras. Hay alguien sentado dentro de un coche. La brasa de un cigarrillo le ilumina los labios.

Los ha enviado Ruiz. Me están esperando.

Desando el camino siempre entre las sombras hasta llegar a la esquina de la calle y rodeo el edificio. En la calle siguiente identifico la casa de los Franklin, la que está justo detrás de la nuestra.

Salto una valla y cruzo su jardín, siempre esquivando los rectángulos de luz que proyectan sus ventanas. Daisy Franklin está en la cocina; remueve algo que tiene al fuego. Dos gatos entran y salen de debajo de su falda. Puede que haya toda una familia ahí adentro.

Me dirijo hacia un cerezo nudoso en la esquina trasera del jardín, me doy impulso hacia arriba y paso una pierna por encima de la valla. La otra pierna se me queda trabada y no me sigue. Todo mi peso se mueve hacia delante y durante una fracción de segundo desafío a la gravedad; agito los brazos a cámara lenta antes de caer de bruces en un montón de abono vegetal.

Maldiciendo me pongo a gatas y aplasto caracoles bajo las palmas de las manos antes de salir de entre las fucsias. Hay luz en el ventanal. Julianne está sentada junto a la mesa de la cocina; tiene el pelo recién lavado envuelto en una toalla.

Mueve los labios. Está hablando con alguien. Estiro el cuello para ver quién es... y me apoyo sobre un frasco grande de aceitunas que está a punto de caerse hasta que lo rescato en el último momento.

Una mano avanza sobre la mesa y entrelaza los dedos con los de Julianne. Es Jock. Se me revuelve el estómago. Ella aparta la mano y le da un golpecito en la muñeca como si fuera un niño travieso. Luego atraviesa la cocina y se inclina para poner las tazas de café en el lavavajillas. Jock sigue cada uno de sus movimientos. Tengo ganas de clavarle agujas en los ojos.

Nunca he sido celoso, pero de repente me acuerdo de un antiguo paciente que estaba obsesionado con el temor de perder a su esposa. La mujer tenía una figura muy bonita y él no paraba de imaginar que todos los hombres le miraban los pechos. Poco a poco, a sus ojos, los pechos fueron creciendo y las camisetas que se ponía eran cada vez más cortas y ajustadas. Todos sus movimientos le parecían provocativos. No eran más que imaginaciones, pero a él no se lo parecían.

A Jock le gustan los pechos. Sus dos esposas pasaron por el quirófano. ¿Por qué conformarse con lo poco que da la naturaleza, cuando con dinero se puede tener mucho más?

Julianne ha subido a la habitación a secarse el pelo. Jock se mete las manos en los bolsillos de la chaqueta de cuero. Justo antes de salir al jardín su sombra queda enmarcada por las puertas de cristal. La gravilla cruje bajo sus pies. Aparece la llama de un encendedor. La punta del puro humea.

Le doy una patada circular en las piernas, con lo que cae hacia atrás y aterriza pesadamente en medio de una lluvia de chispas.

–¡Joe!

–¡Fuera de mi casa!

–Dios, como me haya caído una chispa en este jersey...

–¡Y no te acerques a Julianne!

Recula y trata de incorporarse.

–¡No te levantes!

–¿Por qué has entrado por aquí?

–Porque en la entrada principal está la policía.

Lo digo de manera que resulta muy evidente. Jock mira el puro y se piensa si lo enciende de nuevo.

–Tenías una aventura con Catherine McBride. ¡Joder, puso tu nombre en el currículum!

–Calma, Joe, no sé de qué...

–Me dijiste que no la conocías. La viste aquella noche.

–No.

–Concertaste una cita con ella.

–Sin comentarios.

–¿Qué quiere decir «sin comentarios»?

–Pues eso. Sin comentarios.

–¡Déjate de gilipolleces! Concertaste una cita con ella.

–No acudí.

–Estás mintiendo.

–De acuerdo, estoy mintiendo –replica con sarcasmo–. Lo que tú digas, Joe.

–Deja de darme por culo.

–¿Qué quieres que te diga? La tía valía para un polvo. Quedé en ir a verla. No fui. Punto y final. A mí no me vengas con sermones. Tú te tiraste a una puta. Perdiste la posibilidad de ponerte moralista.

Le asesto un puñetazo, pero ahora está sobre aviso. Se echa a un lado y luego me da una patada en la entrepierna. El dolor es como un latigazo y se me doblan las rodillas. Acabo con la frente apoyada en su pecho cuando detiene mi caída.

–Eso ya no importa, Joe –dice con voz amable.

Lucho por recuperar el aliento.

–Claro que importa –siseo–. Creen que la maté yo.

Jock me ayuda a erguirme. Lo aparto de un manotazo y retrocedo un paso.

–Creen que tenía un asunto con ella. Les podrías decir la verdad.

Jock me lanza una mirada artera.

–Por lo que yo sé es posible que tú también te la estuvieras follando.

–¡Eso es una gilipollez y lo sabes de sobra!

–Tienes que mirar las cosas desde mi perspectiva. No quería involucrarme.

–Así que me dejaste con la mierda al cuello.

–Tenías una coartada, si preferiste no utilizarla es cosa tuya.

Coartadas. Todo se reduce a eso. Yo tendría que haber estado en casa, con mi esposa, con mi esposa embarazada. ¡Tendría que haber sido la coartada para mí, no para él!

Fue una noche de miércoles. Julianne tenía clase de español. Por lo general no llega a casa hasta después de las diez.

–¿Por qué no fuiste a la cita con Catherine?

Una sonrisa le brilla en los ojos.

–Recibí una oferta mejor.

No me lo va a decir. Quiere que se lo pregunte.

–Estabas con Julianne.

–Sí.

Algo se me remueve por dentro. Ahora tengo miedo.

–¿Dónde os visteis?

–Tendrías que preocuparte por tu coartada, Joe.

–Responde a la pregunta.

–Fuimos a cenar. Quería hablar conmigo. Me preguntó por tu estado. No creía que le hubieras dicho toda la verdad.

–¿Y después de la cena?

–Vinimos a tomar un café.

–Julianne está embarazada.

Es una afirmación, no una pregunta. Veo que sopesa la posibilidad de mentir, pero decide decir la verdad. Hay algo que los dos sabemos. Sus mentiras mediocres y sus medias verdades lo han rebajado.

–Sí, está embarazada. –Deja escapar una risita–. Pobre Joe, no sabes si estar contento o triste. ¿No confías en ella? A estas alturas ya deberías conocerla.

–Creía que te conocía a ti.

Suena la cisterna del piso de arriba. Julianne se dispone a irse a la cama.

–Las cartas que escribió Catherine... eran para ti.

Me escudriña con la mirada, pero no responde.

–¿Para qué me iba a escribir Catherine?

Sigue sin responder. Tengo que entenderlo. Su silencio me enfurece. Me gustaría romperle las rodillas con una de sus raquetas de tenis. ¡Ya lo tengo! Es la respuesta. Jock y yo tenemos las mismas iniciales, J. O.: así debió de dirigir las cartas. Se las escribió a Jock.

–Se lo tienes que decir a la policía.

–Igual lo que les digo es dónde estás.

No bromea. Tengo ganas de matarlo. Estoy harto de este enfrentamiento.

–¿Es por Julianne? ¿Crees que todos estos años no he hecho más que calentarte el sitio? ¡Quítatelo de la cabeza! No va a echarse en tus brazos si a mí me pasa algo. Y menos si me traicionas. No podrás vivir contigo mismo.

–Ya vivo conmigo mismo, ahí está el problema. –Tiene los ojos brillantes y le tiembla la voz de oboe–. Tienes mucha suerte con tu familia, Joe. A mí las cosas no me han ido bien.

–Porque nunca has podido estar con una mujer el tiempo suficiente.

–Porque no he encontrado a la adecuada.

Tiene la frustración dibujada en el rostro. De repente todo

parece muy claro. Veo la vida de Jock tal como es: una serie de decepciones amargas, reiteradas, en la que proyecta una y otra vez sus fallos y errores porque nunca ha sido capaz de romper el círculo vicioso.

–Vete de mi casa, Jock. Y no te acerques a Julianne.

Recoge sus cosas –un maletín y una chaqueta– y se vuelve hacia mí con las llaves de la entrada en la mano, antes de dejarlas sobre la encimera de la cocina. Veo que lanza una mirada hacia las escaleras como si valorase la posibilidad de despedirse de Julianne. Al final se va sin hacerlo.

Cuando la puerta se cierra a su espalda siento una punzada de duda. La policía está afuera. Le resultaría muy fácil ir a decirles que estoy aquí.

Antes de que pueda racionalizar el peligro aparece Julianne. Tiene el pelo casi seco y lleva unos pantalones de pijama y una camiseta de rugby. La miro desde el jardín, inmóvil. Se sirve un vaso de agua y se dirige hacia las puertas de cristal para asegurarse de que están cerradas. Sus ojos se clavan en los míos sin mostrar emoción alguna. Coge un chaquetón que cuelga del respaldo de una silla. Se lo echa sobre los hombros y sale.

–¿Qué te ha pasado?

–Me he caído al saltar la valla.

–Me refiero a la oreja.

–Un tatuaje mal hecho.

No está de humor para frases ingeniosas.

–¿Me has estado espiando?

–No. ¿Por qué?

Se encoge de hombros.

–Alguien ha estado vigilando la casa.

–La policía.

–No. Alguien más.

–Jock me dijo que intentaron entrar.

–Un tipo. D. J. lo puso en fuga.

Habla de él como si fuera un perro guardián.

La luz a su espalda brilla a través de su pelo y hace que parezca que tiene un halo. Lleva puestas «las zapatillas más feas del mundo» que le compré en una tienda de recuerdos de una aldea. No se me ocurre qué decir. Me quedo allí de pie, sin saber si tender la mano hacia ella o no. Pierdo la oportunidad.

–Charlie quiere un gatito por Navidad –dice al tiempo que se arrebuja en la chaqueta.

–¿Eso no fue el año pasado?

–Sí, pero ahora ha encontrado la fórmula perfecta. Si quieres un gatito, pide un caballo.

Me echo a reír, y ella sonríe sin apartar los ojos de mí. La siguiente pregunta es tan directa como siempre pasa con ella.

–¿Tuviste una aventura con Catherine McBride?

–No.

–La policía tiene sus cartas de amor.

–Se las escribió a Jock.

Abre mucho los ojos.

–Tuvieron una aventura cuando trabajaban los dos en el Marsden. Jock era el hombre casado con el que salía.

–¿Cuándo lo has averiguado?

–Esta noche.

Todavía tiene los ojos clavados en los míos. No sabe si creerme o no.

–¿Por qué no se lo ha dicho a la policía?

–Eso todavía no lo sé. No confío en él. No quiero que vuelva aquí.

–¿Por qué?

–Porque me mintió y ha estado ocultando información a la policía, y tenía una cita con Catherine la noche en que murió.

–¡Tienes que estar de broma! Estás hablando de Jock. Tu mejor amigo...

–Tiene como coartada a mi esposa.

Suena como una acusación. Entrecierra los ojos hasta que parecen alfileres.

–¿Una coartada para qué, Joe? ¿Crees que ha matado a alguien o que se está acostando conmigo?

–No he dicho eso.

–No. Claro que no. Nunca dices lo que pretendes. Lo pones todo entre paréntesis, entre comillas, entre interrogantes. –Está lanzada–. Si eres tan buen psicólogo, deberías empezar a analizar tus propios defectos. Estoy harta de apuntalarte el ego. ¿Quieres que te lo diga otra vez? Ahí va la lista. No te pareces en nada a tu padre. Tu pene tiene el tamaño adecuado. El tiempo que pasas con Charlie es más que suficiente. No tienes por qué sentir celos de Jock. Mi madre te aprecia de verdad. Y no te guardo rencor por haberme estropeado el jersey de cachemira negro al dejarte pañuelos de papel en los bolsillos. ¿Satisfecho?

Diez años de terapia potencial condensados en seis puntos. Dios mío, qué maravilla de mujer. Los perros del vecindario empiezan a ladrar a coro.

Se da la vuelta para entrar en la casa. No quiero que se vaya, así que empiezo a hablar: le cuento que encontré el currículum de Catherine y que registré el apartamento de Jock. Trato de parecer racional, pero tengo miedo de que parezca que me estoy aferrando a nimiedades.

Su hermoso rostro parece dolido.

–Te reuniste con Jock aquella noche. ¿Adónde fuisteis?

–Me llevó a cenar a Bayswater. Sabía que no me estabas diciendo la verdad sobre el diagnóstico. Quería preguntarle a él.

–¿Cuándo lo llamaste?

–Aquella misma tarde.

–¿A qué hora se fue de aquí?

Sacude la cabeza con tristeza.

–Ya no te conozco. ¡Estás obsesionado! No eres el hombre con el que...

No quiero oír lo que va a decirme.

–Sé lo del bebé –la interrumpo.

Se estremece ligeramente. Puede que sea por el frío. Es entonces cuando veo en sus ojos que se ha dado cuenta de que nos estamos perdiendo el uno al otro. El pulso se está debilitando. Puede que aún me quiera, pero no me necesita. Tiene fuerzas más que suficientes para enfrentarse a lo que sea. Sobrevivió a la muerte de su padre, al miedo cuando Charlie contrajo meningitis a los dieciocho meses, a una biopsia en un pecho. Es más fuerte que yo.

Cuando salgo y respiro el aire gélido, me vuelvo para mirar la parte trasera de la casa. Julianne ha desaparecido. La cocina está a oscuras. Sigo su avance cuando se mueve hacia la planta superior, apagando las luces a su paso.

Jock ya no está. Aunque le diga la verdad a Ruiz, dudo mucho que lo crean. Pensarán que es un amigo que intenta salvarme el pellejo. Cruzo el jardín de los Franklin y me escabullo por el sendero. Luego camino hacia el West End, viendo mi sombra aparecer y desaparecer bajo las farolas.

Un taxi aminora la marcha al pasar. El conductor me echa un vistazo. Abro la puerta de atrás.

Elisa no se considera ninguna visionaria y no le gusta que los periodistas la retraten como una especie de evangelista que rescata a las chicas de las calles. Tampoco considera a las prostitutas «mujeres caídas» ni víctimas de una sociedad cruel.

Todos tenemos talentos ocultos, pero Elisa encontró en su interior un diamante. Se reinventó a sí misma cuando estaba en su momento más bajo, seis meses después de salir de la cárcel. Surgió de la nada para dejarme un mensaje en el Marsden: no era más que su dirección, sin más detalles. No sé cómo me encontró. Llevaba poco maquillaje y se había cortado el pelo. Parecía una joven ejecutiva, con falda y chaqueta oscuras. Tenía una idea y quería conocer mi opinión. Mientras hablaba vi cómo cambiaba el clima, no en el exterior, sino dentro de su cabeza.

Quería crear un centro de día para chicas de la calle, donde se les darían consejos sobre seguridad, salud, hospedaje y programas de desintoxicación. Tenía unos ahorros y había alquilado una casa vieja cerca de la estación de King's Cross.

El centro de día fue sólo el principio. Pronto puso en marcha el gabinete de «terapia física mediante la actuación». Siempre me maravilló la gente a la que podía acudir: jueces, abogados, periodistas, asistentes sociales y restauradores. En ocasiones me pregunté cuántos habrían sido antiguos clientes. Pero claro, yo también la ayudaba... y no había sexo de por medio.

La casa está a oscuras. Las vigas Tudor brillan con la escarcha y la lucecita que hay sobre el timbre parpadea cuando lo aprieto. Es más de medianoche y oigo el sonido que retumba en el vestíbulo. Elisa no está en casa.

Sólo tengo que descansar unas cuantas horas. Dormir un poco. Sé dónde guarda Elisa las llaves de repuesto. No le importará que entre. Puedo lavarme la ropa y por la mañana le prepararé el desayuno. Entonces le diré que al final sí voy a necesitar su coartada.

Cojo la llave con el índice y el pulgar y la introduzco en la cerradura. Dos vueltas. Cambio de llave. Otra cerradura. La puerta se abre. El correo está amontonado en la alfombra, bajo la rendija del buzón. Lleva días fuera de casa.

Mis pisadas resuenan contra los tablones del suelo. El vestíbulo parece una boutique con tantos cojines bordados y alfombras indias. Una luz parpadea en el contestador automático. La cinta está llena.

Lo primero que veo son sus piernas. Está tendida en el diván isabelino, con los tobillos atados con precinto. Tiene el torso echado hacia atrás y la cabeza cubierta con una bolsa negra de plástico que le han atado al cuello con más precinto. Las manos están bajo el cuerpo, atadas a la espalda. La falda está subida en torno a los muslos y las medias rotas y llenas de carreras.

En un instante vuelvo a ser médico, desgarro la bolsa de plástico, le busco el pulso, pongo la oreja contra su pecho. Tiene los labios azules y el cuerpo frío y rígido. El pelo se le ha pegado a la frente. Los ojos están abiertos y me miran desconcertados.

Siento un dolor frío en el pecho, como si me estuvieran perforando las entrañas con una taladradora. Lo veo todo: la lucha y la agonía, cómo se debatió por liberarse. ¿Cuánto oxígeno cabe en la bolsa? Para diez minutos como mucho. Diez minutos para pelear. Diez minutos para morir. Sorbió la bolsa con la boca mientras pataleaba y se retorcía. Hay cajas de CD por el suelo y una mesita plegable está caída. Una fotografía yace boca abajo entre cristales rotos. La fina cadena de oro que lleva está rota a la altura del cierre.

Pobre Elisa. Todavía siento la suavidad de sus labios contra mi mejilla cuando nos despedimos en el restaurante. Lleva la misma blusa azul de tirantes y una minifalda a juego. Debió de suceder el jueves, después de que nos viéramos.

Voy de habitación en habitación buscando rastros de una entrada forzada. La puerta estaba cerrada por fuera. Él debía de tener un juego de llaves.

En la mesa de la cocina hay una taza con una cucharada de café instantáneo coagulado como un caramelo en la base. El cazo para hervir está tirado de lado y una de las sillas ha caído encima. Hay un cajón abierto; contiene paños de cocina bien doblados, una pequeña caja de herramientas, fusibles de repuesto y un rollo de bolsas negras para la basura. El cubo está limpio, la bolsa vacía.

La chaqueta de Elisa está colgada de la esquina de la puerta. Las llaves de su coche se encuentran sobre la mesa, junto a su bolso, dos cartas sin abrir y el teléfono móvil. La batería está agotada. ¿Dónde está su pañuelo? Recorro el camino inverso y encuentro el pañuelo en el suelo, detrás de la silla. Hay un único nudo en el centro, muy apretado: un garrote de seda.

Elisa es demasiado cautelosa como para abrirle la puerta a un desconocido. Conocía a su asesino, o bien éste ya estaba en la casa cuando ella llegó. ¿Dónde? ¿Cómo? Las puertas del patio son de cristal reforzado y el patio es cerrado, de ladrillo. Un sensor dispara las luces de seguridad.

El despacho de la planta baja está abarrotado, pero pulcro. No se han llevado nada evidente, como el DVD o el ordenador portátil. Arriba, en el segundo dormitorio, repaso también las ventanas. Las ropas de Elisa cuelgan de las perchas. Su joyero con incrustaciones de madreperla está en el cajón, bajo el tocador. Si alguien lo hubiera buscado lo habría encontrado sin problemas.

En el cuarto de baño la tapa del retrete está bajada. La alfombrilla cuelga de un toallero, sobre una gran toalla azul. Un tubo nuevo de pasta dentífrica sobresale de una jarra de recuerdo de la Casa de los Comunes. Piso el pedal del cubo de basura y la tapa se abre. Vacío.

Estoy a punto de salir cuando me fijo en un rastro de polvo oscuro en los azulejos blancos bajo el lavabo. Paso los dedos por la superficie y me encuentro con un fino residuo gris que huele a rosas y a lavanda.

Elisa tiene un cuenco de cerámica pintada con popurrí en el alféizar de la ventana. Tal vez lo rompiera por accidente. En ese caso habría barrido los restos y los habría tirado al cubo de pedal. Luego podría haberlo vaciado en el cubo de basura de la cocina, pero allí no hay nada.

Observo la ventana con atención y veo astillas de madera en los bordes, allí donde ha saltado la pintura. La pintura había soldado la ventana y hubo que forzarla. Meto mis dedos bajo la base y logro hacer lo mismo, apretando mucho los dientes cuando la madera hinchada chilla dentro del marco.

Miro hacia el exterior y veo las cañerías que discurren por la pared y el tejado plano del lavadero tres metros más abajo. Las vistarias han crecido por toda la pared en el lado derecho del patio: sería fácil trepar por ellas. Las tuberías servirían como punto de apoyo para llegar a la ventana.

Cierro los ojos y visualizo la escena, veo a alguien agarrado a la cañería y haciendo palanca para abrir la ventana. No quiere robar ni causar destrozos. Tira el cuenco de popurrí al entrar y luego tiene que limpiar. No quiere que parezca un robo con allanamiento. Luego aguarda.

El armario que hay bajo las escaleras tiene un pestillo corriente. Ahí se guardan las escobas y las fregonas, y una personas podría esconderse dentro, acuclillada, mirando por la rendija del lado de las bisagras.

Elisa llega a casa. Recoge las cartas del suelo y las lleva a la cocina. Cuelga la chaqueta de la puerta y tira sus cosas sobre la mesa. Llena el cazo de agua y sirve café instantáneo en una taza. Una sola taza. Él la ataca por la espalda; le ata el pañuelo en torno al cuello de manera que el nudo le comprima la tráquea. Cuando ella pierde el conocimiento la arrastra hasta la sala de estar, dejando un leve rastro en el pelo de la alfombra.

Le ata con precinto las manos y los pies, corta la cinta adhesiva con cuidado y recoge cualquier trocito que se le cae al suelo. Luego le pone una bolsa de basura en la cabeza. En algún momento ella recupera el conocimiento y sólo ve oscuridad. Para entonces ya está agonizando.

Un ramalazo de rabia me obliga a abrir los ojos. Veo mi reflejo en el espejo del baño. Es un rostro desesperado, lleno de confusión y miedo. Me dejo caer de rodillas y vomito en el retrete, me golpeo la barbilla contra el asiento. Luego salgo a trompicones por la puerta y voy al dormitorio principal. Las cortinas están corridas y la cama deshecha y con las sábanas arrugadas. Mis ojos se clavan en la papelera. Dentro hay media docena de pañuelos de papel arrugados. Los recuerdos salen a la superficie... el peso de Elisa sobre mis muslos, nuestros cuerpos juntos, el roce de su cuello cuando me movía.

De repente me encuentro de rodillas ante la papelera, recogiendo los pañuelos. Recorro la habitación con los ojos. ¿Toqué esa lámpara? ¿Y el cepillo de dientes, y la puerta, y el alféizar, y el pasamanos de la escalera...?

Esto es una locura. No puedo esterilizar una escena del crimen. Debe de haber huellas mías por toda la casa. Me cepilló el pelo. Dormí en su cama. Utilicé su cuarto de baño. Bebí vino de una copa y café de una taza. Toqué interruptores y cajas de CD, me senté en las sillas. ¡Dios santo, follamos en el sofá!

Suena el teléfono. El corazón casi se me salta del pecho. No puedo correr el riesgo de cogerlo. Nadie debe saber que estoy aquí. Me quedo quieto, escucho el timbre, casi espero que Elisa se mueva y diga «Que lo coja alguien, puede ser importante».

El ruido cesa. Vuelvo a respirar. ¿Qué voy a hacer? ¿Llamar a la policía? ¡No! Tengo que salir de aquí, y a la vez no puedo dejarla sola. Tengo que decírselo a alguien.

Mi móvil empieza a sonar. Me echo las manos a los bolsillos, necesito de las dos para sostenerlo. No conozco el número del que llaman.

–¿Es el profesor Joseph O'Loughlin?

–¿Quién lo pregunta?

–Policía Metropolitana. Alguien ha denunciado la presencia de un intruso en una dirección de Ladbroke Grove. El informador dejó este móvil como número de contacto. ¿Es correcto?

Se me hace un nudo en la garganta y no me salen las vocales. Farfullo que no estoy en esa zona. ¡No, con eso no basta!

–Lo siento, no le oigo –murmuro–. Me va a tener que llamar otra vez.

Apago el teléfono y miro espantado la pantalla vacía. No me oigo los pensamientos, tal es el rugido que me llena la cabeza. El volumen ha ido subiendo hasta retumbar en mi cráneo como un tren de mercancías al entrar en un túnel.

Tengo que salir de aquí. ¡Corre! Bajo los peldaños de dos en dos; en los últimos tropiezo y caigo. ¡Corre! Cojo las llaves del coche de Elisa; sólo pienso en respirar aire fresco, en estar lejos de aquí, en que me dejen dormir.

14

Una hora antes de que salga el sol las calles están barnizadas de lluvia y los bancos de niebla aparecen y desaparecen entre la llovizna. Haber robado el coche de Elisa es el menor de mis problemas. Manejar el embrague con la pierna izquierda inutilizada es mucho más acuciante.

Cerca de Wrexham me desvío por un camino rural lleno de lodo y me quedo dormido. Las imágenes de Elisa me pasan por la cabeza como las luces de los faros que barren de cuando en cuando los setos. Veo sus labios azules y sus ojos muy abiertos; unos ojos que todavía me persiguen.

Las preguntas y las dudas me asaltan continuamente como alfilerazos. Pobre Elisa.

«Tendrías que preocuparte por tu propia coartada», me dijo Jock. ¿A qué se refería? Aunque pudiera demostrar que no maté a Catherine, que no puedo, me van a culpar de esto. Ya me están buscando. Visualizo en mi mente imágenes de policías peinando los prados, con alsacianos sujetos por la correa, a caballo, me dan caza. Me caigo en las zanjas y trepo como puedo por los terraplenes. Las zarzas me desgarran la ropa. Los perros se acercan.

Oigo unos golpecitos en la ventanilla. No veo nada más que una luz deslumbrante. Tengo los ojos llenos de arenilla y el cuerpo rígido de frío. Tanteo en busca de la manija para bajar la ventanilla.

–Siento despertarlo, amigo, pero está bloqueando el camino.

Una cabeza canosa cubierta con un gorro de lana me mira desde el otro lado de la ventanilla. Un perro ladra a sus pies y me llega el sonido palpitante del motor de un tractor aparcado detrás de mí.

–Mejor no se quede dormido mucho rato aquí afuera, hace un frío que pela.

–Gracias.

Ante mí se extiende un mundo de luz grisácea, árboles raquíticos y campos desiertos. El sol ha salido pero aún no ha logrado caldear el día. Doy marcha atrás por el sendero y me quedo mirando cómo el tractor cruza la puerta de una valla y traquetea sobre los charcos en dirección a un granero semiderruido.

Mientras el motor se pone al ralentí, pongo la calefacción al máximo y llamo a Julianne al móvil. Está despierta y algo jadeante, acaba de hacer sus ejercicios.

–¿Le diste a Jock la dirección de Elisa?

–No.

–¿Le mencionaste su nombre?

–¿Qué pasa, Joe? Tienes voz de asustado.

–¿Le dijiste algo?

–No sé de qué hablas. No te pongas paranoico conmigo...

Estoy gritándole, quiero que me escuche, pero se enfurece.

–¡No cuelgues! ¡No cuelgues!

Demasiado tarde.

–¡Elisa está muerta! –le grito justo antes de que se corte la comunicación.

Pulso el botón de rellamada. Tengo los dedos rígidos y casi se me cae el teléfono. Julianne lo coge al instante.

–¿Qué quieres decir?

–La han matado. La policía va a pensar que he sido yo.

–¿Por qué?

–Yo encontré el cadáver. Mis huellas y Dios sabe qué más están por toda la casa...

–¿Fuiste a su casa? –Su voz está cargada de incredulidad–. ¿Por qué?

–Escúchame, por favor, Julianne. Han muerto dos personas. Me están intentando inculpar a mí.

–¿Por qué?

–No lo sé. Eso es lo que intento averiguar.

Julianne respira hondo.

–Me estás asustando, Joe. Hablas como si hubieras perdido el juicio.

–¿Has oído lo que te he dicho?

–Acude a la policía. Cuéntales lo que ha pasado.

–No tengo coartada. Soy el único sospechoso.

–Vale, pues habla con Simon. Por favor, Joe.

Llorosa, corta la comunicación, y esta vez deja el teléfono descolgado. No puedo contactar con ella.

El futuro médico de cabecera de Dios abre la puerta vestido con una bata. Tiene un periódico en una mano y un ceño airado, diseñado para espantar a cualquier visitante indeseable.

–Creí que eran esos que cantan villancicos –gruñe–. No los aguanto. Desafinan como posesos.

–Pensaba que los coros galeses eran los mejores.

–Otro puñetero mito. –Mira por encima de mi hombro–. ¿Dónde está tu coche?

–Lo he aparcado al doblar la esquina –miento.

He dejado el Escarabajo de Elisa en la estación de tren y he recorrido a pie el último kilómetro de trayecto.

Se da la vuelta y entro en la casa tras él; cruzamos el vestíbulo en dirección a la cocina. Las desastradas zapatillas de felpa le golpetean los talones blancos como la tiza.

–¿Dónde está mamá?

–Ha salido temprano. Iba a no sé qué manifestación. Se está convirtiendo en una puñetera roja: cuando no es una protesta es otra.

–Bien por ella.

Suelta un bufido: es evidente que no comparte mi opinión.

–El jardín está muy bonito.

–Tendrías que ver el de atrás. Ha costado una puñetera fortuna. Ya te hará tu madre el recorrido completo. Habría que prohibir esos puñeteros programas de decoración que ponen por la tele. Llaman «paisajistas» a los jardineros... les pondría una bomba.

No se sorprende lo más mínimo de verme, aunque me he presentado sin previo aviso. Seguramente cree que mi madre ya se lo mencionó y no la escuchó. Llena un cazo de agua y tira las hojas viejas de té de la tetera.

El mantel está cubierto de cachivaches recopilados en diferentes viajes, como una cajita para guardar el té de St Mark's Cross y un tarro para la mermelada de Cornwall. La cucharita de plata del veinticinco aniversario fue un regalo del palacio de Buckingham cuando fueron invitados a una de las fiestas de la reina.

–¿Quieres un huevo? No hay beicon.

–Un huevo, gracias.

–Si quieres una tortilla debe de haber jamón en la nevera.

Me sigue por la cocina intentando adelantarse a mis necesidades. Lleva la bata atada a la cintura con un cordón rematado en borlas y las gafas en el bolsillo con una cadena de oro para no perderlas. Sabe lo de mi detención. ¿Por qué no ha dicho nada? Es su gran ocasión para meter un «Te lo dije». Le puede echar la culpa a la profesión que elegí y decirme que nada de esto habría sucedido si fuera médico.

Se sienta a la mesa y me mira comer; de cuando en cuando le da vueltas al té y dobla y desdobla el *Times.* Le pregunto si sigue jugando al golf. Hace tres años que no.

–¿El Mercedes aparcado delante es nuevo?

–No.

El silencio se prolonga, pero soy el único al que le resulta incómodo. Él se limita a leer los titulares y a mirarme de cuando en cuando por encima del periódico.

La granja es propiedad de la familia desde antes de que yo naciera. Durante casi todo ese tiempo, hasta que mi padre decidió semijubilarse, fue la casa de veraneo de la familia. Tenía otras viviendas en Londres y en Cardiff. En otras ciudades, las universidades y los hospitales docentes le proporcionaban alojamiento cuando aceptaba ir como profesor invitado.

Cuando compró la granja tenía treinta y seis hectáreas pero dio la mayor parte en usufructo a un vecino con una granja lechera. El edificio principal, construido con piedra de la zona, tiene techos bajos y ángulos extraños allí donde los cimientos se han asentado bajo el peso de más de un siglo.

Quiero asearme antes de que vuelva mi madre. Le pregunto a mi padre si me puede prestar una camisa y unos pantalones. Me muestra su armario. A los pies de la cama hay un chándal de hombre pulcramente doblado.

Advierte que lo estoy mirando.

–Tu madre y yo salimos a caminar.

–No lo sabía.

–Es desde hace pocos años. Si hace buen tiempo salimos temprano. Hay rutas muy bonitas en Snowdonia.

–Eso tengo entendido.

–Me sirve para mantenerme en forma.

–Estupendo.

Carraspea para aclararse la garganta y va a buscar una toalla limpia.

–Me imagino que querrás ducharte y no bañarte.

Hace que parezca una actitud moderna y desleal. Un verdadero galés pondría una bañera delante de la chimenea.

Alzo el rostro hacia el chorro de agua; oigo cómo se estrella contra la bañera. Estoy intentando lavarme la mugre de los últimos días y ahogar las voces que me resuenan en la cabeza. Todo esto empezó con una enfermedad, un desequilibrio químico, un trastorno neurológico desconcertante. Más bien parece un cáncer, una oleada de células enloquecidas que han infectado todos los recodos de mi vida: se multiplican a cada instante y se transmiten a los demás.

Me tumbo en el cuarto de invitados y cierro los ojos. Sólo quiero descansar unos minutos. El viento bate contra las ventanas. Me llega el olor a tierra mojada y a fuegos alimentados por carbón. Recuerdo vagamente a mi padre tapándome con una manta. Puede que sea un sueño. Lleva mi ropa sucia en un brazo. Extiende una mano y me acaricia la frente.

Más tarde oigo el entrechocar de cucharas y tazas y el sonido de la voz de mi madre en la cocina. El otro sonido, casi igual de familiar, es el de mi padre al romper hielo para la cubitera.

Descorro las cortinas y veo nieve en las colinas lejanas, junto con los últimos restos de escarcha en el césped del jardín. Tal vez tengamos unas Navidades blancas, igual que el año que nació Charlie.

No puedo quedarme aquí por más tiempo. En cuanto la policía encuentre el cadáver de Elisa sumarán dos y dos e irán a por mí, en lugar de esperar a que me presente. Y éste es uno de los primeros lugares donde me buscarán.

El chorro de orina se estrella contra el retrete. Los pantalones de mi padre me están grandes pero me los sujeto con un cinturón, con lo que el tejido se frunce sobre los bolsillos. No me oyen caminar por el vestíbulo. Me quedo en la puerta y los miro.

Mi madre está perfectamente vestida, como siempre, con un jersey de cachemira color melocotón y una falda gris. Después de cumplir los cincuenta perdió un poco de cintura, y no ha conseguido bajar de peso.

Pone una taza de té delante de mi padre y le da un beso en la cabeza. Suena como una ventosa húmeda.

–Fíjate –dice–. Tengo una carrera en las medias. Ya van dos pares esta semana.

Él la coge por la cintura y la estrecha. Me siento fuera de lugar. No recuerdo haberlos visto jamás compartir un momento tan íntimo.

Mi madre se sobresalta y me reprende por haberla asustado. Luego empieza a protestar por la ropa que llevo. Dice que no le costará nada hacerle un dobladillo a los pantalones. No pregunta por mi propia ropa.

–¿Por qué no nos dijiste que venías? –pregunta–. Hemos estado preocupadísimos por ti, sobre todo con esos cuentos horribles que salieron en los periódicos.

Hace que la prensa sensacionalista parezca una bola de pelo vomitada por el gato.

–En fin, al menos ya ha pasado todo –dice covencida, decidida a pasar página–. Por supuesto no podré ir al club de bridge durante un tiempo, pero seguro que pronto lo olvidan todo. No habrá quien aguante a la petulante de Gwyneth Evans. Pensará que ya se ha librado. Su hijo mayor, Owen, se fugó con la niñera y dejó a su pobre esposa con los dos hijos. Ahora las señoras tendrán otra cosa de la que hablar.

Mi padre parece completamente ajeno a la conversación. Está leyendo un libro con la nariz tan pegada a las páginas que parece que las esté intentando inhalar.

–Ven, te quiero enseñar el jardín. Está precioso. Pero prométeme que volverás en primavera, cuando empiece a florecer. Tenemos hasta un invernadero y hemos cambiado las tejas del establo. Ya no hay humedad. ¿Te acuerdas de lo mal que olía? Y había nidos de ratas, ¡qué asco!

Coge dos pares de botas de goma.

–No me acuerdo de tu número.

–Éstas me valen.

Me hace ponerme el impermeable de mi padre y luego me precede hacia las escaleras de la parte de atrás y sale al camino. El estanque está helado y el paisaje se dibuja en tonos gris perla. Señala el muro de piedra que se había derrumbado en mi infancia, y que ahora se alza de nuevo sólido, reconstituido como un rompecabezas tridimensional. Al fondo hay un invernadero nuevo de paredes de cristal y una estructura de madera recién cortada. Sobre la mesa de caballetes hay bandejas con plantas de semillero y del techo cuelgan cestas de musgo. Mi madre pulsa un interruptor y los aspersores llenan el aire con una neblina.

–Ven a ver los antiguos establos. Hemos sacado todos los trastos. Los podríamos convertir en un apartamento independiente. Te lo enseñaré por dentro.

Recorremos el sendero entre el huerto y los árboles frutales. Mi madre sigue hablando, pero sólo la escucho a medias. Le veo el cuero cabelludo bajo la raya del pelo gris.

–¿Qué tal la manifestación? –le pregunto.

–Muy bien. Éramos más de cincuenta.

–¿Contra qué protestabais?

–Contra ese puñetero parque eólico. Lo quieren construir justo en la colina. –Señala vagamente–. ¿No has oído nunca una turbina de viento? Hacen un ruido monstruoso. El aire grita de dolor.

Se pone de puntillas y tantea con los dedos por encima de la puerta del establo para coger la llave escondida.

Vuelvo a sentir una opresión en el pecho.

–¿Qué acabas de decir?

–¿Cuándo?

–Ahora mismo... «El aire grita de dolor.»

–¡Ah, eso!, los molinos de viento hacen un ruido horroroso.

Tiene la llave en la mano. Cuelga de un trocito de madera tallada. De manera inconsciente le agarro la mano y se la giro; aprieto para que abra los dedos.

–¿Quién te ha dado esto?

Me tiembla la voz.

–Joe, me estás haciendo daño. –Mira el llavero–. Me lo hizo Bobby. Es el joven del que te he estado hablando. Arregló el muro y puso el tejado del establo. También construyó el invernadero y sembró las plantas. Trabaja mucho. Me llevó a ver los molinos de viento...

Por un momento me siento caer, pero no sucede nada. Es como si alguien hubiera inclinado el paisaje y me estuviera inclinando hacia él, agarrado al marco de la puerta.

–¿Cuándo?

–Pasó aquí tres meses este verano...

–Descríbemelo.

–Cómo te lo podría decir sin ser maleducada... Es muy alto, aunque algo pasado de peso. De huesos fuertes. Una dulzura de muchacho. Sólo quería alojamiento y comida.

La luz no es un rayo cegador ni un cubo de agua fría en la cara. Se va filtrando en mi consciencia como una mancha de vino tinto en una alfombra de color claro, o una mancha oscura en el pecho en una radiografía. Bobby sabía cosas sobre mí. Cosas a las que no di importancia: las consideré coincidencias.

Tigres y leones. El dibujo de Charlie de la ballena. La tía Gracie... Sabía cosas de Catherine y de cómo murió. Un hechicero medieval que aparece y reaparece en una nube de humo.

Pero ¿cómo supo lo de Elisa? Nos vio comer juntos y luego la siguió a su casa. No. Fue a verme aquella tarde. Se presentó para su cita. Fue entonces cuando me dio esquinazo, junto al canal... cerca de casa de Elisa.

No comprenderás todavía lo que comprenderás en el futuro.

Hago un movimiento brusco, pierdo el equilibrio y caigo con torpeza en el camino. Me levanto como puedo y corro cojeando hacia la casa, sin hacer caso de mi madre, que dice que aún no he visto el establo.

Cruzo la puerta a trompicones, choco contra la pared del lavadero y estoy a punto de derribar una cesta de colada y el paquete de detergente que hay en un estante. Unas zapatillas deportivas de mi madre se me enganchan en la punta de la bota. El teléfono más cercano está en la cocina. Julianne lo coge al tercer timbrazo. No le doy tiempo para hablar.

–Dijiste que alguien estaba vigilando la casa.

–Cuelga, Joe, la policía te está buscando.

–¿Viste a alguien?

–Cuelga y llama a Simon.

–¡Por favor, Julianne!

Reconoce la desesperación en mi voz. Percibe que hace juego con la suya.

–¿Viste a alguien?

–No.

–¿Y la persona que D. J. echó de nuestra casa? ¿Le dio tiempo a verla?

–No.

–Algo debió de decirte. ¿Era alto, corpulento, con exceso de peso?

–D. J. no lo vio tan de cerca.

–¿Hay un chico en tus clases de español que se llama Bobby, o Robert, o Bob? Es alto, lleva gafas.

–Hay un tal Bobby.

–¿Cómo se apellida?

–No lo sé. Una noche lo llevé en coche a su casa. Me contó que había vivido en Liverpool...

–¿Dónde está Charlie? ¡Sácala de la casa! Bobby quiere haceros daño, me está castigando...

Se lo intento explicar, pero ella no hace más que preguntar por qué Bobby pretende semejante cosa. Es la única respuesta de la que todavía carezco.

–Nadie nos va a hacer daño, Joe. La calle está llena de policías. Hoy uno me ha seguido por el supermercado. He hecho que me llevara las bolsas de la compra; se moría de vergüenza.

De repente comprendo que tiene razón. Charlie y ella están más seguras en la casa que en ningún otro lugar, porque la policía las vigila... por si aparezco yo.

Julianne no ha dejado de hablar.

–Llama a Simon, por favor. No hagas ninguna tontería.

–Claro.

–Prométemelo.

–Te lo prometo.

El número del domicilio de Simon está escrito por detrás de su tarjeta de visita. Cuando me coge el teléfono oigo de fondo la voz de Patricia. Se está acostando con mi hermana. ¿Por qué me parece raro?

Baja la voz hasta convertirla en un susurro y oigo cómo se lleva el teléfono a un lugar más privado. No quiere que Patricia oiga la conversación.

–¿Comiste con alguien el jueves?

–Con Elisa Velasco.

–¿Luego fuiste a su casa con ella?

–No.

Respira hondo. Ya sé lo que viene ahora.

–Han encontrado a Elisa muerta en su casa. La asfixiaron con una bolsa de basura. Van a por ti, Joe. Tienen una orden de detención. Te acusan de asesinato.

La voz me sale aguda y temblorosa.

–Sé quién la ha matado. Es un paciente mío, Bobby Morgan. Me ha estado espiando...

Simon no me escucha.

–Quiero que vayas a la comisaría más cercana. Entrégate. Cuando llegues, llámame. No digas nada hasta que no esté contigo...

La voz de Simon es cada vez más insistente.

–Tienes que hacer lo que te he dicho. Hay pruebas de ADN, Joe. Rastros de tu semen y cabellos; tus huellas estaban en el dormitorio y en el cuarto de baño. El jueves por la tarde un taxista te recogió a un kilómetro de la escena del crimen. Te recuerda. Le dijiste que se detuviera delante del mismo pub de donde desapareció Catherine McBride...

–Querías saber dónde pasé la noche del día trece. Te lo voy a decir. Estuve con Elisa.

–Pues tu coartada ha muerto.

La afirmación es tan directa y sincera que dejo de intentar convencerlo. Los hechos están sobre la mesa, uno a uno, y dejan bien claro que mi posición es desesperada. Hasta mis negativas suenan débiles.

Mi padre está de pie en la puerta, vestido con su chándal. Tras él, a través de las cortinas abiertas del salón, veo dos coches de policía que se han detenido en la calle.

LIBRO TERCERO

En la noche realmente oscura del alma,
siempre son las tres de la madrugada.

F. SCOTT FITZGERALD,
El Crack-up

I

Cinco kilómetros es mucha distancia cuando corres con unas botas de goma. Más todavía si los calcetines se te han bajado hasta formar una bola bajo el arco del pie y te hacen correr como un pingüino.

Camino con dificultad por senderos enlodados por donde se mueven las ovejas, salto entre las rocas, sigo el curso de un arroyo casi congelado que atraviesa los prados. Pese a las botas consigo ir a buen paso y sólo miro hacia atrás de cuando en cuando. Ahora mismo lo estoy haciendo todo de manera automática. Si me paro por lo que sea estoy perdido.

Las vacaciones de mi infancia transcurrieron explorando estos prados. Conocía hasta el último bosquecillo, hasta la última loma, los mejores escondites y los mejores sitios para pescar. Besé a Ethelwyn Jones en el pajar del granero de su tío el día que cumplió trece años. Fue mi primer beso con lengua y al momento tuve una erección. Ella se apoyó contra mi pene y soltó un grito, y me mordió con fuerza el labio inferior. Tenía un aparato corrector en los dientes y su boca parecía la de Tiburón, el malo de las películas de James Bond. Tuve una herida en la boca que tardó dos semanas en curarse, pero valió la pena.

Cuando llego a la A55 me meto entre los pilones de cemento de un puente y sigo el curso del riachuelo. Las orillas son cada vez más empinadas y en dos ocasiones me deslizo de lado hacia el agua, rompiendo el hielo del borde.

Llego a una catarata de unos tres metros de altura y empiezo a escalar, ayudándome de matojos de hierba y rocas para apoyar pies y manos. Tengo las rodillas embarradas y los pantalones empapados. Diez minutos más tarde me arrastro para pasar bajo una valla y doy con un camino para excursionistas señalizado.

Los pulmones me empiezan a doler, pero tengo la mente clara. Tan clara como el aire fresco. Mientras Julianne y Charlie estén a salvo no me importa lo que me pase a mí. Me siento como un trapo que un perro llevara en la boca. Alguien está jugando conmigo, me está haciendo jirones: mi familia, mi vida, mi profesión... ¿por qué? Esto es una mierda. Es como intentar leer caligrafía especular: todo está al revés.

A cien metros de allí, tras saltar la valla de una granja, llego a la carretera que lleva a Llanrhos. A ambos lados de la estrecha franja de asfalto negro hay setos, interrumpidos aquí y allá por verjas de entrada a granjas y senderos llenos de baches. Siempre cerca de la zanja que hay a un lado, me dirijo hacia la torre de una iglesia que se divisa a lo lejos. Por dos veces tengo que saltar a un lado y esconderme cuando oigo que se acerca un vehículo. En la segunda ocasión es un furgón policial con perros que ladran en la parte de atrás, tras una ventanilla cubierta de malla metálica.

El pueblo parece desierto. Los únicos locales abiertos son una cafetería y una inmobiliaria con un cartel de «VUELVO EN DIEZ MINUTOS» en la puerta. En algunas ventanas hay luces de colores y en la plaza se alza un árbol de Navidad, justo frente al monumento en recuerdo de los caídos en la guerra. Un hombre que pasea a su perro me saluda con un gesto de la cabeza. Tengo los dientes tan apretados que no le puedo responder.

Doy con un parque y me siento. Me sale vapor del impermeable. Tengo las rodillas llenas de barro y de sangre, las palmas de las manos cubiertas de arañazos, y me sangran las uñas. Quiero cerrar los ojos para pensar, pero tengo que mantenerme alerta.

Las casas que rodean la plaza parecen sacadas de un cuento, con cercas de madera y pérgolas de hierro forjado. Tienen nombres galeses escritos con letras floridas en todas las puertas. Por encima de la plaza hay sartas de banderines blancos y las escaleras de la iglesia están llenas de confeti mojado.

Las bodas galesas son como los funerales galeses. Se utilizan los mismos coches, floristerías y salones en la iglesia, con las mismas teteras antiguas que sirven las mismas mujeres de busto amplio con vestidos holgados de estampado floral y medias terapéuticas.

El frío se me va metiendo en los huesos a medida que pasan los minutos. Un viejo Land Rover entra en la plaza y pasa despacio por el parque. Aguardo y observo. Nadie lo sigue. Con las piernas entumecidas, me pongo en pie. El jersey empapado en sudor se me pega a la espalda.

La puerta del copiloto chirría por los años y la negligencia. Ocupo el asiento. Un cojín de gomaespuma cubre los muelles oxidados y el vinilo desgarrado. El motor está tan descuidado que se oyen un millar de traqueteos antes de que mi padre consiga meter la primera.

–¡Qué asco de motor! Hace mucho tiempo que no lo ponía en marcha.

–¿Qué ha pasado con los policías?

–Están registrando los prados. Les oí decir que habían localizado un coche en la estación.

–¿Cómo has conseguido escabullirte?

–Les dije que tenía una operación. Cogí el Mercedes y luego me cambié al Land Rover. Menos mal que arrancó.

Cada vez que pasamos sobre un charco el agua entra como una fuente por un agujero del suelo. La carretera describe curvas y curvas, asciende y desciende por el valle. El cielo empieza a despejarse por el oeste y las sombras de las nubes cubren el paisaje a lomos de una brisa refrescante.

–Estoy en un buen lío, papá.

–Ya lo sé.

–No he matado a nadie.

–Eso también lo sé. ¿Qué te dice Simon?

–Que me entregue.

–Parece un buen consejo.

Enseguida da por hecho que no lo voy a aceptar y que nada de lo que diga cambiará las cosas. Estamos pasando por el valle de Conwy en dirección a Snowdonia. Los prados han dejado paso a bosques escasos; hay otros más espesos a lo lejos.

La carretera serpentea entre los árboles y se divisa una gran mansión solariega en un risco que domina el valle. Las verjas de hierro están cerradas, y de ellas cuelga un cartel en el que leo «SE VENDE».

–Antes eso era un hotel –dice mi padre sin apartar los ojos de la carretera–. Llevé a tu madre ahí en nuestra luna de miel. En aquellos tiempos era espléndido. Había baile los sábados por la tarde y el hotel tenía orquesta propia...

Mi madre me lo había contado ya, pero a mi padre nunca se lo había oído mencionar.

–... tu tío nos prestó el Austin Healey y salimos de viaje una semana. Fue entonces cuando descubrí la granja. No estaba en venta todavía, pero nos detuvimos para comprar manzanas. Parábamos bastante a menudo porque tu madre estaba algo dolorida... Cuando la carretera era mala se tenía que sentar en un cojín.

Deja escapar una risita y comprendo lo que quiere decir. La verdad es que no necesito tanta información sobre la iniciación sexual de mi madre, pero me río con él. Luego le cuento la historia de mi amigo Scot, que dejó inconsciente a su esposa en la fiesta de bodas, en Grecia.

–¿Cómo?

–Estaba intentando enseñarle a dar la voltereta en el aire y se le cayó. La pobre despertó en un hospital y no sabía ni en qué país estaba.

Mi padre se echa a reír, y yo también. Hace que me sienta bien. Aún mejor me siento cuando las risas cesan y el silencio no resulta incómodo. Mi padre me mira por el rabillo del ojo. Quiere decirme algo pero no sabe por dónde empezar.

Recuerdo su discurso de «mayoría de edad». Me dijo que tenía que contarme algo importante y me llevó a dar un paseo por Kew Gardens. Era tan inusual que pasara tiempo conmigo que el pecho se me henchía de orgullo.

Mi padre hizo varios intentos fallidos de iniciar el discurso. Cada vez que se le trababa la lengua, las zancadas que daba eran más largas. Para cuando llegó al tema del coito y las precauciones yo ya tenía que correr para mantenerme a su paso; intentaba no perderme ni una palabra y a la vez no perder el sombrero.

Ahora tamborilea con los dedos en el volante, nervioso, como si intentara enviarme un mensaje en código Morse. Carraspea innecesariamente para aclararse la garganta, y empieza a contarme una historia enrevesada sobre elecciones, responsabilidad y oportunidades. No sé adónde quiere ir a parar.

Por fin llega al tema de los tiempos en los que estudió Medicina en la universidad.

–... después de eso hice dos años de Ciencias de la Conducta. Quería especializarme en Psicología Educativa...

¡Un momento! ¿Ciencias de la Conducta? ¿Psicología? Me lanza una mirada torva y comprendo que no está de broma.

–... mi padre se enteró de lo que estaba haciendo. Tenía un puesto en el consejo de la universidad y era amigo del rector. Se desplazó sólo para ir a verme y me amenazó con cortarme la asignación mensual.

–¿Y tú qué hiciste?

–Lo que él quería. Hacerme cirujano.

Antes de que pueda plantearle otra pregunta levanta la mano. No quiere interrupciones.

–Mi carrera estaba ya diseñada. Me habían preparado los destinos, los cargos y las ocupaciones. Me abrieron puertas. Me aprobaron promociones... –Baja la voz hasta que se convierte en apenas un susurro–. Lo que intento decirte es que estoy orgulloso de ti. Te mantuviste en tus trece e hiciste lo que querías. Tuviste éxito sin ayuda. Sé que no es fácil quererme, Joe. No doy nada a cambio. Pero siempre te he querido. Y siempre estaré a tu lado cuando me necesites.

Detiene el coche en un área de reposo y deja el motor en marcha al tiempo que se da la vuelta y coge una bolsa del asiento trasero.

–Esto es todo lo que te he podido traer –dice al tiempo que me muestra el contenido.

Hay una camisa limpia, algo de fruta, un termo, mis zapatos y un sobre lleno de billetes de cincuenta libras.

–También he cogido tu móvil.

–No tiene batería.

–Bueno, pues llévate el mío. Total, nunca lo uso.

Espera a que me siente tras el volante y pone la bolsa en el asiento del copiloto.

–No echarán en falta el Land Rover, al menos a corto plazo. Ni siquiera está dado de alta en Tráfico.

Se me van los ojos a la esquina inferior del parabrisas. En el cristal hay una etiqueta de botella de cerveza. Sonríe.

–Sólo lo conduzco por el campo. Le irá bien un viajecito.

–¿Cómo vas a volver a casa?

–Haré autoestop.

Dudo mucho que haya levantado el pulgar en toda su vida. Pero ¿qué sé yo? Hoy ha demostrado que esconde muchas sorpresas. Todavía se parece a mi padre, pero al mismo tiempo es muy diferente.

–Buena suerte –dice al tiempo que me estrecha la mano a través de la ventanilla.

Tal vez si hubiéramos estado los dos de pie me habría dado un abrazo. Quiero creer que sí.

Meto la primera y el Land Rover vuelve al asfalto. Le veo por el espejo retrovisor, de pie, al borde de la carretera. Recuerdo lo que me dijo cuando murió la tía Gracie y yo sufría por dentro: «Recuerda, Joseph, que la hora más negra de tu vida sólo dura sesenta minutos».

La policía me seguirá a pie a lo largo del arroyo. Los controles de carreteras tardarán más en organizarse. Con un poco de suerte quedaré fuera del cordón que organicen. No sé cuánto tiempo gano así. Mañana mi rostro estará en la televisión y en todos los periódicos.

Mi mente se está acelerando al tiempo que mi cuerpo baja de velocidad. No puedo hacer lo que esperan que haga. Tengo que darles la vuelta y luego ponerlos patas arriba. Es una de esas situaciones de «cree que creo que cree», en la que cada participante trata de anticiparse al siguiente movimiento del otro. Tengo que ponerme en el lugar de dos mentes. Una es la de un policía muy cabreado que cree que le he estado tomando el pelo, y la otra la de un asesino sádico que sabe dónde están mi mujer y mi hija.

El motor del Land Rover se cala cada pocos minutos. Es casi imposible meter la cuarta, y cuando lo consigo tengo que sujetar la palanca de cambios con la mano.

Cojo la bolsa y saco el teléfono móvil. Necesito la ayuda de Jock. Sé que estoy corriendo un gran riesgo. Es un cabrón mentiroso, pero no me queda mucha gente en la que poder confiar.

Coge el teléfono con torpeza. Oigo cómo maldice entre dientes.

–¿Por qué tiene que llamar todo el mundo cuando estoy meando?

Me lo imagino sujetando el teléfono bajo la barbilla mientras se sube la bragueta.

–¿Dijiste a la policía lo de las cartas?

–Sí. No me creen.

–Convéncelos. Tienes que tener algo de Catherine, algo para demostrar que te acostabas con ella.

–Sí, claro. Tomaba fotos con la Polaroid para enseñárselas al abogado que le lleva el divorcio a mi mujer.

Dios, qué gilipollas puede llegar a ser. No tengo tiempo que perder con estas tonterías. Pero sonrío para mis adentros. Me equivoqué con respecto a Jock. No es ningún asesino.

–Ese paciente que me pasaste, Bobby.

–¿Qué pasa con él?

–¿Cómo lo conociste?

–Como te dije. Su abogado quería que le hiciera pruebas neurológicas.

–¿Quién sugirió que lo tratara yo? ¿Fuiste tú o Eddie Barrett?

–Eddie te mencionó primero.

Ha empezado a llover. Los limpiaparabrisas sólo tienen una velocidad: lenta.

–En Liverpool hay un hospital oncológico, el Clatterbridge.

Quiero saber si tienen la historia de una paciente llamada Bridget Morgan. Puede que esté utilizando su nombre de soltera, Bridget Aherne. Tiene cáncer de mama. Al parecer muy extendido. Puede que sea paciente externa, o que esté en una residencia para desahuciados. Necesito encontrarla.

No estoy pidiéndole ningún favor. O hace lo que le digo o nuestra larga relación toca a su fin sin remedio. Jock busca alguna excusa, pero no se le ocurre ninguna. Lo único que quiere es salir corriendo. Siempre ha sido un cobarde a menos que pueda intimidar físicamente al contrario. No le voy a dar ocasión de que se me escape. Sé que ha mentido a la policía. Sé demasiados detalles sobre los bienes que oculta a sus ex esposas.

–Te van a coger, Joe –me dice con tono brusco.

–A todos nos cogen tarde o temprano –replico–. Llámame a este número en cuanto puedas.

2

Cuando estaba en tercer curso, durante unas vacaciones en Gales, cogí unas cerillas del cuenco de porcelana que había sobre la repisa de la chimenea para hacer un fuego de campamento. Era casi al final de un verano muy seco y la hierba estaba oscura y quebradiza. ¿He mencionado ya el viento?

Mi montón de ramitas humeantes encendió la hierba, y el incendio destruyó dos vallas, un seto de más de doscientos años y amenazó con acabar con un granero cercano donde se guardaban provisiones para todo el invierno. Di la alarma gritando a pleno pulmón mientras corría hacia casa con las mejillas ennegrecidas y el pelo lleno de ceniza.

Me metí en un rincón del altillo de los establos, encajonado contra el techo inclinado. Sabía que mi padre era demasiado grande como para alcanzarme allí. Me quedé muy quieto, respirando el aire polvoriento y oyendo las sirenas de los coches de bomberos. Imaginé todo tipo de horrores. Vi en mi mente granjas, pueblos enteros incendiados. Me meterían en la cárcel. Al hermano de Carey Moynihan lo metieron en el reformatorio porque prendió fuego a un vagón de tren. Volvió más odioso de como había entrado.

Me pasé cinco horas en el altillo. Nadie me gritó ni me amenazó. Mi padre dijo que debía salir y aceptar mi castigo como un hombre. ¿Por qué los niños se tienen que comportar como hombres? El gesto de decepción en el rostro de mi madre me dolió mucho más que el aguijonazo del cinturón de mi padre. ¿Qué iban a decir los vecinos?

Ahora la cárcel me parece mucho más cercana que en aquellos tiempos. Me imagino a Julianne con nuestro bebé en brazos al otro lado de la mesa. «Dile hola a papá», le dice al niño (es niño, por supuesto) al tiempo que se baja el borde de la falda, cohibida, consciente de que docenas de reclusos le miran las piernas.

Imagino un edificio de ladrillo rojo en medio de un patio de cemento. Puertas de hierro con llaves del tamaño de la palma de una mano. Veo pasarelas de metal, patios de ejercicios, carceleros arrogantes, porras, orinales, ojos gachos, ventanas con rejas y unas cuantas fotos pegadas con cinta adhesiva en la pared de la celda.

¿Qué le pasa en la cárcel a una persona como yo?

Simon tiene razón. No puedo huir. Y, como descubrí en tercer curso, no me puedo ocultar eternamente. Bobby quiere destruirme. No me quiere muerto. Me podría haber matado cien veces, pero me quiere vivo para que yo pueda ver lo que me está haciendo y sepa que es él.

¿Seguirá la policía vigilando mi casa, o retirarán a sus hombres para concentrarse en Gales? Lo segundo no me conviene. Necesito saber que Julianne y Charlie están a salvo.

Suena el teléfono. Jock tiene la dirección de Bridget Aherne en un asilo para enfermos terminales de Lancashire.

–He hablado con el jefe del Departamento de Oncología. Dicen que le quedan pocas semanas.

Oigo cómo quita el envoltorio de plástico a un cigarro puro. Es temprano. Tal vez lo esté celebrando. Hemos establecido una tregua inestable. Como un matrimonio viejo, reconocemos las medias verdades y hacemos caso omiso de los detalles irritantes.

–Hoy sale tu foto en los periódicos –dice–. Pareces más un banquero que uno de los «delincuentes más buscados».

–No soy fotogénico.

–A Julianne también la mencionan. Dicen que se mostró «alterada y emotiva» cuando los periodistas la fueron a ver.

–Los mandó a tomar por culo.

–Sí, eso mismo me pareció a mí.

Oigo cómo expele una bocanada de humo.

–Te lo tengo que reconocer, Joe. Siempre pensé que eras un pelma aburrido. Majete, pero pesadísimo. ¡Y mira de lo que me entero! Delincuente y con dos amantes.

–No me acosté con Catherine McBride.

–Una pena. Tenía un buen polvo.

Suelta una risita irónica.

–Se nota que no te oyes cuando hablas, Jock.

Y pensar que hubo un tiempo en que lo envidiaba. ¡En lo que se ha convertido! En la burda parodia de un conservador de derechas, un machista de clase media, un fanático intolerante. Ya no confío en él, pero necesito que me haga otro favor.

–Quiero que te vayas a vivir con Julianne y con Charlie hasta que esto acabe.

–Me dijiste que no me acercara a tu mujer.

–Ya lo sé.

–Lo siento, no te puedo ayudar. Julianne no me devuelve las llamadas. Supongo que le dijiste lo de Catherine y lo de las cartas. Ahora está cabreada con los dos.

–Por lo menos llámala. Dile que tenga mucho cuidado. Que no deje entrar a nadie en la casa.

3

El Land Rover tiene una velocidad punta de sesenta kilómetros por hora y tendencia a desviarse hacia el centro de la carretera. Parece más una pieza de museo que un vehículo a motor; los otros coches tocan el claxon al adelantarme como si estuviera conduciendo para recaudar fondos de caridad. Debe de ser el mejor vehículo de fuga jamás imaginado: nadie espera que un hombre buscado por la policía intente escapar tan despacio.

Voy a Lancashire siempre por carreteras secundarias. Un polvoriento mapa sacado de la guantera, de alrededor de 1965, me sirve para no perderme. Cruzo pueblos con nombres como Puddinglake o Woodplumpton. En las afueras de Blackpool, en una gasolinera casi desierta, aprovecho el cuarto de baño para asearme un poco. Con una esponja me quito el lodo de los pantalones y los sostengo bajo el secador de manos antes de cambiarme la camisa y lavarme los cortes de las manos.

El asilo Squires Gate se alza en un cabo rocoso, como si hubiera sido tallado allí por la brisa salada. Las torrecillas, las ventanas en forma de arco y el tejado inclinado parecen eduardianos, pero las edificaciones anexas son más recientes, menos intimidantes.

El camino flanqueado por álamos describe una curva ante la entrada del hospital y lleva a la zona de aparcamiento. Sigo los carteles indicadores para llegar al ala de cuidados paliativos, que da al océano. Los pasillos están desiertos y las escaleras casi pulcras. Un enfermero negro con la cabeza afeitada está sentado tras una mampara de vidrio y mira una pantalla. Está absorto en un juego de ordenador.

–¿Tienen una paciente llamada Bridget Aherne?

Me mira las rodillas, que ya no son del mismo color que el resto de los pantalones.

–¿Es familiar suyo?

–No. Soy psicólogo. Tengo que hablar con ella acerca de su hijo.

Arquea las cejas.

–No sabía que tuviera un hijo. Recibe pocas visitas.

Sigo sus ágiles pasos por el pasillo, donde gira bajo la escalera y me guía a través de unas puertas que dan al exterior. Un sendero de gravilla divide en dos el césped sobre el que dos enfermeros con cara de aburridos comparten un bocadillo sentados en un banco.

Entramos en un edificio anexo de una sola planta, más cercano a los acantilados, y llegamos a una sala amplia con aproximadamente una docena de camas, la mitad de ellas vacías. Una mujer flaca con el cráneo desprovisto de pelo está incorporada sobre unos almohadones. Contempla a dos niños pequeños que dibujan garabatos en un papel, sentados al pie de la cama. Más allá una mujer con una sola pierna, vestida de amarillo, está sentada en una silla de ruedas frente al televisor, con una manta tejida a ganchillo sobre el regazo.

Al fondo de la sala, tras unas puertas dobles, están las habitaciones privadas. El enfermero no se molesta en llamar. La habitación está a oscuras. Al principio no veo nada más que las máquinas. Los monitores e indicadores crean la ilusión de control médico: como si todo fuera posible con sólo calibrar las máquinas y apretar los botones debidos.

Una mujer madura de mejillas hundidas yace en medio de una maraña de tubos y cables. Tiene una peluca rubia, pechos colgantes y lesiones color alquitrán en el cuello. Un vestido camisero rosa le cubre el cuerpo, y lleva sobre los hombros una desastrada chaqueta roja de punto. Tiene líneas negras en torno a las muñecas y los tobillos, no tan oscuras como para ser tatuajes y demasiado uniformes como para ser magulladuras.

–No le dé cigarrillos. Cada vez que tose se le salen los tubos.

–No fumo.

–Mejor para usted. –Se saca un cigarrillo de detrás de la oreja y se lo pone entre los labios–. Espero que pueda salir solo.

Las cortinas están corridas. Se oye música que suena a lo lejos. Tardo un rato en darme cuenta de que hay una radio encendida en la mesilla de noche, junto a un jarrón vacío y un ejemplar de la Biblia.

Está dormida. Sedada. Tal vez con morfina. Le sale un tubo de la nariz y otro de algún punto cercano al estómago. Tiene el rostro vuelto hacia el respirador.

Apoyo un hombro contra la pared, y luego la cabeza.

–Este lugar le da escalofríos –dice sin abrir los ojos.

–Sí.

Me siento en una silla de manera que no tenga que girar la cabeza para mirarme. Poco a poco abre los ojos. Tiene la cara más blanca que las paredes. Nos miramos el uno al otro en la penumbra.

–¿Ha estado alguna vez en Maui?

–Está en Hawai.

–Ya sé dónde está, joder. –Tose y la cama traquetea–. Ahí debería estar yo ahora. Debería estar en América. Debería haber nacido americana.

–¿Por qué lo dice?

–Porque los yanquis sí que saben vivir. Allí todo es más grande y mejor. La gente se ríe de ellos. Dicen que son arrogantes e ignorantes, pero lo que pasa es que son sinceros. A los países pequeños como éste se los comen para desayunar y los cagan antes del almuerzo.

–¿Ha estado alguna vez en América?

Cambia de tema. Tiene los ojos hinchados y un hilillo de baba le cae por la comisura de la boca.

–¿Es usted médico o sacerdote?

–Psicólogo.

Suelta una risa sarcástica.

–No tiene sentido que me conozca. A menos que le gusten los funerales.

El cáncer debió de golpearla con fuerza, deprisa. Su cuerpo no ha tenido tiempo de consumirse. Es pálida, tiene una barbilla bonita y el cuello largo. De no ser por el entorno y por la brusquedad de su voz todavía sería una mujer atractiva.

–Lo malo del cáncer es que no parece que tengas cáncer, ¿sabes? Si tienes un resfriado te sientes resfriado, y si tienes una pierna rota sientes que tienes la pierna rota. Pero con el cáncer no te das cuenta de nada hasta que te hacen escáneres y rayos X. Bueno, excepto el bulto, claro. ¿Cómo me puedo olvidar del bulto? ¡Tóquelo!

–No, gracias.

–No sea crío. Tóquelo. Seguro que se está preguntando si los pechos son naturales. Como casi todos los hombres.

Me lanza un zarpazo y me agarra por la muñeca. Su fuerza es sorprendente. Combato el instinto de apartarme. Me pone la mano bajo el vestido. Mis dedos se cierran en torno a la suavidad de su pecho.

–Justo ahí. ¿No nota? Era del tamaño de un guisante, pequeño y redondo. Ahora es como una naranja. Hace seis meses se me extendió a los huesos. Ahora lo tengo también en los pulmones.

Mi mano sigue sobre su pecho. Se frota el pezón contra ella. El pezón se endurece bajo mi palma.

–Si quiere podemos follar. –Lo está diciendo en serio–. Me gustaría sentir algo que no fuera esta... esta decadencia.

La mirada de compasión que ve en mi rostro la enfurece. Me aparta la mano y se abriga con la chaqueta. No me quiere mirar.

–Necesito hacerle unas cuantas preguntas.

–¡Ni lo sueñe! No quiero ningún discursito alentador. No estoy en fase de negación y ya he dejado de intentar hacer tratos con Dios.

–Quiero hablar de Bobby.

–¿Qué pasa con él?

No tengo planeado qué le voy a preguntar. Ni siquiera sé lo que busco.

–¿Cuándo la vio por última vez?

–Hace seis años, puede que siete. Siempre se estaba metiendo en líos. No hacía caso a nadie. Bueno, a mí no, desde luego. Le das a un crío los mejores años de tu vida y mira cómo te lo agradece. –Las frases son cortas y bruscas–. ¿Qué ha hecho esta vez?

–Lo han acusado de agresión. Dejó inconsciente a una mujer a patadas.

–¿A una novia?

–No, a una desconocida.

Su gesto se suaviza.

–Usted ha hablado con él. ¿Cómo está?

–Furioso.

Suspira.

–Muchas veces pensé que me habían cambiado al niño en el hospital. No parecía mío. Se parecía a su padre, una pena. No le veía nada de mí excepto los ojos. Era incapaz de seguir el ritmo y tenía la cara redonda como una hogaza de pan. Era incapaz de tener nada limpio. Tenía que meter las manos en todos los trastos, destriparlos, averiguar cómo funcionaban. Una vez echó a perder una radio estupenda y me manchó la mejor alfombra de ácido de la batería. Igual que su padre...

No termina la exposición, pero empieza otra.

–Nunca sentí lo que se supone que sienten las madres. Debo de tener poco instinto maternal, pero eso no significa que sea fría, ¿verdad? Nunca quise quedarme embarazada y nunca quise heredar un hijastro. ¡Por el amor de Dios, si sólo tenía veintiún años!

Arquea una ceja fina como un pincel.

–Se muere por meterse en mi cabeza, ¿eh? No hay mucha gente interesada en lo que piensan los demás ni en lo que tienen que decir. A veces algunos se comportan como si estuvieran escuchando, cuando lo que hacen en realidad es esperar su turno o pensar lo que van a decir. ¿Ha pensado ya lo que va a decir, señor Freud?

–Estoy intentando comprender.

–Lenny era así, siempre haciendo preguntas, siempre queriendo saber adónde iba yo o cuándo pensaba volver a casa. –Imita burlona su voz suplicante–. «¿Con quién estás, tesorito? Por favor, ven a casa. Te esperaré levantado.» ¡Qué patético era! No tiene nada de raro que yo pensara que me merecía algo mejor. No iba a quedarme con aquel cerdo sudoroso toda mi vida.

–Se suicidó.

–Nunca pensé que tuviera agallas.

–¿Sabe por qué?

No parece oírme. En lugar de eso mira hacia las cortinas. La ventana debe de dar al océano.

–¿No le gusta el paisaje?

Se encoge de hombros.

–Aquí corre el rumor de que no se molestan en enterrarnos. Nos tiran por el acantilado.

–¿Qué me contaba de su marido?

No me mira.

–Decía que era inventor. ¡Menuda tontería! ¿Sabe lo que decía que iba a hacer si ganaba dinero? Ni que fuera a ganar algo. Pero si lo ganaba, lo quería donar «para enriquecer al mundo». Así era el muy idiota, siempre parloteando sobre dar el poder a los trabajadores y la revolución proletaria, siempre con discursos y moralina. Los comunistas no creen en el cielo ni en el infierno. ¿Dónde cree que estará?

–No tengo creencias religiosas.

–Pero ¿cree que pudo ir a otra parte?

–No sabría decirle.

Su armadura de indiferencia muestra un punto débil.

–Puede que estemos todos en el infierno y no nos hayamos dado cuenta. –Hace una pausa y cierra los ojos–. Yo quería el divorcio. Me dijo que no. Le dije que se buscara una amante. No me quería dejar escapar. La gente dice que soy fría, pero siento más que los demás. Sabía cómo buscar placer. Sabía cómo utilizar lo que tenía. ¿Eso me convierte en una puta? Hay personas que se pasan la vida entera en la abnegación, o haciendo felices a los demás, o coleccionando puntos que creen que podrán canjear en la otra vida. Yo no soy de ésas.

—Acusó a su marido de abusar sexualmente de Bobby.

Se encoge de hombros.

—Me limité a cargar la pistola. No la disparé. Es la gente como usted la que aprieta el gatillo. Médicos, asistentes sociales, maestros, abogados, bienhechores...

—¿Nos equivocamos?

—El juez dijo que no.

—¿Y usted qué cree?

—Creo que a veces nos olvidamos de la verdad si nos repiten una mentira las suficientes veces.

Alza el brazo y pulsa el timbre que tiene sobre la cabeza. No puedo marcharme aún.

—¿Por qué la odia su hijo?

—Todos acabamos por odiar a nuestros padres.

—Se siente culpable.

Aprieta los puños y suelta una risotada ronca. El soporte cromado del que pende el suero con morfina se mueve de adelante a atrás.

—Tengo cuarenta y tres años y me estoy muriendo. Hiciera lo que hiciera, estoy pagando el precio. ¿Puede usted decir lo mismo?

La enfermera llega; parece cabreada por la llamada. Uno de los cables del monitor se ha soltado. Bridget alza el brazo para que se lo vuelva a conectar. Al mismo tiempo me hace un gesto de despedida con la mano. La conversación ha terminado.

En el exterior ha oscurecido. Sigo el sendero entre los árboles hasta llegar al aparcamiento. Saco el termo de la bolsa y me lo llevo a la boca con ansia. El whisky sabe a fuego; me calienta por dentro. Quisiera seguir bebiendo hasta que no sintiera el frío ni notara cómo me tiembla el brazo.

4

Melinda Cossimo abre la puerta de mala gana. Las visitas a horas tan tardías rara vez son motivo de alegría para un asistente social, y menos si es domingo. Los fines de semana es cuando las tensiones familiares alcanzan temperaturas más altas y la ira se desborda. Las esposas reciben palizas y los hijos huyen de casa. A los asistentes sociales les gustan los lunes.

No le doy tiempo a hablar.

–La policía me está buscando. Necesito tu ayuda.

Parpadea y me mira con los ojos muy abiertos, pero parece casi tranquila. Tiene el pelo recogido en un moño alto con una pinza grande de carey. Se le han escapado unos mechones que le acarician las mejillas y el cuello. La puerta se cierra y me hace un gesto para que pase; me dice que suba al piso de arriba y vaya directo al baño. Aguarda fuera mientras le voy pasando mis ropas.

Protesto y le digo que no tengo tiempo, pero no reacciona a mi tono apremiante. Dice que lavar unas cuantas prendas no lleva tanto tiempo.

Miro al desconocido desnudo del espejo. Ha perdido peso. Es lo que te sucede cuando no comes. Ya sé lo que diría Julianne: «¿Por qué no puedo adelgazar yo con tanta facilidad?». El desconocido del espejo me sonríe.

Bajo con una bata puesta y oigo cómo Mel cuelga el teléfono. Para cuando llego a la cocina ya ha abierto una botella de vino y está llenando dos vasos.

–¿A quién has llamado?

–A nadie, no tiene importancia.

Se acomoda en un sillón amplio con el tallo de la copa entre los dedos de la palma extendida. La otra mano reposa sobre el lomo de un libro abierto que tiene boca abajo en el brazo del sillón. La luz de la lámpara de pie proyecta una sombra entre sus ojos y hace que su boca parezca describir una dura curva descendente.

Siempre he relacionado esta casa con risas y momentos agradables, pero ahora parece demasiado silenciosa. Uno de los cuadros de Boyd está colgado sobre la repisa de la chimenea y otro en la pared de enfrente. Hay una foto suya con su moto en el circuito de carreras de la isla de Man.

–A ver, ¿qué has hecho?

–La policía está convencida de que he matado a Catherine McBride, entre otros.

–¿Entre otros?

Curva una ceja como un arco.

–Bueno, sólo un «otro». Una antigua paciente.

–Y ahora me vas a decir que eres inocente de todo.

–Sí, a menos que ser imbécil sea un crimen.

–¿Por qué huyes?

–Porque alguien me quiere inculpar.

–Bobby Morgan.

–Sí.

Alza una mano.

–No me digas nada más. Ya me he metido en un buen lío por enseñarte los expedientes.

–Nos equivocamos.

–¿Qué quieres decir?

–Acabo de hablar con Bridget Morgan. No creo que el padre de Bobby abusara de él.

–¡Y te lo ha dicho ella!

–Quería romper con él. Y él no le concedía el divorcio.

–Dejó una nota de suicidio.

–Una palabra.

–Una disculpa.

–Sí, pero ¿por qué?

La voz de Mel es fría.

–Eso es agua pasada, Joe. No la remuevas. Ya sabes la norma: nunca vuelvas la vista atrás, nunca reabras un caso. Ya tengo a bastantes abogados pisándome los talones, no me hace falta otra mierda de demanda...

–¿Qué pasó con las notas de Erskine? No estaban en los archivos.

Titubea.

–Puede que pidiera que las excluyeran.

–¿Por qué?

–Tal vez Bobby solicitó ver su expediente. Tiene derecho. El pupilo puede ver los informes del asistente social encargado de su caso y las minutas de algunas reuniones. Los textos redactados por terceras partes, como las notas de los médicos y los informes psicológicos, son diferentes. El especialista nos tiene que dar permiso para mostrarlas.

–¿Estás diciendo que Bobby vio su expediente?

–Es posible. –Rechaza la idea casi al instante–. Es un caso antiguo. Algunos documentos pueden haberse traspapelado.

–¿Tuvo Bobby oportunidad de coger esas notas?

Suelta un bufido airado.

–¡Tú estás de broma, Joe! Lo que tienes que hacer es preocuparte por ti.

–¿Es posible que viera el vídeo?

Sacude la cabeza; se niega a decir nada más. No puedo dejar que se me escape. Sin su ayuda, mi frágil e improbable teoría se va a hacer gárgaras. Hablo muy deprisa, como si temiera que me interrumpa, y le cuento lo del cloroformo, lo de las ballenas y los molinos de viento, cómo Bobby me ha seguido durante meses, cómo se ha infiltrado en las vidas de todos los que me rodean.

Pone mis ropas limpias en la secadora y me vuelve a llenar la copa de vino. La sigo hasta la cocina y continúo hablando a gritos para hacerme entender por encima del estruendo de la trituradora en la que Mel está moliendo garbanzos calientes. Extiende el humus sobre rebanadas de pan tostado y lo sazona con una pizca de pimienta negra.

–Por eso tengo que encontrar a Rupert Erskine. Necesito sus notas, o al menos lo que recuerde.

–No te puedo ayudar más. Ya he hecho demasiado.

Mira el reloj de la cocina.

–¿Esperas a alguien?

–No.

–¿A quién llamaste antes?

–A una amiga.

–¿Has llamado a la policía?

Titubea.

–No. He dado instrucciones a mi secretaria. Si no la llamaba en una hora tenía que avisar a la policía.

Consulto el mismo reloj y cuento hacia atrás.

–¡Por Dios santo, Mel!

–Lo siento. Tengo que pensar en mi vida profesional.

–Pues muchas gracias.

La ropa no se ha secado del todo, pero me pongo como puedo los pantalones y la camisa. Me agarra por la manga.

–Entrégate.

Le aparto la mano a un lado.

–Tú no lo entiendes.

La pierna izquierda me cuelga inerte justo cuando intento moverme deprisa. Tengo la mano en el picaporte de la puerta.

–Erskine. Buscas a Erskine –suelta de golpe–. Se jubiló hace diez años. Lo último que sé de él es que vivía cerca de Chester. Un compañero del departamento contactó con él hace un tiempo. Charlamos un poco, nos contamos lo que habíamos hecho últimamente.

Recuerda la dirección, en un pueblo llamado Hatchmere. Vicarage Cottage. La garabateo en un trozo de papel sobre la repisa del vestíbulo. Mi mano izquierda se niega a moverse. Tendré que arreglármelas con la derecha.

Todas las mañanas deberían ser así de claras y brillantes. El sol entra en ángulo a través de la rajada ventanilla trasera del Land

Rover, fracturándose en rayos multicolores como si fuera una bola de discoteca. Tengo que hacer fuerza con las dos manos para bajar una ventanilla lateral y contemplar el exterior; alguien ha pintado el mundo de blanco, ha borrado todos los colores.

Maldigo entre dientes la rigidez de la puerta hasta que la consigo abrir y saco una pierna afuera. El aire huele a tierra y a humo de leña. Cojo un puñado de nieve y me la froto por la cara para tratar de despertarme. Luego me bajo la bragueta y orino contra el tronco de un árbol, pintándolo de castaño más oscuro. ¿Cuánto trayecto recorrí anoche? Hubiera querido seguir, pero las luces del Land Rover se apagaban cada poco tiempo y me sumían en la oscuridad. En dos ocasiones estuve a punto de acabar en una zanja.

¿Cómo habrá pasado Bobby la noche? ¿Me estará buscando, o vigilando a Julianne y a Charlie? No va a esperar a que lo averigüe. Tengo que darme prisa.

El lago Hatchmere está rodeado de juncales y el agua refleja el azul del cielo. Me detengo ante una casa pintada de rojo y blanco para preguntar la dirección. Una anciana todavía vestida con la bata me abre la puerta y me confunde con un turista. Empieza a contarme la historia de Hatchmere, lo que le da pie a hablarme de su vida, de su hijo que trabaja en Londres y de sus nietos a los que sólo ve una vez al año.

Le doy las gracias sin parar mientras retrocedo. Todavía está ante su puerta mientras lucho por arrancar el Land Rover. Justo lo que me hacía falta. Seguro que es experta en jugar al bridge, en hacer crucigramas y en recordar matrículas. «Nunca se me olvida un número», dirá tras recitárselo a la policía.

El motor tiene la amabilidad de encenderse, y del tubo de escape sale un eructo de humo. Me despido con la mano y sonrío. Parece preocupada por mí.

Vicarage Cottage tiene luces navideñas sobre la puerta y las ventanas. En el sendero que lleva a la entrada veo aparcados unos cuantos coches de juguete en círculo, como carromatos en torno a una vieja caja de leche. También sobre el sendero, en diagonal, hay una sábana manchada de óxido con dos de sus extremos atados a un árbol. El niño acuclillado bajo ella lleva un cubo de plástico en la cabeza. Me apunta al pecho con un palo de madera.

–¿Eres de Slytherin? –pregunta ceceante.

–¿Cómo dices?

–Aquí sólo puedes entrar si eres de Gryffindor.

Las pecas que tiene en torno a la nariz son del color del maíz tostado.

Una mujer joven aparece en la puerta. Tiene el pelo rubio revuelto; se acaba de levantar, parece resfriada. Lleva en la cadera a un bebé que chupa un trozo de tostada.

–Deja en paz a este señor, Brendan –dice al tiempo que me esboza una sonrisa cansada.

Rodeo los juguetes y llego a la puerta. Veo una tabla de planchar tras ella.

–Tendrá que perdonarlo, se cree Harry Potter. ¿Puedo ayudarlo en algo?

–Espero que sí. Estoy buscando a Rupert Erskine.

Una sombra le nubla la cara.

–Ya no vive aquí.

–¿Sabe dónde lo podría localizar?

Se cambia el bebé a la otra cadera y se abrocha un botón suelto de la blusa.

–Será mejor que pregunte a otro.

–¿Lo sabrá algún vecino? Tengo que verlo, es muy importante.

Se muerde el labio inferior y mira por encima de mi hombro hacia la iglesia.

–Pues si quiere verlo tendrá que ir ahí.

Me vuelvo para mirar.

–Está en el cementerio. –Se da cuenta de lo brusco de la noticia–. Lo siento mucho, ¿lo conocía usted? –añade.

No tomo una decisión consciente, pero de pronto me encuentro sentado en las escaleras.

–Trabajamos un tiempo juntos –explico–. Fue hace mucho.

Echa un vistazo por encima del hombro.

–¿Quiere pasar y sentarse un momento?

La cocina huele a gachas y a biberones esterilizados. Hay ceras de colores y trozos de papel sobre la mesa y la silla. Se disculpa por el desorden.

–¿Qué le pasó al señor Erskine?

–Sólo sé lo que me contaron los vecinos. Todo el pueblo estaba conmocionado con lo que sucedió. Uno no se espera que esas cosas pasen en sitios como éste.

–¿Qué cosas?

–Dicen que un ladrón entró a robar en su casa y se encontró con él, pero no creo que eso explique nada. ¿Qué clase de ladrón ata a un anciano a una silla y le tapa la boca con precinto? Vivió dos semanas. Unos dicen que tuvo un ataque al corazón y otros que murió deshidratado. Fue la quincena más calurosa del año...

–¿Cuándo fue eso?

–Justo después de agosto. Me parece que algunos vecinos se sienten culpables porque nadie lo echó en falta. Siempre estaba arreglando el jardín o paseando junto al lago. Un miembro del coro de la iglesia fue a llamar a la puerta y un empleado del gas intentó leer el contador. La puerta de entrada no estaba cerrada con llave, pero a nadie se le ocurrió entrar. –El niño se debate en sus brazos–. ¿Seguro que no quiere una taza de té? Tiene mala cara.

Veo que mueve los labios y oigo la pregunta, pero la verdad es que no la estoy escuchando. Me han quitado el suelo de debajo de los pies, estoy en caída libre. La mujer sigue hablando.

–... dicen que era un anciano encantador. Viudo. Seguro que ya lo sabía. Creo que no tenía más familia...

Le pido permiso para llamar desde su teléfono, y necesito las dos manos para sujetar el receptor. Casi no leo los números. Me lo coge Louise Elwood. Tengo que refrenarme para no gritar.

–La subdirectora del St Mary; me dijo usted que había dimitido por motivos familiares.

–Sí. Se llamaba Alison Gorski.

–¿Cuándo dimitió?

–Hará unos dieciocho meses. Su madre murió en un incendio en la casa y su padre sufrió heridas graves. Se trasladó a Londres para poder cuidarlo. Creo que quedó en silla de ruedas.

–¿Cómo se inició el fuego?

–Creen que fue porque los confundieron con otras personas. Alguien les metió un cóctel molotov en la casa, por el buzón. Según los periódicos pudo tratarse de un asunto antisemita, pero no se averiguó nada más.

La oleada de miedo me cubre toda la piel como una película. Mis ojos se cruzan con los de la joven, que me mira con ansiedad desde la cocina. Tiene miedo de mí. He traído algo siniestro a su casa.

Hago otra llamada. Mel coge el teléfono de inmediato. No le doy tiempo para hablar.

–El coche que atropelló a Boyd: ¿qué pasó con el conductor, Mel?

La voz me sale aguda y estridente.

–La policía ha estado aquí, Joe. Un detective llamado Ruiz...

–Dime lo del conductor.

–Se dio a la fuga. Encontraron el vehículo a pocas manzanas del lugar del atropello.

–¿Y el conductor?

–Creen que algún adolescente había robado el coche para divertirse. Encontraron la huella dactilar de un pulgar en el volante, pero no había antecedentes.

–Cuéntame con exactitud lo que pasó.

–¿Por qué? ¿Qué tiene esto que ver con...?

–Por favor, Mel.

Relata a trompicones la primera parte de la historia, tratando de hacer memoria, ¿Boyd salió a las siete y media o a las ocho y media? Le duele pensar que puede haber olvidado esos detalles. Le preocupa que el recuerdo de Boyd se esté difuminando.

Era la noche del 5 de noviembre, el aniversario de la Conspiración de la Pólvora. El aire estaba cargado de explosivos y azufre. Los chiquillos del barrio, ebrios de emoción, se habían congregado en torno a las hogueras encendidas en huertos y solares. Boyd solía salir al anochecer para comprar tabaco. Iba al bar a tomarse una cerveza y por el camino pasaba por un estanco. Llevaba un chaleco fluorescente y un casco color amarillo canario. La cola de caballo de pelo canoso le colgaba sobre la espalda. Se detuvo en una intersección de Great Homer Street.

Puede que se volviera en el último momento, cuando oyó el motor del coche. Hasta puede que viera el rostro del conductor una fracción de segundo antes de desaparecer bajo el parachoques. El coche arrastró su cuerpo cien metros bajo el chasis, atrapado entre los restos retorcidos de la moto.

–¿Qué está pasando? –pregunta Mel.

Me imagino su amplia boca de labios rojos, los ojos grises y tímidos.

–Lucas Dutton: ¿dónde está ahora?

Mel responde con voz tranquila, algo temblorosa.

–Trabaja para no sé qué comisión que asesora al gobierno sobre el consumo de drogas entre los adolescentes.

Me acuerdo de Lucas. Se teñía el pelo, jugaba al golf con un handicap bajo, coleccionaba cajas de cerillas y botellas de whisky escocés. Su mujer era profesora de dramaturgia; tenían un Skoda, iban de vacaciones en caravana a Bognor, tenían dos hijas gemelas...

Mel me exige una explicación, pero no la dejo hablar.

–¿Les ha pasado algo a las gemelas?

–Me estás asustando, Joe.

–¿Qué les ha pasado?

–Una murió en Pascua, por sobredosis.

Ahora voy por delante de ella, tengo en la cabeza una lista de nombres: el juez McBride, Melinda Cossimo, Rupert Erskine, Lucas Dutton, Alison Gorki... todos relacionados con el mismo caso de protección a un menor. Erskine ha muerto. Todos los demás han perdido a algún ser querido. ¿Qué tiene esto que ver conmigo? Sólo me entrevisté con Bobby en una ocasión. Eso no basta para explicar los molinos de viento, las clases de español, los tigres y leones... ¿por qué se pasó meses en Gales, trabajando en el jardín de mis padres y arreglándoles el viejo establo?

Mel amenaza con colgar. No puedo dejar que se me escape.

–¿Quién presentó la solicitud de custodia del Estado?

–Yo, claro.

–Me dijiste que Erskine estaba de vacaciones. ¿Quién firmó el informe psicológico?

Titubea. El ritmo de su respiración cambia. Está a punto de mentir.

–No me acuerdo.

Insisto.

–¿Quién firmó el informe psicológico?

Habla como si no fuera conmigo, directamente al pasado.

–Fuiste tú.

–¿Cómo? ¿Cuándo?

–Te puse el informe delante y lo firmaste. Creíste que era una autorización para acogida preadoptiva. Era tu último día en Liverpool. Nos estábamos tomando una copa de despedida en la Windy House.

Gimo para mis adentros, todavía con el teléfono pegado a la oreja.

–¿Mi nombre aparecía en el expediente de Bobby?

–Sí.

–¿Sacaste el informe del expediente antes de enseñármelo?

–Fue hace mucho tiempo. Pensé que no tendría importancia.

No puedo responderle. El teléfono se me cae de la mano. La joven madre estrecha al bebé contra su pecho, lo acuna para calmar su llanto. Retrocedo hacia las escaleras y la oigo gritar al hijo mayor que entre. Nadie quiere estar cerca de mí. Soy como una enfermedad contagiosa. Una epidemia.

5

George Woodcock definió el tictac de un reloj como la tiranía mecánica que nos ha convertido en siervos de la máquina que creamos. Tenemos miedo de nuestros monstruos, igual que el barón Von Frankenstein.

En cierta ocasión tuve un paciente, un viudo que vivía solo, que llegó a convencerse de que el tictac del reloj de su cocina sonaba como una voz humana y pronunciaba palabras. El reloj le daba órdenes concisas. «¡A la cama!» «¡Lava los platos!» «¡Apaga las luces!» Al principio no hacía caso, pero el reloj repetía las instrucciones una y otra vez, siempre con las mismas palabras. Al final empezó a seguir las órdenes y el reloj se apoderó de su vida. Le decía lo que tenía que cenar y lo que debía ver en la televisión, cuándo hacer la colada, cuándo coger el teléfono...

La primera vez que entró en mi consulta le pregunté si quería té o café. De entrada no respondió. Miró el reloj de la pared con toda tranquilidad y tras un momento se volvió a mí y me dijo que sólo quería un vaso de agua.

Por extraño que parezca no quería que lo curase. Podría haber quitado todos los relojes de la casa o haberlos cambiado por otros digitales, pero las voces tenían algo que le resultaba tranquilizador, hasta reconfortante. A decir de todos, su esposa había sido una mujer rezongona y organizada que siempre le metía prisa, le escribía listas de tareas, le elegía la ropa y tomaba todas las decisiones por él.

No quería que yo hiciera callar a los relojes, quería saber cómo llevarlos con él. En la casa ya tenía un reloj en cada habitación, pero ¿qué podía hacer cuando salía?

Le sugerí un reloj de pulsera, pero sin saber por qué ningún modelo le hablaba tan alto como necesitaba, o bien balbuceaban incoherencias. Tras darle muchas vueltas fuimos de compras al mercado de antigüedades de Gray y se pasó más de una hora escuchando relojes viejos de bolsillo hasta que dio con uno que le hablaba, literalmente.

El reloj al que oigo hacer tictac podría ser el traqueteo del motor del Land Rover. O podía ser el reloj del fin del mundo. La bomba atómica está a punto de estallar. Mi pasado perfecto ya es historia y no puedo parar el cronómetro.

En la carretera de Hatchmere me encuentro con dos coches de policía; van en direcciones opuestas. Mel les debe de haber dado la dirección de Erskine. No tienen manera de saber que voy en un Land Rover, al menos por el momento. La ancianita de la memoria fotográfica se lo dirá. Con un poco de suerte, antes les contará la historia de su vida: eso me dará tiempo para escapar.

No dejo de mirar por el retrovisor, siempre temiendo ver el destello de luces azules. Esto será todo lo contrario a una persecución policial a toda velocidad. Si no consigo meter la cuarta me podrían adelantar con bicicletas. A lo mejor desde los helicópteros filman una escena de ésas en plan O. J. Simpson, un desfile de vehículos pero a cámara lenta.

Me acuerdo de la última escena de *Dos hombres y un destino,* con Redford y Newman bromeando mientras salen a enfrentarse al ejército mexicano. Yo no me siento tan temerario con respecto a lo de morir. Serán cosas mías, pero no encuentro nada glorioso en una lluvia de balas y un ataúd cerrado.

Lucas Dutton vive en una casa de ladrillos rojos en un barrio de las afueras, donde las tiendas locales ya no existen y sólo quedan traficantes de drogas y burdeles. Todas las paredes están cubiertas de pintadas. No han respetado ni los dibujos populares ni los murales protestantes. No hay atisbo de creatividad ni percepción del color. Es vandalismo puro, sin sentido.

Lucas está encaramado en una escalera en el camino de entrada a su casa, desatornillando una canasta de baloncesto de la pared. Tiene el pelo aún más oscuro, pero ha engordado un poco y las profundas arrugas de la frente le llegan hasta las pobladas cejas.

–¿Te echo una mano?

Mira hacia abajo y tarda un instante en conseguir poner nombre a mi cara.

–Estos chismes están oxidados –dice al tiempo que da unos golpecitos a los tornillos.

Baja de la escalera, se limpia los dedos en la pechera de la camisa y me estrecha la mano. Al mismo tiempo lanza una mirada rápida hacia la puerta de entrada, gesto que traiciona su nerviosismo. Su mujer debe de estar dentro. Habrán visto las noticias en televisión o las habrán oído en la radio.

Se oye música que viene de una habitación en el piso de arriba; muchos bajos retumbantes y platinas arrastradas. Lucas sigue la dirección de mi mirada.

–Siempre le estoy diciendo que la ponga más baja, pero dice que tiene que ser así. Cosas de la edad. En fin.

Me acuerdo de las gemelas. Sonia era buena nadadora, tanto en la piscina como en el mar. Sus brazadas eran perfectas. Me invitaron a una barbacoa en cierta ocasión, cuando las niñas tenían unos nueve años. Anunció que algún día cruzaría a nado el canal de la Mancha.

–Llegarías antes por el túnel –le dije.

Todos se echaron a reír. Sonia puso los ojos en blanco. Después de aquello ya no le caí bien.

Su hermana gemela, Claire, era el ratón de biblioteca, con gafas de montura de acero y un ojo vago. Se pasó casi todo el tiempo en su habitación, quejándose de que no oía la tele porque los de fuera estábamos «chillando como monos».

Lucas está plegando la escalera y explicándome que «las chicas ya no juegan al baloncesto».

–Sentí mucho lo de Sonia –digo.

Hace como si no me hubiera oído. Tiene las herramientas

guardadas en una caja. Estoy a punto de preguntarle qué sucedió cuando me empieza a contar que Sonia acababa de ganar dos títulos en el campeonato nacional de natación y había batido un récord de distancia.

–Pero pese a todos los entrenamientos, pese a todas las brazadas a primera hora de la mañana, kilómetro tras kilómetro, sabía que nunca sería de las grandes. Hay una frontera muy sutil entre ser de las buenas y ser de las grandes.

Dejo que siga hablando porque presiento que quiere llegar a alguna parte. Sonia Dutton, a punto de cumplir los veintitrés años, se vistió para ir a un concierto de rock. Iba con Claire y con un grupo de amigos de la universidad. Alguien le dio una pastilla blanca con el logo de una concha grabado en ella. Siempre había tenido muchísimo cuidado con los medicamentos y los suplementos vitamínicos. Se pasó la noche bailando hasta que el corazón se le empezó a acelerar y la presión sanguínea se le puso por las nubes. Se sintió mareada y ansiosa. Se derrumbó en uno de los retretes.

Lucas sigue acuclillado ante la caja de herramientas como si hubiera perdido algo. Le tiemblan los hombros. Con voz ronca describe las tres semanas que pasó Sonia en coma, sin llegar a recuperar el conocimiento. Lucas y su mujer discutieron sobre si desconectarla de las máquinas que la mantenían con vida. Él era el pragmático. Quería recordarla deslizándose por el agua con brazadas firmes. Su esposa lo acusó de rendirse y renunciar a la esperanza, de pensar sólo en sí mismo, de no rezar con suficiente fe para que ocurriera el milagro.

–Desde entonces no me ha dirigido más de una docena de palabras, y no todas en la misma frase. Anoche me dijo que había visto tu foto en las noticias. Le hice preguntas y me respondió. Fue la primera vez en siglos...

–¿Quién le dio a Sonia la pastilla? ¿Llegaron a coger a alguien?

Lucas niega con la cabeza. Claire proporcionó una descripción. Le pusieron delante fotos de archivo policial y hubo una rueda de reconocimiento.

–¿Qué aspecto dijo que tenía?

–Era alto, delgado, bronceado... el pelo negro y peinado hacia atrás.

–¿Y la edad?

–Treinta y tantos.

Cierra la caja de herramientas con los pasadores metálicos. Mira la casa con desaliento; aún no está preparado para volver al interior. Las tareas como lo de la canasta de baloncesto han cobrado mucha importancia porque lo mantienen ocupado y apartado.

–¿Te acuerdas de Bobby Morgan?

–Sí.

–¿Cuándo lo viste por última vez?

–Hace catorce o quince años. No era más que un niño.

–¿Y desde entonces nada?

Sacude la cabeza y luego entorna los ojos como si se le acabara de ocurrir algo.

–Sonia conocía a un tal Bobby Morgan, puede que fuera el mismo. Trabajaba en el centro de natación.

–¿Lo viste alguna vez?

–No. –Ve que se mueven las cortinas del salón–. Yo que tú no me quedaría por aquí mucho tiempo –dice–. Si te ve, llamará a la policía.

La caja de herramientas le pesa en la mano derecha. Se la cambia a la izquierda y luego alza la vista hacia la canasta de baloncesto.

–En fin, tendrá que quedarse ahí un poco más de tiempo.

Le doy las gracias y veo cómo entra en la casa. La puerta se cierra de golpe y el silencio amplifica el sonido de mis pasos mientras me alejo. Siempre había considerado a Dutton un tipo dogmático y engreído, incapaz de escuchar o de cambiar su punto de vista durante las reuniones sobre los casos. Era de esos funcionarios autocráticos, quisquillosos, que son perfectos para hacer que los trenes lleguen a tiempo pero que a la hora de tratar con personas son un auténtico desastre. Le habría gustado que su personal fuera tan leal como su Skoda, que arrancaba a la primera en las mañanas frías y reaccionaba de inmediato a cada giro del volante. Ahora las circunstancias lo han hundido, lo han derrotado.

El hombre que le dio a Sonia la pastilla envenenada no parece Bobby, pero las descripciones de los testigos presenciales no suelen ser de fiar. La tensión y la conmoción pueden alterar las percepciones. La memoria juega malas pasadas. Bobby es un camaleón: cambia de color, se camufla, avanza, retrocede, pero siempre se confunde con el entorno.

La tía Gracie solía recitarme un poema políticamente incorrecto llamado «Diez negritos». Empezaba con diez negritos que iban a cenar, pero uno se ahoga y quedan nueve. Esos nueve negritos se acuestan tarde, pero uno no se despierta y quedan ocho...

A los negritos los pican las abejas, los devoran los peces, los abrazan los osos y los parten por la mitad hasta que sólo queda uno. Me siento como ese último negrito.

Ahora comprendo lo que está haciendo Bobby. Intenta quitarnos a cada uno aquello que nos es más preciado: el amor de un hijo, la cercanía de un compañero, nuestro lugar en el mundo. Quiere que suframos como sufrió él, que perdamos lo que más queremos, que experimentemos su pérdida.

Mel y Boyd estaban hechos el uno para el otro. Eso lo sabían todos los que los conocían. Jerzy y Esther Gorski sobrevivieron a las cámaras de gas nazis y se instalaron en el norte de Londres, donde criaron a su única hija, Alison, que se hizo maestra y se fue a vivir a Liverpool. Los bomberos encontraron el cuerpo de Jerzy al pie de las escaleras. Seguía vivo a pesar de las quemaduras. Esther se asfixió mientras dormía.

Catherine McBride, la nieta favorita de una familia bien relacionada, caprichosa, mimada y consentida, nunca perdió el cariño de su abuelo, que la adoraba y le perdonaba todos los deslices.

Rupert Erskine no tenía mujer ni hijos. Tal vez Bobby no llegara a descubrir qué era lo que más amaba, o tal vez lo supo desde el principio. Erskine era un viejo cascarrabias de mierda, tan agradable como una quemadura en la alfombra. Lo disculpábamos porque debió de ser difícil para él cuidar de su esposa todos aquellos años. Bobby no bajó tanto el listón. Lo dejó vivo el tiempo suficiente para que se arrepintiera de sus limitaciones atado a aquella silla.

Puede que haya otras víctimas. No tengo tiempo para encontrarlas a todas. Elisa es mi fracaso. No descubrí a tiempo el secreto de Bobby. Con cada muerte se ha sofisticado más y más, pero el premio gordo soy yo. Podría haberme quitado a Julianne o a Charlie, y en vez de eso ha optado por arrebatármelo todo: mi familia, mis amigos, mi carrera, mi reputación, y por último la libertad. Y quiere que sepa que lo ha hecho él.

El objetivo único del psicoanálisis no es tomar la esencia de algo y reducirla hasta convertirla en otra cosa, sino simplemente comprender. En cierta ocasión Bobby me acusó de hacer de Dios. Dijo que la gente como yo no podíamos resistir la tentación de meter las manos en las psiques ajenas y cambiar su manera de ver el mundo.

Puede que tenga razón. Puede que yo haya cometido errores y haya caído en la trampa de no meditar suficiente sobre causas y efectos. Sé que, al final, no basta con inventar excusas y decir que la intención era buena. Eso fue lo que le dijeron a Gracie cuando le quitaron a su bebé. Yo he utilizado las mismas palabras. «Con la mejor de las intenciones...» y «con toda la buena voluntad del mundo...».

En uno de los primeros casos que llevé en Liverpool me tocó decidir si una joven de veintitrés años con retraso mental, sin apoyo familiar y con toda su vida al cuidado de las instituciones, podría cuidar del hijo del que estaba embarazada.

Todavía me acuerdo de Sharon, con el vestido veraniego tenso sobre la barriga de embarazada. Se había preocupado mucho por su aspecto, tenía el pelo lavado y cepillado. Sabía lo importante que era aquella entrevista para su futuro. Pero pese a todos sus esfuerzos, olvidó algunos detalles. Los calcetines eran del mismo color, pero uno más largo que el otro. La cremallera del vestido estaba rota. Llevaba una mancha de carmín en la mejilla.

–¿Sabes por qué estás aquí, Sharon?

–Sí, señor.

–Tenemos que decidir si serás capaz de cuidar de tu bebé. Es una responsabilidad muy grande.

–Seré capaz, en serio. Seré una buena madre. Voy a querer mucho a mi bebé.

–¿Sabes de dónde vienen los niños?

–Está creciendo dentro de mí. Dios me lo puso en la tripa.

Lo dijo en tono reverente y se acarició la barriga. No encontré ningún fallo en su lógica.

–Vamos a jugar a las preguntas, ¿vale? Imagínate que estás bañando al bebé y suena el teléfono. El bebé está mojado y resbaladizo. ¿Qué haces?

–Pues... pues... pues... pongo al bebé en el suelo envuelto en una toalla.

–Mientras estás al teléfono llaman a la puerta. ¿Vas a abrir?

Por un momento parece insegura.

–Puede que sean los bomberos –añado–. O a lo mejor es tu asistente social.

–Voy a abrir la puerta –dice con un asentimiento enérgico.

–Resulta que es tu vecina. Unos chicos le han tirado piedras contra la ventana. Tiene que irse a trabajar. Quiere que vayas a su piso y te quedes allí a esperar al vidriero.

–Esos idiotas... siempre están tirando piedras –dice Sharon con los puños apretados.

–Tu vecina tiene televisión por satélite. Hay películas, dibujos animados y series. ¿Qué vas a ver mientras esperas?

–Dibujos animados.

–¿Te vas a preparar una taza de té?

–A lo mejor sí.

–Tu vecina te ha dejado dinero para pagar al vidriero. Cincuenta libras. Al final sólo cuesta cuarenta y cinco, y te dice que te quedes con el cambio.

Se le iluminan los ojos.

–¿Me puedo quedar con el dinero?

–Sí. ¿Qué vas a comprar?

–Chocolate.

–¿Dónde lo vas a comprar?

–En la tienda de abajo.

–Cuando bajas a la tienda, ¿qué sueles llevar?

–Las llaves y el bolso.

–¿Nada más?

Niega con la cabeza.

–¿Dónde está tu bebé, Sharon?

Una oleada de pánico le pasa por la cara y el labio inferior le empieza a temblar.

–*Barney* cuidará de él –anuncia de repente, justo cuando creo que se va a echar a llorar.

–¿Quién es *Barney*?

–Mi perro.

Un par de meses más tarde me senté fuera de la sala de partos y oí cómo Sharon sollozaba cuando envolvieron a su hijito en una manta y lo apartaron de ella. Me correspondió a mí trasladar al niño a otro hospital, en un capazo en el asiento de atrás de mi coche. Contemplé el bulto durmiente y me pregunté qué pensaría el niño en unos años de la decisión que había tomado por él. ¿Me agradecería que lo hubiera rescatado, o me maldeciría por haber destrozado su vida?

Ahora es otro niño el que ha vuelto. El mensaje es muy claro. Le fallamos a Bobby. Le fallamos a su padre, un hombre inocente arrestado e interrogado durante horas acerca de su vida sexual y la longitud de su pene. Registraron su casa y su lugar de trabajo en busca de pornografía infantil que no existía; su nombre se incluyó en una lista de delincuentes sexuales aunque nunca hubo una acusación formal, y menos aún una condena.

Esa mancha imborrable iba a marcar su vida para siempre. Todas sus futuras relaciones estarían contaminadas. Tendría la obligación de comunicarlo a sus socios y a su esposa si se volvía a casar. Tener un hijo sería arriesgado. Entrenar a un equipo infantil de fútbol sería una temeridad. Todo esto basta para llevar a un hombre al suicidio.

Sócrates, el más sabio de todos los griegos, fue acusado erróneamente de corromper a los jóvenes de Atenas y le condenaron a muerte. Tuvo ocasión de escapar, pero se bebió el veneno. Sócrates creía que el cuerpo no es tan importante como el alma. Tal vez tuviera Parkinson.

Yo también tengo la culpa de lo que le pasó a Bobby. Yo era parte del sistema. Fui cobarde y di mi conformidad. En lugar de manifestar mi desacuerdo, guardé silencio. Me dejé llevar por la opinión de la mayoría. Era joven y hacía poco que había empezado a ejercer mi profesión, pero eso no es excusa. Me comporté como un espectador y no como un árbitro.

Julianne me llamó cobarde cuando me echó. Ahora sé lo que quería decir. He estado sentado en la tribuna, sin involucrarme en mi matrimonio ni en mi enfermedad. Me he mantenido distante, temeroso de lo que pudiera pasar. Me he dejado absorber por mi estado mental. Estaba tan preocupado de no volcar el bote que no vi acercarse el iceberg.

6

Hace tres horas se me ocurrió un plan. No ha sido el primero. He elaborado como una docena teniendo en cuenta los aspectos fundamentales, pero todos tenían algún fallo decisivo. Ya estoy harto de ellos. Mi inventiva tiene que estar atemperada por mis limitaciones físicas. Eso implica desechar cualquier cosa que me obligue a bajar en rappel por la fachada de un edificio, atar de pies y manos a un guardia de seguridad, cortocircuitar un sistema de seguridad o abrir con explosivos una caja fuerte.

También he aparcado todos los planes que no contaban con una estrategia de salida. Ahí es donde fracasan la mayor parte de las campañas. Los jugadores no tienen suficiente visión de futuro. El final del juego es la parte aburrida, la operación de limpieza, carece del encanto y la emoción del desafío principal. Por tanto la gente se frustra y sólo planea hasta ese punto. Luego ya pensarán sobre la marcha, confían en que podrán dirigir la retirada con tanta habilidad como el avance.

Lo sé porque en mi consulta he atendido a personas que se ganan la vida con trampas, robos y timos. Tienen casas bonitas, envían a sus hijos a colegios privados, juegan al golf con handicaps de un solo dígito. Votan al Partido Tory y consideran que la ley y el orden son importantes porque las calles ya no son seguras. A estas personas rara vez las atrapan y más raro aún es que vayan a la cárcel. ¿Por qué? Porque tienen un plan para cada circunstancia.

Estoy sentado en el rincón más oscuro de un aparcamiento de Liverpool. En el asiento contiguo hay una bolsa de papel con asas de cuerda. Dentro está mi ropa vieja y ahora visto unos pantalones gris oscuro, un jersey de lana y un abrigo. Tengo el pelo bien cortado y el rostro recién afeitado. Sujeto entre las piernas un bastón. Ahora que camino como un tullido, que por lo menos me compadezcan.

Suena el teléfono. No reconozco el número que aparece en la pantalla. Por una décima de segundo me pregunto si Bobby me habrá encontrado. Tendría que haberme imaginado que sería Ruiz.

–Me sorprende, profesor O´Loughlin. –Su voz es toda arenilla y flemas–. Creía que era de los que se presentan en la comisaría más cercana con un equipo de abogados y un relaciones públicas.

–Siento haberlo decepcionado.

–Me ha hecho perder veinte libras. No se preocupe, hemos hecho otra porra. Ahora apostamos sobre si tendremos que disparar o no.

–¿Cómo están las apuestas?

–Tres a uno a que esquiva las balas.

Oigo ruido de tráfico de fondo. Va por una autopista.

–Sé dónde está.

–Sólo se lo imagina.

–No. Y también sé lo que intenta hacer.

–Dígamelo.

–Antes dígame usted por qué mató a Elisa.

–No la maté. –Ruiz da una larga calada al cigarrillo. Ha vuelto a fumar. Tengo una extraña sensación de triunfo–. ¿Por qué iba a matar a Elisa? Con ella pasé la noche del trece de noviembre. Era mi coartada.

–Mala suerte para usted.

–Ella quería declarar, pero yo estaba seguro de que usted no la creería. Sacaría a la luz su pasado y la humillaría. No quería que volviera a pasar por todo aquello...

Se ríe con la misma risa que a menudo tiene Jock, como si yo fuera idiota.

–Hemos encontrado la pala –dice–. Estaba enterrada bajo un montón de hojas.

¿De qué habla? ¡Piensa! Había una pala apoyada contra la lápida de Gracie.

–Los chicos del laboratorio nos han vuelto a llenar de orgullo. Contrastaron las muestras de tierra de la pala con las tomadas de la tumba de Catherine. Y luego compararon las huellas dactilares del mango con las suyas.

¿Esto no va a terminar nunca? No quiero saber más. Lo que hago es hablar con Ruiz, tratando de que mi voz no suene desesperada. Le digo que vuelva al principio y eche un vistazo al borde rojo.

–Se llama Bobby Morgan, no Moran. Lea las notas del caso. Ahí encontrará todas las piezas. Sólo tiene que juntarlas...

No me está escuchando. Esto es demasiado grande para su comprensión.

–Si las circunstancias fueran otras admiraría su entusiasmo, pero ya tengo pruebas suficientes –dice–. Tengo motivo, oportunidad y pruebas físicas. Si hubiera meado en cada esquina no habría marcado usted mejor el territorio.

–Puedo explicar...

–¡Bien! ¡Explíqueselo a un jurado! Eso es lo que tiene nuestro sistema legal: le darán montones de ocasiones de explicarse. Si el jurado no le cree, puede apelar al Tribunal Supremo y luego a la Cámara de los Lores y luego al Tribunal Europeo de la mierda de los Derechos Humanos. Se puede pasar la vida apelando. Eso ayuda a pasar el tiempo cuando te cae una perpetua.

Pulso el botón de colgar y apago el teléfono.

Salgo del aparcamiento, bajo por las escaleras y llego al nivel de la calle. Tiro la ropa y los zapatos viejos en un cubo de basura, junto con la bolsa de deportes y los restos de papel mojado de mi cuarto del hotel. Al caminar por la calle voy balanceando el bastón con un movimiento que espero que parezca desenfadado y alegre. La gente se ha volcado en las compras navideñas, todas las tiendas están engalanadas con espumillón, en todas se oyen villancicos. Me hace sentir nostalgia. A Charlie le encantan estas cosas, los Santa Claus de los grandes almacenes, los escaparates adornados y ver películas viejas de Bing Crosby.

Cuando voy a cruzar la calle veo el cartel en el lateral de una furgoneta de reparto de periódicos. «SE BUSCA AL ASESINO

DE CATHERINE.» Debajo aparece mi rostro. Al instante me siento como si llevara en la cabeza un enorme anuncio de neón con una flecha apuntando hacia abajo.

El Hotel Adelphi se alza ante mí. Cruzo las puertas giratorias y atravieso el vestíbulo; tengo que contener el impulso de acelerar el paso. Me digo a mí mismo que no debo caminar demasiado deprisa ni encorvarme. La cabeza alta. La vista al frente.

Es un antiguo hotel cercano a la estación de trenes, construido en los tiempos en que las locomotoras a vapor llegaban de Londres y los barcos a vapor partían hacia Nueva York. Ahora parece tan agotado como algunas de las camareras, que deberían estar en casa poniéndose rulos en el pelo.

El centro de negocios está en la primera planta. La secretaria es una mujer delgada llamada Nancy, con el pelo rojo permanentado y un fular rojo al cuello que le hace juego con el carmín de los labios. No me pide mi tarjeta de visita ni comprueba el número de mi habitación.

–Si tiene alguna pregunta, aquí estoy –me dice, deseosa de ayudar.

–Gracias, sólo tengo que revisar el correo electrónico.

Ocupo un asiento frente a una terminal, de espaldas a ella.

–Ya que lo dice, Nancy, hay algo que podría hacer por mí. ¿Puede averiguar si hay algún vuelo hacia Dublín esta tarde?

Minutos más tarde me recita una lista. Elijo el último que sale y le doy los datos de mi tarjeta de crédito.

–¿Me puede buscar también algo para Edimburgo? –pregunto.

Arquea una ceja.

–Ya sabe cómo son las oficinas centrales –explico–. No se deciden nunca.

Asiente y sonríe.

–Y mire también si hay un camarote con litera en el transbordador que va a la isla de Man.

–Los billetes no son reembolsables.

–No pasa nada.

Mientras tanto busco las direcciones de correo electrónico

de los principales periódicos y hago una lista con los nombres de los jefes de la sección de noticias, los reporteros importantes y los que hacen la ronda. Empiezo a teclear un mensaje sólo con la mano derecha, de tecla en tecla. Meto la izquierda entre los muslos para detener los temblores.

Comienzo demostrando mi identidad: doy mi nombre, dirección, número de la Seguridad Social y otros detalles. No puedo permitir que piensen que es un bulo. Tienen que creer que soy Joseph O'Loughlin, el hombre que mató a Catherine McBride y a Elisa Velasco.

Son poco más de las cuatro de la tarde. Los redactores jefe están decidiendo el orden de los reportajes de la primera edición. Es necesario que cambie los titulares de mañana. Es necesario que desequilibre a Bobby, que lo haga dudar.

Hasta ahora siempre ha ido dos, tres, cuatro pasos por delante de mí. Su venganza ha sido concebida con genialidad y ejecutada con precisión clínica. No se ha limitado a distribuir la culpa, lo ha convertido en un arte. Pero pese a todo su talento puede cometer un error. Nadie es infalible. Dejó inconsciente a una mujer a patadas porque le recordaba a su madre.

> A quien pueda interesar:
>
> Ésta es mi confesión y testamento. Yo, Joseph O'Loughlin, afirmo solemnemente que soy la persona responsable de los asesinatos de Catherine McBride y Elisa Velasco. Pido perdón a todos los que lloran su pérdida, y también a los que no quisieron creer en mi culpabilidad.
>
> Tengo intención de entregarme a la policía antes de veinticuatro horas. En ese momento no me esconderé detrás de abogados ni buscaré disculpas por el dolor que he causado. No alegaré que oía voces en mi cabeza. No estaba bajo el efecto de drogas ni recibía instrucciones de Satanás. Yo podría haber impedido esto. Han muerto personas inocentes. Me sentiré culpable cada minuto de mi vida.

Hago una lista con los nombres, empezando por el de Catherine McBride. Escribo todo lo que sé sobre su asesinato.

Luego hago lo mismo con el de Boyd Cossimo. Describo los últimos días de Rupert Erskine, la sobredosis de Sonia Dutton, el fuego que mató a Esther Gorski y dejó inválido a su marido. La última es Elisa.

> No alegaré atenuante alguno. Puede que algunos de ustedes quieran saber más sobre mis crímenes. Si es así, tendrán que ponerse en mi lugar o buscar a alguien que ya lo haya hecho. Tal persona existe. Su nombre es Bobby Moran, también conocido como Bobby Morgan, y se presentará en el Tribunal Criminal de Londres mañana por la mañana. Él más que nadie comprende lo que es ser víctima y autor a la vez.
>
> Sinceramente suyo,
> JOSEPH O'LOUGHLIN

He tenido en cuenta todo excepto lo que esto significará para Charlie. Bobby fue víctima de una decisión que tomaron los demás, más allá de su control. Yo le estoy haciendo lo mismo a mi hija. Mi dedo se paraliza sobre el botón de enviar. No tengo elección. El mensaje desaparece en el laberinto de la oficina de correos electrónica.

Nancy cree que estoy loco pero ha hecho mis reservas: tengo billetes para Dublín, Edimburgo, Londres, París y Frankfurt. También tengo billetes en primera en trenes a Birmingham, Newcastle, Glasgow, Londres, Swansea y Leeds. Por último, me ha alquilado un Vauxhall Cavalier que me está esperando en la calle.

Todo lo he pagado con una tarjeta de crédito que no requiere autorización del banco. La tarjeta está asociada a una cuenta fiduciaria que creó mi padre. Otra de las cosas que detesta son los impuestos sobre las herencias. Doy por supuesto que Ruiz habrá congelado todas mis cuentas, pero a ésta no tiene acceso.

Las puertas del ascensor se abren y cruzo el vestíbulo mirando siempre al frente. Choco contra una palmera en una maceta y me doy cuenta de que me estoy desviando hacia un lado. El hecho de caminar se ha convertido en una serie constante de reajustes y correcciones, como si estuviera haciendo aterrizar un avión.

El coche de alquiler que me ha pedido Nancy está aparcado afuera. Al bajar por las escaleras de la entrada del hotel tengo la sensación de que de un momento a otro voy a sentir una mano sobre el hombro o voy a oír un grito de reconocimiento o de alarma. Manejo las llaves con mano torpe. Hay una fila de taxis negros delante de mí, pero uno de ellos se hace a un lado para dejarme salir. Me incorporo a la corriente del tráfico, miro por los retrovisores y trato de recordar la manera más rápida para salir de la ciudad.

Detenido ante un semáforo, miro más allá de la riada de peatones en el aparcamiento de los grandes almacenes. Tres coches de policía bloquean la rampa de entrada y hay otro junto a la acera. Ruiz está apoyado contra la puerta abierta y habla por la radio. Su rostro es una tormenta.

El semáforo se pone en verde. Me imagino que levanta la vista y yo lo saludo como un aviador de la Primera Guerra Mundial con el avión tocado, que vivirá para luchar al día siguiente.

Una de mis canciones favoritas está sonando en la radio, *Jumpin' Jack Flash*. En la universidad tocaba el bajo en un grupo llamado los Screaming Dick Nixons. No lo hacíamos tan bien como los Rolling Stones pero tocábamos mucho más alto. Yo no tenía ni idea de tocar el bajo, pero era el instrumento con el que mejor se podía fingir. Mi principal objetivo era llevarme chicas a la cama, pero eso sólo le pasaba a nuestro solista, Morris Whiteside, que tenía el pelo largo y una escena de crucifixión tatuada en el torso. Ahora trabaja como jefe de contabilidad en el Deutsche Bank.

Me dirijo hacia el oeste por Toxteth y aparco el Cavalier en un solar desierto, entre cenizas y hierbajos. Un grupo de adolescentes me contempla desde las sombras, junto a un centro social cerrado con tablones. Conduzco uno de esos coches elegantes que por lo general sólo se ven en las calles del centro.

Llamo a casa. Julianne coge el teléfono. Su voz suena cercana, clara como el cristal, pero ya le empieza a temblar.

–¡Gracias a Dios! ¿Dónde has estado? Los periodistas no paran de llamar a la puerta. Dicen que eres peligroso. Dicen que la policía debería abatirte a tiros.

Intento desviar la conversación del tema de las armas de fuego.

–Ya sé quién lo ha hecho todo. Bobby me está intentando castigar por algo que sucedió hace mucho tiempo. Y no sólo a mí. Tiene una lista de nombres...

–¿Qué lista?

–Boyd ha muerto.

–¿Cómo?

–Lo asesinaron. Igual que a Erskine.

–¡Dios mío!

–¿La policía sigue vigilando la casa?

–No lo sé. Ayer había alguien en una furgoneta blanca. Al principio pensé que D. J. había vuelto para terminar la calefacción central, pero no le toca hasta mañana.

Oigo a Charlie canturrear de fondo. Siento tal ternura que se me hace un nudo en la garganta.

La policía debe de estar intentando localizar esta llamada. Con los teléfonos móviles tienen que trabajar hacia atrás, identificando qué torres transmiten las señales. Debe de haber media docena de transmisores entre Liverpool y Londres. A medida que se descarta cada uno de ellos, la búsqueda se focaliza más y más.

–Quiero que sigas al teléfono, Julianne. Si no vuelvo a ponerme, no cuelgues. Es importante.

Deslizo el teléfono bajo el asiento del conductor. Las llaves del coche siguen puestas. Cierro la puerta y me alejo caminando, con la cabeza gacha; me pierdo en la oscuridad. Me pregunto si todavía me están mirando.

Veinte minutos más tarde, en un andén de ferrocarril que parece abandonado y quemado, subo a un tren suburbano. Los vagones están casi vacíos.

A estas alturas Ruiz ya sabrá lo de las reservas en el transbordador, los trenes y los aviones. Se dará cuenta de que intento dispersar sus fuerzas pero aun así tendrá que ordenar controles en todos los puntos.

El expreso hacia Londres sale de la estación de Lime Street. La policía revisará cada uno de los vagones, pero tengo la esperanza de que no se quedará en el tren. Edgehill está una parada más adelante, y ahí es donde tomo un tren hacia Manchester poco después de las diez y media de la noche. A medianoche subo a otro, esta vez con destino a York. Tengo que esperar tres horas, sentado en una sala de espera mal iluminada, mirando cómo los limpiadores compiten por ver quién lo hace peor, hasta que el Great North Eastern Express sale hacia Londres.

Pago los billetes en efectivo y subo en los vagones más llenos. Me tambaleo con aspecto ebrio por los pasillos, tropiezo con la gente y farfullo disculpas.

Los únicos que miran a los borrachos son los niños. Los adultos evitan el contacto visual con la esperanza de que siga adelante y me siente en otro sitio. Cuando me quedo dormido contra una ventanilla, el vagón entero deja escapar un suspiro colectivo de alivio.

7

Los viajes en tren de mi juventud siempre fueron idas y vueltas al internado, y en ellos me atiborraba de chicles y caramelos, que en Carterhouse estaban prohibidos. A veces tengo la sensación de que la dinamita habría sido mejor tolerada que el chicle. Uno de los chicos de último curso, Peter Clavell, se tragó tantos que se le hizo un tapón en el intestino y los médicos le tuvieron que sacar la bola por el recto. No es de extrañar que después de aquello el chicle dejara de ser tan popular.

La charla-sermón que me daba mi padre antes de volver al internado se resumía por lo general en una advertencia de ocho palabras: «Que no me tenga que llamar el director». Cuando Charlie empezó el colegio me prometí que sería un padre muy diferente. La senté y le solté un discurso que me podría haber ahorrado hasta la enseñanza secundaria, o tal vez hasta la universidad. Julianne no pudo contener la risa, y a Charlie se le contagió.

–No les tengas miedo a las Matemáticas –dije para terminar.

–¿Por qué?

–Porque a muchas niñas les dan miedo los números. Se convencen de que no se les van a dar bien.

–Vale –respondió Charlie, que no tenía ni idea de lo que le estaba hablando.

Me pregunto si llegaré a verla en secundaria. Durante semanas me he preocupado por las cosas de las que me iba a privar esta enfermedad. Ahora resulta casi insignificante comparada con la acusación de asesinato.

Cuando el tren se detiene en King's Cross camino despacio de un vagón a otro, examino los andenes en busca de la policía.

Camino al lado de una anciana que tira de una maleta muy grande. Al llegar a la barrera automática me ofrezco a ayudarla y asiente agradecida. En el control de billetes me vuelvo hacia ella.

–Dame tu billete, mamá.

Ni siquiera pestañea al entregármelo. Le doy los dos al guardia con una sonrisa cansada.

–Vaya madrugón, ¿eh? –dice.

–No hay manera de acostumbrarse –respondo al tiempo que me devuelve las matrices.

Recorro el vestíbulo abarrotado y me detengo ante el quiosco, donde los periódicos de la mañana descansan en fardos. «EL ASESINO CONFIESA: "YO MATÉ A CATHERINE"», grita el titular del *Sun*.

Los periódicos serios ocupan la primera plana con la subida de los tipos de interés y una amenaza de huelga por parte de los trabajadores del servicio de Correos. La historia de Catherine, mi historia, está en las páginas interiores. La gente va cogiendo ejemplares. Nadie establece contacto visual. Estamos en Londres, en una ciudad donde la gente camina tiesa y con rostro inexpresivo, como preparada para enfrentarse a cualquier cosa y esquivarlo todo. Tiene que ir a alguna parte. No interrumpas. Sigue tu camino.

Siempre caminando al mismo ritmo atravieso Covent Garden. Paso junto a los restaurantes y las tiendas de ropa caras. Al llegar al Strand giro a la izquierda y voy por Fleet Street hasta que diviso la fachada gótica del Old Bailey, la Sala del Tribunal de la Corona.

En este lugar ha habido unos juzgados desde hace casi quinientos años, e incluso antes, durante el medioevo, se celebraban ejecuciones públicas todos los lunes por la mañana.

Me sitúo en una posición privilegiada en la calle, apoyado contra la pared de un callejón que baja hacia el Támesis. Hay placas metálicas en casi todas las puertas. De cuando en cuando consulto el reloj para dar la impresión de que espero a alguien. Hombres y mujeres con trajes negros y togas pasan junto a mí con cajas de expedientes y fajos de papel atados con cintas.

A las nueve y media llega el primer equipo de los medios de comunicación, un cámara y un encargado de sonido. Pronto se les unen más. Algunos fotógrafos llevan escaleras plegables y cartones de leche. Los periodistas se juntan en la parte de atrás, bebiendo café a sorbos e intercambiado cotilleos y datos falsos.

Poco antes de las diez me fijo en un taxi que se detiene en mi lado de la calle. De él se apea Eddie Barrett, como un Danny DeVito con pelo. Bobby está detrás de él; le saca al menos dos cabezas de altura y aun así se las ha ingeniado para dar con un traje que le queda grande.

Están a menos de cinco metros de mí. Bajo la cabeza y me soplo en las manos para calentármelas. Los bolsillos del abrigo de Bobby están a rebosar de papeles y tiene los ojos azules acuosos. El calor del taxi choca contra el frío del aire y se le empañan las gafas. Se detiene para limpiárselas. Sus manos son firmes. Los periodistas han visto a Eddie y lo esperan con las cámaras preparadas y los focos encendidos.

Veo que Bobby baja la cabeza. Es demasiado alto como para ocultar el rostro. Los periodistas le están acosando a preguntas. Eddie Barrett le pone una mano en el brazo. Bobby la aparta como si quemara. Tiene una cámara de televisión justo ante la cara. Los flashes de los fotógrafos centellean. No se esperaba esto. No tiene un plan.

Me permito un atisbo de sonrisa, pero nada más. No me puedo permitir el lujo de concebir demasiadas esperanzas. Cerca de donde estoy, el escaparate de una tienda de regalos está lleno de figuras de caramelo con la forma de Santa Claus y petardos navideños rojos y verdes. Hay relojes en forma de reno con narices que brillan en la oscuridad. Aprovecho el reflejo en el cristal para vigilar las escaleras de los juzgados.

Me imagino la escena que tiene lugar en el interior. Los bancos de la prensa estarán atestados y en la galería para el público sólo se podrá estar de pie. A Eddie le encantan las multitudes. Pedirá una suspensión debido a mi conducta poco profesional y dirá que a su cliente se le ha negado el derecho a un juicio justo debido a mis declaraciones malintencionadas. Habrá que solicitar un nuevo informe psicológico, cosa que podría tardar semanas. Y bla, bla, bla...

Existe la posibilidad de que el juez diga que no y sentencie a Bobby de inmediato. Probablemente concederá la suspensión y Bobby saldrá libre... y más peligroso que nunca.

Me balanceo sobre los talones y hago un esfuerzo por recordarme las normas. No te quedes parado con los pies demasiado juntos. Sé consciente al levantar el pie para no arrastrarlo. No gires sobre ti mismo por instinto. Mi sugerencia favorita para salir de la «congelación» es salvar un obstáculo imaginario que tengo delante. Como mimo dejo pequeño a Marcel Marceau.

Camino hasta el final de la acera, doy la vuelta y regreso, siempre sin apartar la vista de los fotógrafos que todavía se arremolinan ante la puerta de los juzgados. De repente se precipitan hacia delante con las cámaras levantadas sobre las cabezas. Eddie debe de tener un coche esperando. Bobby sale medio agachado, se abre camino entre la prensa y se deja caer en el asiento de atrás. La puerta del coche se cierra mientras los flashes siguen centelleando.

Tendría que haber previsto esto. Tendría que haber estado preparado. Bajo de la acera cojeando y agito ambas manos y un bastón ante un taxi negro. Hace un viraje brusco para esquivarme y pasa de largo, con lo que obliga a otro coche a frenar bruscamente. El segundo taxi está libre. El conductor tiene que detenerse: la alternativa es arrollarme.

Ni siquiera pestañea cuando le digo que siga al otro coche. A lo mejor a los taxistas se lo piden muchas veces.

El sedán plateado en el que va Bobby está delante de nosotros, atrapado entre dos autobuses y una larga hilera de coches. Mi conductor se las arregla para ir colándose por los huecos entre los carriles; en ningún momento lo perdemos de vista. Al mismo tiempo advierto que me lanza miradas de reojo por el espejo retrovisor. Cuando nuestras miradas se cruzan aparta los ojos a toda prisa. Es joven, tiene veintipocos años, con el pelo rojizo y la parte trasera del cuello llena de pecas. Abre y cierra las manos sobre el volante.

–Usted sabe quién soy.

Asiente.

–No soy peligroso.

Me mira a los ojos en busca de algo que le dé seguridad. Mi rostro no se la puede proporcionar. La máscara de Parkinson es como una piedra tallada, fría.

8

Este tramo del Grand Union Canal es feo y está muy descuidado; el asfalto del camino de sirga está lleno de baches y grietas. Una verja de hierro oxidado cuelga en ángulo precario para separar los jardines traseros de las casas del agua. Hay una caravana llena de pintadas; no tiene puerta y reposa sobre ladrillos en lugar de ruedas. Un triciclo infantil asoma medio enterrado en un huerto.

Bobby no ha mirado hacia atrás desde que se bajó del coche en Camley Street, detrás de la estación de St Pancras. A estas alturas ya conozco el ritmo de su paso. Pasa tras la casita del guardia y sigue caminando. La fábrica de gas proyecta una sombra sobre los edificios industriales abandonados que se extienden a lo largo de la orilla sur. Un cartel de reurbanización anuncia un nuevo parque industrial.

Hay cuatro barcazas varadas contra un muro de piedra en la curva. Tres son de colores vivos, rojos y verdes. La cuarta tiene la proa como la de un remolcador, con el casco negro y un ribete marrón en la cabina.

Bobby salta a bordo con agilidad y da unos golpecitos en la cubierta. Aguarda varios segundos y luego corre el pestillo y empuja la puerta. Baja al camarote y desaparece de la vista. Aguardo al borde del camino de sirga, oculto entre unos matojos que aspiran a engullir la verja. Una mujer con un abrigo gris lleva a un perro por la correa, tira del animal para pasar deprisa junto a mí.

Transcurren cinco minutos. Bobby sale y mira en mi dirección. Corre el pestillo y salta a la orilla. Se mete la mano en el bolsillo y cuenta la calderilla que tiene. Luego echa a andar por el sendero. Lo sigo de lejos hasta que sube por las escaleras que dan a un puente. Gira hacia el sur, en dirección a un garaje.

Regreso a la barcaza. Tengo que ver qué hay dentro. La puerta laqueada está cerrada, pero no con llave. El camarote está a oscuras. Las cortinas cerradas ocultan el ventanuco y el ojo de buey. Al bajar dos peldaños se llega a la cocina. El fregadero de acero inoxidable está limpio. Una taza solitaria se escurre sobre un paño.

Seis pasos más allá hay otra estancia. Parece más un taller que una zona habitable; en un rincón hay un banco de carpintero. Cuando mis ojos se acostumbran a la penumbra veo un pañol con herramientas, escoplos, llaves inglesas, llaves de tubo, destornilladores, cortafríos, planos y diagramas. En el estante hay cajas con tubos, arandelas, brocas y cinta aislante. El suelo está lleno de botes de pintura, minio, resina epoxídica, grasa y aceite para motores. Bajo la mesa hay un generador portátil. Del techo cuelga una radio vieja. Todo tiene su propio lugar.

Junto a la pared de enfrente hay otro pañol, pero éste está despejado. En él sólo se ven cuatro esposas de cuero, dos cerca del suelo y las otras dos cerca del techo. Bajo la vista hacia el piso. No quiero mirar. La madera y los rodapiés están manchados de algo más oscuro que la oscuridad.

Camino hacia atrás, choco contra el mamparo y salgo al camarote. Todo parece en cierto modo torcido. El colchón es demasiado grande para la cama. La lámpara es demasiado grande para la mesa. Las paredes están cubiertas de papeles, pero la oscuridad no me deja verlos bien. Enciendo la lámpara y mis ojos tardan un instante en acostumbrarse.

De repente estoy sentado. Las paredes parecen cubiertas de recortes de revistas, fotografías, mapas, diagramas y dibujos. Veo imágenes de Charlie camino del colegio, jugando al fútbol, en el coro de la escuela, de compras con su abuela, en un tiovivo, echando de comer a los patos. En otras aparece Julianne en su clase de yoga, en el supermercado, pintando los muebles del jardín, abriendo la puerta... Al mirar con más atención encuentro recibos, matrices de billetes, la octavilla del equipo de fútbol, tarjetas de visita, copias de saldos bancarios y facturas telefónicas, un mapa callejero, un carné de biblioteca, la solicitud de pago del colegio, una multa de aparcamiento, la documentación del coche...

En la mesita junto a la cama hay una pila de cuadernos de notas. Cojo el de arriba y lo abro. Las páginas están llenas de caligrafía limpia, concisa. En el margen izquierdo se detalla la fecha y la hora. Es un recuento detallado de mis movimientos que incluye locales, reuniones, duración, medios de transporte, relevancia. Es un manual de mi vida. ¡Un manual para ser yo!

Se oye un ruido en la cubierta sobre mi cabeza. Alguien está arrastrando algo y luego lo vierte. Apago la luz y me quedo sentado en la oscuridad; trato de respirar sin hacer ruido. Alguien entra por la escotilla que da al cuarto de trabajo. Se mueve por la cocinilla y abre armarios. Me tumbo en el suelo, incrustado entre la cama y el mamparo; noto cómo me palpitan las venas del cuello.

El motor arranca. Los pistones suben y bajan, luego cogen un ritmo constante. Veo las piernas de Bobby al otro lado de los ojos de buey y siento cómo la barcaza cabecea a medida que recorre las bordas soltando amarras.

Miro en dirección a la cocina y la sala de trabajo. Si me muevo deprisa tal vez podría llegar a la orilla antes de que vuelva a entrar en la timonera. Al intentar levantarme derribo un marco rectangular apoyado contra la pared. Me las arreglo para sujetarlo con una mano. Por un instante, el cuadro se congela a la luz que se cuela entre las cortinas: es una escena de playa, con casetas, puestos de helados y una noria. En el horizonte, la ballena gris de Charlie.

Me dejo caer hacia atrás con un gemido. No consigo que las piernas me obedezcan; no me pertenecen.

La barcaza cabecea de nuevo a medida que se acercan las pisadas. Acaba de soltar la bolina. El motor está en punto muerto mientras nos alejamos del atracadero. El agua se desliza contra el casco. Me incorporo y abro las cortinas unos centímetros. Alzo el rostro hasta el ojo de buey, pero lo único que veo son las copas de los árboles.

Hay un sonido nuevo, sibilante, como un viento fuerte. De repente parece que no queda oxígeno en el aire. El combustible corre por el suelo y me empapa los pantalones. La madera barnizada crepita al arder. Los vapores se me meten en los ojos y en la garganta. Gateo por la barcaza cada vez más llena de humo.

Consigo ponerme de pie en la cocina en forma de U, y llego al cuarto de trabajo. El motor está cerca. Oigo su traqueteo al otro lado del mamparo. Me golpeo la cabeza contra las escaleras y subo. La escotilla está cerrada por fuera. Cargo contra ella con el hombro. Nada. Noto en la mano el calor a través de la puerta. Tengo que encontrar otra salida.

El aire es como vidrio fundido en mis pulmones. No veo nada, tengo que avanzar a tientas. En una de las mesas de la sala mis dedos se cierran en torno a un martillo y un escoplo plano, afilado. Retrocedo por la barcaza huyendo del incendio, choco contra las paredes, golpeo los ojos de buey con el martillo. El cristal es reforzado.

Frente al mamparo de la cabina está la pequeña puerta de un almacén. Me meto por ella, retorciéndome como pez fuera del agua, hasta que mis piernas me secundan. Bajo mis pies se deslizan lonas y cuerdas. Debo de estar en la proa. Extiendo las manos por encima de mi cabeza y palpo el borde de una escotilla. Busco el cierre y después intento meter el escoplo por una de las esquinas y golpearlo con el martillo, pero el ángulo no es suficiente.

La barcaza ha empezado a escorarse. Entra agua por la popa. Me tumbo de espaldas y pongo ambos pies contra la escotilla. Pateo hacia arriba una vez, dos, tres. Estoy gritando y soltando tacos. La madera se astilla y cede. Un cuadrado de luz cegadora inunda la bodega. Echo un vistazo hacia atrás justo cuando el combustible de la cabina se incendia y una bola de llamas anaranjadas irrumpe hacia mí. En ese momento consigo izarme hacia la luz del día; ruedo sobre mí mismo una y otra vez. Por un momento estoy rodeado de aire fresco y de repente el agua me cubre por completo. Me hundo lenta, inexorablemente; grito en mi interior hasta llegar al limo del fondo. No pienso que me estoy ahogando. Me limito a quedarme allí un tiempo, en un lugar fresco, oscuro y verde.

Cuando los pulmones me empiezan a doler me doy impulso hacia arriba en busca de aire. Mi cabeza rompe la superficie del agua y floto de espaldas, inhalando ansiosamente. La popa de la barcaza ya se ha hundido. Las latas de pintura de la sala de trabajo estallan como granadas. El motor se ha detenido, pero la barcaza se aleja lentamente de mí.

Camino por el agua hacia la orilla, el lodo es como una ventosa en mis zapatos, y me izo sobre el muro agarrándome a los juncos. No hago caso de la mano que me tienden. Sólo quiero tumbarme y descansar. Mi cuerpo se estremece. Mis piernas se golpean al saltar el muro del canal. Estoy sentado en el camino de sirga. Las grúas gigantescas se recortan contra las nubes grises.

Reconozco los zapatos de Bobby. Me coge por debajo de los brazos, sus manos se cierran sobre mi pecho. Me está levantando. Siento su barbilla clavada en la parte superior de mi cabeza cuando empieza a tirar de mí. La ropa le huele a combustible, o puede que sea la mía. No grito. La realidad parece muy distante.

Una bufanda se enrosca a mi cuello y se tensa, tiene un nudo que me presiona la tráquea. El otro extremo está atado a algo que hay por encima de mí, me obliga a estar de puntillas. Sacudo las piernas como si fuera una marioneta porque no tengo suficiente apoyo en el suelo para no asfixiarme. Consigo meter los dedos bajo la bufanda y separármela de la garganta.

Estamos en el patio de una fábrica abandonada. Hay paletas de madera apoyadas contra una pared. Una tormenta ha arrancado las láminas metálicas del tejado. El agua se filtra por los muros y teje un tapiz de limo negro y verde. Bobby se aparta de mí. Tiene el rostro cubierto de sudor.

–Sé por qué lo estás haciendo –digo.

No responde. Se quita la chaqueta del traje y se arremanga la camisa como si fuera a ponerse a trabajar. Luego se sienta en un cajón y saca un pañuelo blanco para limpiarse las gafas. Su calma es impresionante.

–Aunque me mates no te saldrás con la tuya.

–¿Qué le hace pensar que quiero matarlo? –Se acomoda las patillas de las gafas en las orejas y me mira–. La policía lo está buscando. A lo mejor hasta me dan una recompensa.

Su voz lo traiciona. No está seguro. Oigo a lo lejos una sirena. Se acerca el camión de bomberos.

Bobby habrá leído los periódicos esta mañana. Sabe por qué he confesado. La policía tendrá que reabrir todos los casos y estudiar los detalles. Cruzarán horas, fechas y lugares, meterán mi nombre en la ecuación. ¿Y qué descubrirán? Que no pude haberlos matado a todos. Entonces empezarán a preguntarse por qué he confesado. Y quizá, sólo quizá, meterán en la ecuación el nombre de Bobby. ¿Cuántas coartadas puede tener preparadas? ¿Hasta qué punto ha borrado su rastro?

Tengo que mantenerlo en equilibrio inestable.

–Ayer fui a ver a tu madre. Me preguntó por ti.

Bobby se tensa un poco y se le acelera la respiración.

–Me parece que no conocía a Bridget, pero debió de ser una mujer muy hermosa. El alcohol y el tabaco son malos para la piel. Tampoco conocí a tu padre, creo que me habría caído bien.

–Usted no sabe nada de él.

Escupe las palabras.

–No es verdad. Me parece que tengo algo en común con Lenny... y contigo. La necesidad de desmontar las cosas para comprender cómo funcionan. Por eso he venido a buscarte. He pensado que me podrías ayudar a aclararme.

No responde.

–Ya tengo casi todos los datos. Sé lo de Erskine, lo de Lucas Dutton, el juez McBride y Mel Cossimo. Pero lo que no entiendo es por qué castigas a todos excepto a la persona que más detestas.

Bobby está de pie, hinchado como esos peces que tienen

púas venenosas. Acerca mucho el rostro al mío. Una venita azulada le palpita en el párpado izquierdo.

–Ni siquiera eres capaz de pronunciar su nombre, ¿verdad? Ella dice que te pareces a tu padre, pero no es del todo cierto. Cada vez que te miras al espejo tienes que ver los ojos de tu madre...

Tiene una navaja entre los dedos. Me apoya la punta en el labio inferior. Si abro la boca me hará sangre. No puedo detenerme ahora.

–Deja que te cuente lo que he averiguado hasta ahora, Bobby. Veo a un niño pequeño, alimentado por los sueños de su padre pero envenenado por la violencia de su madre... –La hoja es tan afilada que no siento nada. La sangre me baja por la barbilla y gotea sobre los dedos con los que aún agarro la bufanda–. Se culpa a sí mismo. Les pasa a la mayor parte de las víctimas de abusos. Se considera un cobarde, siempre corriendo, tropezando, farfullando excusas; nunca a la altura de las circunstancias, siempre tarde, un fracaso desde el día en que nació. Cree que tendría que haber salvado a su padre, pero no se dio cuenta de lo que estaba pasando hasta que fue demasiado tarde.

–¡Cállese, cabrón! Usted fue uno de ellos. ¡Usted lo mató! ¡Usted, jodementes!

–No llegué a conocerlo.

–Exacto. Condenó a un hombre al que no conocía. ¡Eso sí que es arbitrariedad! Yo al menos elijo. Ustedes no tenían ni idea. No tenían corazón.

El rostro de Bobby sigue a escasos centímetros del mío. Veo el dolor en sus ojos y el odio en la comisura de su boca.

–De manera que este chico se echa la culpa, este chico que ya está creciendo mucho, que cada vez es más torpe y falto de coordinación. Sensible y tímido, furioso y amargado... no es capaz de desenmarañar esos sentimientos. No tiene capacidad para perdonar. Odia al mundo, tanto como se odia a sí mismo. Se aferra a los recuerdos de su padre y a cómo solían ser las cosas. No eran perfectas, pero estaban bien. Estabais juntos.

»¿Qué hace entonces? Se retira de lo que le rodea y se aísla;

se hace más pequeño con la esperanza de que lo olviden; vive en su mente. Háblame de tu mundo de fantasía, Bobby. Debía de ser estupendo tener un lugar al que retirarte.

–Me lo echaría a perder.

Tiene el rostro congestionado. No quiere hablar conmigo, pero al mismo tiempo está orgulloso de sus logros. Esto lo ha hecho él. Una parte de Bobby quiere llevarme a su mundo para que comparta su euforia.

La punta de la hoja me sigue presionando el labio. La aparta y la blande delante de mis ojos. Trata de aparentar habilidad, pero no lo consigue. No está cómodo con la navaja.

Se me están entumeciendo los dedos de agarrar la bufanda para alejármela de la traquea. Y el ácido láctico me aguijonea las pantorrillas. Estoy en equilibrio sobre los dedos de los pies; no podré seguir así mucho tiempo.

–¿Qué se siente al ser omnipotente, Bobby? ¿Al ser juez, jurado y verdugo, al castigar a los que merecen un castigo? Debiste de pasar años planeándolo todo. Pero ¿para qué lo hacías?

Bobby se agacha y coge una tabla. Murmura que cierre el pico.

–Ah, sí, claro, por tu padre. Un hombre al que apenas recuerdas. Seguro que no sabes cuál era su canción favorita, qué películas le gustaban o quiénes eran sus héroes. ¿Qué cosas llevaba en los bolsillos? ¿Era zurdo o diestro? ¿A qué lado se hacía la raya?

–¡Le he dicho que CIERRE EL PICO!

La tabla describe un arco amplio y me golpea en el pecho. El aire se me escapa de los pulmones y la bufanda se tensa como un torniquete. Pataleo para volver a la posición anterior. Abro y cierro la boca como las agallas de un pez en la arena.

Bobby tira la tabla a un lado y pone cara de «se lo advertí».

Creo que tengo las costillas rotas, pero los pulmones me funcionan de nuevo.

–Sólo una pregunta más, Bobby. ¿Por qué eres tan cobarde? Quiero decir, es evidente quién se merecía todo este odio. Mira lo que hizo. Humilló y torturó a tu padre. Se acostaba con otros hombres y lo ponía en ridículo ante tus amigos. Y al final, como remate, lo acusó de abusar de su propio hijo...

Bobby se ha alejado de mí, pero hasta el silencio le habla.

–Rompía las cartas que te mandaba tu padre. Seguro que hasta encontró las fotos suyas que guardabas y las destruyó. Quería sacar a Lenny de su vida y de la tuya. No soportaba ni oír su nombre...

Bobby se está haciendo más pequeño, como si se colapsara desde dentro. La ira se ha transformado en dolor.

–A ver si adivino lo que sucedió. Ella iba a ser la primera. Fuiste a buscarla y no te costó encontrarla. Bridget nunca ha sido una mujer tímida ni retraída. Sus tacones de aguja dejaban huellas muy visibles.

»La vigilaste y aguardaste. Lo tenías todo planeado, hasta el último detalle. Y llegó el momento. La mujer que había destruido tu vida estaba a un metro de ti, tan cerca que le podías agarrar la garganta con las manos. La tenías delante, al alcance, pero titubeaste. Fuiste incapaz de hacerlo. Eres el doble de grande que ella. Estaba desarmada. La podrías haber aplastado sin problema.

Hago una pausa para que el recuerdo reviva en su mente.

–No pasó nada. Fuiste incapaz. ¿Sabes por qué? Porque estabas asustado. Nada más verla te volviste a convertir en el niñito al que le temblaba el labio inferior y tartamudeaba. Te daba miedo antes y te lo sigue dando ahora.

Es evidente por su rostro que Bobby se odia a sí mismo. Al mismo tiempo, quiere echarme de su mundo.

–Pero a alguien había que castigar. De manera que buscaste los expedientes de tu custodia y la lista de los nombres. Y decidiste castigar a cada uno de los culpables arrebatándoles al ser que más querían. Pero en ningún momento dejaste de temer a tu madre. Eras un cobarde y lo serás siempre. ¿Qué pensaste cuando supiste que estaba agonizando? ¿Qué el cáncer te estaba ayudando o que te robaba tu venganza?

–Que me robaba.

–Va a tener una muerte horrible. La he visto.

Al final estalla.

–Con eso no basta. ¡Es un MONSTRUO! –Da una patada a una lata de metal, que sale despedida girando por el patio–. Ella destruyó mi vida. Me convirtió en esto.

Las gotas de saliva le salpican de los labios. Busca mi validación. Quiere que le diga, «Pobre, todo es culpa suya. No es de extrañar que seas como eres». No se lo puedo conceder. Si doy carta de aprobación a su odio no habrá vuelta atrás.

–No te pienso dar ninguna excusa de mierda, Bobby. Te sucedieron cosas espantosas. Ojalá no hubiera sido así. Pero mira el mundo que te rodea. En África hay niños que se mueren de hambre; estrellan aviones contra edificios, bombardean a civiles, la gente muere de enfermedades, se tortura a los prisioneros, se viola a las mujeres... Algunas de esas cosas las podemos cambiar, pero otras no. A veces tenemos que limitarnos a aceptar lo que sucedió y seguir adelante con nuestras vidas.

Suelta una risotada amarga.

–¿Y eso cómo lo sabe?

–Porque es verdad. Y tú lo sabes.

–Le voy a decir cuál es la verdad. –Me está mirando sin parpadear. Su voz es un gruñido sordo–. En la carretera de la costa de Great Crosby hay un área de servicio, a unos doce kilómetros de Liverpool. Está un poco apartada del tráfico. Si se mete allí después de las diez de la noche a veces verá otro coche aparcado. Luego encienda el intermitente, el izquierdo o el derecho, depende de lo que quiera, y espere a que el otro coche responda con el mismo intermitente. Luego sígalo.

Tiene la voz quebrada.

–Tenía seis años cuando ella me llevó al área de servicio por primera vez. Entonces no hice más que mirar. Había un granero. La tumbaron sobre una mesa como si fuera un bufé libre. Desnuda. Había docenas de manos sobre ella. Cualquiera podía hacer lo que quisiera. Ella tenía de sobras para todos. Y cada vez que abría los ojos me miraba directamente a mí. «No seas egoísta, Bobby –me decía–. Aprende a compartir.»

Se mece adelante y atrás, mira al frente: lo está volviendo a ver todo.

–Los clubes privados y los bares de intercambio eran demasiado clase media para mi madre. Prefería las orgías anónimas y sin sofisticaciones. Perdí la cuenta de la gente con la que compartió su cuerpo. Hombres y mujeres. Así aprendí a compartir. Al principio me robaban algo, pero al final yo les robaba a ellos. Dolor y placer. Ése es el legado de mi madre.

Tiene los ojos brillantes de lágrimas. No sé qué decir. Tengo la lengua gruesa y con aguijones. Estoy perdiendo visión periférica porque no me llega suficiente oxígeno al cerebro.

Quisiera decir algo. Quisiera decirle que no está solo. Que mucha gente se estremece con las mismas pesadillas, grita en el mismo vacío y pasa junto a las mismas ventanas abiertas mientras se pregunta si saltan o no. Sé que está extraviado. Sé que está sufriendo. Pero todavía puede elegir. No todos los niños que sufren abusos acaban así.

–Suéltame, Bobby. No puedo respirar bien.

Le veo la parte trasera del grueso cuello y el pelo mal cortado. Se vuelve a cámara lenta sin mirarme a la cara. La navaja centellea por encima de mi cabeza y caigo hacia delante, todavía aferrado a los restos de la bufanda. Los músculos de las piernas se me contraen con espasmos. Tengo en la boca el sabor del cemento mezclado con el de la sangre. Hay más tablones sueltos apoyados contra una pared y lavaderos industriales contra otra. ¿En qué dirección está el canal? Tengo que irme de aquí.

Me incorporo sobre las rodillas y empiezo a gatear. Bobby ha desaparecido. Las virutas de metal se me clavan en las manos. Los trozos de cemento y las latas oxidadas son como una carrera de obstáculos. Al llegar a la entrada diviso un camión de bomberos junto al canal, y las luces parpadeantes de un coche de policía. Trato de gritar, pero no me sale sonido alguno.

Algo falla. He dejado de moverme. Me vuelvo y veo a Bobby que me pisa la chaqueta.

–Es su arrogancia lo que me pone enfermo –dice mientras me levanta por el cuello de la camisa–. ¿Se pensaba que iba a picar con un poco de psicología barata? Me han tratado más terapeutas, consejeros y psiquiatras que regalos de cumpleaños ha tenido usted. Freudianos, adlerianos, rogerianos... de todo. Y a ninguno le di ni una mierda. –Vuelve a acercar su rostro al mío–. No me conoce. Cree que ha estado dentro de mi cabeza. ¡Y una mierda! ¡Ni siquiera se ha acercado!

Me pone la navaja bajo la oreja. Estamos respirando el mismo aire.

Un movimiento de muñeca y me abrirá la garganta como un melón estrellado contra el suelo. Es lo que va a hacer. Siento el metal contra el cuello. Va a terminar con esto ya.

En ese momento veo la imagen de Julianne que me mira desde el otro lado de la almohada, con el pelo revuelto de las mañanas. Y veo a Charlie en pijama: huele a champú y a pasta de dientes. Me pregunto si sería posible contarle las pecas de la nariz. ¿No sería espantoso morir sin al menos intentarlo?

Siento en el cuello el aliento cálido de Bobby. La navaja está fría. Saca la lengua y se humedece los labios. Hay un momento de duda, no sé por qué.

–Parece que nos hemos subestimado el uno al otro –digo al tiempo que, centímetro a centímetro, meto la mano en el bolsillo de la chaqueta–. Sabía que no me dejarías. Tu venganza no es negociable. Has invertido demasiado en ella. Es el motivo de que te levantes por las mañanas. Y ésa es la razón por la que tenía que apartarme de ese muro.

Titubea, trata de pensar qué es lo que no tiene previsto. Mis dedos se cierran en torno al mango del escoplo.

–Tengo una enfermedad, Bobby. A veces me cuesta caminar. El brazo derecho lo tengo bien, pero mira cómo me tiembla el izquierdo.

Levanto el miembro que ya no siento como propio. Atrae su mirada como una marca de nacimiento en un rostro, o una quemada desfiguradora.

Con la mano derecha empuño el escoplo, atravieso mi chaqueta y el abdomen de Bobby. Choca contra la pelvis y cambia de trayectoria, perforando el colon transverso. Tres años de Medicina no se olvidan fácilmente.

Cae de rodillas sin soltarme el cuello de la chaqueta. Me giro y lo golpeo con tanta fuerza como puedo imprimirle al puño. Le apunto a la mandíbula. Se protege con un brazo, pero aun así le acierto en un lado de la cabeza y lo hago caer hacia atrás. Todo sucede a cámara lenta. Bobby trata de levantarse pero me adelanto un paso y le doy una patada en la barbilla, torpe pero efectiva.

Me lo quedo mirando un momento, tirado en el suelo. Luego, como un cangrejo, me escabullo por el patio. Cuando consigo mover las piernas me sorprendo porque aún son útiles. No son ninguna maravilla, pero tampoco voy a ir a los Juegos Olímpicos.

Un policía con un perro sigue un rastro a lo largo de la orilla del canal. Me ve acercarme y retrocede. Sigo avanzando. Hacen falta dos para sujetarme. Aun así quiero seguir corriendo.

Ruiz me agita por los hombros.

–¿Dónde está? –grita–. ¿Dónde está Bobby?

9

La tía Gracie preparaba el mejor té con leche del mundo. Siempre ponía una cucharada extra de hojas de té en la tetera y un chorrito más de leche en mi taza. No sé de dónde habrá sacado Ruiz el brebaje que me da, pero ayuda a quitarme de la boca el sabor a sangre y a combustible.

Sentado en el asiento delantero de un coche patrulla, sostengo la taza con ambas manos en un intento fallido de que me dejen de temblar.

–Tiene que ir a que le curen eso –dice Ruiz.

El labio inferior me sigue sangrando. Me lo toco con cuidado con la punta de la lengua.

Ruiz quita el celofán de un paquete de cigarrillos y me ofrece uno. Niego con la cabeza.

–Creía que lo había dejado.

–La culpa la tiene usted. Perseguimos el coche de alquiler robado casi ochenta kilómetros. Dentro iban dos críos de catorce años y dos de doce. También tuvimos que vigilar las estaciones de tren, los aeropuertos y las terminales de autobús. Puse a todos los agentes del noroeste a buscarlo.

–Ya verá cuando le envíe la factura.

Mira el cigarrillo con una mezcla de afecto y disgusto.

–Lo de la confesión fue un buen detalle. Muy creativo. Las hienas de la prensa se pusieron a olisquearlo todo menos mi culo: hicieron preguntas, hablaron con los parientes, removieron el fango. No me dejó usted elección.

–¿Encontró el borde rojo?

–Sí.

–¿Qué hay de los otros nombres de la lista?

–Todavía los estamos investigando.

Se apoya en la puerta abierta y me estudia con atención. El brillo del sol sobre el canal arranca un destello al broche de la Torre de Pisa con que se adorna la corbata. Sus distantes ojos azules están clavados en la ambulancia aparcada a cien metros, recortada contra la pared de la fábrica.

El dolor en el pecho y la garganta me hacen sentir mareado. Hago una mueca al arroparme con la manta gris que me han puesto sobre los hombros. Ruiz me dice que se pasó la noche contrastando los detalles del expediente de tutela. Buscó los nombres en el ordenador y llegó a lo de las muertes sin resolver.

Bobby había trabajado en Hatchmere como jardinero municipal hasta pocas semanas antes de la muerte de Rupert Erskine. Catherine McBride y él pertenecían al mismo grupo de autoayuda para personas que se automutilaban, como pacientes externos de una clínica de West Kirkby a mediados de los noventa.

–¿Qué hay de Sonia Dutton? –pregunto.

–Nada. La descripción de Bobby no encaja con la del camello que le vendió la droga.

–Bobby trabajó en su club de natación.

–Lo comprobaré.

–¿Cómo consiguió que Catherine viniera a Londres?

–Acudió para una entrevista de trabajo. Usted le escribió una carta.

–No.

–Bobby la escribió por usted. Le robó papel con membrete en la consulta.

–¿Cómo? ¿Cuándo?

–Usted me mencionó que llevaba una camisa con la palabra «NEVASPRING». Es una compañía francesa que reparte máquinas expendedoras de agua. Estamos revisando las cámaras de seguridad del centro médico.

–Era el repartidor...

–Entraba ante las narices de los guardias de seguridad con los botellones al hombro.

–Eso explica cómo se las arreglaba para entrar en el edificio cuando llegaba tarde a las citas.

Al otro lado del solar, visible por encima de la verja rota, Bobby está tumbado en una camilla. Un enfermero sostiene sobre él una bolsa de transfusión.

–¿Se va a poner bien? –pregunto.

–No le ha ahorrado usted a los contribuyentes el coste de un juicio, si es eso lo que quiere saber.

–No.

–No me dirá que lo compadece, ¿verdad?

Sacudo la cabeza. Tal vez algún día, dentro de mucho tiempo, recuerde a Bobby y lo vea como el niño herido que al crecer se convirtió en un adulto trastornado. Ahora mismo, después de lo que ha hecho con Elisa y con los demás, me alegro de haber estado a punto de matar al muy hijo de puta.

Ruiz observa a los dos detectives que suben a la parte trasera de la ambulancia y se sientan a ambos lados de Bobby.

–Me dijo usted que el asesino de Catherine sería más viejo, con más experiencia.

–Eso pensaba.

–Y que se trataba de una cuestión sexual.

–Le dije que el dolor de su víctima lo excitaba, pero el motivo no estaba claro. La venganza era una de las posibilidades. Mire, ya sé que suena raro, pero hasta cuando estaba seguro de que había sido Bobby no conseguía imaginarlo así, obligándola a cortarse. Fue una forma de sadismo muy sofisticada. Pero también se infiltró en tantas vidas... y en la mía. Era como un detalle del escenario en el que nadie se fija porque estamos concentrados en el primer plano.

–Usted lo vio antes que nadie.

–Me tropecé con él en la oscuridad.

La ambulancia arranca. Las aves acuáticas salen volando de entre los juncos. Describen círculos contra el cielo claro. Los árboles sin hojas se alzan como manos esqueléticas que quisieran derribar a los pájaros del aire.

Ruiz me lleva al hospital. Quiere estar presente cuando

Bobby salga del quirófano, así que seguimos a la ambulancia por St Pancras y entramos por Urgencias. Ahora que la adrenalina ya no me corre por las venas tengo las piernas completamente agarrotadas. Lucho por salir del coche. Ruiz pide una silla de ruedas y me empuja hasta una sala pública de espera con baldosines blancos.

Como de costumbre, el detective inspector entra con el pie izquierdo, llama «nena» a la enfermera de guardia y le dice que «ponga en orden las prioridades». Ella paga conmigo el mal humor y me pasa los dedos por las costillas con un celo innecesario. Me siento como si me fuera a desmayar.

La joven doctora que me da los puntos en el labio tiene el pelo decolorado, con un corte anticuado, y un collar de trocitos de concha. Ha estado de vacaciones en algún lugar cálido y tiene la nariz rosada y un poco despellejada.

Ruiz ha subido al piso de arriba para tener vigilado a Bobby. Ni siquiera un guardia armado ante la puerta del quirófano y una anestesia general son garantía suficiente como para que se relaje. Tal vez intente compensar el hecho de no haberme creído antes. Lo dudo.

Tendido en la camilla, trato de mantener quieta la cabeza mientras siento cómo la aguja me entra en el labio y el hilo me tironea la piel. Las tijeras recortan los extremos y la doctora da un paso atrás para contemplar su obra.

–Y pensar que mi madre decía que nunca aprendería a coser...

–¿Qué tal ha quedado?

–Tendría que haber esperado al cirujano plástico, pero se lo he hecho bien. Le quedará una pequeña cicatriz aquí. –Se toca el hueco debajo del labio inferior–. Así le hará juego con la oreja. –Tira los guantes de látex a un cubo–. Aún le faltan los rayos X. Lo voy a mandar arriba. ¿Necesita que alguien le empuje la silla o puede caminar?

–Iré andando.

Me llama un ascensor y me dice que siga la línea verde hasta Radiología, en la cuarta planta. Hora y media más tarde, Ruiz me encuentra todavía en la sala de espera. Estoy aguardando a que el radiólogo confirme lo que ya sé después de ver las placas: dos costillas rotas, pero no hay hemorragia interna.

–¿Cuándo podrá prestar declaración?

–En cuanto me pongan las vendas.

–Puedo esperar a mañana. Vamos, lo llevo a casa.

Una punzada de pesar se impone al dolor. ¿Dónde está mi casa? Aún no he tenido tiempo de pensar dónde pasaré esta noche, y la noche siguiente. Ruiz capta mi dilema.

–¿Por qué no va y escucha lo que le diga su mujer? –murmura–. Se supone que se le da bien eso de escuchar. –Y en la misma frase–: ¡En mi piso no cabe, así que ni se le ocurra!

Otra vez en el piso de abajo sigue repartiendo órdenes a diestro y siniestro hasta que tengo el pecho vendado y el estómago atiborrado de analgésicos y antiinflamatorios. Floto por el pasillo en pos de Ruiz y hacia el coche.

–Hay una cosa que no entiendo –digo mientras nos dirigimos hacia el norte por Camden–. Bobby me podría haber matado. Me había puesto la navaja en la garganta, pero titubeó. Fue como si no pudiera cruzar esa línea.

–Antes dijo que tampoco pudo matar a su madre.

–Es diferente. A ella le tenía miedo. Con los demás no tuvo ningún problema.

–Pues ya no se tiene que preocupar por Bridget. Murió esta mañana a las ocho.

–Así que es eso. No le queda nadie.

–Sí le queda alguien. Hemos encontrado a su hermanastro. Le he dejado un mensaje diciéndole que Bobby estaba en el hospital.

Una oleada de inquietud me recorre como la marea al subir.

–¿Dónde lo han encontrado?

–Es fontanero, trabaja en el norte de Londres. Dafyyd John Morgan.

Ruiz grita como un poseso a la radio del coche. Quiere que envíen patrullas a la casa. Yo también grito: quiero que Julianne coja el móvil, pero comunica. Estamos a cinco minutos, pero el tráfico es criminal. Un camión se ha saltado un semáforo en rojo y ha bloqueado Camden Road.

Ruiz agita el brazo por la ventanilla para dispersar a los peatones. Saca medio cuerpo afuera.

–¡Gilipollas! ¡Imbécil! ¡Apártate, cretino!

Esto va a llevar demasiado tiempo. Ha estado dentro de mi casa, entre mis paredes. Lo recuerdo de pie en mi sótano, riéndose de mí. Y recuerdo su mirada mientras la policía excavaba en el jardín, la insolencia ociosa de su sonrisa.

Ahora todo tiene sentido. La furgoneta blanca que me siguió por Liverpool. Era una furgoneta de fontanero. Quitaron de las puertas las placas con el nombre para que fuera anodina. La huella que había en el coche que atropelló a Boyd no era de Bobby. Y el traficante que vendió a Sonia Dutto el éxtasis adulterado coincide con la descripción de D. J., Dafyyd... la misma persona.

En la barcaza, Bobby dio unos golpes en la cubierta antes de abrir la escotilla. No era su barco. La sala de trabajo estaba llena de herramientas y útiles de fontanería. Las notas y los diarios eran de D. J. Bobby prendió fuego a la barcaza para destruir las pruebas.

No me puedo quedar sentado y esperando. La casa está a menos de medio kilómetro. Ruiz me grita que espere, pero ya he salido del coche y corro por la calle esquivando a los peatones, a los deportistas, a las madres con niños, a las niñeras con cochecitos. Veo que el tráfico está bloqueado en ambas direcciones. Vuelvo a pulsar el botón de rellamada del móvil. Todavía comunica.

Tenían que ser dos. ¿Cómo podría haberlo hecho todo una única persona? Bobby era demasiado fácil de identificar. Destacaba en medio de una multitud. D. J. tenía la fuerza emocional y el poder mental para dominar a la gente. No apartaba la vista.

Cuando llegó el momento de la verdad, Bobby no pudo matarme. No pudo dar el paso porque nunca había matado a nadie. Hacía todos los planes, pero D. J. era el brazo armado. Era más viejo, con más práctica, más despiadado.

Vomito en un cubo de basura y sigo corriendo; paso junto a la tienda de licores, la agencia de apuestas, una pizzería, la tienda de saldos, el prestamista, la panadería y el pub Rag and Firkin. No puedo mantener el ritmo. Cada vez voy más despacio.

Doblo la última esquina y veo la casa ante mí. No hay coches de policía. Una furgoneta blanca está aparcada en la entrada con las puertas deslizantes abiertas. El suelo está cubierto de sacos de arpillera...

Me lanzo hacia la puerta y subo por las escaleras. El teléfono está descolgado.

Quiero gritar el nombre de Charlie pero sólo me sale un gemido bajo. Está sentada en la sala de estar; viste vaqueros y un jersey. Tiene un post-it amarillo en la frente. Se me echa encima como un cachorrito; su cabeza choca contra mi pecho. Casi grito de dolor.

–Estábamos jugando a «¿Quién soy?» –explica–. D. J. tenía que adivinar que él era Homer Simpson. ¿Quién soy yo?

Levanta la cabeza hacia mí. La nota tiene las puntas curvadas, pero reconozco la caligrafía menuda y limpia.

«Estás muerto.»

Consigo respirar lo suficiente como para hablar.

–¿Dónde está mamá?

Mi tono apremiante la asusta. Da un paso atrás y me ve las manchas de sangre y sudor en la camisa. Tengo el labio inferior hinchado y sangre seca en los puntos.

–Está abajo, en el sótano. D. J. me ha dicho que espere aquí.

–¿Y él dónde está?

–Dijo que venía enseguida, pero hace siglos.

La empujo hacia la puerta de entrada.

–¡Corre, Charlie!

–¿Por qué?

–¡CORRE! ¡VETE! ¡No dejes de correr!

La puerta del sótano está cerrada y hay papel de cocina mojado en las jambas. No hay llave en la cerradura. Bajo el picaporte y la abro con suavidad.

El polvo gira en el aire, señal de una fuga de gas. No puedo gritar y contener el aliento al mismo tiempo. A medio camino escaleras abajo me detengo un instante para que los ojos se me acostumbren a la luz. Julianne está tendida en el suelo junto a la caldera nueva. Yace de costado, con el brazo derecho bajo la cabeza y el izquierdo extendido como si señalara algo. Un mechón de pelo oscuro le cae sobre un ojo.

Me acuclillo junto a ella, le meto las manos por debajo de los brazos y la arrastro hacia atrás. El dolor del pecho es indescriptible. Unos puntos blancos me bailan ante los ojos como insectos furiosos. Aún no he tenido que respirar pero falta poco. Subo las escaleras de una en una tirando de Julianne y dejándome caer sentado tras cada esfuerzo. Un peldaño, dos peldaños, tres peldaños...

Oigo a Charlie que tose detrás de mí. Me agarra por el cuello de la chaqueta, intenta ayudarme, tira cuando tiro yo.

Cuatro peldaños, cinco peldaños...

Llegamos a la cocina y la cabeza de Julianne choca contra el suelo cuando la suelto. Ya le pediré disculpas más tarde. Me la echo al hombro con un rugido de dolor, y corro por el vestíbulo. Charlie va delante de mí.

¿Qué será el detonador? Un temporizador en un termostato; la calefacción central; la nevera; ¿las luces del porche?

–¡Corre, Charlie, corre!

¿Cuándo ha oscurecido en el exterior? La calle está llena de coches patrulla con luces parpadeantes. Esta vez no me detengo. Grito la misma palabra una y otra vez. Cruzo la carretera, esquivo los coches y llego a la otra acera justo antes de que las rodillas me fallen y Julianne caiga al césped embarrado. Me arrodillo junto a ella.

Tiene los ojos abiertos. La explosión comienza como una chispa diminuta en medio de las córneas castañas. El sonido llega una décima de segundo más tarde, junto con la onda expansiva. Charlie cae hacia atrás. Intento protegerlas a ambas. No hay ninguna bola de fuego anaranjado como las que se ven en las películas, sólo una nube de humo y polvo. Llueven cascotes y siento el aliento cálido del fuego que me seca el sudor del cuello.

La furgoneta ennegrecida está con las ruedas hacia arriba en medio de la calle. Los árboles están cubiertos de tejas y restos de tuberías. Por toda la calle hay cascotes y tablones astillados.

Charlie se incorpora y contempla la destrucción. Todavía tiene la nota pegada en la frente, con los bordes ennegrecidos, pero aún legible. La estrecho contra mí y la aprieto. Al mismo tiempo, cojo con los dedos el cuadrado de papel amarillo y lo arrugo en el puño.

EPÍLOGO

Las pesadillas del pasado reciente todavía me persiguen. Sigo escapando de los mismos monstruos, perros rabiosos y jugadores de rugby del Neandertal, pero ahora parecen más reales. Jock dice que es un efecto secundario natural de la Levadopa, la nueva medicación que estoy tomando.

La dosis se ha reducido a la mitad en los dos últimos meses. Dice que debo de sufrir menos estrés. ¡Muy gracioso! Me llama todos los días y me pregunta si quiero jugar al tenis. Yo le digo que no y me cuenta un chiste.

–¿Sabes en qué se diferencia una mujer embarazada de nueve meses y una modelo del *Playboy*?

–No.

–En nada, si su marido sabe lo que le conviene.

Éste es uno de los más limpios y me atrevo a contárselo a Julianne. Se ríe, aunque no tanto como yo.

Estamos viviendo en el piso de Jock mientras decidimos si preferimos reconstruir la casa o comprar una nueva. Es la manera de Jock de pedir disculpas, pero aún no ha recibido el perdón. Se ha ido a vivir con su nueva novia, Kelly, que tiene la esperanza de convertirse en la próxima señora de Jock Owens. Le hará falta un cañón arponero o un acuerdo prenupcial de hierro fundido para hacer que él se acerque a un altar.

Julianne tiró a la basura todos los electrodomésticos y los alimentos caducados del congelador. Luego fue a comprar sábanas y toallas nuevas.

Ya no tiene náuseas por las mañanas, por suerte, y su cuerpo es más grande cada día (a excepción de la vejiga). Está convencida de que vamos a tener un hijo varón, porque sólo un hombre podría causarle tantas molestias. Me mira cuando lo dice. Luego se ríe, pero no tanto como yo.

Sé que me vigila de cerca. Nos vigilamos mutuamente. Tal vez busque síntomas de la enfermedad, o puede que no confíe del todo en mí. Ayer tuvimos una discusión, la primera desde que decidimos darnos otra oportunidad. Nos vamos a Gales a pasar una semana y se quejó de que siempre hago la maleta en el último momento.

–Pero nunca se me olvida nada.

–No se trata de eso.

–¿De qué se trata?

–Deberías hacerla antes. Habría menos tensiones.

–¿Para quién?

–Para ti.

–Pero yo no estoy tenso.

Tras ir de puntillas en torno a ella durante cinco meses, agradecido por su perdón, he decidido trazar una línea.

–¿Por qué las mujeres se enamoran de un hombre y luego intentan cambiarlo? –le pregunté.

–Porque los hombres necesitan ayuda –respondió como si fuera de sentido común.

–Pero si me convierto en el hombre que quieres que sea, no seré el hombre que soy.

Puso los ojos en blanco y no dijo nada, pero desde entonces ha estado menos picajosa.

Esta mañana se me ha acercado y se ha sentado en mi regazo, me ha echado los brazos al cuello y me ha besado con esa pasión que se supone que el matrimonio mata.

–¡Puaj! –ha dicho Charlie al tiempo que se tapaba los ojos.

–¿Qué pasa?

–Os estáis besando a la francesa.

–¿Y qué sabes tú de besos a la francesa?

–Es cuando os baboseais.

Le he pasado la mano a Julianne por el vientre.

–No quiero que nuestros hijos crezcan jamás.

Nuestro arquitecto ha concertado una cita para reunirse conmigo junto al agujero del suelo. Lo único que queda en pie es la escalera, que lleva a la nada. La fuerza de la explosión hizo que el suelo de cemento de la cocina saliera por el tejado y mandó volando la caldera hasta un patio a dos calles de allí. La onda expansiva destrozó casi todos los cristales de la zona y hubo que demoler tres casas.

Charlie dice que vio a alguien junto a la ventana del primer piso justo antes de la explosión. Según los expertos, cualquiera que hubiera estado allí habría quedado vaporizado: eso podría explicar que no se encontrara ni una uña, ni una fibra, ni un diente. Pero no dejo de preguntarme por qué se quedaría D. J. en la casa después de abrir el gas y poner el temporizador para encender la caldera. Tuvo tiempo de sobras para escapar, a menos que planeara todo aquello como un «último acto» en el más amplio sentido de la expresión.

Charlie no comprende que pudiera hacer lo que hizo. El otro día me preguntó si creía que estaba en el cielo. Me entraron ganas de decirle: «Sólo espero que esté muerto».

Hace meses que no accede a sus cuentas bancarias y nadie lo ha visto. No hay nada que indique que pueda haber salido del país, solicitado un empleo, alquilado una habitación, comprado un coche o hecho efectivo un cheque.

Ruiz ha conseguido reunir los primeros datos. D. J. nació en Blackpool. Su madre, operaria de máquinas de coser, se casó con Lenny a finales de los años sesenta. Murió en un accidente de coche cuando D. J. tenía siete años. A él lo criaron sus abuelos maternos hasta que Lenny volvió a casarse. Entonces cayó en poder de Bridget.

Sospecho que pasó por las mismas experiencias que Bobby, aunque no hay dos niños que reaccionen de la misma manera ante los abusos sexuales o el sadismo. Lenny era la figura más importante para ambos, y su muerte fue el desencadenante de todo.

D. J. trabajó como aprendiz en Liverpool y se hizo maestro fontanero. Se unió a una compañía local en la que lo recuerdan con más aprensión que afecto. Una noche, en un bar, le clavó una botella rota en el rostro a una mujer porque no le rió un chiste.

Desapareció a finales de los ochenta y volvió a aparecer en Tailandia, donde dirigía un bar y un burdel. Dos yonquis adolescentes que trataron de sacar de contrabando un kilo de heroína de Bangkok dijeron a la policía que se habían reunido con el suministrador en el bar de D. J., pero éste consiguió salir del país antes de que lo relacionaran con el tráfico.

Luego fue localizado en Australia, donde trabajó por toda la costa este en la construcción. En Melbourne se hizo amigo de un pastor anglicano y trabajó como gerente de un asilo para personas sin hogar. Por un tiempo pareció que se había corregido. Se acabaron las peleas a puñetazos, las narices rotas y las patadas en las costillas.

Las apariencias engañan. Ahora la policía de Victoria está investigando la desaparición de seis personas del refugio durante un periodo de cuatro años. Muchos de sus cheques de beneficencia se siguieron cobrando hasta hace dieciocho meses, cuando D. J. volvió al Reino Unido.

No sé cómo dio con Bobby, pero tampoco debió de ser muy difícil. Dada la diferencia de edad cuando D. J. abandonó el hogar serían casi desconocidos. Pero descubrieron un deseo compartido.

Las fantasías de venganza de Bobby no eran más que eso, fantasías, pero D. J. tenía la experiencia y la falta de compasión necesarias para hacerlas realidad. Uno fue el arquitecto, el otro el constructor. Bobby tenía la visión creativa y D. J. las herramientas. El resultado fue un psicópata con un plan.

Es probable que Catherine fuera torturada y asesinada en la barcaza. Bobby llevaba tanto tiempo vigilándome que sabía exactamente dónde enterrar el cadáver. También sabía que yo estaría en el cementerio diez días más tarde. Uno de los dos llamó por teléfono a la policía desde una cabina. Y dejar la pala apoyada contra la tumba de Gracie fue un toque macabro que dio buen resultado.

Otras piezas fueron encajando a medida que pasaban las semanas. Gracias a mi madre, Bobby supo de nuestros problemas de fontanería. Mi madre es famosa por su capacidad para aburrir a los demás con cuentos sobre sus hijos y nietos. Hasta le enseñó álbumes de fotos y los planos del edificio que enviamos al Ayuntamiento para las obras de reforma.

D. J. fue dejando octavillas en todos los buzones de la calle. Cada trabajito que hacía le proporcionaba otra referencia para convencer a Julianne de que lo contratara. Una vez en la casa todo fue fácil, aunque estuvo a punto de echarlo a perder cuando Julianne lo encontró una tarde en mi despacho. Entonces fue cuando se inventó lo del intruso al que había asustado. Dijo que luego había vuelto al despacho para comprobar si se había llevado algo.

Bobby irá a juicio a finales del mes que viene. No ha hecho ninguna declaración de culpabilidad; todos creen que se declarará inocente. El caso es sólido, pero todas las pruebas son circunstanciales. Ninguna prueba física le pone un arma en la mano, ni con Catherine o Elisa, ni con Boyd, Erskine, Sonia Dutton o Esther Gorski.

Ruiz dice que después de eso todo terminará, pero se equivoca. Este caso no se cerrará nunca. Intentaron cerrarlo hace años y mira lo que pasó. Hacer caso omiso de nuestros errores nos aboca a repetirlos. No pares de pensar en el oso blanco.

Los acontecimientos previos a la Navidad casi se han convertido en una nebulosa surrealista. Rara vez hablamos del tema, pero sé por experiencia que saldrá a la luz tarde o temprano. A veces, en medio de la noche, oigo cómo se cierra la puerta de un coche o unos pasos por la calle, y no consigo tranquilizarme. Tengo problemas de tristeza, depresión, frustración y ansiedad. Me sobresalto con facilidad. Me imagino que la gente me vigila desde las puertas y los coches aparcados. No puedo ver una furgoneta blanca sin tratar de distinguir el rostro del conductor.

Son reacciones normales tras una conmoción y un trauma.

Puede que esté bien saber estas cosas, pero preferiría dejar de autoanalizarme.

Todavía tengo la enfermedad, claro. Formo parte de un estudio que están haciendo en un hospital de investigación. Fenwick me metió en él. Una vez al mes voy al hospital, me ponen una tarjeta de identificación en el bolsillo del pecho y paso las páginas de la revista *Country Life* mientras aguardo mi turno.

El técnico jefe me saluda siempre con la misma frase alegre.

–¿Cómo estamos hoy?

–Pues ya que lo pregunta, tengo Parkinson.

Me lanza una sonrisa fatigada, me pone una inyección y me hace unas cuantas pruebas de coordinación, siempre con cámaras para medir el grado y frecuencia de los temblores.

Sé que empeoraré. ¡Qué demonios! Soy afortunado. Hay mucha gente que padece Parkinson. Y no todos tienen una esposa preciosa, una hija adorable y un bebé en camino.

ÍNDICE

Libro Primero
9

Libro Segundo
193

Libro Tercero
331

Título de la edición original: *The Suspect*
Traducción del inglés: Cristina Macía y Justo Vasco
Diseño: Eva Mutter
Ilustración de la sobrecubierta: IDEE
Foto de solapa: © Mike Newling

Círculo de Lectores, S. A. (Sociedad Unipersonal)
Travessera de Gràcia, 47-49, 08021 Barcelona
www.circulo.es
3 5 7 9 4 0 1 1 8 6 4 2

Depósito legal: B. 39179-2004
Fotocomposición: Fotoletra, S. A., Barcelona
Impresión y encuadernación: Printer industria gráfica, s. a.
N. II, Cuatro caminos s/n, 08620 Sant Vicenç dels Horts
Barcelona, 2004. Impreso en España
ISBN 84-672-0938-0
N.° 28001